ラプソディ イン フィリピン

Rhapsody in the Philippines

ある男の物語

多田昌則

随想舎

ラプソディ　イン　フィリピン

ある男の物語

目次

ラプソディ イン フィリピン

ある男の物語

多田昌則

第一章　日本橋ラプソディ

1

「嘘だろう？　こんなことって」

朝会社に行くと事務所は静まり返っていた。人の気配が無い。いつもなら事務の社員が来ているはずの時間だ。

私が誰もいない事務所で呆然と立ち尽くしていると、事務機のリース会社の営業が慌ただしく入ってきた。

「伊藤さんはいらっしゃいますか？」

そう質問しながら辺りを見渡していた。

私が「まだ出社していませんが」

と答えると、営業は「どうなんですかね？　大丈夫なんですかね？」と困った顔をしていた。

私には何が大丈夫なのか、何が起きているのかさえ、まるで理解できなかった。

今日は一週間分のアルバイト代をもらう日、それくらいしか頭になかった。

話を聞いてみると彼は詐欺にあったのではと心配していた。営業成績のため頭金もそこそこにリース契約をしたようだ。事務所内で目に入るものはコピー機や事務机、パーティションまで多くがリースだった。

私の頭に不安の暗い光がほんのわずかに差し込んだ。

ここは東京の日本橋。街はバブル景気の熱気であふれ肩で風を切るビジネスマンが闊歩していた。近くに証券取引所もある、まさに日本経済の中心だ。そんな中にある新築のオフィスビルだ。しかも取引先は築地にあるまともな会社のはず。

田舎者の私にはすぐには状況が理解できなかった。

しかし依然として誰も出社してこない。

不安が少しずつ大きくなってきた。

午前十時を過ぎた頃、二組目の来客があった。今度は一人ではなかった。皆スーツ姿だがサラリーマンには見えない。

「社長いるかね?」

「社長はまだ出社していません」

私がそう答えるとボス格らしき眼つきの鋭い男が断りもなく事務所に入ってきた。

「待たせてもらうよ」

そう言うとボス格の男はソファに腰を下ろした。二人がソファの両側に立った。

重苦しい時間が流れる中、私たちは互いに何者であるかを探っていた。

下っ端の男が痺れを切らして事務所の中をうろうろ歩き始めた。社長の机をのぞき込み、何か手掛かりがないかと物色した。

「勝手に触らないでください。ここはあなたの事務所じゃないですよ」

と言うとお定まりの返事が返ってきた。

「ナニーコラー」

「それ以上言うと警察を呼びますよ」

するとボス格の男が割って入ってきた。

「お前らはおとなしくしてろ。兄さん、この会社の連中が何をしたか知ってるのか？」

何も知らないと答えると、

「この会社の社員は全員詐欺師の一味で、大きな仕事をして逃げたんだよ」

そう言われて私は動揺した。何となく様子が見えてきた。

「ある会社が生姜を二〇トン、北海道の商社は冷凍のサケ二五トンを騙し取られたんだ。俺たちはその不渡り手形を持っている。その回収にはるばる水戸から来たのよ。金を持っていってやらなきゃその会社はみな破産するぜ」

なるほどとは思ったが私としてはヤクザ屋さんの相手よりアルバイト代のことで頭が一杯だった。

昼近くになるとボス格の男は、

「おい昼飯買って来い」

と分厚い財布から金を下っ端に渡した。

「こいつの分も買ってこい」

私が遠慮すると、

「兄さんもここから出られねえだろう？　いいから買って来い」

下っ端は飛んで買いに出た。

「兄さんあまり金ねえんだろう？」

しっかり見抜かれていた。

慌ただしく弁当を食べた後、私は自分とボス格の男の分のコーヒーを入れた。砂糖もミルクもなしのブラックコーヒーだ。男は少しだけニッコリして礼をいった。

午後になっても緊張感は全く変わらなかった。ナンバー2らしき男の携帯電話がひっきりなしに鳴っていた。この件に関して彼らは裏で目まぐるしく動きまわっているようだった。

事態は彼らにとってあまりいい方に向かっていないようで、とうとうボス格の男が痺れを切らした。

「兄さん、この仕事を早く片付けてやらないと依頼してきた連中は本当に大変な事になる。それに自分には別件で札が回っているんだ。わかるか？　逮捕状だよ。さっさと片付けて出頭しなければいけない。あまり時間がないんだ」

手形のことは理解したが、この会社で働き始めてまだ一週間の私は社長のことも他の社員についても、なにも知らなかった。

私は社長がいつも使っている電話帳のことを思い出した。

電話帳を探し出すと頻繁に開けているページのところだけ少しだけ汚れていて紙も弱っていた。取引先らしき会社の連絡先が並ぶ中、一つだけ不自然に女性の個人名があった。

私の指が女性の名前で止まったのをボス格の男は見逃さなかった。近寄ってきたので黙って女性の名前を見せると、ボス格の男は何も言わずに番号をメモ帳に書き写し、すぐに携帯電話で仲間にあれこれと指示を出した。一方通行で大量の指示を矢継ぎ早に出していった。

しばらくするとボス格の男の携帯電話に立て続けに連絡が入った。彼の表情を見ると悪い状況ではなさそうだ。

「おい兄さん、明日も来るんだろう？　朝来て事務所を開けておいてくれ。絶対だぞ。給料もらってねえんだろう？」

図星だった。

男たちに何の義理もないがとりあえず明日の朝も来ることにした。家賃も滞納し財布の中は一万円そこそこという状況で「年越せねーぞ、どうするんだよ」と言うのが本音だった。私はアルバイト代を手に入れられる可能性に賭けたのだ。

午後四時頃になると男たちは引き上げ、慌ただしかった事務所は元のように静まりかえった。

部屋は私一人になった。

静けさの中徐々に冷静さを取り戻すと、知り合いもいない東京で自分が置かれている立場を考え、沈んだ気分になった。明日になれば彼らはまたやってくる。時間は容赦なく進んで行く。

とぼとぼ歩いて半蔵門線の水天宮駅から上野まで地下鉄に乗った。

いつもどおり酔ったサラリーマンの間を縫うように歩いていると、今日あった事が嘘のようだった。変わらない雑踏。いつもの帰り道。私は不忍池の裏にあるアパートに帰った。インスタントラーメンを食べご飯を汁にぶっ込んで掻き込んだ。うまいとかまずいとか考える余裕などまったくなかった。つけたテレビを見るともなく見ていたらそのまま眠りにおちた。

朝が来た。昨日の事を考えると、今日起きるであろう事に昂ぶる自分がいた。どういう気持ちか整理できないが、いつもの自分と違うことだけは感じていた。

午前九時、事務所に行くのはこれが最後になるのかな、などと考えていると黒塗りのベンツがビルの前に停まっているのが目に入った。

二階に上がると入口の前で昨日のメンバーが待っていた。下っ端が昨日と同様に乱暴に言った。

「おい早く事務所開けろ」

昨日と同じメンバーがソファを占拠した。明かりを付けエアコンのスイッチを入れた。今日はかなり寒く、早く熱いコーヒーが飲みたかった。既に下っ端の一人が紙コップのコーヒーとパンを沢山買ってきていて、ボス格の男がそれを勧めてきた。

「おい、兄さんもコーヒー飲みなよ」

男は朝から機嫌が良さそうだった。

「電話借りるぜ」

会社に恨みこそあれ、義理など昨日でとっくになくなっていた。

ボス格の男は何か所か電話し終えるとほんの少しだけ微笑んで言った。

「兄さんありがとうよ。やつのガラは昨日の夜押さえた。兄さんが教えてくれた電話番号でとっ捕まえる事ができた」

電話番号だけでどうやって捕まえる事が出来たのかさっぱり分からなかったのでボス格の男に訊いてみると、やり方はこうだった。

連中は女の電話番号にファックス回線を入れたいと電話局に申込んだらしい。ファックス回線を入れるには契約書に追記する必要があり、電話局のカウンターで局員が持ってきた契約書の原本にある住所を黙って書き取って、女のマンションを急襲したのだ。

ヤクザの頭の良さには恐れ入る思いだった。

何でも詐欺師の社長は偽名を使っていて、素性も怪しいものだった。関西方面の訛りでうすうす気づいていたが、兄貴分が大阪のヤクザの親分らしいとの事だった。社長の正体はよく知っている日本橋のビジネスマンの姿とはかけ離れたものだったのだ。

水戸からやって来た彼らは手形の不渡り分をしっかり回収出来たらしかった。何ともスピーディな仕事ぶりだった。詐欺で数千万騙し取ろうとした組織とそれを捕まえて債券を回収した奴ら、どちらも褒められた連中ではないものの、水戸の連中には騙された人たちを救済するという大義があったのかなと贔屓目に見てしまう。金額が大きかったので利益も大きく上げただろう。

しかしボス格の男が説明してくれた内容を聞くと喜んでばかりいられる状況ではなかった。騙された業者は他にもあり、その中には中国の上海交易公司の会社名もあった。以前挨拶をしたことがある人の良さそうな曲さんが経営する会社だ。一件落着したように見えるが、この事件の裏ではまだ多くの人たちが苦しんでいるのだ。

別れ際、ボス格の男は財布を取り出すと数えもせずに中身の半分を抜き出して私に差し出した。

「兄さん世話になったな。仕事も片付いた事だし、私は警察に出頭する。少ないがこれ取っとけ」

「貰ういわれがないです」

「警察に追われている身で、こんなに早くいい形で終わらせることができて感謝しているんだ。それにお前金ねえんだろ？　見栄張らずに受け取れよ」

有無を言わさぬ凄みを見せた。

「それにこの先仕事も無いんだろう。お前、名前は？」

「多田昌則と言います」

ボス格の男は自分の名刺を取り出して裏に赤羽の不動産屋の名前を書き込み、その下に「この男頼みます」と加えた。

「ここに訪ねて行けば何とかしてくれるだろう。じゃあな」

私は堅気。向こうはヤクザ。これまでかたくなに交わることを拒否してきたが、何とも言えない共感があった。男は三流のヤクザとは違うように思えた。

若い衆もお世話になりました、と私に深々と頭を下げ足早に出ていった。私はこの先二度と会うことはないだろうと思いながら、走り去る黒いベンツを見えなくなるまで目で追っていた。

さあこれからどうしようか。立ち止まっている暇はない。すぐそこに断崖絶壁があるのだ。


暫く事務所内で考え込んでいるとビルのオーナーらしき人が訪ねてきた。

オーナーは迷惑そうに
「困るんだよね、あの手の人たちにうろうろされると」

このビルにはまだ空室があり入居する企業を募集している最中の出来事だった。

「あんたこの会社の人？　困るんだよねー」

私にとっては駐車場さえ借りられない日本橋の一等地だが、信用や人気がなくなるとすぐに借り手が付かなくなると言うのだ。

「あいつら明日も来るんだろう？　どうしたもんかね。なんとかあいつらが来られないように出来ないものかねえ。あんたそっち方面の人知らんかねえ？」

彼は極度にヤクザ業界の人たちとの関わりを怖がっているようだった。

私は彼らがもう来ることはないという事を知っていたが、

「社長、あいつらをここに来ないようにしてほしいの？」

「もちろんですよ」

その瞬間思いついた。

「私の知り合いにお願いすれば出来なくもないけれどね」

真っ赤なウソだった。

「本当にできますか？」

「できるけど当然お金かかりますよ」

そう言うとオーナーはすぐに乗ってきた。

「いくらぐらいかかりますか？」

「何も詮索しないんなら安く頼めると思うけどね」

私はそう言いながら、いったいいくらくらいなら払う気があるんだろうと考えた。

「警察沙汰になるのはごめんですからね。いくらならいいんです？」

「少なくとも五十万円くらいは必要でしょうね。どうしますか。急ぐのでしょう？」

急いでいるのは私の方だった。

「五十万円かー、もう少し安くならないかねー」

この期に及んで何を言い出しやがる、値切る話じゃないだろう。と思ったが最近のオーナーについての噂話を思い出し納得した。

実は一階にこの手の商業ビルには全く似つかわしくない壺や花器を売る店があったのだが、なんでもオーナーはその店の店主も兼ねているらしかった。しかし商品は全く売れていないと言う。現金をあまり自由にできないのだろう。

「五十万円出す気ありますか？　あるのならすぐ話を持っていきますけど。どうしますか？　あいつらや他の組関係者とかに来てほしくないんでしょう？」

私がそう言うと、オーナーは店に行って現金を持ってきた。持ってきたのは二十五万円だけだった。もし明日誰も来なかったら残りの二十五万円も払うとの事。抜け目のない奴だ、と思いつつ私も背に腹はかえられない状況だった。

「じゃあとりあえず明日からこのビルに来ないように私の知り合いの組長さんに頼んできます」

私は現金を受けとるとそそくさと出て行った。

さっき水戸の男から受け取った金と合わせて手元には四十万ほどの金があった。これで冬空の下のホームレス生活だけは避けられそうだ。神さま仏さまに感謝した。


水天宮駅の近くで上海交易公司の曲さんに電話し、水戸の男から聞いた生姜の保管倉庫の住所を教えた。それから警視庁に詐欺の被害届を出して証拠保全のため物品を押さえてもらうようアドバイスをした。曲さんも切羽詰まっていたようで泣きながら大喜びした。彼の会社は中国の国営企業で、解決の手だてもなく本国に帰ろうものなら死刑もあり得るとの事だった。それだけに彼にとっては値打ちのある情報だったらしく、一週間ほどしてから曲さんからお礼の電話あった。何かしらの処罰は避けられないが死刑になることだけは防げたらしかった。

私はその足で日本橋を離れた。日本経済の中心地は私にとってはとても恐ろしいところに思えた。もう戻って来ることもないだろうと思った。

上野のアパートに戻って衣類だけを持って出た。ここも私の安住の地ではなかった。東京のどこに私を受け入れてくれるところがあるのだろう。上野に住んで約半年、いろいろとあり過ぎた。一日たりとも気を抜けなかった。おかげで上京前に田舎で起こしたトラブルを振り返る余裕もなかった。あのトラブルを真面目に思い返していたらとっくに自分で人生の幕を下ろしていたかもしれない。

貧しくても忙しかったこの半年は神様がくれた自殺防止の薬みたいだった。

上野駅から京浜東北線で赤羽に向かった。俺は本当にいい加減な人間だなとつくづく思った。

2

水戸のやくざ者がくれた名刺の裏には赤羽にある不動産会社の名前と住所があったが電車が赤羽に近づくにつれなんとなく気が重くなった。赤羽は新婚旅行の時に電車の乗り換えが判らなくて東京のおじさんに助けてもらった場所だった。その妻とも別れてしまい、今となっては遠く苦い思い出になってしまった。

結局降りた駅は王子だった。王子はこれまで縁のない場所だったが、この街は私が膨らませていた東京のイメージを感じさせなかった。人込みもなく少しほっと出来た。

ふらふら歩いていると「ナンバー1」という大きな看板が目に留まった。雀荘だった。私は急ぎ足で店に入った。雀荘をいかがわしい所と思う人もいるかもしれないが、私にとっては悪い所ではなかった。

「いらっしゃいませ」と店員の大きな声。ルール説明もそこそこに打ち始めた。レートはピンだが総額は安かった。私の腕では勝てないのは分かっていたが、負けてもいいからしばらくここで過ごしたかった。関東圏はマージャン人口も多い。いろんなランクの店がありそうだ。ここはどんな人たちが打っているのだろうかと周囲を見渡すと、客の話す様子からわりと身分職業をオープンにしている人が多そうだと判断した。私にとっては居心地の良い店のようだった。

二日ほど打っていると店長が声をかけてきた。

「多田さん、メンバーやってみない？」

「店長、私には無理です。多少打てるけど点棒の計算がほとんどできませんし」

大嘘である。点棒計算など全くしたことはなかったのだ。

「関西では三人打ち麻雀をやってたの？」

「ハイほとんど三人打ちでした」

打ち続けると最後は負けしかないのは分かっていたが、寝床の確保ができる事が魅力でメンバーになることにした。

アパートに案内されベッドを指定された。これで当分生活には困らないだろう。明日から麻雀を思い切り打とう。

翌日の朝から雀荘勤務。いやはやいい加減の極致だ。昨日までパニックの中にいた事が嘘のようだった。新人は掃除が最初の仕事だ。私はそういうのはいっこうに苦にならないたちだった。掃除が終わると十時頃から打ち始めた。毎日二十ゲーム位打つ。ゲーム代だけでも一万円店に収めるシステムになっていた。卓に入るたびに店が一万円貸し出す。これは給料の一部だ。

調子良く勝っていても新しい客が来るとすぐに席を立つ事になる。だいたい負けて帰った客の後へ入ることが多い。いい手があまり入ってこないと防戦一方になることもしばしばだ。その辺がメンバーのきつい所だった。勝ち逃げはできない。メンバーの仕事とは究極のサービス業のようで客を楽しませるのみ。そのためには持ち出しもある。職業とはとても言えなかった。

難しい仕事だったが三食の賄い付きで寝床もある。先のことなど全く考えられず今しか無い生活だったが、麻雀を打っている間だけは無心になれた。

やっと一カ月が過ぎ、何人かの客と顔見知りになった。東京の凄さ面白さ怖さ、いろいろ勉強になった。

メンバーの苦労を知っている客に、

「どうせ金なんぞないんだろう？　気にするな。仕事終わったらついてこいよ」

と誘われて時々飲みに連れて行ってもらった。いやとは言えない。もしその客が店で
「あのメンバーとは打ちたくない」と言ったら全てが終わるからだ。翌日から路上生活が待っているのだ。私より前からいるメンバーがやけに客に対して低姿勢と言うか媚を売りまくっているのが分かったような気がした。

数カ月が過ぎたある日、突然目の上に激しい痛みを感じた。鏡で見ると少しだけ赤くなっているが腫れてはいなかった。しかし数日すると一層痛みが増してきた。メンバーの一人が医者に行った方がいいよと言ってくれたが、保険証を持っていなかったので治療費を払えるかわからなかった。不安だったがメンバーが紹介してくれた雀荘の裏のクリニックへ向かった。

「ああ、裏の雀荘の従業員さんね」

医者は気軽に話しかけてくれた。

特殊な皮膚病だったようで、赤外線を数分当てて熱くなった所に小さなチューブに入った軟膏を塗ってくれた。

私は恐るおそる尋ねてみた。

「保険証を持っていないんです。幾らでしょうか?」

「判ってますよ、大変ですね」

治療費千円足らずだった時は正直ほっとした。

医者の優しさに触れた時、東京にはいろんな人がいるものだと思った。


それから数日が経った頃、毎日午前十一時頃に打ちに来る客がいて、他のメンバーが打ち辛いと言ってるらしかった。

「多田さんあの卓打てる?」

マネージャーが変なことを聞いてきた。初めての事だった。

「いいですよどの卓でも」

その客はいつもブランド物のセーターを着ている。指にはデカイ金の指輪、しかも左手の小指が無い。客はそれを隠すどころかこれ見よがしにしている。

「マネージャー、この店は『業界』の人は入れないんじゃなかったのでは?」

そう聞くと、近所に住んでいる人で心配していないとの事。そんなの理由になるか?と思ったがそれ以上は詮索しなかった。

男は高野と言った。

それからは高野が来るといつも卓に入るのは私だった。高野は下手ではなかったが強くもなかったので助かった。毎日午前十一時頃から打ち始めて午後三時頃には帰っていった。暫くそんな日々が続いた。メンバーは客と必要以上に親しくするな、と言われていたので時々話しかけられるが適当に返事し距離をとっていた。

ある日高野が親の場のとき私がタンヤオのみ、ピンフのみなどの安手で上がり、何度も千点キックしていると
「おい、おめえなめてんじゃねーぞ」

「すみません、下手ですから必死なんです」

高野は自分が三位より浮上できないことにイラついていた。

その時私にいい配牌がきた。自模り四暗刻、役満だ。

高野は

「やりやがる」

と一言残して席を立った。どうせまた来るだろう。苦い経験もあり、その筋の人間とは絡みたくないのに、なぜか寄ってくる。

数日後、高野は遅い時間まで打っていた。その日の彼は何勝かしてすこぶる機嫌が良かった。

「おい、終わったら少し付き合えよ」

顔を上げると高野は私の返事を待たずに店長に尋ねていた。

「店長、このお兄ちゃん少し借りるぜ。いいかな?」

店長は笑顔で了承した。店長にとっては客が次の日も機嫌よく打ちに来てくれたらいいだけの話だ。メンバーより客のほうがはるかに大事なのだ。

午後十時に打ち終わり、高野に連れられて近くのビルの地下に入った。王子でもわりと大きなナイトクラブだった。

私は姫路時代に彼らのスタイルをよく知っていたので必要以上に怖がったりすることはなかった。

席に着くと一目でママさんとわかる美人が横についた。高野はママさんに私を雀荘のメンバーで彼の好敵手だと紹介した。ママさんはそつなく対応した。

「我がままな人でしょう？　よろしくね」

しばらく飲んで何事もなく帰る事ができた。しかし高野氏との距離を縮めることになるという望まない夜でもあった。


ひたすら麻雀を打つ日々が続いた。麻雀を打っている時だけは子どもたちへの負い目を忘れることが出来た。何をしているんだと自分に問いかけても答えは出ない。日々流されるのに精一杯だ。これからのことを考える余裕など全くなかった。

ある日の昼間、高野から呼び出された。

夜番は午後十時からなので、昼間は比較的自由だった。公園で落ち合うと高野は男を二人連れていた。一人は私と同じ背格好で一八三センチはありそうだった。もう一人は年をとっていてうらぶれた様子だった。何でも業界人の抗争に負けて高野を頼って青森から東京に出て来たチンピラらしい。

「おいターちゃん、こつらと仲良くしてやってくれよな」

初めて会って素性も知らない相手とどうやって仲良くするんだ？　しかも住んでる世

界が違うだろう。私は機嫌を取る程度に適当な返事をした。

大きい方は北海道出身の元自衛官。グリーンベレーで訓練を行ったこともある精鋭だったとか。握手すると自信ありげに思い切り握ってきた。私も思い切り握り返し、手が少しの間止まった。戦闘能力は高そうだと思うがそんなもの東京で生活するのに何の役にも立たない。彼は分かっているのだろうか。

もう一人の方は完全に疲れたチンピラだ。競輪なら負けないといきなり力説しはじめた。負けないんなら今頃御殿にでも住んでるのじゃないか？

高野も含め友達はおろか知り合いにもなりたくない連中だった。

何度か一緒に飲み食いをしていたある日、嫌な予感が的中した。

「おいターちゃん　いつまで食えねえ雀荘のメンバーなんかやってんだよ。もっといい話あるから乗ってみないか？」

高野は以前は大きな組の幹部だったが、破門されたために自分からは組を作ったり表立っては何もできないらしかった。高野が言うには、彼の友人の一人が赤羽の大きな組の代行をしているとのことだった。高野の目的はよくわからなかったが私と青森から来た二人をその人に紹介すると言った。

高野の友人は長瀬といった。高野は長瀬氏がどれくらい凄いか、親分の誕生日にロールスロイスをプレゼントしたとか、武勇伝の数々を延々と説明した。青森の貧乏ヤクザには凄い話に聞こえていたようだが、私にはピンとこない話だった。三十五歳の私に今更ヤクザに入門をしろとでも言うのか？　だが高野の強引な態度に圧され、数日後に四人で長瀬氏と会うことになった。

姫路ではトラウマになる程のヤクザとの大トラブルで、嫌な思い出ばかりだった。それなのに再びヤクザと関わるのかと自分に問いかけた。しかし先も見えない雀荘メンバーとしての状況よりはチャンスがあるかもしれない、そう考えるようになった。

雀荘のマネージャーに辞めることを告げた。するとメンバーとマネージャーが金を出しあって包んでくれた。東京も捨てたもんじゃないな。金額は少ないがすごくうれしかった。

当日の身なりはネクタイに白のワイシャツと黒の革靴。見てくれはごく普通のサラリーマンのように繕った。荷物は小さな鞄一つ。

赤羽に着いた。荒川近くの組事務所とかではなく小さな一軒家だった。正直ここか？

と思った。

中に入ると座敷に通された。高野が私たち三人を紹介した。私以外の二人のことは元ヤクザだと紹介した。私のことは関西出身と言う事だけだった。高野には何も身の上話をしていなかったので説明することもなかったのだ。

すると長瀬氏からいろいろ質問された。

「私はヤクザの礼儀作法を全く知りません。私はここで何をすればいいのですか?」

そう問い返すと、高野がいきなり声を荒げた。

「馬鹿野郎、代行になんて口ききやがる」

長瀬氏は高野を制するように
「高ちゃん待ちなよ、こいつ堅気だぜ。何も知らないいんだから」

それから少し姫路時代の事を聞かれたが、さすがにヤクザと大もめしていられなくなったとは言えなかった。離婚していづらくなったので姫路を離れたと嘘をついた。

長瀬氏は一通り質問を終えると突然言った。

「お前ら三人裸になってみろ」

元ヤクザの二人は「はっ」と言うといきなりパンツ一丁になった。私も同じくパンツ一丁の姿になった。元自衛隊の滝川は少し肉はついていたがいいガタイ、いい筋肉を持っていた。もう一人の宮野は単なるおっさん体形で腹が出ていた。戦闘能力は低そうだった。

「滝川と多田、随分いいガタイしてやがるなあ。おめえら喧嘩強えんだろうなあ」

ヤクザ社会は喧嘩が強くなければいけないらしい。長瀬氏も一八三センチ、体重は一〇〇キロくらいに見えた。

「多田、滝川、お前ら腕相撲してみろ。どっちが強いんだ」。

早速滝川と腕相撲だ。右負け、左勝ち。「ターちゃんはぎっちょか。お前ら相当強いな」

そのあと住まいの事や明日からの仕事の事など説明を受けた。ノーと言わせない鋭い口調だった。若い組員たちもピリピリしながら動いた。これがヤクザ組織かぁなどと感心して状況を見た。

話の途中でいきなり質問された。

「多田よう、お前車の免許は持っているか?」

「はい」

と答え免許証を見せた。

「高ちゃん、多田は俺に預けてくれないか？　こいつには稼業なんかやらせたって仕方ない。使い道は他にもある」

高野は長瀬氏に反論はない。私は滝川のようにヤクザになるつもりはなく仕事を探しに来たのだ。ヤクザはやっぱりヤクザだ。

車の運転免許を持っていた私だけ近所の新築のマンションに住むことができた。家の備品は全て長瀬氏の奥さんが用意してくれた。テレビ冷蔵庫その他の家具も揃えられた。かなりの金額だ。布団まで買ってもらった。借りは大きいなと思った。

事務所に戻ると長瀬氏が言った。

「おい多田、お前は明日から伊藤不動産で仕事していろ。指示は俺が出す」

解放されて落ち着きを取り戻してから街を探索した。あちこち歩き回ってみた。

これから私の人生はどっちに舵を切るのだろう。まだ全く見えなかった。

この一年ぐらいの目がまわるような日々よりはましだろう。それくらいしか考え付かなかった。

翌朝伊藤不動産に出社した。

不動産会社と言っても年老いたおじさんが一人いるだけだった。アパート管理とか斡旋とかもまるでしていない。どうやって会社を維持しているのか不思議でならなかった。後でわかったことだが、伊藤不動産は長瀬氏の組員が借りているアパートなど組の賃貸借契約物件全てを管理していたのだ。

会社のガレージにはセドリックのストレッチリムジンとレパードがあった。どうやら私の仕事は運転手のようだった。

長瀬氏の運転手をしてすぐにわかった。彼は強烈にリッチだった。

幅広く顔が利くのだろう、洗車もスタンドに持っていくだけで後はスタンドの店員が全てやってくれた。

長瀬氏には二人の子どもがいた。長女は少しやんちゃな感じでレパードも彼女の物だった。弟は大学生だった。彼は父親の稼業が好きではないらしかった。

私は時々弟と夜遊びに出た。その頃ビリヤードが流行っていて彼とプールバーに行った。弟は父親の周りにいる人間と違う雰囲気を持つ私の存在がとても不思議そうだった。ビリヤードもそこそこに喫茶店へ行き、遅くまで彼の生活状況や私がなぜ赤羽にやって来たかなどいろいろと話をすることが出来た。

徐々に長瀬家の全容を理解していった。行動隊長。特攻隊。傘下の柴田組とその若い衆。各方面に付き合いが増えた。

幸いな事に長瀬氏直属と言う事で危ないお兄さんやおじさんに絡まれずにすんだ。

食事はいいしあまり動かないので体重が増えるのが気になり朝よくジョギングをした。本音を言うと逃げ足だけは確保しておきたかったのだ。

ここでの生活にも慣れ始めたある日、長瀬氏から呼び出しがあった。

「多田、かかあ積んで銀座まで行ってこい」

長瀬氏の家族を乗せてしかも行き先は銀座ということでかなり緊張した。

まだカーナビなどなかった時代、私は地図を頼りにおっかなびっくりで運転した。事故や違反だけは絶対避けたかった。幸いな事に東京の道は私には走りやすかった。無事銀座の三越に到着した。

「車で待っています」

「ターちゃんも一緒にいらっしゃい」

貧乏人の入るところではないので緊張して付いていくと、紳士服のコーナーに行った。イブサンローランの店だ。

「この子に合うスーツを見繕ってあげて」

「ちょっと待ってください。いくらなんでも高過ぎます。私には払うことはできません」

うろたえて奥さんの方を見ると
「何言ってるの？　主人に頼まれてあなたにスーツを作ってこいと言われているのよ。気にしないで」

ところがサイズが合わない。セミオーダーメイドになり、一カ所だと時間がかかると言われたのでもう一軒行くことになった。二着でいくらだ？　奥さんは値札なんかハナから気にもしていない。信じられない世界に飛び込んだようだ。ついでに奥さんからミッソーニのネクタイをプレゼントされた。長瀬氏曰く、多田のみすぼらしいスーツでは仕事先に行かせる事が出来ないとの事だった。

買い物を終えた頃長瀬氏から電話があった。事務所に来るように言われてすっ飛んでいくと、長瀬氏の親友として山田氏を紹介された。今日は飲みに出るとの事だ。

長瀬氏が支度する間山田氏からいろいろと質問された。山田氏については後に住岡会のナンバー2である事を知った。

車の中では長瀬氏と山田氏の話が弾んでいた。日本橋近くにあるしゃぶしゃぶの名店「柘植」に到着した。高級店だ。二人ともこの店の馴染みらしく、店長が飛んできて満面の笑顔で挨拶し、提供する肉の説明も行った。

「これが松坂牛です、これが神戸牛です」

「私は外で待っています」

というと長瀬氏は、

「いいからお前も一緒に食え」

おかげで長らく口にしたことのなかったうまい肉をたらふく食うことが出来た。

しゃぶしゃぶの後は銀座のクラブに行った。

飲み方が思い切り乱暴だった。遊び慣れてるのはよくわかるがそれにしても凄まじいパワーだった。ママさんが真新しいフェラガモのコバルトブルーの靴を見せると、

「おい貸してみろ」と長瀬氏。手に取るとやにわにブランデーをその靴の中に注ぎ込んだ。

「何てことするの！」

ママさんが本気の悲鳴を上げた。

マネージャーやら周りのオネエちゃんやら皆でフェラガモの靴に入ったブランデーを回し飲みした。私は運転があるので飲んだフリだけだった。

一通り盛り上がると長瀬氏はすかさず財布取り出して
「幾らだ？」

ママさんが恐る恐る四十万円と伝えると、長瀬氏は一万円札の束を掴んで私に渡した。

「おい、多田数えてくれ」

四十枚数えて渡すと長瀬氏はその金をママさんのドレスのわきからねじ込んだ。ママさんはあっけにとられて、靴をダメにされた憤りとお金をもらったうれしさが入り混ざった引きつり笑いの顔。

ママの表情を見ていた長瀬氏は後で、

「アリャーだめだな」

とママさんの対応を評した。

続いて赤坂のクラブ。ここは銀座より格が下がるらしい。

既に長瀬氏はかなり酔っぱらっていて、

「おいターちゃん、お前俺の財布持ってろ。いいか、銀座では絶対値切るんじゃねえぞ。しかし赤坂なら幾ら値切ったってかまやしねえからな」

赤坂ではホステスに悪さのし放題だった。その代わり惜しげもなくチップを払う。根っからの遊び人だった。

エンジン全開の長瀬氏と山田氏は止まらない。

さあいくぞーと続いては六本木だ。銀座も凄いが六本木は人の洪水だ。車を止めるところも見つからない。時代はディスコ・ジュリアナ東京の全盛期だ。世間は浮かれた雰囲気に包まれていた。


あわただしい毎日が過ぎながらも私にとっては明日の見えない日々である事に変わりはなかった。大きな救いは長瀬氏が私をヤクザ扱いしなかった事だ。

一週間の内二日はクラブツアー、二日は午後から麻雀だった。組の連中、小金持ちの電気工事店の親父、コンビニオーナーなどいろいろな麻雀好きの人たちが集まってくる。レートも凄い。一飜一万円。しかも三人打ちだ。大体一時間で三百万円くらいの金が動いていた。

長瀬氏の麻雀ビジネスは少し変わっていた。

通常、ヤクザ稼業の人は胴元だけを行い金の融通や場所のセッティングしかしない。ところが長瀬氏はいつも自分が卓に入って自分で打った。そんな胴元は見たことも聞いたこともない。

しかし長瀬氏が負けたところを見たことがなかった。凄腕だった。全自動卓だから予め有利な牌を引くために山に積む牌の位置を操作する「積み込み」のようなイカサマはやりようがない。お茶くみの兄ちゃんから相手の待ち牌や役を隠語やサインで教えてもらう「通し」とかのイカサマはあるが、胴元が堂々と打って毎回正当な勝ちで稼いでいるのだ。原点ぐらいだと大げさに負けたふり。大勝しても「今日は少しだけツイてたねー」と。いやはや凄い御仁である。

さらに面白いのは長瀬氏の店では客に貸付をしなかったことだ。

客が持ってきた金がなくなるとそこでゲームセット。

「今日はツイてねえから次回勝負しな。長くやっていると場所代ばかりデカくなっちまうぜ。また今度勝負しに来なよ」。

とお開きにしてしまうのだ。

中にはどうしても打ちたいお客もいる。金無垢のロレックスを差し出して、

「ターちゃん、近所にある市村質屋にこれを持って行ってくれ。電話入れておくから。

二百か二百五十万は出してくれると思うから、行ってきてくれないか」

そんな使い走りはよくやった。

ゲームが終わると、長瀬氏は客が払った場代から若い衆に五万位ずついつも「貼付」と言う名目で渡していた。業界の扶助のシステムを初めて見た。

何カ月かが過ぎた。いろんな仕事もこなしつつ、それなりに生きていた。どれも長瀬氏が組員にさせなかった事だ。その分堅気として思い切りいい仕事をしてやろうと思った。


山田氏とはいつも一緒に飲みに行った。

ある日銀座で飲んでいる時、彼は機嫌が悪かった。私が足組みをしていると、

「ターちゃん、俺の前ではなあ、国会議員だって足なんざあ組まないぜ」

「山田様大変失礼いたしました。稼業の作法知らずに申し訳ございませんでした」

即座にお詫びをして席を立って出て行こうとした。

エントランスを出ようとしていたとき、ママさんが着物の前がはだけるのもお構いなしに全力で走ってきた。

「ターちゃん待ちなさい。今出たら長瀬さんに迷惑かかるよ。私が取りなすから少し待って」

エントランスでもじもじしていたら長瀬氏が大声で呼んだ。

「多田ー、戻って来い」

テーブルに戻ると長瀬氏が山田氏に深々と頭を下げていた。

「躾が悪くて申し訳ない」

私も同じように直立不動から最敬礼のお辞儀をした。

「すまんすまん、長瀬の。頭上げてくれい。俺もつい言っちまった。忘れてくれ」

すかさずママさんが、お決まりのドンペリニヨンを開けた。

「ささっ、みんなで乾杯しましょう」

ママさんの絶妙なタイミングに感謝した。

「山田様、大変失礼いたしました。以後気をつけます」

長瀬氏は大笑いして、

「多田よう、それ堅気の会社員の言い方だな」

皆が大笑いし救われた。

場もなんとか落ち着いたところで山田氏はニヤニヤしながら声をかけてきた。

「ターちゃんよー、ちょっと来てくれ」

席を立って店の開いてる席に勝手に座る。

「何でしょうか」

「まあ座れよ。ターちゃん、おめえ喧嘩強いか？」

うれしそうにいきなり聞いた。

「あまり喧嘩したことがないので良く分かりません」

「でも、お前さんいいガタイしているよな。何をしてそんなガタイ作ったんだい？」

「野球と陸上競技です」

柔道と剣道は、段を持っていないので言わなかった。

「野球かー。それにしてもゴツイ体しているなあ」

しばらく煙草をふかした後、

「ところでようターちゃん、頼みがある。もし警察とか国税が俺の柄を攫いに来た時、お前がそばにいたら体張ってでも俺が逃げる時間稼いでくれないか？　お前には前科も何もない。公務執行妨害初犯で実刑くらうことなどないから拘留で終わりだ。どうだ、やれるか？」

難しい質問だった。子どもとの約束が真っ先に頭をよぎった。しかし断る事ができるような状況ではなかった。

「私は住岡会の本部理事長だ。いつも持っているこの書類入れには命より大事な物が入っている。これを処分するだけの時間稼ぎをしてほしい。うまくやってくれればターちゃんの面倒は一生うちの組が見るから」

「わかりました。とにかく必死でやってみます」

「よし頼んだよ」

稼業の人は話が早い。二人は席に戻った。

長瀬氏がニヤニヤしながら山田氏に聞いた。

「山田さん何の話だよ。俺に内緒かい？」

「あんたの顔を潰したりしないよ」

それから例によって赤坂、六本木、ついでに上野と朝まで飲み歩いた。思い切り疲れる仕事だったが報酬もいい。上野時代よりましだった。

一度六本木の近くで検問を受けたことがあった。免許証は問題なし。しかし警察官の執拗な質問攻めにあった。まず兵庫県が住所なのにどうしてこんなところでこんな時間に運転をしていのるかを探られた。

「身寄りもなく生活のために運転手のバイトをしています」

「この車は誰の車だ？」

「そういう事を調べるのがオタクらの仕事でしょう？」

車のナンバーを無線で照会。特殊なリムジンだったので一発で見つかった。

「この車、暴力団の人間の車だぞ。分かってるのか？」

「私は頼まれて、公道を安全に運転しています。兵庫県在住だろうと免許証は日本国内どこでも問題ないはずです。車だって保険にもちゃんと加入しているので問題ないはずです」

すると一人の警官がトランクを開けろと指示してきた。

トランクを開けるとゴルフクラブのアイアンが一本入っていた。

「これは凶器だろう？」

「何言ってるんですか。それはゴルフクラブですよ。私が待ち時間に素振りに使っています。何か他にありますか？　なければ失礼してもよろしいですね？」

警官もこれ以上引き留めようがなく、

「判った。行け」

と促した。

車をゆっくり車線に戻し走り始めると、後部座席で長瀬氏と山田氏が腹を抱えて大笑いした。

「堅気はいいのう。ポリ公と五分に渡り合ったぜ。ターちゃん、お前は面白いのう」

何が面白いのかわからないが、少し二人との距離が縮まった気がした。

これ以降頻繁にターちゃん、ターちゃんと使われるようになった。

しかし高野とは一度も飲みに行かなかった。彼が破門の身で公に我々と同席はできなかったからだ。

そのうちに組の若い衆も多田さん多田さんと慕ってくるようになった。

彼らの中には食うや食わずの若い衆もいたからよくラーメン屋とかに連れて行って奢ってやった。パチンコにも連れて行って玉を買ってやったこともあった。勝ったやつが皆に晩飯を奢りあっていた。その時私はこの金は長瀬氏から頂いたものだと忘れずに伝えた。長瀬氏に感謝しろと。

暫くすると組の幹部連中が私の事をいろいろ言い出した。妬みやっかみだ。ヤバイなと思いつつもいきなり生活スタイルや態度は変えられなかった。しかし周囲の人間からはかなり信用もついたらしかった。

「ターちゃんよう、伊豆に行ってくれないか。娘が釣りをしたいらしい。かかあと娘連れて伊豆に行ってきてくれ」。

と言う長瀬氏に間髪入れずに「わかりました」と返事をした。

二日後、奥さんと娘さんを乗せて西伊豆にある知り合いの漁師船宿に行った。

翌日は小さな漁船で沖に出た。大物ではなかったがいろいろ釣れた。娘さんはかなりの釣り好きらしく良く釣った。大漁で機嫌良く下船した。夜は新鮮な魚尽くしの晩飯で豪勢だった。娘さんは酒が強く、船宿の親父と遅くまでいろんな話をして盛り上がった。束の間の平和な時間だった。翌日は宿でゆっくりして午後から帰路についた。

翌日土産の魚を出すとそれはアジではなくソウダガツオだった。あまり美味くない魚らしかった。長瀬氏に笑われたので、若い衆に全部くれてやって終わった。

ある日、長瀬氏から新しい仕事を依頼された。

「ターちゃん、朝霞まで行ってゴルフバッグ取ってきてくれ」

地図を頼りに埼玉県の朝霞市に向かった。行き先は門構えが立派な和風建築の家だった。

長瀬氏の使いだと伝えると朝霞の親父さんは快く迎え入れてくれた。

「兄ちゃん腹空いてるだろう、飯食って帰れよ」

「いいえ用事を言い使っただけですから」

と小腹はすいていたが丁重に断りを入れると親父さんは不機嫌そうな声で、

「いいから食っていきな」

有無を言わさず飯が出てきた。飯を運んできたのはなんと若くに引退した相撲取りだった。飯の量が凄い。どんぶり鉢に山盛りだ。茶碗にすると四、五杯分。嫌とも言えずいただいた。苦しいぐらいの量だったが残すのも失礼かと思いきり食べた。おいしかったが量には参った。

全部食べ終わると、

「兄ちゃんいい食べっぷりだねえ。お代わりは？」

「ご馳走様です。腹いっぱいです」

と正直に言うと、

「そうか。また今度なあ」

親父さんはうれしそうだった。私は預かったゴルフバッグを積んで持ち帰った。

「ターちゃん飯出されたかい？」

笑いながら聞く長瀬氏に答えた。

「はい。出されました」

「そうか、ところでお前全部食ったか？」

「はい全部食べました。お代わりと言われましたがそれはとても無理でした」

と答えると大笑いされた。

「朝霞の親父はよう、若いころ苦労して食うや食わずの時代があったらしいのでよう、若い衆には腹いっぱい飯食わすのがうれしいらしいんだ。そうか、お前全部食ったかあ」

長瀬氏は一人でしゃべって一人で大笑いした。

「ターちゃん悪かったなあ。朝霞の親父が出した飯残したら大変だったんだ。唸りつけられて思い切り説教食らうところだったんだ。教えずにいて悪かったなあ」

まあトラブルがなくて良かったと胸を撫で下ろした。

それから数回朝霞詣でをした。毎回丼飯を出された。毎回全部食った。朝霞から、使いはあの背の高い若いのを寄越せというリクエストがあったようだ。ラッキーにも私の胃袋は激しいスポーツとハードワークですごくデカくなっているので量には耐えることができた。

何度目かの朝霞詣の日、親父さんが電話で長瀬氏に聞いた。

「長瀬のよう、この兄ちゃんいつも一人だけど護衛付けなくていいのかい」

「そいつは大丈夫だ。護衛はいらない」

その日の朝霞からの帰り際、親父さんにいわれた。

「おい兄ちゃん、お前長瀬の代行に随分信用あるんだな。大事にしろよ」

良くは分からなかったが「はい」と大きな声で返事して預かったトランクを持って帰

ると、長瀬氏が随分機嫌良さそうに言った。

「ターちゃん、荷物の中身知らないのか？」

「知りません。ゴルフバッグだったりトランクとかでしょう？」

すると長瀬氏は目の前でトランクを開けた。一千万円の束が二十個。二億円だ。金かなと思ってはいたので驚きはなかった。

友人の不動産屋が待ち構えていて丁重に持って行った。私の仕事はそこまでだった。

長瀬氏が私に聞いた。

「ターちゃん本当は中身わかってたんだろ？　何で逃げねーんだよ。二億もありゃ逃げたって割合うぜ」

「代行やめてくださいよ。二億は大きいですが一生逃げ回る生活なんて怖くてできません。もらった小遣いで生活できているので十分です」

長瀬氏は笑顔でうなずいて「そうか」で終わった。

その後、あの金の使いみちを説明された。

不動産業全盛の時代、不動産屋がある程度まとまった土地を用意すると大手のデベロッパーが買い取る。そこで仕事がうまれる。東京の一等地、まさに凄い所だ。売りを渋っている地主をヤクザ流に脅すのではなく、堅気の不動産屋が誠意として手付けの現金を持ってお願いに行く。誠心誠意お願いをする。そして現金をテーブルに積み上げる。これが一番効果的らしい。

二億の手付け金を持って帰れという客はあまりいないらしい。そこで大きなビジネスが生まれる。手付けを渡すとすぐに移転登記の手続きだ。まとまった土地を大手のデベロッパーが表で買い取る。どの土地を買うかの指示は前もって大手から不動産屋に出ているのだ。東京の一等地だと天文学的な金額になる。

契約がスムーズに行くと不動産屋に大きな手数料が入る。すると手付けの元金プラス一カ月一割の返済、約二千万円が長瀬氏に入ることになる。それを朝霞と折半するのだ。毎月四、五億動くから長瀬氏の月の収入は二千万ほど。いやはや凄いもんだ。私のような月二十万位で必死に働く男とかたや日々麻雀をしたり酒を飲みながら月二千万円を稼ぐ者。この違いを勉強したいと心から思った。決して犯罪を犯して得た金ではない。脱税はあるかもしれないが、その程度だ。ヤクザや暴力団のスタイルではない。

長瀬氏がどれくらい面白い男か、象徴的な姿を目の前で見たことがあった。

ある日大手ゼネコンの営業が訪ねてきた。何でも組事務所のすぐ近くでマンション工事が始まるらしい。

「代行様、どうか工事がトラブルなくいきますよう御力添えお願いできませんか」

営業は長瀬氏に菓子折りを渡しながらそう言った。

長瀬氏は受け取った菓子折りの箱の裏から封筒を取り出した。そして中身も確認せず営業につき返した。

「こういう真似されたら困るんだよね。揉める奴がいたら私の名前使ってくれていいよ。ただし他所の組のもめ事までは責任持てないからね。これは持って帰ってくれ」

そう言って封筒と一緒に自分の名刺を渡した。

ひたすら礼を言う営業を大人しく帰した後で長瀬氏は言った。

「ターちゃんよう、堅気ってのは分かってねえよなあ。俺の値打ちたった三十万かい？」

そう言ってにんまり笑っていた。

自身を安売りしないのだ。この時に長瀬氏の凄さをまざまざと見せつけられた思いがした。

毎週の銀座、赤坂、六本木のお供にも相変わらずついていった。

仕事も順調にこなしていき、徐々に日々が充実しているように感じ始めていた。

私の勤めている不動産屋に、土地担保の融資依頼が何件かきていた。それは長瀬氏の業界の人たちからだった。業界間ではあまり疑ってかかることを良しとしないらしかったが、バブルも終わりかけていた当時、結構胡散臭い物件が増えているように感じていた。

ある日、埼玉の蕨市の幹線道路端の結構大きな土地を担保にした融資依頼が来た。融資希望額は五億だった。私は土地の謄本を不審に思ったので、敷地の図面を見せてくれるよう長瀬氏にお願いした。図面はかなり不鮮明だった。長瀬氏に当日か二、三日前の謄本チェックをお願いした。

すると長瀬氏は間髪入れず。

「おまえ、俺の友人を疑えってのか？　てめえに俺たちの業界が判るのか。なめてるとぶん殴るぞ」

これほどまでに厳しく言われたのは初めてだった。

しかし私は疑念が拭えなかった。

「代行、金額が大きいです。せめて謄本のチェックに行かせてください。もし私の間違いだったらぶん殴られるのも覚悟しています」

「お前何でそんなにこだわるんだ？　どうするんだ」

「はい。土地を管轄している法務局に行って閲覧して複製を取ってきます」

「いくらくらいかかるんだ？」

「二百円くらいです」

「そんなのかあ。法務局はどこにあるんだ？」

「これから事務所に帰って調べます」

「じゃあやってみろ」

翌日、朝五時起きで埼玉の所轄の法務局に走った。長瀬氏は埼玉の川口市や蕨市に詳しい運転手を付けてくれた。委任状やらいろいろ作って蕨市の法務局に行った。

何とか無事閲覧できた。すると何と二週間前に三億円の担保が設定されていた。しかし悪いことに土地のど真ん中にトレンチがあった。かなり大きい。駐車場にはできるがビルは建たない。完全な詐欺物件だ。

してやったりの気持ちで長瀬氏に電話した。

「今回の融資はやめて下さい。絶対だめです。二週間前に三億円の担保付いてますよ。すぐにコンビニからファックスで送ります」

帰路、長瀬氏の携帯から電話が入った。誰かにかけさせているのだろうけど。

「今帰っている途中です」

と答えると電話の向こうで騒がしい声が聞こえた。「すぐ帰れるのか？」の問いに昼くらいに到着すると答えた。金額を考えるとまあいい仕事が出来たかなあと思った。

事務所に戻り、トレンチを消して二度ほどコピーを重ねた敷地図面ではなく、道路と平行にはっきりトレンチがあるのがわかる図面を長瀬氏に渡した。そして三億の担保設定が記された土地の謄本を見せた。

「多田、お前どこでこんな事覚えた？」

笑顔で聞かれた。

当然取引は不動産屋のオヤジを通じて断りを入れた。

「人間背に腹は代えられなくなると何でもしますからねー」

そう答えると長瀬氏は満面の笑顔で、

「ハハハ、そりゃそうだなあ。おいかかあ、あれ持って来い」

姐さんが茶封筒を持ってきた。

「今日の経費だ。取っときな」

有り難く貰ったが、かなり厚い。トイレに入り中身を見ると一万円札の束だ。四十万円あった。今日の経費は二万円くらいかなと思っていたので、住んでいる世界の違いを感じる出来事になった。

それ以来、融資の依頼が来た時には謄本を当日チェックすることが普通になった。勿論私の仕事になった。どれ一つとして綺麗な物件はなかった。

「あまり景気良くねえんだな。もう土地担保の融資はやめようか」

長瀬氏は独り言ともとれる言葉を呟いたが、それには私は返事をしなかった。

毎日それなりに生活できていたが私の人生は平たんな道ではなかった。本当になかった。

ある日、長瀬氏の友人の赤羽運送の社長が紙包みを持って事務所に来た。

「ターちゃん頼みがあるんだ、聞いてくれるか」。

「ハイ何でしょうか」

「この中に四百万ある。何も聞かずに受け取ってくれ」

「社長待って下さいよ。私には意味が全く解りません」

社長はいきなりスーツを脱ぎワイシャツも脱いだ。上半身全部刺青が入っていた。これには参った。堅気の運送会社の社長とばかり思っていた私の驚きは尋常ではなかった。しかも社長が言うには、

「いいから納めろよ。お前いい体してるだろう。この金で俺と同じ鍾馗さんの墨入れてくれよう」

「済みません、私は墨を入れるほどの根性ありません。どうか勘弁して下さい」

恐縮しながら言うと社長は眼付を変えて思い切り凄んだ。

「おい、男が一度出した金を引っ込めろって言うのか？　ただで済むと思ってるのか」

何とかその場を凌いですぐに代行に連絡した。

「あのバカ何考えていやがる。分かった。俺から言っとく。お前に墨は入れさせないよ」

長瀬氏から、多田には稼業はやらせない、こいつには堅気の仕事をしてもらう。と赤羽運送の社長にしっかりくぎを刺してもらった。あらためて長瀬氏に感謝した。

赤羽運送の社長も、長瀬氏からやめろと言われたら引き下がるよりほかはなかった。

そのうち高野が遊びに来た。田舎に里帰りしたいらしく、それに関する頼み事を長瀬氏にしているようだった。運転手に多田を貸せと言ってきたらしい。四、五日の事らしかったがこいつは何でもありの荒くれ者。距離は置いておきたかった。何でもクラブのママをやっている高野の奥さんがセルシオを持っているらしかった。一度自慢そうにそう言っていた。

数日後、皆で群馬県までドライブに行った。赤城山の麓まで行った。

高野は群馬のこんにゃく農家の息子だった。人のいい高野の親父さんに随分親切にしてもらった。夜はいい肉のすき焼きをごちそうになった。

少しするとママさんがしきりに腰が重いだの肩が凝っただの言いだした。

高野は実家で大きな事を言っているので自分では動かず、

「おい多田、お前マッサージうまいのかい」

「はい、少しぐらいならできますが」

「おいかかあ、多田にもんでもらえ」

この流れは恐らくママさんの筋書きのようだった。ママさんは高野が自分でマッサージをするなどとは全く期待しておらず、きっと私にやらせるに違いないと思っていたのだ。そうすれば高野の顔も立つ。しかも自分はしっかり若いごつい男のマッサージを思い切り受けられる。上手く収まる寸法だ。

そうこうしていると、地元の飲み屋に繰り出す話で盛り上がった。

赤城山の麓は国定忠治の地元ということもあり、稼業人にあまり抵抗がない人もいるようだった。高野の友達が何人か訪ねてきたので彼はママさんと私を置いて外に飲みに出ていった。私は残ってマッサージ。陸上部で覚えた身体に効果的なマッサージを本気で施術した。亭主はいないし、かなりきわどいマッサージをした。ママさんも結構喜んだ。

二日泊まってゆっくり群馬を出た。平和な小旅行だったが、帰りの高速道路で問題は起きた。

高速道路はガラガラだったし車はセルシオ、安定した走りを見せていた。

時速一四〇から一五〇キロで走っていた時、いきなり高野が怒り出した。

「コラ！　多田、誰の車だと思ってやがる。飛ばし過ぎだー。もっとスピード落とせ！」

高野は本気で怒っていた。

かまわず飛ばしているとさらにわめきだした。彼はどうやらスピード恐怖症のようだった。

行きはママさんと後に乗っていた高野だったが、帰りは助手席に乗っていた。あまりに酷く喚くので私はしかたなく車を脇に停めてわびた。頭の中では何をガタガタ抜かしやがるこのビビりが、と思ったが、

「私の運転が酷いようならここで失礼します」。

ドアを開けようとした。

「あんたやめなさいよ、運転してもらっていて何をそんなわがまま言ってるの。私だってこのくらい飛ばすわよ。この車もっと走るんだから。ターちゃんごめんなさいね」

後部座席からママさんがなだめるように話しかけた。

「機嫌直して一緒に帰りましょ」

「いいですかこのまま運転して？」

と確認し、今度は他の車の流れに従って一三〇キロ位で走った。高野は後ろに移った。

都内まで帰りくと車をマンションの駐車場に置き、電車で赤羽に戻った。

長瀬氏に無事戻った事を報告に行くと、彼は麻雀の最中だったので、すぐに自分のマンションに帰った。

晩飯を食べようと思ってマンションの外に出ると、吉永一家の若い衆が三人いた。

「何しているんだい？」

と聞くと、偶然を装っていたが私の帰りをずっと待っていたらしかった。

「飯食ったか？」

「実は朝から何も食べてないんです」

「じゃあ、一緒に食いに行こう」

三人を連れて近くの中華レストランに入った。

「何でも腹一杯食えよ」

皆若いから思いっきり食った。街中華なので金額にしたら大した事はなかった。

食べ終わると三人を連れてパチンコ屋に行った。

「負けたら諦めろよ」

そう言って、荒い一発台を打ち始める。なんと五百円位ですぐに当たった。その台を若い衆の一人に代わりに打たせて次の台に移動した。その台もまたすぐに当たった。打ち手は三人いる。その台も若い衆に打たせて三台目に挑戦した。嘘みたいにまたまた当たった。生まれて初めての経験だった。当てるのに一万円はかかる一発台だ。二千円ほどで三台当たるなんてことがあるのかと驚いた。三人で五万円くらいにはなっただろう。

私はパチンコは好きではないので、早々に店を出て、雀荘に向かった。

今日は長瀬氏の麻雀が長引いているようだった。呼び出しがかからない。あまり落ち着かないが麻雀を打ち始めた。その日の一連の出来事がまるで神さまのいたずらのように私の人生を激変させるきっかけになるとは夢にも思っていなかった。

翌日の昼、三人から連絡があり喫茶店で落ち合った。

何の話かと思ったら、私の部屋に質屋から電話を引いてほしいとの事。理由を聞いたが、何も聞かずにとにかく電話回線を引いてほしいと言うばかりだった。知ってもどうせいい事はないだろうと思い、とにかく電話回線を引いてやることにした。

それから毎週土日、三人は私の部屋にきて何かやっていた。そしてある水曜日の夜、若い衆は金を届けに行きたいと伝えてきた。

「お前たちの金だろう？　俺はいらないよ」

そう言っても受け取ってくれ、食事に服に世話になったからと引かない。新しい預金通帳を作り一円も手を付けずにその金を管理する事にした。

しばらくするとかなりの金額が貯まっていた。しかしそれも長くは続かなかった。


五カ月ほど過ぎたある日、言い出しっぺだった若い衆の一人の向井が吉永にボコボコにされたらしい。他の二人も捕まっているようだ。その直後なぜか私も呼び出された。

行ってみると吉永は怒り狂っていた。

「おい多田、舐めたことしてくれるじゃねえか、指の一本程度じゃ済さねえからな」

と息巻いている。

吉永は九州の食い詰めヤクザだった。かなり危ない人だ。

「何の話ですか？　私にはさっぱり分かりませんが。説明してください」

「お前、白を切るのか？　絶対殺してやる」

手が付けられない状態だった。

とりあえずマンションに戻ると長瀬氏から連絡がきた。もともとみんな長瀬氏の配下である。

「多田よー、何揉めたんだ？　説明しに来い」

すぐに長瀬氏の家に行くと吉永、向井、他の二人も来ていた。

要は、私が吉永の競馬のノミ屋の客を横取りしたとの事だった。

「多田、本当にそんなことしたのか？」

きつく聞かれた。

すると向井が、

「多田さんは何も知りません。僕が全部仕組んだんです。多田さんの部屋に電話を引いてもらいました。多田さんがやったのはそれだけです。全部私が仕切ってやりました」

向井も自分の欲だけでやったとしたらタダでは済まない事くらいわかっていたと思うが、彼は正直に話してくれた。

「代行、私たち吉永さん配下の者はもう何カ月も一円の金も貰っていません。バイトしたりいつも多田さんに飯奢って貰ったりして、かろうじて食いつないでいました。冬服が無い時もみんな多田さんに買ってもらいました。ですから多田さんには少しでも返したいと思いまして」

　吉永は、

「多田、その金どこへやりやがった」

と大声で喚き散らした。

　私は、

「代行、金なら私が預かって全部この口座に入れてあります」

　そう言って銀行の通帳を長瀬氏に手渡した。

「名義は確かに私ですがこの金は私の物とは思っていませんでした。三人の物だと思っていました。だから一円も触っていません」

　私の話を聞くと長瀬氏は、

「吉永よう、お前こいつらのこと責められるかあ？　ちょっとおかしいぞ、お前の客からのアガリはお前だけのもんかー？　違うだろう。組の皆のもんだろう？　何で下の者を大事にしてやらねーんだ。言ってみればこいつらだって俺の若い衆だぜ、お前も含めてな。それなのに勝手に向井を締めやがって。何カ月も食えなきゃ誰だって横道逸れるわなあ。お前それでも兄貴だの叔父貴だの言ってもらえると思っているのかー。この一件は俺に預けろ、いいな吉永。組内でめったな揉め事起こすんじゃねーぞ」

とかなりきつい裁定が出た。

しかし吉永は全然引く気がないらしかった。

その夜向井が逃げだした。

向井から最後の電話があった。

「多田さん、そこに居たら殺されますよ。僕は逃げます。吉永さんの下では修行なんかできません。付いていけません。多田さんの下につきたかったです」

「馬鹿野郎、俺は堅気だよ。兄貴だの組だの、嫌いなんだ。それより上手く逃げろよ。絶対捕まるなよ」

で話は終わった。

数日して長瀬氏から改めて呼び出しがかかった。

「多田ちゃんよー、吉永がお前を殺すと息巻いてるらしい。俺の言う事も聞かないと言ってる。相談だが高野の所に行ってくれんか。アイツならお前を助けてくれるから」

しかしその話は怖かった。

「代行、その話だけは勘弁して下さい。私は堅気です。高野さんは判ってくれないでしょう」

「どいつもこいつも人気ねーなあ。困ったもんだ。しかしお前が吉永にやられても困るからなあ。かかあ、吉永を呼べー」

数分で吉永が来た。

「吉永よー、俺が裁定するからつべこべ言うなよ。預かった通帳はお前に渡す。後で銀行へ行って全部下ろしてこい。それから明日多田を江戸処払いにする。こいつは堅気だ。お前が変な気起こしたら組にも大きな迷惑がかかる。責任取るのはお前じゃない、俺だ。分かるな？」

吉永はそれでも私を殺す気満々だった。

すぐに銀行に行って全額引き下ろして長瀬氏の処へ持っていくと、長瀬氏が二百万越えの金を、

「吉永、お前のもんだ。納めろ」

吉永は素直に金を受け取った。

すぐにレンタカーを借りてきて僅かな荷物を積みこみ、赤羽を後にした。ドライバーは吉永のところの若い衆だった。何かあるなと思いつつも、しのごの言っている場合で

はない。長瀬氏に丁重に御礼の挨拶をして、すぐに車を出した。

「多田、達者でな」

それが長瀬氏と交わした最後の言葉になった。

走りだすと運転をしている伊藤という若い衆が、

「多田さん、どこへ行きますか。実は吉永さんに多田の行き先をすぐに教えろと言われているんです。後で襲う気でいますよ。あの親父狂犬ですからね。多田さん嘘じゃない。その証拠に私は走っている状況を吉永に逐一報告しなきゃなりません。多田さん、何処へ行きますか？」

私は六本木に行きたかったがそう言っていいものやらと考えていると伊藤は、

「僕もこの後吉永さんの下から逃げます。いても何もいいことないですから。多田さんの行くところは言われた場所と全く違う報告をします」

しばらくすると首都高に入った。私が六本木へ行くと告げると、伊藤ははいきなり吉永に電話した。

「今首都高に入りました。新宿に行くそうです」

やがて六本木のロアビルの近くの道端に車を止めると折りたたみ式携帯を開き、

「今新宿に居ます。場所は歌舞伎町です。多田は車を出て風林会館の方へ向いました。今から戻ります」

と連絡を入れた。

「多田さん、これはせめてもの恩返しです。私も車を返したらすぐにふけます」

いい加減な付き合いしかなかったが、ギリギリの所で漢気を見た気がした。

それにしても、赤羽も私の安住の地ではなかった。

住む世界は違ったが長瀬氏には随分世話にもなったし、すごく勉強させてもらった。

ずっと後になるが、メッセージだけは届けることが出来た。

六本木につくとまずサウナを探しゆっくり風呂に入って体を休めた。

何時間か眠った。吉永プレッシャーも忘れて熟睡した。

3

目が覚めると猛烈に腹が減っていたので食事に出た。

六本木は長瀬氏と何度も飲みに来ていたので結構慣れていた。ただし以前の店には入れない。他の店を探した。当時よく行ったキャバクラ、レッドシューズの前を懐かしい気持ちで通りすぎると、ビルの四階に「七丁目クラブ」と言う雀荘の看板が目に入った。

所持金は赤羽で貯めた百万くらい。少しはゆっくり出来るだろうと早速四階に上がってみた。デカイ店だった。十卓以上ある。東南戦ではなく東戦の店だ。ルールの説明を受けた。少しむずかしそうだった。

私は離婚以来子どもたちに対する自責の念からかどうも「幸せになっちゃいけない症候群」を病んだらしい。頭の中に三人の子どもが突然いなくなった時の事や泣いて悲しみに暮れた時のことがいつも浮かぶ。どうしても消せない。その時のことを思い出すと胸が張り裂けそうになる。自暴自棄にも似た気持ちだった。安定した状態を手に入れるとすぐにそこから逃げ出したくなる。安定した状態がひどく辛くなる。この気持ちは地元を出てからずっと続いている。たぶんこれからも続くのだろう。

とにかく卓に入って打ち始めた。客層もこれまでの店とはかなり違っていた。生活水準もかなり高そうだった。映像関係者や芸能関係者、ザ・バブル不動産関係者に水商売系オーナー、会社経営者など華やかな職業の客も多かった。

麻雀も攻め一本、勝負に行ってアガリ切る事が一番の麻雀のようだった。だから勝ちもデカいが負ける時もデカい。なんとも荒いゲームだ。数時間で五、六万円負けることもあった。私も必死で打った。負けず嫌いの自分の性格がどうしても隠せないでいた。長く打っているとゲーム代が随分かさみ、しかも勝ちが難しくなってきた。午前十時頃まで打ってすでに数万負けていた。

ゲームを終えて食事に出た。

六本木はいい街だ。誰も他人に干渉しない。皆胸を張って生き生きしている。そこにいる人たちの住むレベル、品格などまったく気にしない街のように思えた。何も窮屈に感じることなくいろんな人々が暮らしている。

六本木で飲む人たちは自前で飲む。銀座で飲む人たちは接待など会社の経費で飲む。と言うことを聞いたことがある。私は圧倒的に前者なので居心地は良かった。僅かな金でその日暮らし、私の新たな生活が六本木で始まったのだ。

午前十時頃サウナを出てレストランへ行き、ゆっくり朝飯を食った。違法かどうかはわからないが六本木の雀荘は基本的に二十四時間開いていた。

眠らない街という言葉があるが、六本木が正にそれだった。

七丁目クラブには午後六時頃から会社勤めの人がやってくる。そして午後十一時頃にはみな帰る。飲食業の人たちは午前一時頃から集まりはじめ三時、四時、時には明け方近くまで雀荘にいる。結構な客数だ。客の属性、動向がわかるくらいまで大人しく黙って打っていた。

この雀荘では最初の会員登録の時に簡単な名前とか住所を書いたので、店側は私の名前は知っていた。

「多田さん、ここのところ毎日だね」

数日経つとマスターが話しかけてきた。大体要件は分かっていた。

何とか打てる。他のお客さんも嫌がっていない。しかしあまり強すぎてもメンバーとして雇わない。

どうやら私はマスターのお眼鏡にかなったようだ。

「多田さんどこに寝泊まりしているの？　サウナ？」

おそらくどんなところに泊っているかは知った上での質問だった。

「はい、サウナ住まいですよ」

少し世間話をし最終的に私の犯罪歴をそれとなく聞いてきた。客層がかなりいいのでそこが一番心配みたいだった。もちろん前科無しだ。私は自分の略歴を簡単に話した。

すると早速メンバーへの勧誘を受けた。

点棒の計算があまりできないから無理だと言うと、メンバーではなく裏メンバーをやってくれないかとの事。私服でいいから明け方とか深夜の客がきれそうな時に客のフリをして卓に入ってくれ、というものだ。ギャラも高かった。会社の寮は三田にあるオーストラリア大使館の前だという。契約として一日二十回から三十回程度打ってくれとの事。メンバーはゲーム代の持ち出しがあるため、所持金の心配はあったものの、申し出を受けることにした。

これで当分は大人しく生活できるかなあと思った。まずは寝る所の確保ができた。これが出来ないと即ホームレス生活が待っているからだ。明日からは極力負けないように堅く打とうかなあ。性格には合っていないがとりあえず必死で打とう。

私服で打てるのは良かった。ここでは雀荘のメンバーによくある客に酷くへりくだったり客から酷い言葉を投げ掛けられたりする事もないだろう。

午前四時頃から夜の仕事のお客さんが帰っていく。朝七時、八時までの空いている時間お客さんが増えるまで卓に入る。ゲームスピードは早い。親は一回だけで四回親が進むとゲームセット。息つく暇もないゲーム展開だ。うかうかしてると直ぐ四着になる。

がむしゃらにアガっていかなければトップはない。しかしトップを取るより面前でヤミテンもしくはリーチでツモる方が、金額的には圧倒的に有利だ。これは前の雀荘で覚えた。とにかく激しい。赤三枚、一発、裏ドラ、全部千円。三千円通し、四千円通しなどザラに出る。

三着でもダマで何回か赤入りで引きあがっていると金額的な負けはなかった。しかしとにかく荒い。一ゲームで二万円以上負けることもあった。

六本木の雀荘は面白い。プロ並みに強い人もいれば、向こう意気一本で荒い麻雀を打つ人もいた。ツキもかなり左右する。

ひとしきり打って午後八時頃になると、会社帰りの客で一杯になる。ようやく卓を出て食事に出る。何日かそのサイクルで打っていると客から
「多田さん飯かね？　付き合うかい？」

と誘われることもあった。

この街には裕福な人が沢山いたので、時々いい店に連れて行ってもらうこともあった。

街に居心地の良さを感じ始めながらも麻雀の戦績は奮わなかった。打てば打つほど負けが込んだ。月に四十万円もらっても僅かな服代と食事代で何も残らなかった。それでも毎日寝るところの心配をせずに暮らせることがうれしかった。

こんな生活がどん底の一歩手前であることはよくわかっていた。幸せなんて求めちゃいけない。死ななければそれで良し。そんな毎日だった。

あるときマスターが私の運転免許がゴールドだということを車で来るお客さんにそれ

となく話したらしい。

キャデラックに乗ってくる若白髪で下手な映画俳優より男前の客がいた。彼は賃貸仲介などではなくバリバリの不動産屋さんらしい。彼が、

「車を駐車場に入れておいてくれ」

キーを無造作に投げてよこした。

「俺は小さい車が嫌いなんだ。これでも小さくなったんだよ。前はフルサイズのキャデラックに乗っていたんだけど最近の駐車場は入れてくれなくて。だから今乗っているのはこれでも小さい方なんだ」

一階に下りるとビルの前にブルーメタリックのキャデラックが止められていた。私は近所のパーキングに入れた。オートマティックの結構大きな車だ。

もう一人は週一回ほどのペースで来るとても品のいい四十過ぎの女性だった。

「誰か車をパーキングに持って行ってくれない」

メンバーの水巻が大きな声で満面の笑顔でその女性に近づくと
「ハイ私が行って来ます」

すかさずマスターが、「お前はだめだ、水巻」と制止した。

「ターちゃん、行ってきてくれ」

鍵を受け取るとフェラーリのキーホルダーだった。参ったなと思いながら一階に下りると512テスタロッサ。本物だ。正直、車にもオバさんにもこの街にも呆れた。

この車は車高が低すぎて普通のパーキングはお断りらしい。そこで近くのガソリンスタンドに持って行った。基本的にガソリンスタンドは駐車はお断りなのだが、気持ちよく止めさせてくれた。一度見たら忘れられない車だ。あのひと有名人なのだろうか？ずっと後で教えてもらったが彼女はのちに六本木のランドマークとなるビルのオーナー一族の一人だったようだ。

六本木の七丁目クラブは個人的な事を誰も気に留めないので、場末の雀荘よりずっと過ごしやすかった。

有名な芸能人とも何度か打った。場末の店のような「メンバーのくせに」とかいうセリフを聞くこともなかった。

生活にも徐々に慣れてきた。たまにパチンコに行ったり美味しいレストランに行く事も出来た。

しかし相変わらず先の展望は何もないその日暮らしには違いなかった。

六本木も平穏では無かった。ある日コンビを組む裏メンバーの奥井君と私に、別のメンバーの亀田が、

「二人に頼みがある。俺に昼間付き合ってくれないか」

と言ってきた。

要件を聞いても亀田は詳しいことは何も答えずとにかく来るだけでいいとの事。翌日奥井君ととりあえず行ってみた。亀田はレンタカーのカローラを借りてきて、六本木から新宿に行った。亀田は車から降りて、

「そこで待っていてくれ」

亀田は昼間から開いているピンサロに入っていった。奥井君と顔を見合わせて訝しんだが、数分後亀田はいきなり店員を店の中から引きずり出して路上で何度も殴りつけた。血まみれになる店員を見て私たちは慌てた。どうやら亀田はそのまま店員を車でさらうつもりらしい。しきりに大声で私たちを呼んだ。

ただごとではないと察知した私たち二人は一目散に走った。新宿駅まで後ろを振り返ることもなく走った。地下鉄に乗ってから奥井君がようやく言葉を発した。

「危ない奴だなぁ。逃げて正解だよ。危うく、犯罪者にされるところだった。いやぁ、まいった」

「本当にあのバカ、一体何考えているんだ」

二人で六本木まで戻った時、酷く疲れを感じた。全力疾走と後味の悪い場面を見たせいだった。

翌日亀田が突っかかってきた。

「お前ら何で逃げたんだよう。金払っているのに」

奥井君は冗談じゃないと怒った。

「ふざけるな。お前のやった事は犯罪だぜ。お前ケツ取れるのかよ。警察で共犯にされるのは御免だ。説明もせずに何の真似だよ」

私も考えていることをぶつけた。

「お茶代程度で頼むことじゃねえだろう。お前奴をかっさらう気だったんだろう？　誘拐まで付くんだぞ。わかってんのか」

二人で亀田に反論する余地も与えず文句をぶちまけた。

その夜、亀田は店の金をくすねて逃げた。

オーナーには昨日の事を二人で細大もらさず報告した。数日後には警察官もやってきた。何でも亀田というのは偽名で犯罪歴もあったらしい。亀田には同棲していた女性がいたが別の男と逃げたらしかった。別の男というのがあの店員だった。女性はそのピンサロで働いてたらしい。

オーナーには報告していたので私たち二人はお咎めなしだったが、このようなことに巻き込まれたことをつくづく不運に思った。

そのあと何事もなかったように店は開き私たちはひたすら麻雀を打った。

六本木「デジャブ」という店があった。キャッシュオンデリバリーのバーで、缶ビールからウイスキーまで何でも五百円だった。

私はふらりと立ち寄った。

日本人客は私だけだった。ずっと後になって商社の連中がチラホラ来るのを見かけた程度だった。

デジャブで飲むうちにアルバイトでバーテンダーをしているオーストラリア人の青年と話すようになった。彼は日中は語学学校で英語を教えていた。

五月二日、彼は寂しい顔をしていた。私は気になって声をかけた。

「誕生日を祝ってくれる人が誰もいないんだ。パパもママもいない」

偶然にも、私も五月二日が誕生日だった。

私は落ち込む彼に言った。

「私も同じだよ」

私も自分の誕生日を祝福してくれる人など誰もいない事を告げた。

私の英語は拙かったが幸い早い時間だったので他の客は誰もおらず、ゆっくりと話せた。おかげでお互いの言うことを理解することが出来たようだった。

それ以来デジャブには早い時間によく通った。紙と鉛筆を使って私が日本語を、彼が英語をよく教え合った。干渉のないこの街で優しい気持ちになれた出会いの一つだった。

デジャブでは土曜日の遅い時間に行くと見られるお決まりの光景があった。当時の各国のスチュワーデス、今でいうフライトアテンダントが居心地の良さを聞きつけ通うようになっていたのだ。アメリカ系やヨーロッパのアリタリア、韓国の大韓航空やアシアナなど各国の航空会社のフライトアテンダントが日頃の業務での鬱憤を晴らすように乱痴気騒ぎをしていた。

店は今で言うクラブに早変わり。カウンターに上がってミニスカートで踊りまくるイタリア系、負けじと張り合う韓国系。各国のフライトアテンダントの戦いの場となった。

よく韓国系航空会社の子からビールをいただくことがあった。そのうち何度か酔った勢いで二次会に行こうと誘われたことがあり、ついて行くといきなりホテルだった。レスリングのゲームでもするような激しい夜を何度か経験し、外国勢の勢いに驚いたものだった。

正にその日暮らしだった。麻雀を打つ事と少しばかりの金を持って食事に出る事と、たまにお客に誘われて飲みに行く以外何もできなかった。

赤羽時代にあった少しばかりの金はすっかり底をついていた。一年ではなく二十四時間のサイクルの人生だった。こういう生活を長くやっているベテランのメンバーも何人かいたが、私には半年くらいが限界だった。元の建築や内装の仕事が恋しかった。物を作ることが向いているのかもしれない。

少し麻雀で勝った時、ふと伊豆に行こうと思いたった。

高校の同級生だった佐伯健君が中伊豆の冷川で土木の会社を経営していた。会社を興したのは親父さんだが。彼の所に行けば何かいい話があるかもしれない、と勝手に思い込んだのだ。

二日間の休暇をもらい、朝早くに東京を出た。自分の意志で動くのは約二年ぶりだった。

新幹線で熱海に着くとそこから在来線に乗り換え修善寺駅に着いた。冷川まではタクシーで行くしかなかったがいくらかかるか判らないので怖かった。タクシーの運転手に料金を真剣に聞いた。親切なタクシードライバーが、冷川へ行くにはバスもあることを教えてくれた。これまでバスにはほとんど乗ったことがなかったので、切符の買い方も知らなかった。

彼の家は冷川のバス停近くだと聞いたことを覚えていた。バスを降りて彼の会社佐伯組の大きな家を訪ねたが健君は家にはいなかった。いないというより家を出て行ってしまったようだ。

親父さんがいたが凄く話しづらかった。仕事は順調のようでよかったが親父さんに相談を持ちかけるわけにはいかなかった。しかし相談しなくては来た意味が何もない。

悩んだ末に結局親父さんに土木の仕事に戻りたいと思っていることを打ち明けた。

するとと親父さんはすぐに、

「多田君、うちでは雇えないからね。理由は君がうちの組織に入るとうちの土方がみな辞めちまう。それは困るんだ」

どうしていきなりそんな結論になるのか全くわからなかった。私は他人から見るとそんなに仕事出来ないように見えるのか？　惨めだった。まるで先につながる話はなかった。

帰る間際に親父さんがポツリと言った。

「君が仕事をできないと思ってるんじゃない。むしろ逆なんだ。うちの手元や職人は小学校しか出ていなかったり流れ者や半グレヤクザ、そんなのばかりだ。もし多田君がそこに入ってブルドーザーのように仕事をしたらみんな辞めちまうだろう。だから私は君を雇えないんだ」

そして、

「多田君、島に行ってこい。自分をリセットしたかったら誰も知り合いがいない島にでも行って、自分を一から見つめ直してみるのもいいかもな」

とアドバイスをもらった。

修善寺駅までは親父さんの新しいセドリックで送ってもらった。健君の動向を聞きたかったが、無言で車を走らせていたので聞けなかった。一人息子が家業を継がずに家を出たのでそれ以上は話せなかった。

駅で礼を言って別れた。

「頑張れよ。先はまだ長いから」

と励ましの言葉をもらった。

六本木に戻って島関係の仕事を探してみた。

景気は最高にいい時代だったので求人は各新聞にいっぱいあったが、離島での仕事というのはなかなか見つからなかった。

一週間程経ったある日新聞に、

「トロピカルな島で仕事をしてみませんか」

と言うキャッチコピーを目にした。

これだ！　東京都小笠原村母島。母島がどこにあるのか知らなかったが構わない、とにかく東京都だ。

募集している会社は中目黒にある福間建設と言う会社だった。私はコンビニで履歴書を買い、すぐに必要事項を書き込んだ。どうなるか全くわからないがとにかくやってみようと思った。

電話で応募の旨を伝えると履歴書を郵送するよう指示された。都内に在住と伝え持参することを希望していると言うと、二日後の午後二時に来社するよう言われた。

二年ほど染み付いたその日暮らしの生活が変わるかもしれないと思った。

二日後を待ち遠しく思いながらも麻雀は打った。

深夜から朝まで打つことが多かったので昼から四時頃まで抜けるのはさして問題ではなかったが、最低でも五、六万は金を作っておく必要があるとすぐに思った。

雀荘の中にいれば無一文でも生活はできるが外に出るとそうはいかない。いきなり当たり前の現実が目の前に立ちふさがった。とにかく勝っても負けても残った現金をポケットにしまい込んだ。上手い具合にゲームも好調だった。

二日後、中目黒の福間建設に面接に行った。

中目黒の道沿いにある古い小さなビルだったのでほっとした。最新のビルで部署が幾つもあって身分証を出さないと入れないような会社だと気後れしただろうと思った。

「面接に来ました」

と告げると事務の人が中に通してくれた。

五十代の堅そうな人が面接官だ、眼鏡越しに慇懃な物腰で私を見た。

「あなたは工業高校の土木課を卒業されていますね、うちの募集は単純土工ですよ。それでも構わないんですか？」

「多少は出来ますが資格を何も取得していません。ですので現場要員で結構です」

他にもいくつか質問されたが問題になるような点はなかった。

年齢と大きく強そうな体のおかげでケガや故障の心配がなさそうと思われたのだろうか、すぐに採用が決まり給料や条件の細かな説明を受けた。

契約期間は三カ月だった。最初の仕事としてはちょうどいい期間だと思った。あまり長いと最後まで勤め上げられるかどうか不安だったからだ。トライアルとしての三カ月だ。一週間後竹芝桟橋に集合との事だった。

今度は私から仕事の内容とか持参するものなど細かい事を少し質問した。すると僅かな着替えと洗面用具くらいで大丈夫だったので助かった。用意するものが沢山あったらすぐに金の心配をしなければならなかったからだ。

一週間で何が出来るかわからないがとにかく出来る事を全てやろうと思った。先ず負けないで麻雀を打つこと。一週間で勝てるだけ勝とう。店に戻す金を抑えて手元に現金を残すように頑張った。これまでそういう事を全くしていなかったので誰も気にしなかった。一週間で十万円ほど貯めることが出来た。

前々日にやめる事をマスターに打ち明け、お世話になったお礼も伝えた。前借などはなかったので気持ちよく了解してもらえた。もっとも赤羽時代に貯めた百万円くらいの金は全部この雀荘で吐き出していたのだが。

流れ行く生活、今度は海を越えた遠い距離だ。出来る事ならブラジル辺りまで行くのもいいかと思ったのだが。やはり子どもたちに未だ何の責任も果たしていない事が死ぬ程辛かった。

とりあえず元の業界に戻るきっかけは作った。随分先の話になるが、この機会は後の私の人生に大きな大きな影響を及ぼすことになった。

退職当日の朝、メンバーに挨拶をして地下鉄の駅に向かった。マスターが三万円の餞別をくれた。ここでも良く世話になった。数カ月雨露をしのがしてくれた。マスターにまた遊びに来ることを告げて出て行った。浜松町駅はすぐ近くだ。小さなデイパック一つ。前に進むのみだった。

栈橋に着くと福間建設の人が片道の乗船券をくれた。今回島に行くのは私だけみたいだった。乗船前に細かい説明を受けたが上の空だった。なんでも二十四時間の航海らしかった。とにかく今の状況から早く違う世界に行きたかった。

待合には島に帰る人や観光客で賑わっていた。おかげで落ち込まずに済んだ。所持金十二万円だけの第三の人生の幕が開いた。

4

島までは長い航海だった。

二等船室。パンチカーペット敷きの大部屋。仕切りも何もなかったがごろ寝には最適だった。私は数時間寝てはデッキに出た。

幸い揺れは少なかったので船酔いはしなかった。何度も何度もデッキに出た。最初はどこかの島影も見えたりしていたが、十時間を過ぎた辺りから夜の潮の匂いと足の速い船の波音だけがずっと続いた。

どこまで行くんだろう。東京都だよな。随分遠いなあ。

呆れるほど長かった。都心では分刻みの生活、姫路時代だってこんなに時間がゆっくりとした過ぎたことはなかった。初めての経験だった。

夜が明けると朝日と共に太平洋の挨拶、洗礼を受けた。見渡す限り水平線が丸く見える大きさ。美しい水しぶき。紺碧、何ブルーと言うのだろう? 例えようもなく透明で綺麗なブルー。見渡す限り一面全部だ。長い時間デッキでただ波しぶきを見ていた。

昼過ぎまで同じ風景だった。けれども何時間見ても飽きなかった。この航海、この風景を見られた事だけで十分元は取れた、と変に満足した。

やがて前方に島影が見えた。あれが小笠原に違いない。確信はないがそう思いたかった。

快晴だった。海の青といい波しぶきの白といい生まれて初めての凄い色だった。透き通ったブルーは本当に感激だった。

暫くすると船が減速しはじめ、背の高い岩を回り込むように父島の港に入って行った。

桟橋に着くと多くの人が出迎えにきていた。新鮮だった。長く人に歓迎されるような人生を歩いていなかったので、その中に紛れているだけでもなんだかうれしかった。

背の高いヤシの木が元気よく茂っていた。警察官の顔を見ると確かに日本人だが日本人には到底見えない顔つきの人たちもちらほらいた。

小笠原諸島についての予備知識はまるでなかった。私は福間建設のボードを持った人を探した。ホテルや民宿のボードが凄く多かった。

福間と書かれたボードを見つけ近くまで行くと、

「多田さんだね。こちらに来てください」

桟橋を奥の方まで歩いて移動するとそこには小さな貨客船「ははじま丸」が停泊していた。

ここは父島で、最終目的地の母島ではなかったのだ。

また船に乗るのか。一体どこまで行くんだい。

疲れがどっと出たようだった。

「ははじま丸」は横持ち貨物の積み込みが終わるのを待って出航した。母島までは確か四、五時間だったが今度もひどく長い船旅のように感じられた。自分がいる位置が全くわからなくなっていたので、まるでポリネシアとかミクロネシアの方まで来ているような錯覚を覚えた。

陽が沈むとこれまでに見た事のない満点の星空だった。真っ暗な空には星。誰かの詩に出てくるようなロマンチックな状況ではなかったがとにかく凄かった。圧倒された。

母島に着いたのは午後八時ごろだったか、騙されてミクロネシアに売られた――と半分そう思っていた。

五十過ぎに見える小柄な現場作業服姿の人が近づいてきた。

「多田さんかね?」

「はい」

車に案内されて会社に向かった。港からすぐ近くだった。

会社に着くと大きな食堂に食事が一人分ぽつんと置いてあった。

「お腹空いたでしょう。これを食べるといい」

五分ぐらいで詰め込むと、作業服姿の人は笑いながら宿舎に案内すると言った。敷地内の別の建物ではなく、食堂の二階だった。大部屋で、十五人ほどの職人さん、オペ手元、みんな間隔はあったが雑魚寝だった。こういう雑魚寝、ひょっとしたら初めての経験かもしれない。

とりあえずすごく疲れていたので、あれこれ考えるのは明日にしよう。

すぐに深い眠りについた。

翌朝、眩しさと人の動く気配で眼が覚めた。午前六時三十分だ。みんな顔を洗いに行くようだった。

七時から朝食、朝礼は八時らしかった。何も説明を受ける間もなく、みなと同じように行動した。朝ご飯に生卵が付いていた。卵かけご飯にする人もいたが、ベテランの人だろうか、器用にオムレツを短時間で作っている人もいた。食事は凄く早い方なのでさっさと詰め込んだ。歯を磨いて朝礼に出ようとしていると、近くに寝ていた小島さんという人が親切に教えてくれた。

「今日からだね？　半袖は当分やめて長袖にした方がいいよ。それも黒っぽいシャツはやめた方がいいよ」

すぐに白のワイシャツに着替えて外に出た。日差しが強烈に強い。

所長が細かく人の割り振りを伝えた。現場は三カ所ほどあったが私は山の現場に行くよう指示を受けた。山の上の方に道路を造る現場だった。

頂上付近から七〇〇メートル位の場所で、まず両サイドに土留めの高さ七〇〇ミリ程の擁壁を作る。それの掘削、転圧、底盤作り、割栗地業、その上にコンクリート用の型枠を設置。まるで高校の教科書通りの作業手順だった。一つが平均で約三〇メートルだった。

私は喜んで肉体労働を引き受けた。ほとんど筋トレのノリだった。坂の斜度がきついため、ベニヤ板も鋼管も全て人の手で山の上まで担ぎ上げた。一人で六メートルの鋼管を二本担いで上がるのが普通らしかったが、私は三本に挑戦した。その日はずっと三本ずつ担いで上まで上げた。筋肉が落ちて体重が少し増えていたので思い切り体を作り直すチャンスだった。

皆で昼飯を食べ木陰で少し昼寝をした。この現場の世話役らしい小島さんからアドバイスをもらった。

「多田さんボチボチでいいよ。あまり飛ばすときつくなるよ」

しかし私は午後も最後まで三本担いで上がった。腕より足がパンパンに張ってきた。

翌朝、体中の筋肉が痛みだした。しかしこれは怪我でも何でもない事はわかっていた。なまっている個所の点検みたいだった。

のでそのまま続けた。三カ月で昔の体に戻してやろうと思った。

しばらくこの山の現場だった。毎日筋肉痛との闘いだった。一週間ほどすると日焼けにより小さな水膨れが腕全面にできたが、それも治りかけていた。長袖を着ていなかったらと思うとゾッとした。アドバイスをくれた小島さんに感謝した。

ここのメンバーは面白かった。出身地も沖縄から北海道まで全員バラバラだった。コンクリート打設用の型枠を組む時のやり方も、関東と関西では全く違っていた。セパレータを入れるまでは同じだがパイプサポートのやり方が判らなかった。

秋田出身のスキンヘッドの親父が東北訛りで言ってきた。

「多田よー　型枠組んだことねーのかよー」

「はい、判りません。教えて下さい」

「おめー知らねーのかー」

大声で笑いながら優しく教えてくれた。

二週間目からは六メートルの鋼管を六本まとめて番線で束にして、担げないから下げて山の中腹まで上げた。結構きついが筋トレだと思ってやりきった。この時期は短いスコール程度しか雨が降らなかったので、作業は随分はかどった。

型枠が出来上がるとコンクリート打設だ。山裾に生コン車を着けペイローダーのバケットで持って上げる。そこから手打ち。スコップですくって型枠に入れる。コンクリートを入れる者、型枠を木槌で叩く者、天場をならし仕上げる者、型枠の歪みを修正していく者、皆それぞれとてもいいコンビネーションで仕事が進んだ。何の技術もない私は当然一番きつい、スコップでコンクリートをすくって型枠に入れる作業を担当した。一日中ずっとその作業だった。

ペイローダーが空になり下までコンクリートを取りに行って帰って来るまで十分ほど時間がかかるので、その間に水をたらふく飲んで一服した。ほとんど筋トレの世界だった。

一カ月ほどで道路は概ね完成した。

少しは母島に慣れてきたかなと思っていた頃、小学校から運動会への参加の依頼が来た。大人が参加するのは保護者の役割だと思っていたが、島民全部で五百人程度、生徒数は全学年でも四十人いなかった。半日強のプログラムを作るには沢山の参加者が必要みたいだった。人数合わせのためとはいえ声が掛かったことがうれしかった。色んな出し物や競技の手伝いもした。先生の補助もした。

終わりの方になって一般男性の二〇〇メートル走のプログラムがあった。いいなあ、

と思っていたら先生の阿部さんが、

「多田さんお願いですから走って下さい。人数が少なくて困っています」

「私土建屋ですよ。そこの福間です」

「いいんです。島にいる人なら、問題ないですよ」

全員知らない人だ。結構緊張した。久し振りの競技にテンションが高まった。

私は元陸上部だ。一カ月で大分体も絞り込めていた。何よりスタミナが戻りつつあった。

二〇〇メートル走は昼頃だったが前夜の雨で芝がまだ濡れていた。かなり滑りそうだった。転倒だけはしないようにと思った。

島の青年男子は八名だった。私は福間建設で紹介された。毎年優勝しているのは村役場の助役のエドワードさん、瞳も黒ではない。アメリカ系の人のようだった。上背もあるし足が長い。

号砲が鳴りスタートを切った。やはりエドワードさんは速い。二〇〇メートルのトラックだからカーブがキツイ。前日の雨で芝は滑る。カーブを回る時はエドワードさんがトップだった。ところが最終コーナーでエドワードさんが外に膨らむのを見て、私はインを駆け抜けた。僅かの差だったが勝つことが出来た。うれしかった。

姫路以来ずっと逃げてばかり。何時も何かから逃げていた。久し振りに、本当に久しぶりに勝負に勝った。また一歩前に踏み出せそうな気がした。

運動会が無事終了した後、先生方と簡単な飲み会があった。そこで皆さんに自己紹介する場面があった。

するとバスケットボールを指導している先生から誘われた。

「多田さん、バスケの人数が少なくて困っています。よろしかったら参加お願いします。出来るでしょう?」

続いて最初に名前を覚えた阿部先生が、

「多田さん剣道した事有りますか?」

「ええ、高校の正課で少し」

「十分十分。子どもの稽古の相手をする元立ちができる人が足りないのでぜひ参加してください」

剣道用具を何も持っていないと言うと、全てあるから来てくださいとの事だった。どうせ食事の後は散歩くらいしかする事がなかったので両方引き受ける事にした。月曜日がバスケットボール、水曜日が剣道だった。

月曜日、バスケットボールの見学に行った。バスケチームは島の診療所の先生がボスだった。バスケのレベルもかなり高かった。長い間バスケから遠ざかっていたので思うようなプレイには程遠かったが、とにかく激しく動くことで体は喜んでいた。

水曜日、ジャージのままで剣道の見学に行った。私用の防具が竹刀と一緒においてあった。垂と胴と面と小手。しかし袴胴着は無し。ジャージに防具、かなり恥ずかしかった。どう見てもおかしい。しかし久し振りに剣道ができる事の方がうれしかった。

一通り素振りなどをした後に元立ち。子どもたちの打ち込みに付き合った。竹刀を横に出して打ち込んで走り抜ける。それから膝を折って面を打たせる。小一時間子どもの練習に付き合った。子どもたちは正座をして先生に礼、体育館を出た。

これで終わりかなと思ったら阿部先生が、

「子どもの時間は終わりました。今から休憩を少し取った後、大人の剣道をします」

そう言う事か。子どもの元立ちだけで帰るよりは楽しそうだ。メンバーは阿部先生、農業の茂木さん、村役場で働く都の職員だった。まず阿部五段、次に茂木初段と対戦した。二人は迫力があった。気合の声が凄く圧倒された。

私の相手は役場のお偉いさん。初心者だと本人は言っていた。きっと有段者から見れば隙だらけということなのだろう。私だって高校時代正課で二年ほどやった経験のみだ。

私はいきなり突きを食らった。正眼に構えてまっすぐ前に出れば自ずと相手の喉に剣先が当たる。十数年ぶりのスポーツに感激しながらの試合だったが、立て続けに突きを食らった。面がずれるくらいの強い突きもあった。

このおっさん、素人だと言っていたけどそんなことないや。正確に突きを繰り出されこちらの攻め手がない。苦しまぎれに遠間から上段より面打ちに飛び込むが全部突きの餌食だった。

参った。しかし本気になれた事がとてもうれしかった。

島の先生方からの手荒い洗礼が終わると剣道の作法通り挨拶をして終わった。

「今日は多田さんの歓迎会をやりたいと思います」

突然阿部先生が提案した。尤も理由などなくても毎回稽古の後の飲み会は普通らしかった。汗を拭いただけでそのまま居酒屋兼食堂のような店に集合した。

ビールで乾杯。私の剣道を酒の肴に大いに盛り上がった。

「あのおっさん、素人ですって言っていたけど全然素人じゃないね」

役場のお偉いさんは来ていなかったので私がそう言うと、皆が大笑いして、

「彼は警察OBだよ。それもかなり高い役職で、みんな剣道は最低でも初段、二段三段は当たり前の世界だよ」

だったらなんで素人と言ったのか、理解できなかった。

それからは仕事の後は毎週剣道で汗を流す事になった。

剣道だけではなかった。前田商店の親父が、

「おいデカいの、野球した事あるんか?」

「少しはできますが」

「毎年父島と母島の交流試合がある。今年は母島にメンバーが足りないから一度出て来い。テストするから」

日曜日、スパイクもグラブもなしでグランドに連れて行かれた。前田商店の親父と漁協の組合長は島では大ボスだった。

いろんな人が来ていた。知らない人もいたがバスケの人や剣道に来ている学校の先生が中心だった。前田商店の親父は、年の割には身体能力が高く、不動の四番らしかっ

た。体も大きく筋力も強かった。

私はテストでツーベースヒットを二本打ち、メンバーに入れてもらう事が出来た。この日から毎週日曜日の午後は軟式野球の練習時間になった。


仕事にも少しは慣れた。仲間と飲みに出る機会が増えてきた。島には五軒ほどの居酒屋があった。客はほとんど建設従事者だ。みんな仲の良いメンバー同士で毎晩のように飲みに出ていた。私もいろんなグループから誘われたが、なるべくどの誘いも断らず付き合った。

一番楽しかったのは剣道のあとの飲み会だった。相手は土工さんではなく学校の先生や警察官、夫婦で来ているものもいた。皆いい酒だった。

何度か飲み会に行くうち、と言っても毎週の事だが、みんな飲み足らないと言って農家の茂木さんの家に集合した。土曜日だったので時間を気にせずみんな飲んだ。カラオケとかはなかったがなかなかの盛り上がりだった。

その中に私の勤めている会社の事務員さんで大場さんという名前の、車の運転が暴走族並みに荒っぽくいつも釣り目のサングラスをかけている女性がいた。短期の土木作業員など相手にしない、って感じの鼻っ柱の強い女性だったが何故か飲み会には参加していた。彼女は茂木さんの隣の家に住んでいて彼の奥さんと仲がよかった。漁師をしていたご主人を海の事故で亡くし、今は独身らしかった。

私たちは長い時間飲んで騒いだ。

誰かが私が剣道の稽古に初参加した日のビデオを映しだした。酷いものだった。ジャージに防具。腰が引けている。おまけに何発も突きを食らい段々頭にきて打ち込みが荒くなっているのがわかった。皆で見て大笑いした。

ビデオは宴会を盛り上げる小道具として丁度良かった。おかげで上手く仲間に溶け込むことが出来た。

すると事務員の大場さんが酔っぱらったようで、

「多田君ねえ、随分仕事出来るらしいわねー。でも島じゃあ仕事出来ても難しいからねー。気を付けた方がいいんじゃない?」

意味深げに言い出した。

すると阿部先生が、自身もかなり酔っていたが、うまく話を逸らせてくれた。

すでに午前一時頃になっていたが翌日は日曜日だ。そのまま大いに盛り上がった。

やがて大場さんは気分が悪いから帰って寝ると言い出した。阿部さんも大鼾をかいていた。じゃあ私も失礼しますと言って、大場さんと同時に家を出た。大場さんとは会社でもほとんど口をきいたことはなかったが、今夜はずいぶん馴れ馴れしく声を掛けられた。

「ちょっと多田君、私の家に寄って行かない？　お腹空いているでしょう」

そう言えば長い時間何も食べていなかった。茂木さんの家の隣にある彼女の家にお邪魔すると、おにぎりと明日葉のサラダのような物を出してくれた。

食べていると、大場さんが死んだ亭主が使っていたという釣り道具を出してきた。良かったら使ってと他にもいろいろもらった。

なかなか帰るような雰囲気にならなかった。こちらも寮に帰って寝るだけなので時間は気にならない。そこで彼女の身の上話をいろいろ聞いた。なんでも所長に熱を上げられ困っているとか。車の私用を黙認するとか、給与まで！　所長は随分な目の掛けようらしかった。

しかし大場さんは私をターゲットにしていたらしかった。

いきなりシャワーを浴びたいとの事。狭い都営の住宅なので、脱衣所も丸見えだったたが、大場さんは全く気にせず服を脱ぎシャワーを浴びた。体がほとんど丸見えだった。私、おばさんでしょう？　自嘲気味にそう言いながらバスタオルを巻いた。

「多田君もシャワー浴びたら？」

私も扇風機だけの所で多人数で飲んでいたので汗だくだった。お言葉に甘えてシャワーを使わせてもらった。会社の乱暴な仕事ぶりとは大違いのかいがいしさだ。

その夜はそのまましっかりお泊り。久し振りの女性だった。


その夜を境にほとんど寮には帰らず、大場さんの家から通うようになった。

小さな島なのでの私たちのことは瞬く間に広まった。みんなそしらぬ顔で仕事をしていたが、実はいろいろな噂が飛び交っていたようだった。

一番激怒したのは所長だった。いつもの班から私一人が外された。隣接する役所との境界のフェンスに絡んだかずらを取りのぞく仕事を言いつけられた。枯れてから取ればいいいと思い、かずらの葉はそのままに根だけを全部切って、

「終りました」

と報告すると所長に、

「何にも終わっていないじゃないか。今すぐ全部取れ」

きつい口調で言われた。

二日ぐらいで全部取り終えると、今度は入り口に一立方メートルの穴を掘れと言う。

ユンボを使おうとすると、

「ダメだ、手掘りしろ」

言われた通り掘り終えたら今度は、

「埋め戻せ」

と来やがった。私へのやっかみから嫌がらせ、いじめが始まったなと思った。

数日すると石工事のリーダーをしている金子さんが
「おい、所長何やってんだよ。多田はキツい現場の大事な戦力なんだ。つまらねえ事に使うな」

と言ってくれた。翌日から金子さんが指揮する植栽ブロックの現場に配置となった。

島に来て二カ月が過ぎた頃、若い四人が新たに島に入ってきた。

私はあと一カ月で契約期間が終了するところだった。

自分からは特に申し出をしていなかったが所長の方から声をかけてきた。

「おい多田、お前もう一カ月延長できないか？」

「はい喜んで」

このまま東京に帰っても食っていけるだけの仕事もなかったので、二つ返事で延長することに決めた。

翌日から新人の若手四人を連れて事務所敷地の山側の急斜面に植栽ネットを張る仕事を言い渡された。山の上の太い木からロープを下ろしてぶら下がりながら、山肌にネットをペグで張り付ける仕事だった。

四人は慣れていなかったので最初の一日二日は段取りがわからず、七〇平米張り付けるのが精一杯だったが、次第に一日一四〇平米くらい張れるようになった。私たちは一四〇平米張ると早い時間でも仕事を切り上げて、定時の午後五時まで皆で山の上で休んでいた。

ある日の夕方所長から呼び出しがあった。

「多田、お前のチームは山でさぼって寝ているそうじゃないか？　仕事をあまりなめるなよ」

えぐい話だ。私たちが担当する以前の植栽ネット張りは一日あたり平均七十平米以下だったというのを材料の持ち出し記録から知っていたので、

「若い連中はさぼっている訳ではありません。私たちは毎日一四〇平米ずつ張っています。以前のアベレージは七〇平米でした。それでもさぼっていると言われますか」

と反論すると、

「とにかく五時まで真面目に仕事しろ」

ときつく言われた。


これが島社会の怖さを知るきっかけとなった。

その夜珍しく板前の親父に声をかけられた。

「多田さんよう、少し付き合ってくれねえか」

浜まで歩いてついて行った。まるで劇画の世界だった。

煙草を燻らせ夜の海を遠くに見渡しながら
「多田さんよう、最近派手に立ち回ってるらしいじゃねえかい。仕事てえのは、やらなくてもいいけねえが、やり過ぎてもこれまたいけねえんだよう。仕事ってのは難しいんだ

よう。判るかい、多田さんよう」

毎日朝から酒を食らってろくな料理も出さない親父が、仕事についてあれこれ御託を並べるとは呆れた。

「板長よう、あんたの言う理屈なんぞ生まれてこのかた一度も食らった事ないんで全く分かんねえよ。仕事は一生懸命するもの、以上だ。文句あるかこの怠け者が。世迷い言をいうんじゃねえよ」

と言って宿舎に帰ろうとすると、ちょうど若手四人組が飲み屋から出て来た。四人組は鉢合わせするかのように、彼らより早くに八丈島から来ていた三人組の大工たちと道路の真ん中で向かい合うことになった。

一番前を歩いてた大工の菊池が、

「おら土方、道の真ん中を大きな顔して歩いてんじゃねえぞ」

若手四人の中の一人で少年院送致の経験もある腰安が道の真ん中に立ち止まり、

「行きたきゃお前がよけろよ」

始まっちまった。

いきなり大工の菊池が繰り出したストレートが腰安の顎にヒットした。腰安はたまらずダウンした。

やばいと思い、私はなお殴り掛かろうとする菊池を後ろから羽交い絞めにした。菊池は暴れたが、私は菊池が動けないようにしっかり押さえつけた。すると腰安が立ち上がり私と目が合った。にっと笑っていきなり菊池の顔面に思い切りのパンチ。私が後ろから押さえつけていた菊池を前に突き出すようにしたものだから余計効いたと思う。他の連中は互いににらみ合うだけで手までは出さなかった。

腰安が五、六発殴った所で私は、

「菊池さん、やめて下さい。やめて下さい」

と、わざと大きな声で叫びながら菊池を前に突き飛ばした。

倒れた菊池に
「やめとけ。今度は俺が本気でやるぞ。先に手を出したのはお前だぜ」

菊池が引いたので終わりになった。

翌日すぐに所長から呼び出された。

「多田、昨日喧嘩したそうだな。大工の菊池がお前に殴られたと言っているぞ。本当か？」

「いいえ。私は手出しなどしておりません。止めに入っただけです。それに腰安に喧嘩を売って先に手を出したのは菊池ですよ。目撃者は沢山いますよ」

昨夜の喧嘩は島中に知れ渡っていた。菊池の嘘がばれて手痛い評価になっていた。菊池にすれば大工と雑工という上下関係をかさに四人を挑発したようだった。

「こういうことがあると島全体の問題にもなる」

と前田商店の親父も言い出した。

少し前、前田商店の家の改装工事を福間建設が受けていたが、壁前面の改修の時菊池チームが現場から外された。その代わりに私と若手四人のチームが行かされた。

菊池チームはモルタル壁をはがしていたが、後片付けを全くしていなかったので家の周囲全面瓦礫の山で足の踏み場もない状態になっていた。私たちは朝から晩までカートに瓦礫を入れダンプカーに放り込んだ。

三日連続でキツイ仕事が続いた。前田商店の奥さんが午前十時と午後三時に冷たい物や果物を出してくれて随分助かった。

「あんたら若いチームは暑いのにほんとよく動くねえ。前の職人さんたちなんか動かなかったのよ。休みに売り物のスイカが食べたいとか、高価なブンタンを食べさせろとか、主人も怒っていたんですよ」

「仕事もろくに出来ないのに酒飲んで喧嘩かー。そんな行儀の悪いやつら帰えしちまえ」

それは前田建設の親父の最後通告だった。

そうなると島にはいられない。彼らは逃げるように島から出ていった。

所長からぐちぐち言われていた腰安も、

「多田さん、僕ももう島を出ます。地元に帰ってやり直してみます」

彼の地元は足立区だった。帰る前日飲み会に誘われた。飲みながら彼のこれまでの人生を少し聞かせてもらった。皆それぞれの道を歩んでいる。二つとして同じ道はない。

「二カ月ですけどいい勉強になりました。最初は何でこのおっさん馬車馬みたいに働くんだろうって思ってました。多田さんと組ませてもらってから毎日筋肉痛で体バキバキでした。でもついていくと自信がつきました。仕事って要領じゃないんですね。とにかく思い切りやってみるもんだって思いました」

腰安は最後にそう言って島を出て行った。

彼の人生はこれからも続く。私の人生も。お互い明日に向かって歩き始めた。

島に来て三カ月が過ぎた頃、父島と母島の軟式野球の交流試合があった。朝から船に乗って父島へ行った。凄い熱の入れようだった。娯楽のあまりない島の生活だ。交流試合は思い切り盛り上がった。結局母島は負けたがいい試合だった。四番を打った前田商店の親父もそれなりに活躍した。人口は父島二千五百人に対して母島は五百人だ。選手層の厚みに差が出るのはいたしたかなかった。

その日母島から来た人の多くは父島に泊まり、父島に住む友人との再会を楽しんだ。私も最初は前田商店の親父さんたちと一緒だったが、あとは一人で朝まで飲み歩いた。

その時、工事で母島に来ていた佐藤工務店の親父に飲み屋で会った。

「お前一人かあ。ここに来て飲めよ」

笑顔で呼ばれた。

親父は笑顔で、

「お前福間建設にいる兄ちゃんだな。話はいろいろ聞いてるぞ。もう内地に帰るのか？よかったらうちに来いや。俺の所は建築とかいろいろやってる。お前も知ってるだろう？」

私の素性も何も聞かずに誘いがかかった。

東京に戻っても住むアパートすらないし地元姫路に帰れば命の心配をすることになる。渡りに船だった。給料や寮、その他いろいろな条件を説明された。その夜はもうしばらく飲んでから宿に引き上げた。ベッドの中でかろうじて蜘蛛の糸を摑んだような気分になった。うれしくてすぐに寝つけなかった。

翌日は港まで歩いた。通りには公務店や建設会社がたくさんあった。

「ははじま丸」の出船より一時間早くに港についたので桟橋でうろうろしていると、前田商店の親父がうれしそうな顔で痛いほど私の肩を叩きながら話しかけてくれた。

「酒のんだかー。一緒に帰るかー」

母島の島民との距離が少しだけ縮まったような気がした。

あと二週間ほどで延長した母島での契約も終わる。

相変わらず事務員さん宅から出勤していたが、彼女が改まって

「多田君、私とこの島で一緒に暮らさない？　一緒に宗教やってほしい」

と言い出した。

彼女が新興宗教の信者である事は知っていたが、私は信者になる気は毛頭なかった。

「悪いが私の前で宗教色を一切出さないと言うのであれば考えてもいいけど」

と言うと彼女は少し黙ってから、

「どうしても無理？」

と聞いてきた。

ここははっきりと言っておかなくちゃと思い、

「悪いけど無理です」

とはっきり言うと、あっさり撤回してくれたが、帰るまでの二週間は毎夜仕事をした。けっこう激しかった。

いよいよ島を離れる日が近づいてきた。

島には四カ月近くも住まわせてもらい、いろいろと世話にもなったので何かお返しをしようと思い、帰りの船の日程を二日延ばしてもらった。会社近くのお年寄りが暮らす家を訪ね歩き、家の困っている事を尋ねて回った。ドアの不具合や家具のガタツキ、壊れた椅子などいろいろあった。午後からわずかな道具を持参して直して回った。

一番困ったのはあるお婆さんから自動ドアにしてくれと言われたことだ。

「猫が出て行ったあとドアが開いたままにしていると虫が入るから」

考えた挙句、オモリを付けた釣り糸を滑車にかけて吊り下げたら半自動のドアが出来た。お婆さんはびっくりしていた。

翌日おばあさんから三本の密造酒をもらったが、本土まで持ち帰るには重すぎたので二本は剣道仲間にあげた。

帰京の四、五日前から仕事仲間やバスケの先生、剣道仲間たちと毎晩飲み会が続いた。長い間周囲の人たちといい人間関係を作れなかったので、彼らとの飲み会は感慨深く、人生を考えさせられるいい機会になった。

父島へ渡る前日の夜、

「多田君、君の田舎案内してくれる？　行ってみたいの」

と事務員さんが突然言いだした。

私にとっては命綱の運転免許証の更新時期だった。実家に立ち寄る気はなかったが、龍野市には行かなければならなかった。

「俺は別に構わないけど。仕事はどうするの？」

「全然平気。ちゃんと理由あるし。有給もいっぱいあるから」

本土へ帰る一週間前、剣道のお別れ練習と称して、

「十五人抜きが出来ないと島から出さない」

と阿部先生が真顔で言ってきた。

子どもの練習を片付けたら直ぐかかり稽古だった。十人くらいなら行くが十五人はかなり難しかった。三度目の対戦で阿部先生から出小手を綺麗に取ることが出来た。息も上がっていたがその後は慎重に対戦し、なんとか十五人抜きすることが出来た。

無理に決まっていると思うことでもとにかくやってみるもんだ。いい経験をさせてくれた。

その夜は思い切り飲んだ。次の仕事もある程度見えていたので、リラックスして飲んだ。うまかった。

母島を出る日、福間建設の仕事仲間が笑顔で送ってくれたのがうれしかった。

「おい多田、二度とこんな島来るんじゃねーぞ」

手荒いが優しさを感じられる見送りに涙が出そうになった。

私を乗せた「ははじま丸」はゆっくりと港を離れた。

わずか四カ月弱だったが随分濃い時間だった。この島に来る機会に巡り会えたのが神さまのおかげだとしたら大きな感謝だった。すさんだ気持ちもかなり元に戻っていた。

父島で佐藤工務店の社長に挨拶しそれから竹芝桟橋行きの「おがさわら丸」に乗る予

定だった。

湾を出て母島が段々遠くなるとさすがに少し寂しい気持ちになった。もうあのメンバーで仕事をする事はないだろうな、と思うと結構辛かった。

隣には事務員さん。実家の法事とか適当な理由を言って有給をいっぱい取ったらしい。彼女はまるで新婚旅行のようにはしゃいでいたが、私の方は結婚ははっきり断っていたので気楽な気持ちだった。

父島に着くと桟橋には出迎えの人がたくさん来ていた。「おがさわら丸」が出航する日もいろんな人が桟橋に集まった。ダイビングの客や家族連れ、女子大生も多かった。

佐藤工務店の親父がギャラを提示してくれた。それと島のルールだ。島では会社をやめると一カ月以内に島内の他の会社には移れないらしかった。

「多田よう。二カ月間命の洗濯してから来いよなあ。来る前に電話くれよな。たのむぞ」

他からも誘いはあったがこの親父は本当に面白そうだったので、他の会社は具体的な話になる前に辞退した。

「おがさわら丸」の見送りは凄かった。初めてこの島に来た時は不安だらけだったが、この日は仕事を十分やったという思いと島の人たちとの楽しい思い出もたくさんあったので、清々しい気分でデッキから近くを航行する漁船やダイビングショップの船に手を振った。また来いよーの呼びかけが耳に心地かった。心に優しい四カ月だった。身体は昔のスーパーボディに戻っていた。

今から二十四時間の船旅だ。二等船室には島の知り合いもたくさん乗っていた。事務員さんも何人かと楽しそうに話し込んでいた。

事務員さんが父島で弁当を買ってくれていた。結構豪勢な弁当だった。母島では色んな食材を手に入れることは難しかったのでうれしかった。それに「おがさわら丸」のレストランの食事はまずい上に高かった。ワインを飲むと眠くなったので、大部屋というより相撲の桟敷のような所でごろ寝した。すぐに深い眠りについた。さすがの事務員さんも、島の連中がいる前では他人行儀にしていた。

長旅だ。二十四時間は本当に長い。

朝早く目が覚めたのでデッキに出てみると凄い景色だった。

見渡す限り海と空。あとは何も見えない。

綺麗な水だった。船が巻き上げる水しぶきも日差しを受けて本当に美しかった。行きはブルーだった海が帰りは見たことのないほど綺麗なグリーンだった。

5

竹芝桟橋に着いた。桟橋は迎えの人でごった返していた。四カ月ぶりの東京だった。

昨日までの毎日が夢だったように思えるくらいの別世界に来たようだった。二カ月後には再び父島に帰る。佐藤工務店で働くためだ。

小笠原から帰り着いた日は都内に一泊し、朝早い新幹線で姫路を目指した。運転免許の更新のための帰郷だったが、女性が一緒だったので余計にプレシャーが強かった。

大場さんは新幹線の車内でもまるで新婚旅行のようにはしゃいでいた。

姫路に着くと在来線の姫新線に乗り換えて龍野市に向かった。

龍野の警察署で更新方法を聞くと、即日更新が希望なら明石の試験場で手続きできるとの事だった。あれから三年の月日が流れたのだからもう大丈夫だろうという気持ちと、見つかれば殺されるのではという恐怖が交錯した。仕方なく大場さんに事情を説明して姫路で一泊することにした。

駅前の安いビジネスホテルに泊まり朝を待った。

レストランに長居をしたくなかったので大場さんには申し訳なかったが近くのコンビニで酒や食べ物を買って部屋に籠った。

私の心はいい知れぬ恐怖に支配されていた。安ワインをがぶ飲みして無理やり眠ってしまおうと必死だった。

彼女は関西が珍しいようでいろいろ質問された。

夜中は激しく求められやけくそで応戦した。その間だけ少し恐怖が和らいだ。疲れで熟睡出来た。

私たちは朝一番の新幹線で西明石へ移動した。

姫路駅で新幹線の到着を待つ間、血圧も心拍数もＭＡＸになっていた。神さまに祈るような気持ちだった。

どうか姫路を離れるまで昔の連中に会いませんように。

やっと列車がホームに滑り込んだ。急いで乗り込むと中は空いていた。ガラガラの車内がなぜか私に恐怖心を抱かせた。

出発のベルが鳴り列車が姫路から東へ向かって離れていくと一キロ進む毎に心拍数が下がっていくのがわかった。同時に強い疲労感が襲ってきた。

姫路から西明石までは直線距離で約二五キロ、新幹線だと十分の距離だ。私たちは西明石に着くとタクシーで運転免許試験場に向かった。

すぐに更新手続きを済ませ免許証の発行を待った。明石まできてもまだ安心はできなかった。早く東京に戻りたい気持ちでいっぱいだった。

午後三時頃やっと新しい免許証を手にした。

これでもうここには用はない。急いでタクシーに乗り込み西明石駅に向かった。姫路でも龍野市内でも移動は全部タクシーを使った。車内にいれば外から見つかりにくいと思ったからだ。

駅に向かう途中、タクシーの中で大場さんが、

「多田君用事はもう済んだ？　じゃあ遠慮なしに遊べるね。あたし大阪って行ったことないの。大阪に連れてって」

東に遠ざかる分にはいいかと思い新大阪までの新幹線の切符を買った。新大阪駅の近くにあるビジネスホテルの部屋を取り早速大阪の街に繰り出した。

心斎橋筋。この辺は大体分かる。商店街から道頓堀川沿いをまるで恋人のようにそぞろ歩いた。

大阪は姫路ほどではないがまだ多少の緊張感はあった。

大場さんが寿司が食べたいと言い出したので、近くにあった派手な看板の店に入った。ところがびっくり。寿司一貫がお握りぐらいの大きさだ。二品も頼むと他に何も食べれない程の大きさだった。私は胃袋が大きいので何品も食べたが、大場さんは最初の一品でギブアップした。

大場さんは店を出ると巨大な寿司に不満をもらしたが、その気持ちはわかるような気がした。私もかぶりつく寿司なんて初めてだった。これは女性には辛いだろうと思った。

そのあとは商店街をぶらぶらしたり喫茶店でコーヒーを飲んだりして時間を潰した。少しほっとした。雑踏に紛れているとなんだか安心する。私は大きく一息ついた。

串カツも食べてみたが私には合わなかった。何でこんなものが旨いんだろう、というのが正直な感想だった。

ホテルに戻ってから大場さんといろいろと話し合った。

二カ月後に父島の佐藤工務店で仕事が決まっている事を話した。彼女は母島に戻ってきて欲しいと言ったがその気はなかった。ずっと暮らしていけるほど島に馴染むことは難しいように感じていたからだ。

人が酒を飲むのはプレッシャーから逃げるためか、それともプレッシャーを一時でも忘れさせてくれるからか。

セックスもそういう要素があるのかな。

その夜もエロチックな下着で派手なセックスを長い時間やった。彼女がなぜそうしてくるのかはよくわからなかったが、私のプレッシャーを和らげてくれたのは確かだった。

けれども彼女との結婚は全くイメージできなかった。割り切った大人の関係でいたかった。大場さんも彼女なりにプレッシャーがあるのかも知れないと思った。その部分だけで身体の関係に没頭しているみたいだった。私に結婚する気がないわかってからは、まるで別れを惜しむかのような体の求め方だった。

翌日遅い朝飯を食い、新幹線に乗って大阪を後にした。私には基準となるのはあくまで姫路から何キロかという距離だった。新幹線が名古屋を過ぎたあたりでようやく笑顔でいる事ができた。

正直トラブルなく姫路、関西を出られてほっとした。両親や子どもの事もあったが、この時は頭の中に全く浮かばなかった。

すまない、と心の中で子どもにつぶやいた。それしかできる事はなかった。辛かった。子どもの事を思うと幸せで平和な日常の中にいる訳にはいかないと思った。この気持ちは一生続くのだろう。

彼女と他愛もない話をしながら、心の中ではこれからどうする？　どう生きる？　とずっと考えていた。彼女も結婚は無理かもしれないと薄々気がついていたようだった。それは私が彼女の宗教のことを頑なに拒んでいたからだ。よく考えたら彼女のことは生い立ちも島以外で暮らしていた時のことも何も聞いていなかった。いい加減なもんだ。だから東京へ向かう新幹線の中で昔の事を沢山聞いた。それと島でのいろんな話。私の事も島や会社でどんなふうに言われているかを教えてくれた。

それを聞いて狭い島での生活がどれほど難しくて大変か、よく分かった。私には到底無理だと改めて思った。

東京に戻ってどうするか聞かれたが、アパートはなし、仕事もなし。予定も全くなかった。ただ二カ月後に父島に行く予定とだけ伝えた。

彼女は実家のある埼玉に行くため、あと二週間程内地に留まるとの事だった。何でもそこには残してきた家族が暮らしているそうだ。

最後は上野の近くにホテルを取った。彼女も明日から東京を離れようと考えている。気持ちは既に故郷、離れて暮らす子どもの方に向いているようだった。

最後の夜も過激だった。これが最後になると分かっていた分思い切りお互いを求めた。

翌朝軽い疲れを感じながら上野駅まで歩き、笑顔で別れた。

さあ、また一人っきりだ。

ただこれまでと違い、二カ月後には職につくという予定があった。かつてなかった事だった。

日比谷線で六本木に出た。昼飯を食ってから「七丁目クラブ」に行ってみた。

マスターと奥さんは笑顔で迎えてくれたが、メンバーへ復帰の誘いは丁重に断って客として打った。この店はレートが高い東戦。二カ月も打てる気がしなかった。目標は二カ月後に竹芝から父島までのフェリーのチケット代と少しの蓄えを残しておくことだった。

二日間打ったが戦績は思わしくない。二カ月はおろか一月も持ちそうにない。大場さんとふたりで姫路や大阪に行ったりして、思わぬ出費があった。私は女性に支払いを頼むことがどうしてもできない性格なのだ。残り三十万円位で二カ月。到底無理だった。例によって、適当に卓を抜けてスポーツ新聞の求人欄に目を通した。

あまり遠くには行きたくなかった。東京の事をいろいろ言う人もいるが、私は東京に来て関西とは違う人の優しさ、温かさに幾度も助けられていた。

新聞の求人欄をくまなく見たが二カ月だけの旨い仕事は見つからなかった。保証人もなしだ。簡単ではない。

寮付きの日雇いなどどこにもなかった。しかしその頃やたら雀荘のメンバーの募集が目についた。ギャラの高額な所を探すと吉祥寺の「ダッシュ」という店が目に入った。

早速店を出て防衛省のそばの公衆電話から電話すると、店長なる人が丁寧に対応してくれた。店長は浅野と言った。浅野店長には後にたいそう世話になることになる。

七丁目クラブに戻ってもう少し打ったがやはり勝てない。早々に切り上げてマスターにまた来ますと挨拶して店を後にした。

吉祥寺に行くためまず東京駅を目指そうと思ったが、吉祥寺では泊まるところを知らなかったので、山手線に乗って上野に出た。この辺りには何度か泊まったことがあり、安いサウナがあるのも知っていた。

少しパチンコをしたり上野の商店街を歩いてみた。今自分はとても孤独だと感じた。「ダッシュ」の面接は午前の予定だったので朝早くに身支度をして東京駅へ行き、そこから中央線に乗った。

吉祥寺は初めての街だったが六本木のような雰囲気は感じなかった。駅の南側に出て少し歩くと「ダッシュ」という大きな看板が目に入った。ビルの二階だった。大きな店で卓は全部で十あった。フリーが五卓ほど、あとは貸し卓のようだった。

早速挨拶すると店長の浅野さんが面接してくれた。

一応履歴書は書いておいた。ここでも三人打ちしかやった事がないことを話したが、浅野さんの実家は和歌山で同じ関西ということもあり、何とか雇ってもらうことが出来た。

寮に案内されベッドを指定された。早番遅番の交代制でメンバーは十二人くらいいた。名前を覚えるだけでも大変だった。とりあえず行くところもないので客として打ち始めると、その時いたメンバーは笑っていた。このまま二カ月間、何とか無事に乗り切ろうと思った。

数時間打って少し勝った。午後十時に早番と遅番が入れ替わるので、私は遅番の人たちを紹介してもらった。早番には明日の朝オーナーが来ることが伝えられた。その後早番の何人かは連れだって飲みに行った。もちろん私には声はかからない。一人で夜の吉祥寺を歩いてみた。学生や若い人が多かった。駅近くでラーメンを食べ寮に帰って寝た。

翌朝、井の頭公園を少し歩いてから店に行った。よく流行っている店だった。ずっと客が途切れない。夜は水商売の人が遅い時間から来て打っていた。寿司屋の店主、近所の回転ずしの従業員。六本木とは随分違っていたが変な客は見当たらなかった。

新入りはまず掃除だ。掃除は姫路時代工事後の引き渡し時にいつもしていたので苦にはならなかった。灰皿やおしぼりの交換も頻繁にやらされた。こんなもんだろう。

そのうち卓に入るチャンスが来た。私は黙って打ち始めた。東南戦だから六本木みたいに慌ただしくはなかった。

店長が卓から離れた隙に早速アドバイスをもらった。

「多田さん、この麻雀はトップ取るより赤ドラを抱いて自摸上りする方が、はるかに実入りがいいからね」

メンバーの打ち方やルールも細かく教えてもらった。ルールについては以前から雀荘のメンバー経験があったので、分かっているつもりだった。

明日の見えない生活に逆戻りしたが、二カ月後には仕事が決まっていたので少しだけ気が楽だった。

浅野店長、斎藤チーフ、どちらも麻雀は強かった。他はいろんな職業からドロップアウトした単なる麻雀好きがメンバーをやっていた。労働基準法無視。健康保険なし組合もなし。日払いで三食つき。寮あり。どのみち底辺の仕事だったが、社会のセフティーネットとしての機能は十分あった。

もちろん店長クラスは別だった。完全に経営者寄り。歩合か、いい給料をもらっていたのだろう。

そんな事より負けずに打つことが今の自分には一番大事だった。負けが込むと週の後半は掃除と立ち番だけになる。十二時間立ちっぱなしは結構キツイ。これを何度か経験した。

一週間が過ぎたときメンバーの成績が発表された。

やはり店長、チーフクラスの勝率は高かった。私はチーフ斎藤氏と同じ勝率だったが四着を引く確率も高かった。店長は四着になることはあまりなかった。この辺がメンバー麻雀の課題だった。

何とか従業員の人たちともコミュニケーションを取れるようになったころ、早番が終わった後で食事に連れて行ってもらうようになった。居酒屋にもよく連れて行ってくれた。居酒屋のママさんも雀荘のお客だった。サラリーマンのお客ともよくその店で鉢合わせした。店がこじんまりとしている分、いいコミュニケーションの場だった。

中にはややこしい客に出くわすこともあった。点棒を誤魔化したりお金の清算をわざと低く間違う。そして責任を全てメンバーのせいにして喚きまくる。いやはや困った客がいたもんだ。それも夫婦で来てそれだ。なんでも奥さんの旧姓は関東を代表する暴力団の組長と同じということらしい。しかしそれが根も葉もない噂だということはすぐに判った。組長の身内がたかだかテンピンの麻雀で大騒ぎをする事など絶対にあるはずがなかった。しかもよく弱いメンバーをいじめていた。彼女自身も自分が誰にも好かれていないことくらい判っていたが、とにかく乱暴な性格だった。しかし麻雀は強かった。

キャバクラの女の子やスナックのママさんもよく打ちに来ていた。彼女たちの中にもまあいじめる先輩がいるにはいたが、割と仲の良いグループのように見えた。

メンバーは前職が板前だったり、新聞記者だったり、さまざまな職業の人がいた。一番の変わり種はランキング上位だったこともあるらしい元キックボクサーだ。この人は時々下のメンバーをいじめていたらしいが、私にはそんな素振りは見せなかった。私が遅番に変わった時この元キックボクサーによく飯に誘われた。いろいろと昔話を聞かせてもらった。

週末に店から三、四万の金をもらうことがあった。その金を持ってみんなでよく飲みに行った。

前の店でもそうだったが、打ち終わったら一旦店に金を全額戻す。トータルで勝っていたら週十万の手当てに勝ち分が乗って支払われる。もちろんそう簡単にはいかない。一回卓に入る毎に勝っても負けてもゲーム代として六百円がかかる。二十回打つとそれだけで一万二千円を店に払う事になる。それで給料を残す事は神業に近い。皆デートなどで少し高い店に行く予定があれば赤牌入りで上がり、現金を上手くポケットにしまい込んでいた。そういう現金が大事だった。外食しなくても賄いはちゃんとあったのだが、煙草代など多少のこづかいは必要だ。

私も先輩を見習ってよくやった。特に最後の一カ月間は目標を十五万円に定めて貯めに掛かった。店には二カ月で辞めるとは言っていなかった。

この二カ月はとにかく一生懸命打った。お客にも結構かわいがられた。理由は麻雀が強くないからだった。勝ちすぎるメンバーは客に嫌われて店にはいられない。

二カ月目が近づいたとき、仕事が決まったので辞める事を告げた。

すると元キックボクサーの大和さんが思いがけず送別会をしてあげようと言い出してくれた。

午後十時過ぎに井之頭公園で花見をかねて送別会が開かれて、打ち終わったメンバーと休みのメンバー、ごく親しいお客さんが集まってくれた。

井の頭公園の桜は満開だった。

大和さんが、

「多田さんに仕事が決まった、門出に乾杯！」

と言ってくれて、目頭が熱くなった。ほんとうに感激した。

さらにマネージャの浅野さんがお祝いだと言って五万円包んでくれた。

多分ポケットマネーだ。店からではないと思う。

吉祥寺も生涯忘れられない街になった。

6

出発の朝、やっと作った二十万円程の金を持って竹芝桟橋に向かった。晴れやかな気分だった。先のことはわからないが少しだけ人生が前に進んだように思えた。

佐藤工務店に事前に電話を入れ待ち合わせ場所を確認し、竹芝につくと私が乗る船の出港時刻を確認した。

いよいよだ。

二十四時間は長い。本当に長い。たまたま乗り合わせたずんぐりした斎藤というおっさん。彼は北海道からの出稼ぎ者で土工の仕事で父島に行くと言う。おにぎりをくれて船内で一緒に食べながら島のことを教えてくれた。

父島に到着した。ヤシの木、ジャングル、ブーゲンビリアやハイビスカスの花、きれいな海。都心とは別世界だった。

春休みだからか乗客には学生も多かった。桟橋に降りるとペンションやダイビングショップの歓迎のプラカードでいっぱいだった。

佐藤工務店の親父が迎えに来てくれていた。

ところが私の勤務先は佐藤工務店ではなく元請の花田組というところだった。よくはわからないがなにか事情があったようで、佐藤工務店の親父は私に土木の測量などを少し勉強させたかったようだ。しかし所属は佐藤工務店のままらしかった。これが島の難しい所だ。とりあえず仕事があるだけで御の字だったので条件が変わってもゴネようがなかった。

「いいですよ。そのうち佐藤さんのところに戻してくれるんでしょう?」

勿論だと佐藤の親父は笑顔で言った。嘘を言っているとは思えなかった。

後でわかった事だが、佐藤工務店の親父には高校生の長男がいた。長男が工務店をうまく引き継ぐことができるように、私に長男の監督役をやってほしかったようだ。

花田組の寮に入り初日を終えた。

寮には船で一緒になった斎藤がいた。何でも彼は毎年花田組に出稼ぎに来ているらしく、奥さんの受けも凄く良かった。花田組の社長の下に高山という監督がいた。それなりにいい経歴と資格を持っているらしかったが、結構お調子者に見えた。

次の日から土木の大きな現場に入った。急な斜面に土砂崩れを防ぐ擁壁を打ち上げる工事だった。これが結構面白かった。母島で教えてもらったことがすぐ役に立った。

腕の立つ溶接工に重機の専属オペレーターと雑工が二人、それに私という少人数だった。他に佐藤工務店から腕利きの型枠大工の高木さんと佐藤工務店の親父が来ていた。

しかし、いいことばかりではなかった。朝仕事に出る前に何の指示も出されずただトラックに乗って現場に行くだけの日が続いた。だから花田組のメンバーは監督の高山氏が来るまでは何も出来ない。

それに対して佐藤工務店の親父と高木さんは朝一からフルスピードで仕事を進めていった。

高山氏は現場にやって来ると、

「お前ら何やってんだー。馬鹿野郎」

の連続。毎日毎朝これが繰り返された。それから必要な資材道具を取りに帰るので、仕事を始めるのは十時過ぎからになる。

　数日後の夕方、高山氏がいたので、

「馬鹿野郎と言われても、我々手元はなんの指示もないと動けません。皆仕事をしたくて島に来ているのだから、まず朝一に必要な資材や機材と当日の作業内容を教えて下さい。朝が無理なら前日でもいいです」

　と言うと、高山氏は凄い剣幕で、

「うるせー。来たばっかりの手元が何をぬかしやがる。黙って言われた通りやってりゃいいんだ、馬鹿野郎」

　それで終わってしまった。斎藤はそういう事情を知っていて、現場で二時間ボーッとして何も言わなかった。斎藤と重機オペは半日しか仕事をしなくても日当を一日分付けてもらっていたからだ。それはどうでもいいんだが、佐藤工務店の皆に仕事が遅いと思われるのが嫌だった。

　高山氏と斎藤はよく食事の後居酒屋で焼酎を飲んでいた。二人はなあなあの関係だった。

　意地の悪い奴はどこにでもいるものだ。片付けた資材を資材置き場に運ぶ仕事。運転免許は私と斎藤が持っていたが運転は斎藤がした。荷卸のユニックの操作をやっていたらいきなり顔面に激痛が走った。うずくまっていると斎藤が、

「何やってんだ。出来もしねえ事を勝手にするな」

何が起こったのか全くわからなかったが、私の後ろにささくれた荷釣り用のワイヤーロープが落ちていて、そのロープに少し血が付いていた。

しばらくすると痛みが引いてきたのでそのまま仕事を続けた。なぜそうなったのかその場ではわからなかったが、後でじっくり考えてみた。

私がワイヤーで痛い思いをした時、吊り荷は前にあった。どうしたらあの勢いで後ろから私の頭に思い切り当たるのだろうか。そうか、後ろから別のワイヤーで思い切りひっぱたかれたんだ。

きっと、高山氏は自分の段取りが悪い事を社長に告げ口される事を恐れたのだろう。そのことを斎藤が忖度して、私を後ろからやったみたいだった。これはこれでゆっくり解決すればいいと思った。

それ以来高山氏と斎藤は私への口の利き方がひどくなってきた。

その頃花田組は佐藤工務店と一緒に大きな型枠をくみ上げていた。ある日斎藤が型枠

の一番上から叫んだ。

「多田、クランプを上まで上げろ。もたもたすんなー」

これ幸いと思い二〇キロくらいある重いクランプの入った袋を投げ上げた。足場の悪い型枠の上に二〇キロの袋が飛んできた。斎藤はせいぜい五キロくらいと思って油断していたのだろう。袋を抱えるとそのまま型枠の中に落下した。高さは大したことはなかったが鉄筋だらけの中に落ちてろっ骨をしたたか打ったようだ。

翌朝、花田組の社長と奥さんから呼び出された。佐藤工務店の親父も呼び付けられた。なぜか私が現場で斎藤をシメたという話になっていた。

社長は、

「こんな乱暴な男うちには要らん、今日で解雇だ」

と息巻いていた。

奥さんも斎藤に加勢した。

しかし佐藤工務店の親父も同じ現場だったから、高山と斎藤の日頃の振る舞いは全部知っていた。

親父は、

「わかりました。多田を連れて帰りますが、ちょっと話がおかしいですね」

と言い残し、

「多田、行こう」

と会社に帰った。

みちすがら何があったか聞かれたので、ワイヤーで思い切り頭をひっぱたかれた事を告げた。顔にはまだ傷が残っていた。

「後ろからやられたので確証はないんですが」

「あいつらのやりそうなことだ」

と佐藤の親父は憤慨した。

「多田、嫌な思いさせてごめんな」

その話を聞くと型枠大工の高木さんが、

「直ぐに乗り込んで斎藤をぶっとばしてやる」

と息巻いたので、高木さんを止めようと大騒ぎになった。

その中に高木さんを慕っている加瀬さんがいた。加瀬さんは、

「ターさん、俺が行ってきましょうか?」

とおもむろに刃物を取り出そうとした。

私は二人をとめるため、

「高木さん、心配かけて済みません。大丈夫ですから」

と言うと佐藤の親父が、

「ターさんやめとけ。滅多な事すると会社にいられなくなっちまうぞ」

と釘を刺してくれた。

何とか収まったが、それっきり斎藤は現場に姿をみせなくなった。

噂では急に北海道に帰ってしまったらしい。それをまた奥さんが全部多田のせいだと吹聴した。斎藤と奥さんは北海道の同郷らしかった。

事実を見てほしかったが仕方ない。

この一件で佐藤工務店には危ないのが揃っていると言う噂が島中に広がったそうだ。

現場はターさんと加瀬さん、そして私の三人になった。

力業は私、小業はターさん。私たちは絶妙なコンビネーションだった。売り上げも大きく伸びて、佐藤の親父も大喜びだった。

出来上がった大きな型枠にコンクリートを打設する日がきた。島では七〇立方メートルのコンクリート打ちは大仕事だった。コンクリートの出荷は福間建設のプラントからだ。

朝から打ち始めた。ほぼ全て打設した頃、大きなトラブルが発生した。型枠を下に引っ張っている鉄筋が切れたのだ。鈍い音とともに大きな型枠が上にせり上がりはじめた。同時に外へも動き出した。

バーストだ。大変な損害になる。何とかしようと思い現場にあった大きなバックホーを一台動かした。高木さんにバタ角を三本ほど立てかけてもらって、そこをバックホーでゆっくり押してみた。

手ごたえがあった。膨らみかけた型枠が止まった。少し押すと元まで押し戻せた。しかし今度は下枠が外れかけた。高木さんと加瀬さんが切ったバタ角に素早くコンパネを打ち付けて下のコンクリートを上手く繋いだ。

もう一台のバックホーに親父が乗りこんで同じように押さえ込んだ。何とか型枠のバーストは押さえ込めた。しかし型枠がずれた分コンクリートの天端が下がった。そこをまた高木さんと加瀬さんが瞬く間に型枠を作り上げて取り付けた。

追加のコンクリートをすぐに注文して、なんとか終わらせた。

「バックホー、二日ほど借りといて」

と佐藤の親父が言い、

「判った判った」

と現場を片付けた。

大きなコンクリート打ちの後は一杯飲むのがつきものだ。トラブルも上手く押さえ込めた。

その夜は四人、奥さん公認で飲みに出た。思い切り飲んだ。酒は旨かった。次の仕事もある程度見通せていたのでリラックスして飲んだ。

酒の席では首尾よくバーストを抑え込んだ話でもちきりだった。上手く仲間入りできたかなと思った。加瀬さんは今回はあまり出る幕がなく影が薄かったので、これからは加瀬さんを立てながら仕事をしようと思った。

それからは面白いようにたくさん仕事がきた。ガンガンこなした。桟橋や漁船の船揚げ場、公務員宿舎、鉄骨の溶接から棟上げ工事まで何でもやった。

ある日の現場は船揚げ場だった。修理のために漁船を陸にあげるスロープと大きなウインチを収納する小屋だ。桟橋でジャックハンマーを使おうとした時、佐藤の親父がロックピンを掛け忘れていたので、スイッチを入れた瞬間ハンマーのロッドが海に向かって三〇メートルくらい飛んで行った。ロッドは海に沈んだ。予備は無し。これには高木さんも、

「どーすんだよ。馬鹿たれ」

社長もへったくれもない言い方だった。そういう会社だ。ミスをすれば誰かに迷惑がかかる。遠慮はなかった。

どうせ俺にどうにかしろと言ってくるだろうと思い、

「海パン取ってきます」

とアパートまで行って海パンを履いて現場に戻ると、桟橋から飛び込んだ。

二月の小笠原、海水温はまだかなり低かったがここは日本で一番早く元旦に海開きをするくらいなので、泳げないほどではなかった。深さは五メートルほど。三〇メートルくらい先まで泳いでいって何度か潜った。ようやく傾斜した海底に刺さっていたロッドを見つけ、泳いで持ち帰った。桟橋に上がるとさすがに寒さで震えたが、高木さんがたき火を起こしてくれていた。この気使いがうれしかった。

その後現場作業はスムーズに終わった。トラブルはあったが仕事は楽しかった。

母島から阿部先生が訪ねて来られ、父島でも剣道を続けて欲しいとおっしゃった。早速一緒に父島の警察署へ行き、私のことを紹介してもらった。

小笠原警察署の剣道の師範は、交通課の真庭五段だった。かれは岡山発祥の真庭念流の家元だった。阿部先生の剣道よりかなり荒っぽかった。

すぐに警察を通じて剣道の防具の一つで腰に巻く前垂れと道着を注文した。すぐに「多田」と名前の入った前垂れが届いた。その他の防具は高価なので警察にある物を借りた。

ここでも飲み会付きの剣道の練習となった。

現場作業員で参加している者は誰もいなかった。公務員とその奥さん、「おがさわら丸」の船長、そして三人の警察官だった。

島という特殊な場所でコミュニケーションを取るのは大変そうに思えた。

ある日、日系ハーフの女の子がやっているスナックに入った。

私は仕事が終わるとシャワーを浴び、着替えてから飲みに出るのが常だったが、その店には作業服のまま店に直行したらしい先客が五人いた。

私はカウンターに座って薄い水割りを飲んだ。

女の子の名前はジニー。若くて綺麗な子だった。髪もブロンドのような明るい色をしていた。日本語を喋っているのが不思議なくらいに思えた。口説こうとかいう気はなかったが、島の話とか家族の話を聞いた。

その時後ろにいたグループから、

「おい、大きな顔すんじゃねーぞ」

この店には後ろのグループ以外は私しかいなかった。厄介な奴らだ。

「何だい、俺かい。今この子口説ているから少し待ってくれるか?」

私のジョークが彼らの怒りを買った。グループの連中は早い時間なのにすでに酔っていた。

一人がいきなり椅子を振り上げて後ろから襲ってきた。重い椅子だ。当たれば大けがだ。彼は私に向かって椅子を大上段から振り下ろした。重いからゆっくりだ。スローモーションに見えた。そこにグループの中の一人が椅子を受け止めようと飛び込んできた。椅子は飛び込んできた若者の肩にまともに当たった。彼は痛みでうずくまった。

私はそれを見てキレた。両手で椅子を持っていたためノーガードだった男の頬に思い切りパンチを見舞った。ふらついてる所を捕まえてさらに膝蹴り三発。男は吹っ飛んで悶絶した。

起き上がってこないので、

「おいお前ら、こいつを連れて帰んな。兄ちゃん大丈夫かい？」

止めに入ってくれた若者の方を見ると、彼はまだ顔をしかめてうずくまっていた。後で聞くと肩の骨にヒビが入っていたらしい。

グループの連中が担ぐようにして男を連れて帰った。一緒に飲んでいた中の一人は仲間ではなかったらしいが、私に近寄ってきたので、こいつもやってやろうかと思ったが戦意はまるでなかった。

そいつはいきなり、

「兄さんえらい事やっちまったなあ。島で一番タチの悪い奴だぜ」

「そんなこと知らん。喧嘩を売ってきたのはあいつの方だ。あんたも見ていただろう？」

「悪い事言わんから早く逃げた方がいいよ。仲間を連れて仕返しに来るに決まってる。

現場で揉めた監督さんが寝込みを襲われて今まで何人も大けがしてるんだ」

「そうかい。よく分かったよ」

勘定を払い店を出た。

テンション上がっていたので帰っても寝られそうになかった。夜風にあたりながらしばらく歩いた。

島寿司の美味い店があったので入って二人前の寿司を頼んだ。酔いは冷めていたが余り飲む気はしなかった。どうせあいつらが追いかけてくるだろうから、相手をしてやらないと。

カンパチのにぎりを食いながら板前の能書きを聞いていたら入口にさっきの奴が入ろうとしていた。しかし引き戸が上手く開かない。私は入口でモタモタしている奴のところに飛んでいって蹴りを入れた。しゃがんだところに左のフック。頭に思いっきりヒットした。奴の頭が切れた。かなり出血して意識朦朧としていた。店の中に引きずり込んで左のロングフック。顎にクリーンヒットだ。

ようやく援軍が三人やってきた時には、奴はすでに地面に大の字になっていた。

私は、

「やるのか？」

と身構えたが、三人とも倒れている奴の様子をみて怖気付いたのか、手を出してはこなかった。

「連れて帰れ」

二人が男を担いで外に出した。

何をしに来やがった。殴られるために来たのか？　一人残った奴に先程の倒れた奴の住まいを聞いた。

何でも港に係留しているヨットが住まいらしかった。

「おい、お前ガソリン取ってこい」

「は？　こんな時間にガソリンなんか無理です」

「お前もあいつみたいになりたいのか？　ガソリンくらい会社の倉庫にあるだろう。無いとは言わさんぞ。つべこべ言わず持ってこい」

「ガソリンって一体何に使うんですか」

「奴は汚い仕返しが得意らしいな。夜中に襲って何人も大けがさせたらしいじゃないか。二度とそんな真似できないようにしてやるんだよ。ヨットならちょうどいいや。隣の家に燃え移る心配ないしな。さっさと案内しろ」

思い切り脅すと
「やめてくれ。そんな恐ろしい事できません」

そいつの襟首をつかんで表に引きずり出した。

「おい、会社はどっちだ？」

そいつらの会社の倉庫を目指して引きずった。

すると地面に這いつくばって
「許してくれ」

と泣きが入った。

もちろん放火する気などなかったが、これくらいダメを押しておかないとこちらの身が危なかった。私のことを狂気の性格の持ち主で切れたら何をするか判らん奴、と相手が震え上がるまで脅した。

「分かった。お前はもう帰れ。俺が一人で行ってヨットに穴でも空けて沈めてやる」

そう言って港に向かって歩いて行くと、奴らは一目散に逃げ出した。

今日は随分な一日だったなあ、と思いながらアパートに帰った。凄く疲れたのでテンションは高かったがすぐに深い眠りに落ちた。

朝六時半ごろ社長の佐藤さんに、

「昨日の夜喧嘩しました。相手は太平建設の文って奴です」

「文かー。厄介な奴と喧嘩したなあ、あいつの会社はうちの元請だぞ。文の母親は島でもうるさいんだ。どれだけやったんだ?」

「ケガしているのか?」

「はい、かなり」

朝飯の後すぐ警察に電話した。

電話を取ったのは署長だった。

「署長、昨日大喧嘩しました。正当防衛ですが相手はかなりケガしています」

「で、相手は誰だ?」

「文とか言ってました」

「文か、アイツにはいい薬だ。もし暴行で訴えてきたら私が上手くやっておくから、心配するな」

「ありがとうございます」

食堂で高木さんと加瀬さんが、

「多田あ、文をやったのかあ。あんな野郎半殺しにしちまえばいいんだよ」

「奴はな、これまでに現場監督や人夫を何人もケガさせている。一対一で負けた相手には夜集団で寝込みを襲うんだ。ほんとたちの悪い奴なんだ」

高木さんはさらに続けた。

「多田、今度やる時は俺にも言えよ。一人でいい思いするなよ」

いやはや危ない先輩だ。

文との一件はその日の内に島中に知れ渡った。

佐藤工務店の親父が太平建設に謝りに行くと太平建設の社長はもう知っていて、先に椅子で殴りかかった事を逆に謝まってきたらしい。止めに入った同僚も鎖骨にヒビが入っていたので、社内で大きな問題になっていたようだった。

どっちもどっちということで問題なく片付いたように見えたが、狭い島の事だ、そこから面倒な事になった。

翌日も飲みに出た。その夜は食べ物も評判のショットバーに入った。飲んでいるとマスターがフルーツの大きな盛り合わせを持ってきた。

「俺そんなの頼んでねえよ」

と言うと、

「あちらのお客様からです」

「あちらのお客さんなんて知らないよ。頂くいわれないし」

振り向くと客の一人が立ち上がって、

「あんた多田さんだろう？」

「はい」

「どうか、遠慮なしに食べて下さい。昨日はありがとうございました」

と深々と頭を下げた。

何の事かわからず
「お宅さんは？」

と聞くと
「あんた、文をコテンパンにやっつけたんでしょう？　凄いねー。それで私らも溜飲が下がったんですよ」

「あーその事。で、あなたたちは？」

聞くと全員太平建設のメンバーだった。

「どうか遠慮なく食べて下さい」

「じゃあありがたく頂くことにしますが一人じゃ食べきれません。良かったら一緒にどうですか？」

「いいんですか？　じゃあ喜んでご一緒させて下さい」

こちらとしても太平建設の人間なら聞きたい事も多少あった。

まず文のケガの様子だ。肋骨が三本折れていたらしい。頭も相当切ったらしかった。私を助けに入った同僚も鎖骨にヒビが入っていたらしい。文は仕事ができるようになるにはかなりかかるようだった。

みんなはまるで私のことを神様仏様といわんばかりに持ち上げたが、私はそう言うのはむしろ苦手だった。人間いくつになっても変わらんなあ、とつくづく思った。

それからいろんな店に行ったがその度にビールや焼酎、バーボンのボトルなどを差し出されるようになった。

しばらくすると飲みきれないほどボトルがたまっていた。太平建設や佐藤工務店の連中だけでなく他の工務店の従業員からもいろいろといただいた。みんな店で文にからまれてボコボコにされたことのある連中だった。

喧嘩から二週間が過ぎたころ、私は太平建設の同僚に頼んで文をレストランに呼び出した。

「お前どう思ってるんだ？　二回戦やりたいか？　今度は手を抜いたりしねえぞ。仕事出来なくするぞ。俺が何でこんな島に好き好んでいるかわかるか？　俺も喧嘩は好きじゃないいんだ。だからお前も引け。そうすれば俺も忘れてやる。それに俺に何かあったらうちの高木が黙っちゃいない。その時は死人が出るぞ。お前の仲間にも言っとくんだぞ。俺の喧嘩は所詮アマチュアだが高木のは本職だ。レベルが違うからな。気をつけろよ」

「いやもう手出しは二度としません、このケガも元はと言えば私が先に手を出したからです」

文は完全に怖気付いてしまい、私に目も合わせられない。徹底したブラフが効いたようだ。そのせいか、役所の人にも漁師の知り合いからもペンションオーナーからも遠回しにお礼を言われた。

剣道の後の飲み会も当分の間その話題だった。警察の人たちからの質問攻めを肴にいつも盛り上がった。男の警察官や剣道のメンバーは好意的だったが女性からは荒っぽいよそ者だと私を怖がる人もいたらしい。警察の人からはまだやんちゃを卒業してないのか？　二度とやるなよ、と本気半分からかい半分でよく言われた。警察は私の関西時代のことを全部調べていたようだ。

仕事は相変わらず忙しかったがどれも五人のチームでガンガン片付けた。都の教職員宿舎の建設現場は掘方から基礎コンクリート打設、鉄筋加工、上部建て方まで全部五人でこなした。鉄骨は埼玉のＬクラスの鉄工所が製作し船で搬入、制作責任者のスーパーバイザーが竣工まで島に駐在した。

鉄骨は全てドブ漬けの亜鉛メッキ。ハイスペックだった。

建て方も無事終わりボルトの本締めとなった時、役所から「全てのボルトに緩みや締め忘れがないかチェックするためボルトとナットに線を引くマーキングと呼ばれる作業をしろ」との指示がきた。鉄骨の締め付けをするトルシアボルトを全部仮締めしろとの事だ。機械で締め切るのにどうやって途中で止めるのかわからなかった。

関西時代は民間の仕事の監督だったので、溶接とか材寸とか建て方の精度についていろいろチェックした記憶はあったが、トルシアボルトの仮締めというのは初めてだった。

スーパーバイザーに聞くと彼もこんなバカな指示は初めてだと言っていた。

マーキングの指示に私は、

「私たちは工事業者で検査会社ではありません。検査に付随する業務については工事見積りに入っていませんから、役所の人間でマーキングなり検査なりをされたらいかがですか」

と拒否した。

すると役所の課長が出てきて、

「多田さん、今回の新任検査官はやりづらいんだよ。経費認めるからマーキングしてくれないか?」

と言われた。佐藤工務店の親父も「聞いた事もねえ」とぶつぶつ言ったが、役所の課長に頭を下げられたらやるしかないな、と諦め顔だった。仕方なくラッカーペンを数本買ってきて、朝から晩までかかって三千本ほどのボルトとナット全てにマーキングした。

翌日、今度は足場まで用意しろと言ってきた。しぶしぶ何カ所か検査官が上がれる足場を作った。その日の午後、検査官の小野氏が現場に来た。

課長たちも足場の上に上がりトルクレンチで締め付けの検査をした。ボルトナットの上にはラッカーペンで「オノノバカヤロー」とマーキングしておいた。それを見てみんな大笑いしていた。

しれっと、

「指示通り全部のボルトにマーク入れております。検査宜しく。ただしマークの書き方は勉強していませんのでこちらで適当にやりました。悪しからず」

一ミリもズレないのでマーキングした字ははっきり読める。検査を終えた小野氏はかなりムッとしていた様子だった。

その夜、鉄工所から派遣されたスーパーバイザー氏と上棟完成のお祝いの宴席を開いた。マーキングの話になると「良くやったなあ。現場写真は後世に残るわ」と皆で大笑い。皆、酒がうまそうだった。

私たちは一本たりとも締め付け不良は出すまいと意地になった。ただ数か所だけ設計ミスだろうか、一〇〇ミリのH鋼の真ん中にあるブレスのプレートが邪魔になり、そこに六五ミリのボルトをどうしても入れようがなかった。

するとスーパーバイザーが小野技官に、

「どうやってボルトを入れるのですか？　我々は技官からいただいた設計図通りに製作しておりますが。小野技官、お手本を見せてください」

と意地悪な質問をした。

これも大笑いの種になった。長いボルトは絶対入らない。短いボルトだと締め付けが効かない。結局小野技官は返事もできずに帰って行ったのだ。

その部分は後で田中課長から、溶接をしっかりした上で錆止めにローバルジンクスプレーを施すようにと指示された。


ひっきりなしに新しい仕事があり、仕事をするごとに新しい知識を得られた。

毎日が充実していた。

頭では理解をしていたが実際に現場で施工をするために必要な経験ができた。覚える事が山程あったが仕事は楽しくて仕方なかった。全力で仕事をこなしながら覚えた。仕事が終わってからの仲間との酒盛りも楽しかった。

父島での忙しい日々は、子どもへの申し訳なさを少しだけ忘れさせてくれた。

何よりも子どもに堂々と説明できる仕事をしていることがうれしかった。

疲れ切って酒を飲んで寝る毎日でいろいろと考える余裕はなかったが、確かな手応えを感じることができた。

私は四十歳になっていた。

第二章　龍野ラプソディ

1

小学校四年生の一学期だった。

その日は習字の塾の日だった。私は習字道具を学校に忘れたので取りに戻った。教室に入ると担任の玉田先生がいた。

私が習字道具を持って教室を出ようとすると先生が、

「多田君、今日は習字の塾には行かなくていいです」

私はどういう意味かわからなかった。

「そこに座りなさい」

私は先生の近くに座らされた。

頭の中では、母親が無理をして高い月謝を出してくれているのにサボったらもったいない、とそのことばかり気になっていた。

玉田先生は今まで見た事がないくらい高圧的だった。こんな玉田先生ははじめてだった。

「多田君は日頃からクラスメートに嫌われていますね。それにみんなは多田君のことを怖がっていますよ。反省しなさい」

私には何のことか全くわからなかった。

四年生になるまで毎年少なくともひと学期はクラス委員長をしていた。成績もまだトップではなかったが、毎年上がってきていた。そりゃずっとガキ大将だったから喧嘩もしたし腕力にも自信があった。しかし弱いものいじめをしたような覚えはなかった。喧嘩の相手はいつも一つ上の学年か、同学年だと、一対三とか一対七だった。

なのに何で私が嫌われている？　何を反省することがある？　到底認めようのない話だった。しかし先生は反省しろというばかりだった。

授業態度の話になった。確かに生意気な生徒だったかもしれない。けれどもそれはクラスメートに対してではなく先生に対してだった。私はその頃学校の図書室からいろいろな本を借りて読んでいた。私は教室の一番後ろで先生に背を向けるように座り、一心に図書室から借りてきた化学や歴史、偉人の本などを読んでいたのだ。

もしそれが問題であればそのことを注意すればいいだけの事なのにと思った。けれども玉田先生は私が他のクラスメートに嫌われている事を問題視した。

先生はまるで私がクラスメートを脅して委員長になるための票を集めているかのように言うが、そんなことはしていない。クラス委員長なんてどうせクラスメートの橋本茂か俺がやるんだろう？　その程度にしか考えていなかった。是が非でも委員長をやりたい訳ではなかった。

先生の話は日が暮れかかっても終わらなかった。一体どうしようというのだ？　先生は私をどうしたいのだ？

夜七時頃まで延々攻められた末に、先生は私クラス全員に謝罪をしろと言い出した。とんでもない。そりゃ私が謝るべきクラスメートも少しはいたかもしれない。しかし全員に謝罪するような事は何もない。私は拒否した。どんなに言われても拒否した。

玉田先生は、最後には強引に自分の考えている結論にもっていった。

「先生は明日、黒板に多田君の反省文を書くから、それを読み上げて皆に誓いなさい」

私は、

「反省することなど何もないですよ」

と返したが、内心は怖くてたまらなかった。

私はとうとう泣き出してしまった。明日どうなるかは容易に想像できた。子どもは大人が考えている以上に残酷だということを玉田先生は知らないようだ。

私は、

「従いません！」

と言い残して走って逃げ帰った。

外はもう暗闇だった。泣きながら帰り道を走った。

夜、いろいろ考えたが、結論など出る訳がなかった。学校へ行かずに逃げだしたかったが、それはできなかった。今でも思う。何故あの時ずる休みをしなかったのか。

翌日、教室のドアを開けるとすでに反省文が黒板一面に書いてあった。「私は……」からはじまり日頃のいじめや成績の悪い子に対する言葉など、先生が私に言わせたい事がびっしりと書いてあった。それは決して私自身の反省文ではなかった。しかし反省文の最後には「多田昌則」と書いてあった。

クラス中がざわめいていた。

喧嘩でやられている連中にすればざまあ見ろだったかもしれないが、そう思ったのはほんの数人のはずだった。逆に家が貧しいことで私がいじめの対象にされることの方が多かったのだ。そして喧嘩になる。けれどもこっちは一人、相手は何人もいた。それでも私が悪いというのか？

「……今日から、暴力は一切使いません。勉強の分からない人には教えます。丁寧に教えます　多田昌則」

私が反省文を読み上げると、クラス中水を打ったように静まり返った。

その日から私は自分の机を取り上げられた。そして出来の悪い生徒のところに行き、わからないところを教えた。机があるのは授業参観の日だけだった。

時折そいつらは言う。

「先生、多田君が馬鹿にするんです。注意してください」

お前、よくそんなことが言えるな。しかし反論は許されなかった。小学校では担任の先生が一人で全部の教科を教えていた。どの授業でも玉田先生がいるから逃げようがなかった。

約半数いた元々成績のいい連中は、男子も女子も以前と態度を変えることはなかった。急に態度を変えたのは残りの半分、成績が下の方の連中だった。彼らは私のことをまるで奴隷のように扱った。その中には女子も何人かいた。とにかく出来の悪いやつが多かった。

それからの二学期間、奴隷ごっこは続いた。

何で私だけこんな目にあうんだ？　と殺意すら沸いてきた。殺してやりたいという気持ちは次第に強くなったが、そんなことをすれば両親を悲しませる。田舎だから噂はすぐに広まる。やってしまえばおしまいだ。だからそれだけはできなかった。我慢するしかなかった。

悔しくて悔しくて毎晩泣いた。布団に潜って泣いた。声を殺して泣いた。

一番始末が悪かったのは成績の悪い数人と意地の悪い男子どもだ。

あいつら自分が言ったりやったりしている事がわかっているのか？　と毎日思った。

相変わらずそいつらのそばで国語とか算数とかを教えさせられた。教壇からは玉田先生が見ている。イライラして語気を少しでも荒くすると直ぐに先生は授業を中断して私を非難した。

いい加減にしてくれよ。私は先生みたいに給料をもらって教えているわけじゃない。みんなと同じく授業を受けにきた生徒なのだ。なのにどいつもこいつも大きな勘違いをしていやがる。辛かった。子どもは先生の持ち物ではない。子どもにだって人権はあるのだ。悔しかった。本当に悔しかった。私はいったい何なんだ?

混乱して気が変になりそうだったが、図書室の本を貪り読んでいたおかげで私は知識だけは歳のわりに持っていた。その辺はいわゆる「マセガキ」だったのかもしれない。私がやられたことは、共産主義の国で犯罪者が強いられる自己批判のようなものだと思った。

クラスで私だけが犯罪者。いったい何の犯罪だ?　怒りが段々大きくなっていった。よく完全犯罪を考えた。けれども実行する気にはならなかった。どう考えてもそんなこと割が合わない。

一縷の望み、それはクラス替えだった。五年生になってクラス替えされれば多分担任の先生も変わるだろう。とにかくそれまでは我慢してみよう。というのが最後に出した結論だった。けれどももしクラスも先生も持ちあがりで同じだったら、必ず殺してやる。

何日も泣き続けるうちに、私はプライドというものを意識するようになり、自分の尊厳を踏みにじられた、と思うようになった。

授業中にさげすまれたり、あることないこと逐一告げ口された。

「先生、多田君がまた私を馬鹿にするんです。注意してください」

何度聞いたことか今でも声まではっきり覚えている。

逆に全く態度や接し方を変えなかった人がかなりいたのも事実だ。成績の良かった何人かの女子、スポーツで張り合っていた何人かの男子、本当にありがたかった。

このようにしてとにもかくにも地獄の四年生が終わった。

五年生。担任は幸長正則という先生だった。幸長先生は学校でも怖いことで有名だった。幸長先生のクラスは、伸びる子は凄く伸びるが落ちこぼれは置き去りにされる、という噂があると親に聞かされた。

しかしとにかく新学年、新学期だ。もう誰にも文句など言わせないぞ。

私について舐めたことを言っていた男子の中には、怖がってより集まっているものもあった。仕返しを考えていたのかもしれない。しかし私の怒りの矛先は四年生の担任だった玉田昌行ただ一人だった。玉田先生との年齢差は十九だ。

一学期の始まりに担任の幸長先生から変わった授業の進め方を聞いた。

「早い人は教科書を一学期の内に終わらせなさい。遅くとも二学期中には全員終わらせなさい。三学期は私が課題を用意します。いいですね」

三学期、先生は面白い課題を出した。

「今までで一番辛かったなと思うことを書いて提出して下さい。秘密は厳守します。どんな事でも構いません。しかし真実だけを書いて下さい」

というものだった。

私はその課題で四年生の頃の奴隷生活のことを書いた。玉田先生を殺してやろうと思っていたことまで書いた。書いていると悔しくて涙が止まらなくなった。

多分幸長先生は理解してくれたと思う。結構味方してくれていたし。

見返すにはまず成績を今より上げることだと思い、猛烈に勉強した。教科書も一学期で全部片付けた。

ある授業の時、先生は長い文章の読み聞かせをやってくれた。

先生が読んでくれたのはビクトル・ユーゴーの『ああ無情』、レ・ミゼラブルだった。

それからは私は以前にもまして本を良く読むようになった。とにかく片っ端から本を読んだ。図書室にある本は手当たり次第に読んだ。中でもジュール・ベルヌの『十五少年漂流記』は六、七回は読んだだろうか。日本の小説家の本も読んだ。少し難しい本も背伸びして読んだ。

その頃先生は、二週間に一度ぐらいの割合で当直をしていた。

夜遊びに来なさいと言われ学校へ行くと、私を含めて三人ほどが呼ばれていた。冷えたスイカが沢山あった。学校でやる予定の映写会で上映される予定のフィルムまであった。

「食べながらみてください」

私たちはそこでクラスのみんなより先に上映会をやった。

呼ばれていた他の二人もひょっとしたら少し問題を抱えていたのかも知れない。呼ばれるのはいつも大体同じメンバーだった。みな成績も十番以内だ。

映画を見終わると結構遅い時間になっていた。帰り際、先生は三日後に映画の感想文を書いて提出するよう指示した。やはりタダでは帰してくれなかった。私は文章を書くのは嫌いではなかったので、言われた通り感想文を提出した。

一学期の中ごろから先生はこんなこともやりはじめた。毎週五教科のテストがあったのだが、土曜日になると先生は成績順に生徒の名前を読み上げ、黒板の前に順番に並ばせた。それは土曜日恒例の行事になった。これで成績は良いのは誰なのか、そうでないのは誰なのか、一目瞭然となった。痛快な気分だった。

私は一番を守るため必死で勉強をした。

ドッジボールの時、リベンジのチャンスが来た。

私をいじめなかった女子には強いボールは当てなかった。当てても足とかを狙い、怪我をしそうな場所は避けた。しかし四年生の時に「多田君が馬鹿にするんです。注意してください」と先生に告げ口していた、運動が苦手で成績もびりっけつの連中には容赦しなかった。至近距離に引きつけて全力のボールを顔めがけて投げつけた。私がボールを女子の足元に軽く当てるところをみて油断していたのか、奴らは後ろに吹っ飛び鼻血をだした。

仲がよかった男子の何人かには私の作戦は読まれていて、「とうとう多田君の仕返しが始まった！」と思っていたようだ。私は彼らには構わず全力でボールを投げ続けた。数人が医務室行きとなった。

サッカーとか運動会の時は奴らはもっと悲惨だった。騎馬戦の時は相手もそんなに早くは走れない。私のチームは私が一番前にいたので、構わず正面から体当たりした。みんな後ろに吹っ飛んだ。

ある日、幸長先生から呼び出された。

「多田君の気持ちはわかりますが、ほどほどにして下さい。これ以上エスカレートしないように。いいですね？　授業中に誰か大けがされると先生の責任になります。気を付けて下さいね」

幸長先生は四年生の頃のことを知っていたのだろう。一方的に私を責めることはなかった。

女子にも犠牲者が出ていたが、成績の上の方で勝負していたクラスメートたちは何も指摘してこなかった。私は女子には直接手をあげた事はなかった。彼らは私のやっていることを肯定しているのかな？　と思ったが最後まで聞かなかった。聞けなかった。

二学期になると幸長先生から、

「今年も秋に龍野市の市展があります。多田君、書道で出しますか？」

と言われた。

「はい、出します！」

四年生の時のウサを晴らすべく、怒りの一筆。結果は金賞だった。

しかし、受賞の知らせが来た翌日、幸長先生に、

「多田君、墨汁使いましたか？」

と聞かれた。

「はい使いましたよ」

と答えると、

「そうですか。じゃあ残念ですが金賞はもらえないです。他の学校からクレームが出ました。多田君は墨汁を使っていると」

「え、だめなんですか？」

どうやら市展では市販の墨汁の使用は認められていなかったらしい。硯ですった墨を使わなければならなかったようだ。私の作品に付けられていた金賞のリボンは取られて

しまった。けれども私の出品作は失格になったのではなく佳作だった。後で佳作の作品が貼ってあるところに所に移動されていた。

六年生は五年生から担任の先生もクラスのメンバーも同じとなる持ち上がりだった。今度はクラス委員の選挙で勝った。委員長に選ばれたのだ。言っておくがもちろん買収などしていない。六年生になってもまだ時々喧嘩もしていたが、なぜか優等生になっていた。

運動も快調だった。龍野市の運動会で出場した四〇〇メートルリレー。私はぶっちぎりで勝った。

ある日幸長先生から職員室に呼ばれた。

「多田君、ここにある資料は昨年度の運動会のプログラムです。これを参考に今年のプログラムを作って下さい。始まりと終わりの時間だけは昨年と同じで、その他は自由にプログラムして下さい。幼稚園の出し物も先生に聞いて用意して下さい」

プログラムだけではなかった。競技のＢＧＭで使われる音楽の選定まで任された。先生から運動会で流すための音楽が収録された五十枚くらいのＬＰレコードを渡された。

初めての経験で何から手を付ければいいのか全くわからなかった。

クラスメートに、

「運動会で何がしたい？　面白くないプログラムは？」

と聞いて回ったが、プログラム作りに役立つ話は聞けなかった。

まず、絶対外せない幼稚園と中学校のプログラムに取りかかった。うまく入れられるか分からないが、とにかく時間を先に割り当ててみた。幼稚園のプログラムは早い時間に終わるよう午前中に、中学生の棒倒しとか荒っぽい種目は午後に集めた。

最後の競技は毎年ＰＴＡの地区対抗リレーだ。これも変更不可だった。

そしてそれぞれのプログラムに合う音楽を、渡されたＬＰレコードから探した。

運動会の準備で苦労した私は、世の中には学校の勉強だけではどうにもできない事が沢山ある、これからそれがずっと続くんだ、ということを知った。

その体験のおかげで他のみんなより一歩だけ前に出ることができたと思えた。


今年も龍野市の市展の季節になった。

「多田君今年は、習字の出品には市販の墨汁を使わないで下さいね」

と幸長先生に釘を刺された。

私は本気で挑戦した。なかなか納得できる字が書けず居残りをしていた私に付き合ってくれていた女性の先生がいたが、彼女もついに痺れを切らして先に帰ってしまった。もう学校には私以外誰もいなくなった。畳の部屋で夜七時過ぎまで何枚も書いた。集中力が極限に達した時ようやく清書を書き上げることができた。

結果は金賞だった。本当は二年連続だったがまあいいや、と思えた。


私が住んでいた龍野市揖保町西構は、市内のほかの村と比べてかなり雰囲気が違っていた。武家屋敷や富農、庄屋しか作れないような長屋門のある豪邸が西溝には八軒もあった。一つの村にそんな豪邸が何軒もあるところは多くない。

村に住む人たちの職業も凄かった。

古い方では明治政府で英語の通訳をした人がいた。龍野市長も出たし、龍野市の歴代助役も三人。地方銀行の頭取もいた。頭取の息子は弁護士になった。外務省の外交官一人。外国航路の船長一人。最後に挙げたからといって格下と考えているわけではないが学校の先生も七人ほどいた。揖保町全体を見渡しても、こんな村は他になかった。

華々しい経歴を持つ村人を輩出し豪邸も建ち並ぶ西溝村で、藁葺き屋根の家は我が家一軒だけだった。親父の仕事は鍛冶屋の工員。多分、村で一番の貧乏だ。

しかし母親は、私の学費とかスポーツにかかる費用は無理をしても用立ててくれた。私が成績を上の方でキープできたのも、市展や運動会で結構賞も取れたのも、グレなかったのも、殺してやりたい気持ちをプランだけで実行に移さなかったのも、すべて母親のおかげだった。

私が取った数々の賞や好成績はいくら金を積んでも買えやしない。私は母親の唯一の自慢だった。

喧嘩をした時、よく母親と謝罪にも行った。怪我をさせているんだから謝るのは当然だった。けれども帰りの夜道、母親は、

「菓子折りもらって謝罪されるより、幾ら頭を下げることになっても自分の子どもを怪我させられるよりはよっぽどましや」

と何時も言っていた。

断っておくが、私の母親は何も喧嘩を勧めていたわけではない。

村でのエピソードはいろいろあった。

あるとき西構で小さな運動会があった。なんでも地区対抗の選手を選ぶとかで、その時村の世話役をしていた学校の先生が来ていた。他校の先生だ。

「多田君はとびきり足が速いんだからそこからじゃない、もっともっと下がって」

と他の子より五メートルほど後ろからスタートさせられた。思わず母親の方を見たがこの時は何も抗議してくれなかった。それでも結果は一位だった。普通グレるよな。


もう一つ。

二年生の頃から小林健一という外交官の息子が毎年夏休みになると東京から母親に連れられて避暑にくるようになった。

健一君は朝早く、

「多田君あそぼー」

と毎日家に来た。

蟬とりや魚とり、一緒にいろんなことをして遊んだ。泳ぎにもよく行った。そして午後三時にはいつも彼の家に行った。

一九六二年当時の龍野市の片田舎では、普段のおやつはスイカかトマトかふかしたサツマイモくらいだった。

ところが健一君の家ではおやつに水羊羹、ババロア、プリン、シュークリーム、ショートケーキなどが出された。

健一君の家のおやつは私にとって珍しいを通り越していた。どれも初めて目にする物だった。食べ物かどうか分らないものまであった。

このおやつはどこかで買ってきたものだろうか？　それとも健一君の母親が作ったのだろうか？　今だに謎だ。

健一君は六年生まで毎年避暑にやって来た。おかげで私は毎夏、東京の午後のティータイムを龍野市のど田舎で経験できた。

健一君の母親の服装にも驚かされた。一言で言うと「エレガント」。その頃はそんな言葉も知らなかったが、高校生になった頃洋画を見て、

「これだ！」

と思ったものだ。自分の母親の普段の服装を思うと言いようのないもどかしさ、歯がゆさを感じた。

中学生になると、健一君からこれからは受験勉強があるので来られないと連絡があった。

私の育った校区には、表立ってはいないが大きな問題があった。

学校の時間割には同和教育という授業があった。校区には大きな被差別部落、いわゆる同和地区があったのだ。その地区から通う生徒は全体の三割強ほどいた。

部落差別の歴史をよく勉強させられた。同和地区のことを説明するときは先生も神経質になっていた。

よほど苦しいんだろう、いつもは元気な友人が同和教育の授業の間はずっと俯いたままだった。

喧嘩仲間も勉強で勝負していた奴もスポーツで勝負していた奴も、多くは同和地区出身だった。単純に何が違う?　何も違わない。とにかく勝負すると手ごわいだけだ。いい奴ばっかりだった。

近寄り難いほどのかわいい子も二人ほどいた。瀬川さんに中山さん。瀬川さんは成績もトップクラスだった。

私は図書室で部落差別関連の本を読み漁り、それまで知らなかった江戸時代の様子やその前の話に触れた。わかったのは、彼らに何の落ち度も無い、彼らと私たちは全く同じように差別する理由も差別される理由も何もない、ということだった。

しかしこの問題は根深く陰湿だった。のちに何度か直面することになる。

その頃、自分がされていやな事は他人にはしないという考えが自分の中に芽生えた。わざわざ同和地区に乗り込んで行って喧嘩する奴など他に誰もいなかったが、私はよく自分から乗り込んで喧嘩をした。同和地区には友達もいたが仲の悪い連中もいたからだ。

けれども私の親はビビりまくっていた。過去に大騒動に発展したことがあったからだ。

私が「いじめられた」と言ってもわずか一年足らずだ。彼らに対するいじめや差別は数百年も続いている。全然比較にはならないが、彼らの心の痛みを少しだけわかったような気がした。

良いか悪いかその時点では判らなかったが、図々しく付き合っていた。よくケンカもした。それが私の出来るせいいっぱいだった。安っぽい同情心などなかった。全くの五分だ、と自分に叩きこんだ。

六年生の最後だった。卒業式の後、幸長先生と母親と私の三人で面談する機会があった。

先生は言った。

「揖保町から久々に東大生が誕生しますね」

母親は何のことか全くわかっていない。私もポカンとしていた。

「お母さん、間違っても多田君が横道に逸れるような事だけはとめて下さい。絶対ですよ。大変な事になりますから」

母親はまだ先生の言っていることが理解できないようだった。

私はすぐに幸長先生が言った意味がわかった。小学四年生で明確な殺意を表明したり殺人のプランをあれこれ立てたり。そりゃあ先生も心配するよなあ、と思った。

中学に進級した。と言っても校舎は小学校の隣で、メンバーも全く同じだった。

私は野球部に入った。野球に専念し、プロ野球選手になって稼ぐ。これが貧乏から抜け出す一番の近道だと思ったからだ。幸い体格には恵まれていた。走ることも、短距離走なら橋本茂の次に速かった。

しかし手ごわい野球部だった。身体能力は全国クラスの先輩が沢山いた。筋トレ、走塁、どれも付いていけないくらいハードだった。

駅伝で上位なのはほぼ野球部員、市の陸上競技大会でも多くの野球部員が各競技で好成績を残していた。冬場は雪でグラウンドが使えないため、その間野球部は屋内競技中心の即席の陸上部に変身した。

私は冬場に膝を壊した。一年生と二年生のとき膝の手術を受けた。さらに、その時の手術か原因かどうかわからないが、私はB型肝炎に感染していた。

二年生の時は、中長距離が全く走れなくなっていた。練習についていくのもやっとだった。何度も死ぬかと思うほど辛い時があった。私は準レギュラーのようなポジションで球はそれなりに早かったが、ピッチャーにはなれなかった。陸上で県大会へ行ったが、これといった活躍はできなかった。辛い三年間だった。

B型肝炎のことは、三十歳の頃に交通事故で大きな手術をしたとき医者から知らされた。「若いころB型肝炎に感染している。肝臓の検査でわかった」と言われたのだ。思い当たることがあった。感染したのは中学一年生のころだ。突然長距離のタイムが落ちた時だった。自然治癒したのは多分高校一年生の頃だろう。投げたボールの球速が信じられない勢いで元に戻ったのだ。

中学生活も辛いことが多かったが母親が喜びそうなニュースもあった。龍野市の書道展や俳句展で特選に選ばれたり、一年生の時は読書感想文で全国選考まで行き佳作だった。

学校には相撲部がなかったので三年の時西播地区主催の相撲大会に個人で出場した。すると体格の良い他校の野球部員も沢山出場していた。

「お前もかー」

皆回し姿で照れながら話した。

団体戦の時左手の小指を負傷した。かなり腫れて痛みも酷かった。先生は突き指だろうと私の小指を引っ張った。痛がるとそのあとの個人戦に出られなくなるので平気な顔をしていたが、本当は風が当たっても痛いほどだった。

結局個人戦は右手一本で勝ち抜いた。決勝は新宮中学の柔道部主将が対戦相手だった。彼は柔道二段。善戦したが敗れ準優勝で終わった。試合後すぐに病院にいったら小指が折れていた。しかし成績には満足だった。

私が通っていた中学では三年生が卒業する直前、後輩に寄せ書きを書いてもらうため二年生の教室に色紙を持ってきていた。私の姉が卒業する時もやっていたらしい。

二年生の三学期になると、私のクラスにも一つ上の先輩がやってきた。三年生の女子五人くらいから、

「多田君、これお願い」

と持って来られた。

一度も挨拶をした事のない人や、テニス部の副部長とかもやってきた。

結婚後、連れにお前んところにも来たか？　と聞いたが、誰も色紙を持ってこられたやつはいなかった。私の所にだけなぜ？　と思った。

その頃、世界の偉人の名言、金言を集めた本を持っていたから、その中からとんでもなく高尚な名言を見つけてきて、それを先輩が持ってきた綺麗な色紙に汚い字で書いた。変な中学二年生だった。

三年生の時は酷かった。担任の先生が統合される新中学校のグランドや設備の打合せでよく授業を放棄した。体育の先生からは授業のカリキュラムの本を渡され、

「多田お前やっといてくれ、採点もだぞ」

と丸投げされた。

「みんな、今日の体育はソフトボールです。二チーム作ります。審判は私がします。野球部の人でチームの指導お願いします」

こんな感じで二学期と三学期やらされた。

担任の先生は、陸上競技の記録会も運動会も、中学生の参加する所は挨拶まで全部私にやるよう言ってきた。小学六年の時、担任の幸長先生に言われて運動会のプログラミングをやった経験が大きかった。何とかなった。三年生の時には体育部の部長をしていたので、運動会で先生に代わって成績発表したりとかもやった。地元の神戸新聞の隅の方に名前が載ったこともある。母は私が活躍している話を聞くとうれしそうだった。

三年生になると、進学の目安として何度か全国模試を受けた。

学校では成績は上から三十番付近をうろついていたが、模試となると数千人中五十七

番になったことがあった。悪くとも二百番は下らなかった。このことを知っているのは一緒に模試を受験した何人かのクラスメートだけだった。

私の住んでいた村から行ける高校は、県立の普通科高校で進学校の龍野高校と龍野実業高校の二校だった。龍野実業にはいろいろな科があった。ある時、野球部の先輩で一九七〇年に龍野実業から阪神タイガースに入団した中村利一さんがやって来て、

「多田君、龍実に来い。甲子園を目指してくれ」

と誘われた。

プロ野球選手を目指していた者は私を含め五人いた。他にも二人いたが、彼らは進学志望だったので龍野高校を受験した。

五人で相談した。

「皆で龍実行って甲子園目指すか」

話はまとまった。

その頃兵庫県の高校受験は、他府県とはかなり違った選抜方法がとられていた。

私たちが「兵庫方式」と呼んでいたその方式では、内申書の評価もかなり重要だった。筆記試験も教科ごとの試験ではなく、答案用紙一枚分ほどもある長文の中に五教科

の問題が全部入っている。回答も丸バツ式ではないのだ。

私はこの兵庫方式の筆記試験が得意だった。通常の五教科の試験だと百人中三十番ぐらいだったが、兵庫方式になると何故か五番とかになっていた。わからないことがあれば成績優秀だったクラスメートの島津さんとかミッチャンに教えてもらった。姉が心配して、

「滑り止め受けてみたら？　お金なら少し出してもいいわよ」

と言ってくれたが、

「そんなもんいらん。龍野実業を受けるくらいで、滑り止めなんか必要ないよ」

と大口をたたいた。普通科の龍野高校だって楽に入って見せる自信はあった。全国模試の区分では私学の灘高やラサール、その少し下に県立の姫路西高があった。私は何時もそのランクに入っていた。しかし学費の面から私立高校のことを親に話すことはできなかった。

龍野実業からプロ野球選手になって身を立てよう。それが私の最大の目標になっていた。

なぜか、私の周囲からは、

「どんな大学を出たらどんな将来が待っている」とか「どんな職業に就くにはどんな大学がいい」とか、そういった情報は何も入ってこなかった。

多分、私の家の経済状況を知っている人達は私には話さなかったんだと思う。


卒業前に番長グループ七人から呼び出しを食らった。小学四年からの因縁の奴らだった。番長グループと言っても野球部員には何も言えない連中だった。橋本茂が、

「暇なら田んぼ入ってボール探してきてくれ」

とよく番長グループをこき使っていた。

彼らの中には、小学四年の時私をいたぶってくれた連中が五人ほどいた。皆、青竹や木刀、鉄パイプなどいろいろ持ってきていた。

私は柔道場に連れて行かれた。

いきなり一人が私を羽交い絞めにした。

「ラッキー！」

私は逆に逃げられないようにそいつの腕を摑んで後ろに突進し、そいつの頭を壁に向かって背中で思い切りぶつけた。多分脳しんとうをおこしただろう。

私は今度はそいつを前から木刀を持って向かってきたやつの盾にした。やつは木刀で仲間をしこたま打ってしまい、一瞬ひるんだ。私はその隙にそいつから木刀を取り上げて小手を打った。それから捕まえて畳の上に背負い投げや大外刈りを喰らわせてやった。

何人かは思い切り殴った。

私を呼び出した七人のうち二人は窓から逃げていった。五人はかなりのダメージを受けた。

翌日けがをしたやつらの父兄から学校に抗議があった。

「多田、一体何人シメたんだ?」

私は、

「先生いい加減にしてくれよ。傷害で告発なんてそっちが恥かくからやめときな。よく調べてからものを言ってくれよ」

と意気がって噛みついた。

父兄はなんと警察にも連絡を入れていた。警察といっても近所の交番のお巡りさんだ。お互いよく知っている仲だった。

「七人は武器をもって襲いかかってきました。確認して下さい。七人全員です。柔道部の道場で囲まれて逃げる事も出来ず、けがをしたくなかったので反撃しました。しかし正当防衛です。とにかく調べて下さい」

その結果、そいつらは全員呼び出され、お巡りさんにこってり絞られた。

「傷害で告発されるのは多田君ではなく君たちだ」

お巡りさんは書類送検するとまで言い出した。奴らの父兄も話が違うと大慌てだった。そしておまわりさんに平謝り。

私は、

「違うだろ、お前たち親子が謝るのは私に対してだろう?」

と思ったが、まあとにかく怪我をせずにすんだ。

このことは私の母親は知らない。

こうして、何とか中学を無事卒業できた。クラスの何人かは進学せずに義務教育を終了すると就職した。就職組は全体の二割くらいいたと思う。そんな時代だった。

受験の日がやってきた。私は龍野実業高校に合格した。入試の成績は全体四百人で二番だった。一番は建築科に入った森川という子だった。

2

龍野実業高校に合格するとすぐ、私は野球に没頭した。春休みから野球部の練習に参加していた。

私には硬式のボールが合っていた。軟式は撃ってもあまり飛ばなかったが硬式はよく飛んだ。バットの芯で捉えるとボールは体育館の屋根まで飛んだ。詰まった打球も内野の頭は楽に超えた。

春休み中に二、三年生のレギュラーチームと、新しく入学する予定のルーキーメンバーで紅白試合を二試合した。相手は体も出来ていた。それに対しルーキーチームはまだ中学生に毛が生えた程度の体だったが、二試合ともコールドゲームでルーキーチームが勝った。いかに揖保中学校の練習が凄かったかよくわかった。

揖保中学校に比べて龍野実業の野球部の練習は生ぬるかった。いつも早くに練習を切り上げてしまう。揖保中から入ったメンバーは、こんな練習じゃ甲子園なんか行けないぜ、と思っていたが、ある時定時制の生徒の運動用に夜間照明設備があることを知った。そこで、練習が終わり先輩たちがサラリーマンのように定時で学校を出た後、定時制の生徒が運動をしない時間に一旦片付けた道具を出して、もう一度練習を始めた。

数日後に監督が、

「お前たち何を勝手な事をしている。私の言う通りにしてればいいんだ」

と怒鳴り込んできた。

新入生の中には龍野東中の四番でピッチャーの木本、揖西中学の四番でキャッチャーの山本、新宮中学からも二人、佐用中学からは蔦澤地区出身の四番平野などそうそうたるメンバーがそろっていた。

夏の甲子園大会の予選ではレギュラーになったのはほとんどが一年生だった。このメンバーで三年間必死に練習すれば甲子園の土を踏めるぞ。そう思えた。

予選は結構いい所まで行けた。自信にもなった。

予選大会が終わるとすぐピッチング練習をするよう言われた。来年はピッチャーだ。ところがキャッチャーの山本が野球部をやめた。稀代のスラッガーだったのに。続いてピッチャーの木本もやめた。右のエースの予定だと思っていたのに。

しばらくしてから彼らが野球部をやめた理由を知った。山本は部費の高さを抗議したらしく、そのことを監督が酷く叱責したようだった。山本の家も貧しかったのだ。木本がやめた理由は金ではなかったが、監督と衝突したようだった。

主な戦力は揖保中学校から入った五人となった。多分この頃B型肝炎が自然治癒したのだろう。短距離のスピードがかなり上がって来た。ボールのスピードも上がって来た。練習試合ではピッチャーの岡本先輩をリリーフする場面もあった。速球だけで打たれる気はしなかったが、問題はコントロールの悪さだった。

そうこうしているうちに、山本が陸上部でハンマー投げと円盤投げを始めた。木本も陸上部に鞍替えしやり投げと砲丸投げを練習していた。やっぱり二人ともスポーツが好きなんだ。何でやめやがった。もったいない。と心底思った。

二年生になると、私はピッチャーのポジションを任された。これで絶対甲子園に行くぞと思ったが、遠征費の高さには参った。何度か母親に無理を言った。

秋の大会は準々決勝まで勝ち残った。ベスト8だ。しかしその頃は報徳学園、育英高校、滝川高校、東洋大姫路高校といった兵庫の名門が思い切り強かった。多分練習量も龍野実業とは大きく違っていると思った。

龍野実業の授業は、先生も生徒もひどかった。先生は十年間も同じノートを使い、毎年同じ場面で同じ親父ギャグを飛ばしていた。測量の実習など、セオドライトを使う時代になっていたのに、昔ながらの定規や巻き尺を使った平板測量を何日もやらされた。他の教科でも、ほとんど社会の実情とかけ離れているな、と思うことが度々あった。

私は余計に授業が面白くなくなってきた。試験もたまに白紙同然で出すようになった。母親が学校から呼び出しを食らったこともあった。理由は私の成績と授業態度だった。

「お宅の子どもさん一体何番でこの学校に入学したか知っていますか？　二番ですよ。全校で二番。

それが今は何ですか。土木科の中で八十二人中八十番、下から二番ですよ。授業中は寝ているかボール縫をしているか。一体何しに学校に来ているのか。親御さんからも少しは言って下さい。くれぐれもお願いします」

実はこの呼び出しがきっかけで、私が入学試験を二番の成績で入学したことが分かったのだ。

あとで母親にひどく攻められたが、私はもう幼い頃の私ではなかった。小学四年生で両親から独り立ちしていた。仮に明日実社会に放りだされても、生きて行く自信はあった。


恋愛も経験した。

一年生の時、商業科にいた笑顔の素敵な女子生徒に交際を申し込んだ。あっさりＯＫをもらい交際開始。よく彼女の家に遊びに行った。彼女が私のわらぶき屋根の家に来ることもあった。彼女の家への帰り道にあったレモンという喫茶店で、デートの真似事をした。

その子との付き合いは結局子どものままごとで終わったのだが、付き合いだしてすぐに事件が起きた。

ある日三年生の裏番長だった田中にちょっと顔を貸せと言われ、路地に連れて行かれた。

田中は小柄な男だった。

「あの女から手を引け、引かないとシメるぞ」

そう言うと田中は鞄から何やらナイフのようなものを取り出した。

「女性の事で脅されたからといって、簡単に『はいそうですか、わかりました』とは言えないですよ先輩。やるんですか？　いいですよ、私が負けたらきっぱり手を引きます。その代わり私が勝ったら先輩遠慮して下さいね」

と言いながら私は路地にあった拳大の石を持った。そこは大きめの砂利が引き詰めてある路地だった。

「いつでもかかってきてください。この喧嘩、先輩が仕掛けたんですよね。死んだって知りませんからね」

私は石を投げる構えをした。相手はナイフを抜いている。危ない喧嘩だ。

田中は私が野球をずっとやっている事を知っていたはずだ。彼は揖保中学の先輩だった。もし先に私の投げた石が体のどこかにまともに当たれば、田中は戦闘不能になるだろう。もし石が首より上に当たればよくて大怪我、ヘタすると死んでしまうかもしれない。しかしもし投げた石が外れたらこっちが刺される可能性が高い。緊張の極限だった。

するとと奴がナイフを鞄に入れながら言った。

「おい、今日のところは勘弁してやるが、調子に乗るなよ」

怖かった。集まってきた田中の部下は二十人以上いた。今度集団で襲われたら間違いなくただじゃ済まない。二度目がないようにと祈った。

「先輩、失礼します」

私は田中に頭を下げた。

今回は逃げるに逃げられなかったが、その後は一度も田中と揉めることは無かった。

裏番長との一件と同じようなことが、もう一つあった。

野球部員は品行方正で無くてはいけない。喫煙、喧嘩、傷害事件、どんなことも連帯責任を取らされる。対外試合も禁止になる。何かあると先輩だけでなく、すべての部員に大きな迷惑が掛かるルールだった。

一年生の中に南山という随分威勢のいいやつがいた。何でも、揖保郡の新宮町の出身らしい。

「お前の学校で番を張っていたのは誰だ？　お前か？　お前みたいな根性無しが番張れるわけないよなあ？」

と得意げに言っていた。

私が、

「自分で探せばいいだろう？　ホームルームの時にでも聞いてみたらいいじゃないか」

と言ったらいきなり飛びかかって来た。

それも肩にいきなり嚙みつかれた。

「何なんだ⁉」

と南山を突き飛ばしたが、なお嚙みつきに来た。

私の左のパンチが、空を切った。

「しまった、嚙みつかれる！」

と恐怖が走ったが、南山は俯いたまま起きてこなかった。

「俺は野球部員だ。だから喧嘩は出来ない。放課後は毎日練習しているから、どうしても喧嘩したいならグラウンドの真ん中まで来いよ。監督に了解取ったらいつでも相手してやるよ」

と言って部室へ走った。

練習だ。着替えの時にみてみると肩に少し歯型があったが、血が滲むほどではなかった。さすがは県立。色んな奴が集まっているわい。

翌日、南山は学校を休んでいた。二日目、目の下に大きな絆創膏を貼って登校してきた。

「どうした？」

と聞くと、

「お前に切られたんだ」

と言う。

「覚えとけよ、俺の顔に傷入れやがった。絶対仕返ししてやるからな」

とわめいていた。

そうか、あの時の私の左のパンチ。あれは空振りではなく頬をかすったのだ。頬骨の上を拳がかすった時切れたのだ。四センチくらい縫ったあとが残っていた。

お陰で南山には三年間付け狙われたが、事件になることはなかった。

野球部は泊まりがけの遠征がよくあった。淡路島に三泊、京都に三泊。遠征で知らないチームと試合するのはいいが、部員はまるで監督の旧友を訪ね歩く旅行のお供のようだった。

監督は夜は私たちに一切関知せず、友人と飲んでいた。翌日酒臭い日もあった。

作戦は相変わらず大艦巨砲主義の一点張り。ノーアウト二塁からでも打て打てばかり。はっきり言って無策だった。同じ中学から入部したメンバーは、橋本茂を筆頭に皆足がかなり速かった。中学の時の試合では、相手ピッチャーが良くて簡単にヒットを打てそうにないと思うと、盗塁やバント、何でもした。そうやって勝ってきた。確か橋本茂は中学時代、盗塁死ゼロだった。ところが、龍野実業の野球部では盗塁のサインなど全くなし。単独スチールをしてひどく怒られた事すらあったのを覚えている。

私が野球部を辞めるきっかけになったのが、京都遠征の二日目の試合だった。

一日目は私が投げたから、次の日は一年生ながらコントロールが良い伊藤が先発予定だった。私はライトの守備に回った。

その日は朝からぐずついていて雨がしょぼしょぼ降る薄ら寒い日だった。ライトで濡れながら1番バッターがバッターボックスに入るのを待っていた。

ところが規定投球数を投げた時、監督は突然ピッチャー交代を告げ、伊藤をベンチに下げた。

「早くウインドブレーカーを着ろ。肩を冷やすなよ」

ライトを守っていた私が今度はピッチャーだった。ライトの守備には一年生が入った。体が冷えたまま投球練習もなし。足元は雨で緩くなっていた。ストライクが入らない。球も走らない。

ベンチからは、

「多田、打たさんかい！」

監督の怒鳴り声やこれまでの状況、全てが許せなかった。

結局ぼかすかに打たれた。ひどいゲームになった。体が冷え切ったまま投げられる選手なんかいないはずだ。

それは私の野球部での最後のピッチングとなった。こんな扱いで肩でも壊したらおしまいだ、と思った。京都から戻って少し考え悩んだが退部することにした。高校二年の夏前だった。

私はピッチャーで甲子園に行くつもりだった。ノーコンだったが打たれにくいのも事実だった。ノーヒットながらエラーがもとで失点し、〇対一で負けた試合も二試合あった。

伊藤はいいピッチャーだった。コントロールも凄く良かった。しかし彼の球筋は素直すぎたから兵庫の四強には通用しないと思った。それに私は補欠で甲子園行くつもりはなかった。スポーツなら他にもチャンスはまだまだある。こんな屈辱の中にいられるもんかと腹をくくった。野球部では満足な結果を出せなかったが、失望ばかりでもなかった。

私が野球部を辞めた事が知れ渡ると、陸上部の顧問に、

「多田くん、陸上部に入ってやり投げをやらないか？　きっといい成績が出せると思うよ」

と誘われた。

先に野球部をやめて陸上部に入っていた木本に相談すると、彼は一言、

「来いよ」

こうして陸上部に入り、やり投げと短距離を専門種目として練習した。秋の大会で優勝。そのあとの六大会も全部優勝した。木本には悪かったが彼はいつも二位だった。

なぜ陸上部に入ったか？　野球をするために高校へ行ったのだから、ここでスポーツをすべて辞めてしまうと、三年間が全くの無駄になると考えたからだ。せめて何か高校三年間の証が欲しかった。それでやり投げを始めた。あとですぐに抜かれたが、三年生の時の記録は陸上部の最高記録だった。

高校時代は遊びも良くしたし、三年の夏休みにはアルバイトもした。

凄くいい給料のアルバイトの情報が入ってきた。親友の桑田君と一緒に行ったら、同じ高校から知った奴が他にも五人ほど来ていた。しかし給料が高いだけの事はある。仕事はキツかった。

仕事場は肥料工場だった。皮の屑を集めてきて蒸気窯で加圧する。それを乾燥させて粉砕する。そして袋詰め。これが作業の流れだが、とにかく臭い。強烈な匂いだった。特に蒸気窯を開けた時は本当に鼻がひん曲がりそうだった。

私は五月に車の運転免許を取っていたので、桑田君と二人で屑皮の集荷を頼まれた。製品になった皮の屑は問題は無かったが、原皮の臭いはすごかった。その上、スコップもフォークも役に立たない。腐ったチーズのような強烈な匂いを放つ屑を素手で摑み、大きな籠に入れてトラックに積み上げる。

全部で七人のアルバイトが来ていたが、当日の午後になると三人いなくなっていた。三日目にはさらに一人抜け、全部で三人になっていた。そのうちの一人も体力が続かないと言って辞めてしまった。結局最後は桑田君と私だけが残った。

皮革とは特殊な仕事のようだった。皮の屑を集めに毎日手書きの簡単な地図を渡され、ガソリン代と昼飯代を貰った。新宮町から作用郡、果ては岡山との県境の辺までも行った。

ここで私は壮絶な部落差別の現状を見た。

山間の村に入るが目的の家までの行き方を聞いても、誰も教えてくれない。自分たちで相当な時間探して、ついに村からかなり離れた山裾にみすぼらしい家らしきものが三軒あるのをみつけた。道路も四トン車がギリギリ通れる幅しかない。路肩に注意しながらゆっくり行ってみたら、目的の家だった。

何度も頭を下げられ、家の中に隠すように積み上げた工業用皮手袋の皮屑を丁寧に運び出して、トラックに積んでくれた。

「積むのは僕らの仕事です。やりますから」

と言っても、どうぞ休んでいてくださいと家の人は手を止めない。それどころか飲み物や茶菓子まで出された。家族総出の作業になった。

結局皆で積み込んだので早く終わったが、他の地区では家の外に野積してある皮屑を私たちで勝手に積み込むのが普通だった。ここの人たちは何でバイトの高校生にここまでへつらうんだろう？　大きな疑問だった。

聞いてみると、部落の人間が出した皮の屑を一片でも田んぼ道に落とすと、えらく抗議が来るらしかった。それで皆で丁寧に積み込のだった。

帰る時には家族みんなで頭を下げられて恐縮した。夕闇の中、龍野まで帰った。なんだか気が重かった。なぜ気が重いのかよくわからないがとにかくひどく気が滅入った。

その後この村の近所にも何度も行った。

「誉」という大きな皮革工場があった。そこの原皮の屑の回収だった。角倉商店というところに行った時は、屑皮置き場で手積みをしていた。相変わらず臭い汚い重いの仕事

だった。屑皮を積んでいるとそこの社長が来て、

「お前ら高校生か？　どこのもんや？」

と聞かれた。揖保町西構と答えると、　松原の者と違うんかい、普通の村か……と独り言。

「お前ら、昼飯どうするんや？」

と聞かれたので、弁当持って来ていますと答えると、

「お前ら、この仕事してよく昼飯食えるなあ」

というので二人で声を揃え、

「はい。食べますけど、なにか？」

と答えた。

すると、

「ほんまか。おい、かかあ。こいつらにステーキ作ってやれ。俺らでも嫌になる仕事した後で、こいつら平気で昼飯食う言うてるわ」

昼になって手は綺麗に洗ったが、服とかは随分汚かった。玄関の近くの日陰で桑田君とドカベンを広げて食べはじめた。すると奥さんが、見た事もないような大きな分厚い

ステーキを持って来てくれた。うまい肉だった。焼きそばもあった。我が家では買えそうにない高そうな肉だったが、重労働なので腹は減る。二人で遠慮なく平らげた。

するど社長が来て
「こんな汚い仕事良く出来るなあ。これが出来たら、お前らこの先どこでも何の仕事でも出来る。自信持っていいぞ。俺が保証してやる」

奥さんも満面の笑顔で見ていた。

「御馳走様でした」

帰りの車のなか桑田君に、

「あの社長、大層に言っていたなあ。そんなもんかい？」

と聞くと、桑田君は軽く、

「そんなもんじゃない？」

奴もタフだった。

その後、社長はもともと高いアルバイト代をさらに値上げしてくれた。お盆休みには小遣い、と言って私に五万円、桑田君に三万円くれた。五万円といえばどうかすると安いアルバイトの一カ月分くらいだった。

こうして私たちは、とにかく夏休み中トラックで屑皮を集めまくった。ここの社長は車の運転が大の苦手だったから、来月も私たちに集めさせたいようだった。社長はよく奥さんと甲子園球場に野球観戦に行ったが、移動はいつもタクシーだった。兵庫県の西部からはるか東の西宮にある甲子園球場までタクシーに乗ると、メーターは目が飛び出るくらい高額になると言っていたが、社長は、

「クラウンを買って駐車場代やら税金やらガソリン代やらの費用を考えれば、必要な時全部タクシー使ってもその方が安い。お前らも、一度計算してみたらわかるぞ」

と言っていた。豪快だが、計算もしっかりできる社長だった。

アルバイトが終わって家に帰ると大変だった。家族全員から臭い、家に入るなとさんざんな言われようだった。仕方なく外で服を全部脱ぎ捨て、風呂場で石鹸を使って全身を洗ってから服を全部取り替えて家に入った。服も全部毎回自分で洗って干した。

八月末にアルバイトは終了した。給料をもらうとき、社長からご苦労さん、とねぎらわれた。給料袋には十五万円入っていた。一九七一年の事だ。アルバイトの給料は、親父の月給を越えていた、お盆に五万円もらっていたし、帰り際には奥さんから、

「あんたら本当に凄いわ。これ主人に内緒な」

と三万ずつもらった。

夏休みが終わると二十三万円が手元に残っていた。ちなみに次の年就職した時の初任給は四万五千円だった。

私は身元証明に使える普通自動車の免許証を持っていたので、質屋に出入りすることができた。

同級生で仲が悪かった連中も、その時だけは私に頭を下げて、

「多田よう、これ質屋に持って行って金に換えて来てくれないか?」

と何度も頼みに来た。

質草はギターが多かった。結構高い物ばかりだった。しかし期限が来ても引き出せる奴は誰もいなかった。

だから私は質屋に持って行っても、値段を聞くだけで質屋には入れなかった。その代わり自分の部屋に置いておいて、夏休みに稼いだ金の中から渡したのだ。あいつらは一月分の金利も用意出来ない。本当は三カ月が期限だったが、金利を入れないと流れるよ、と確認してもどうせ端っからから出す気なし。だから、他校の番長たちに声を掛け

て、彼らの手下に売りさばいてもらった。

売れた金額に応じて手数料を出したら、奴らは必死になった。金は結構増えていった。


その後、自動車教習所で知り合った年上の女性と何度かデートした。坂口さんという人でタータンチェックのミニスカートがよく似合う美人だった。

圧巻は彼女の車だ。いすゞのベレット1600GT。高くてカッコいい車に乗っていた。


私たち二人は通っていた相生自動車教習所の、ある記録を持っていた。

路上教習の時、私は大型車の後ろにピッタリくっついたまま交差点に入った。信号は黄色から赤になっていた。すぐにサイレンの音が聞こえると白バイが追い越して停止しろの合図を出した。路上教習中だ。教官は白バイ警官に酷く怒られていた。注意だけで終わったが車間距離、安全運転義務違反等、かなり絞られた。

同じ日に路上教習中にも関わらずスピード違反で捕まった人がいた。それが坂口さんだった。こんなこと教習所始まって以来だと、校長があきれ果てていた。

私は、砂を噛むようななんの魅力もない学校生活を無視して、好き勝手に何でもやった。

母親は知らないことだが、三年生になると授業にはあまり出席していなかった。学校に行っても教室には行かず、社会問題研究部の部室に直行した。時々社研の部室に私を探しにくる先生もいたほどだ。

どうして授業にも殆ど出席せずに卒業できたか。答えは簡単だ。全校の職員会議で先生が会議室に集まっていた時、土木科の不良チームが土木科の職員室にこっそり入って重要書類、つまり三年生の成績と全部の記録を持ち出して燃やしてしまったのだ。

私はそれを目撃していた。まるで最近の政界や官僚組織のスキャンダルのようだった。

当然、私の記録も成績から出席日数まで全て灰になっていた。

あちこちで聞いたり少し調べてみたら、毎年新しい不良グループが出来てあばれたり校舎を壊したり、暴力沙汰を起こしたりしていた。先生は不良グループに絡まれて怪我をさせられても仕返しを恐れて泣き寝入りした。これは殆ど毎年のことらしかった。

生徒同様先生も救いようがない人が多かったが、国士館大学を卒業して土木科の教師として赴任してきた鶴谷先生とは親交があった。他には、共通科の先生やデザイン科の先生とも仲良くなった人がいた。

しかし所詮荒れ狂った最低の高校だった。一度電気科の先生が受け持ちの生徒たちに、土木科の生徒のようなまねはするな、と言ったことが不良グループの耳に入った。何十人もの土木科の不良生徒が大挙して電気科の職員室を襲った。この時大怪我をした先生もいたはずだ。

クラスの何人かは不良グループの暴走を止めようとしていた。私も不良グループではなかったので一緒に止めようかと思ったが、こんなことになったのも土木科が先生に馬鹿にされているからだ、皆で行って先生をやっちまえ！　と煽る奴がいて、それに乗せられて行くやつも出てきた。こうなると多勢に無勢だ。ヘタに止めようとすると私の方が危なかった。

私は、

「おー、行って来い。思い切り暴れてこいや」

と言ってその場を逃げた。全く救いようのない馬鹿ばかりだった。

しかし校内の不祥事が明るみになることを恐れた先生が口止めしたのか、このことが外に漏れることはなかった。その後よりによってクラスに二割ほどいた暴力学生が「学校を良くする会」なるものを立ち上げ、全校生徒の前で、

「若い時の暴力はある程度許されて当たり前だ！」

と大演説をぶった。笑うに笑えなかった。

そのうち、夜遅く社会問題研究部の部室に、商業科やデザイン科の問題意識の高い奴らが訪ねてきた。彼らは口々に、

「あの演説きいたか？　どう思う？」

答えは簡単だ。暴力に許される暴力など無い。やったら責任は取るものだろう。

そのあと何度も商業科の奴の家に集まって、そのような話をしたものだった。

困ったのは暴力沙汰に加わらなかったクラスメートだった。

「放っておけ、大けがしてもつまらんぜ」

進学希望の奴もいたし、みな他人事だった。

呆れ返った私は、すぐに担任に転校の手続きを取りにいった。すると担任も、

「お前、何を言っているのだ？」

とまるで他人事で聞く耳を持たない。

そうなるともう教師に対する尊敬も信頼もなくなった。私の家の近所に住んでいた担任に向かって、

「生徒が転校したいと言っているんだ。速やかに手続きしろ。あんたのコメントを求めているわけではない。え、教員さん」

あえてもう先生とは呼ばなかった。呼ぶ気もしなかった。先生は数日前に、集団暴力事件を起こした連中を前に、何事もなかったように授業を進めた。信じられなかった。


学校での揉め事とは別に、金儲けはいろいろ思いついた。

学内にはバンドが何組かあった。選曲の良さやステージの格好良さで、私はまずデザイン科のバンドに目を付けた。彼らに姫路で買ってきた三曲のクリスマスソングの譜面を渡して、

「お願いだから練習しといて。ギャラが出るステージ用意するから」

それから近所の郊外型の大きな喫茶店兼レストランに行った。夏休み一緒に屑皮のアルバイトをした桑田君としょっちゅうたむろしていた店だ。店員に、

「この店でクリスマスパーティーやりませんか?」

と声をかけた。

「チケットの販売の半分とバンドの音響装置の用意はすべて引き受けます。それで三十万円」

とふっかけたら、数日後話に乗ってきた。口約束だったが、すぐデザイン科の先生にチケット作りをお願いした。先生は喜んで引き受けてくれた。

チケットを作ってくれたのは若い独身の女性教師で、他の先生より音楽イベントに興味も理解もあったのかもしれない。

チラシを作るため学校にある印刷機を使いたいとお願いしたところ、流石に先生も難色を示したが、デザイン科のバンドのプロデビューだといって強引に押し切った。チケットの半分は近隣の学校の番長グループに売ってもらった。何とか百枚のうち七十枚ぐらいさばけた。

ところが店のバーテンが、

「お前ら、なめとんかー? 何でクリスマスパーティーに三十万円も払わんといかんのや?」

と意気巻いてきた。

「そっちがやると言ったからもうバンドも手配しているし、印刷したチケットももう七十枚ほど売れてしまっている。それをいまさら止めろだと？」

ともめた。

バーテンが表に出ろとアイスピックを持ち出してきた。

「俺を何処のもんと思っとる？　浅所の中森だ」

バーテンは、暗に自分が被差別部落出身であることを匂わせた。

私はそれが頭に来た。

「それがどうしたい？　約束も守れん奴がエラそうに」

バーテンはアイスピックを構えた。

「何このクソガキがー！」

その時、

「辞めとき敏美！」

威圧感のある女性の声がした。

「アホ、何やってんねん。喧嘩なんかウチが許さんで」

何とか喧嘩はおさまったが、ここまできてパーティを止められたら、えらい事になるところだった。聞くと、姫路のお坊ちゃま高校淳心学院のジャズバンド部が、パーティーのチラシを見て「クリスマスパーティーがあるなら自分たちもぜひ出演させてくれ」と申し込んできたらしい。しかも無料で。そこでバーテンが無料という話に飛びついたのだ。音響設備の事もジャズの事も知らない。ジャズでジルバは踊れない。ツイストも踊れない。なんにも知らないんだ、このバーテンは。

喧嘩を止めてくれた女性に、

「この店はこんなにいい加減なのかい？　あんたの言った事は嘘だったのかい？」

と詰め寄った。すると女性は夕方五時半にここのオーナーが来ますから一度話して下さいと言ってきた。

私は五時に出直してきた。店では背の高い老人が待っていたので、経緯から説明した。

「この女性からＯＫを確かに貰ったからチケットも印刷した。お店の宣伝にもなると思ったからだ。それを今日になって断ってきた。あんたはこの店の経営者だろ？　あんたの指示かい？」

呼びつけられたバーテンは拳骨を食らっていた。

オーナーは大恥かかされた、と激怒していたが、彼は私に、

「バーテンダーが勝手な事言って済まなかった」

とキッチリ謝罪してくれた。

「しかし私は、他のバンドの事は聞いてないがバーテンが言ってしまったものは仕方ない。そちらのバンドにも演奏の時間を割いてくれるか?」

と要求もあった。

大の大人が高校生に深々と頭を下げたんだ。

「いいですよ、契約を履行して頂ければ問題はありません」

私がそういうと、オーナーはスーツの内ポケットから十五万円の入った封筒を出した。

「これは内金です。良いパーティーにして下さい」

と頭を下げた。その後二、三の質問をうけた。どうも、先ほど喧嘩を制してくれた女性はオーナーの娘さんのようだった。彼女は、良かったら食べて帰ってとセットメニューにいろいろ載せた大盛のランチを持ってきた。

おまけに、

「さっきはごめんね。敏美のアホたれがアイスピックまで持ち出して」

とオーナーである親父の前で言ってしまったので、オーナーは再び激怒した。

パーティーは十二月二十三日だった。

音響設備は、バンドのメンバーが良く行く姫路の大きなダンスホールから無料で借りる事が出来た。いっぱしのステージが出来上がった。大きなスピーカーにマイクスタンド。機材は私が軽トラックで運んだ。ステージの飾りつけは店側がやってくれた。

七時にパーティーがスタート、バンドはアメリカのロックバンドでCCRと呼ばれて人気だったクリーデンス・クリアウォーター・リバイバルの曲を中心に、ビートルズもレパートリーにしいていた。演奏も上手かった。特にボーカルの田中静則が格好よかった。英語の曲をうまく歌っていたし、おまけに彼は男前だった。パーティーは凄く盛り上がった。

それにひきかえ、ジャズバンドの演奏が始まると皆席に戻り、飲み物を手にした。少しブーイングも出ていた。してやったり！　だった。

見ると、何とジャズバンドを出演させたバーテンが、私たちのバンドの演奏をバック

に真っ先にジルバを踊っていやがったので、淳心学院のジャズバンドの演奏がはじまった時にオーナーの目の前でバーテンに、

「おい、遠慮なく踊ってこいよ」

とイヤミを言ってやった。

パーティーも終盤になった夜十一時頃、何と田中が布施明の「そっとお休み」を演ってくれた。このバンドがこんな曲も演奏するとは驚いた。この曲のおかげでクリスマスパーティーはいい雰囲気のまま終わった。

皆からお礼を言われた。上手く行った。うれしかった。オーナーが財布から残金の十五万円とは別に五万円出してくれた。

「良くやってくれました。皆さんで食事でもして下さい」

バンドにもギャラと社長から頂いたご祝儀を渡した。

私が残って片付けをしていたらオーナーの娘さんが来て、すごく良かった。いいクリスマスになった、と喜んでくれた。

チケットの清算は終わっていたので、私の手元には二十万円くらい残った。

しかしこのクリスマスパーティーが、後で大変な波紋を呼ぶ事になる。

年が明け卒業間近となった。就職戦線真っ盛りで、その頃は求人難で四十人のクラスに二千もの求人があった。

私のところにも体育科の先生たちが何人もやってきて、

「多田君、大学に行ってやり投げを続けて下さい」

とそれぞれの母校を推薦してくれた。七校あった。全部特待生だ。授業料も免除だった。

喜び勇んで両親に話したが、返ってきた答えは、

「まだ遊ぶつもりか？　いい加減に仕事してくれ」

だった。我が家はもともと金の無いところに、一年の間に二人の姉が相次いで嫁いでいたのだ。二人の結婚費用のための借金が、地元の農協に四百万円ほどあったのは知っていた。

先生に、仮に陸上の記録で特待生入学してから野球部に編入することは可能ですか？と聞いてみた。先生はすかさず、

「あとで他の種目に変わるのは無理でしょう。多田君はとにかく大学に行ってやり投げ

でオリンピックを目指して下さい」

と返してきた。

その頃アマチュアのアスリートは金など稼げなかった。だから私は、陸上でいくら好成績を残しても企業で僅かに優遇されるのが関の山だろう、それがいやなら体育の先生になるくらいしかない、と思っていた。しかし私に教員など務まるはずはない。

母親の願いを聞き入れた訳ではなかったが、野球が出来そうにないので進学は諦めた。就職してからプロ野球にチャレンジしてみようと思った。

会社が学校に来ると私が真面目に学校に通っていないことがバレてしまうので、自分から姫路の大きなガス工事の会社に電話して、会社訪問を企てた。その頃私の高校では生徒が希望の会社を訪問する例はなかった。

会社に行き、社長面談。その会社には龍野実業の先輩がいたので、面談の後現場を見学させてもらった。

社長からその場で「採用します、すぐに採用通知を送付します」と言われた。私はあっさり就職が決まったと喜んでいた。しかし二週間過ぎても採用通知は来ない、痺れを切らせて会社に連絡をしたところ、会社の担当者から思っても見ない答えが返ってきた。

「え？　何かの間違いでは？　土木科の課長の黒田先生に多田君を採用することに決定したので我が社の求人を止めて下さいと連絡しましたら、黒田先生が『多田君は御社に入社しません。それより御社には一番優秀で生徒会長もしている南山君を強く推薦します』とのことでしたから、多田君はもうわが社に来てくれないと判断していました。なにか手違いがありそうですね」

頭にきた私は黒田先生に、

「あなたに、生徒個人が決めた就職を潰す権限は何もない。この責任は必ず取ってもらうからね。明日教育委員会に報告してどれだけの不当、不法行為があったかハッキリさせます。いいですね？」

と啖呵を切った。

するとその夜、担任の辻と黒田が我が家にやってきた。二人とも家に入るなりいきなり土間に土下座をした。教育委員会に報告することだけはやめてほしい。それだけは勘弁してほしいの一点張り、謝罪より先だった。

「あなたは両親が私の就職が決まったことをどれだけ喜んでいたか判らないでしょう？

それをあなたの思惑で踏みにじった事をどう考えているんですか？　私より先にまず両親に謝罪して下さい」

両親は何が何だかわからない様子で、先生どうか頭を上げて下さいというばかりだった。

私は、

「そのままずっと土下座して少しは反省しろ」

修羅場だった。

これは神さまのいたずらだと思う。

私はアルバイトをして稼いだ金があったので時々桑田君を引き連れて姫路の夜の街をうろついていた。酒が飲めるわけではなかったし、女性を買うほどの根性もなかったが、大人たちの行動に興味があったからだ。

そこに現れたのは何と黒田だった。私は跡をつけた。黒田は一件の料亭に入っていった。彼に同行していたのは、私が就職を決めた会社の社長だった。

金は十分あったので私と桑田君もその店に入り、黒田のいる席が見える所に座って食事を注文した。私は桑田君の肩越しに二人の様子を伺った。ビールや酒を飲みながら話をしていた。帰り際、社長が茶封筒を背広の内ポケットから取り出し、黒田に手渡した。黒田はそれをすかさずしまうとそそくさと店を出た。

嫌な物を見てしまったと感じた。

その時のことを土下座している黒田の耳元で、

「おい黒田、姫路の料亭であの会社の社長からいくらもらった？　十四日の夜だよ」

と囁いた。

黒田は震えながらがっくり肩を落とし、額を土間にこすり付けたように見えた。

翌日土木科の職員室で、

「私の就職には構わないでくれ。あなた方の事は全く信用していない。自分の就職先くらい自分で見つけますから。それから姫路の件、どうか首を洗って楽しみに待っていてくださいね」

とやんわり告げた。

すると学年主任の上田先生が、

「多田君、時間ありますか？」

二人だけで少し話し合った。

「多田君は、教育委員会に報告するつもりですか?」

「ハイ、そのつもりです」

「私に止める権限は有りませんが、少し考えてくれませんか? もし話が公になれば黒田先生は懲戒免職になる可能性が有ります。退職金も出ません」

ざまあ見ろと思ったが、

「多田君、私が心配しているのは黒田先生の事ではないのです。この学校の信用も失墜するでしょうし土木科以外にも影響があるでしょう。多田君が親しくしている先生方にも影響がないとは言えません。しかし一番心配なのは多田君の事です。学校と対立して先生を完膚無きまでに叩きのめした、と言えば勇ましく聞こえるかもしれないが、そういう生徒を採用する会社があると思いますか? よく考えてみてください」

上田先生は気骨があった。きつく叱りつけるだけでなく時には優しく諭したり、生徒を導くという姿勢が誰にもハッキリわかる先生だった。私のクラスには数学の授業で来ていたが、暴力学生も上田先生には誰一人歯向かったりしなかった。

上田先生の言葉に反論するのは難しかった。痛いところ突いてくるなあ、が実感だった。

少しの沈黙のあと上田先生は、

「ところで他に就職の当てはあるのか？」

と聞いてきた。

「全くありませんが、私の就職には関わるなと先程黒田に宣言したばかりです」

「君の事だから就職はどこだって出来るだろうが、問題は黒田先生の事だよ。私から見ても彼がやった事は無茶苦茶ですね。正直呆れています」

またしばし沈黙。

上田先生との話は結構楽しかった。馬鹿なことを言うとすぐに突っ込まれる。先生は慎重に言葉を選びながら話しているように感じた。私の腹の内を探りながら話してくる。

上田先生は最後に提案をしてきた。

私が「もういいです、自分でケリ付けます」と言いだすより先に、

「多田君、今回の件は私を信じて預けてくれませんか？　私は今回の経緯を職員会議ではっきり公表します。中途半端な形で幕は引かせません。黒田先生には大きな責任があ

ります。学校側としても内々では済ませられません。多田君が自分でやっても、黒田先生を叩きのめす事は出来るでしょう。しかし、そうすることが多田君のこれからの人生にプラスになるとは私には思えません。ひょっとしたら、大きな返り血を浴びる事になるかも知れません。私はそれを一番心配しているのです。納得行かないかも知れないですが多田君、ここは私のアドバイスをのんでみませんか?」

うまく言いくるめられているような気もしたが、受け入れられる話でもあった。

「分かりました。上田先生にお任せします」

上田先生は、

「良く我慢してくれたね」

と安堵の表情だった。

上田先生とは本音で話ができたと思った。

数日後、英語の高橋先生から呼び出された。英語の授業はいつも早い時間なので、授業をほとんど受けていない。留年の通知かなと思っていると、

「多田君は何度か酷い暴力生徒から身を挺して助けてくれましたね」

なにを大層な、身なんぞ挺していませんよ。と思ったが、

「成績は七にしてあります。ありがとうございました」

だった。

それから地理歴史の津長先生だ。彼も暴力生徒によくやられていた。ある日、津長先生は掃除用のロッカーに閉じ込められて外からモップでかんぬきをかけられた。私は夕方、もしやと思って教室に戻ってみたら案の定かんぬきはかかったままだった。先生いるかい？　と言いながらロッカーのドアを開けた。中には津長先生がいた。

津長先生は半べそをかきながら、

「あいつらひどい事しやがる。イヤー助かった。ありがとう」

と握手をして帰った事があった。

その津長先生にも地理歴史で点数七をいただいた。

ちなみに津長先生は東大を中退したあと京大に入学した努力家だった。この糞学校にはもったいない先生だった。

さらには水利の授業担当の吉岡先生。彼も刃物をちらつかされたり教壇に詰め寄られたりしたことが何度かあった。いよいよ危ないと思った時、

「おいお前らやめとけ。親くらいの歳の人に手を上げたりしたら恥ずかしいぞ。やめと

け」

とか言った事があったような気がする。そのあとよく私の所に仕返しが来たが乱闘までには至らなかった。水利の授業も七だった。

結局殆どの先生が七以上をくれた。しかし測量の藤田先生だけは容赦しなかった。レポートの提出と追試を六回も受けてようやくＯＫをもらった。

最後の仕事にと、ふらっと総合の職員室に入り校長室に入った。

多分誰も気づいていなかったようだ。

私は校長先生の前に立った。

「何だね？」

「土木科の多田です。校長先生、この学校は暴力はありなんですね？　先生がたくさん怪我しても加害者の生徒は処分されていないようですし。では、私が今から校長を殴っても構わないですよね。殴り合いには自信があります。もし大声を出したらその瞬間に殴りかかりますよ。いいですよね？　何せ暴力はお咎め無しの学校ですからね。それともこの学校で何が起こっているのか新聞社にばらしましょうか？　それとも教育委員会へ報告する方をお望みですか？　どうします？　私は毎年沸いて出るようなアホ学生とは違いますよ。こんな酷い学校なんか、卒業出来ようが退学になろうが、私は一向に構いませんから。三日ほど待ちましょう。会議に一日。暴力生徒の処分を決めるのに一日。発表に一日。もし発表されない時は四日目に新聞社行きです。冗談で言ってるんじゃないですよ。暴力を肯定していることが明るみになったら、どうやって来年新入生を入れるんですか？　うちは暴力も自由ですって募集するのですか？」

私はできるだけやんわりと、しかし一気にしゃべった。

最後に、

「判ったな？」

と鋭く言って校長室を出たが、本当は新聞社にも教育委員会にも連絡する気など最初からなかった。

数日後友達から、

「おい多田、うちのクラスの連中今頃になって無期停学や卒業延期がたくさん出たぞ。Bクラスも同じだ」

と聞いた。しかし誰一人退学にはなっていなかった。校長のやつ適当な処分でお茶を濁したな、が本音だった。

暴力学生は大いに騒いだが、今回はさすがに先生も一歩も引かなかった。処分の発表をしたのは上田先生だった。何十人もの生徒の家を訪ねて反省文を書かせ、自宅謹慎中に問題が少しでもあれば退学です、と親にも相当きつく釘を刺したをしたらしい。土木科の先生にも職員会議で非難だらけのようだった。腐った土木科だった。

卒業式の日、何でも私の表彰式があるとの事で、母親は着物の正装で勇んで出ていった。入れ込んだ息子の実態も知らずに。

私も自転車で家を出ようとした時、共通科の多田先生が車でやって来た。初めての事だった。

「多田君、送ってやるから乗れよ」

帰りが困るからいいですよ、と答えたが、

「帰りも送ってやるから。いいから乗りなさい」

と引かないので、へえ、表彰されるともなると送り迎えまでつくようになるのかい？と馬鹿なことを考えながら、とにかく先生の車に乗った。

ところが車は学校のある北には向かわず姫路の方へどんどん走っていった。

「先生何処へ行くんだよ」

「ちょっと待ってくれ。ちゃんと話すから」

しかし先生はどんどん走って青山を過ぎたあたり、夢前川沿いの喫茶店に車を止めた。

「お茶でも飲んで話そうか」

多田先生はえらくゆっくり構えている。

間もなく卒業式が始まる時間だった。

「なんなんですか先生？」

「実はな、例の土木科の暴力学生たちが校門でお前を待ち伏せしている。私も見てきた。凶器も沢山持って来ていた」

「上等じゃん、勝負してやるよ。こんなところにいても時間の無駄だよ。さっさと学校まで積んで行ってよ」

「冗談じゃない、そんな事出来るか。大怪我でもしてみろ、十八歳同士のつまらん粋がりで、後の人生棒に振るのか？　このバカタレが」

と先生に絞られた。

さすがは多田先生だ。学校行こうにも思い切り不便な場所まで来ていた。ここからだと路線バスを三回も乗り継がないと学校にたどり着けない。

卒業式は諦めた。三時頃まで延々人生訓や先生の苦労話やらを聞かされ、私の今後についても話し合った。私にとっては卒業式で喧嘩するより有意義な時間だったが、家に帰るとお袋は怒り心頭だった。

「何で卒業式サボった？　それに県の方からの表彰式、他の二人は檀上に上がったのにお前は名前を読み上げられてもおらん。一体何を考えとるんじゃ」

しかし私は卒業証書さえ手に入ればそれでよかった。お袋の好きな大きな賞状が手に入ったんだからいいんじゃない？　と思った。

野球部をやめたことは痛恨だったが、辛うじてやり投げの記録と優勝六回。全く無駄にはしなかった。しかし精神的には非常にしんどい三年間の高校生活だった。

結局就職は自分で決めた。小野田レミコンという会社だ。二月十五日付で採用と辞令がきた。私は卒業前から会社に顔を出した。

数回喫茶店やら先生の家やらに呼ばれた。上田先生に就職が決まった事を報告し、先生からは校長が進退伺いを出した事などを聞かされた。

「結局、暴力学生は十八歳で社会に放り出されるのが怖いんだ。だから大人にちょっかいを出す。不器用だからちょっかいの形が暴力になったりもする。無期停学の生徒の家を訪問したら何人かは泣いていたよ。怖いんだろうね」

「誰かみたいに先生を自宅で土下座させるのとは大違いだね。先生、俺は加害者？」

と聞いた。

上田先生は笑っていた。

「暴力学生は毎年入学して毎年卒業していきます。きっとそのサイクルに土木科の先生も麻痺してしまったのでしょうね」

上田先生の総括だった。

「そこに多田君のような高校生離れした新入生がやってきた。それで今回大騒ぎになったようですね。よく我慢してくれました。ありがとう」

先生は笑いながら、言葉を続けた。

「多田君は面白いね」

「何がですか？」

「卒業式の後は、全科の先生職員で大きな慰労会がありました。話題になったのは誰だと思います？」

「分かりません」

「多田君です」

土木科の先生の中には「多田がやっと卒業してくれてホッとした」と涙ぐんだ人もいたそうだ。

「それ、別れを惜しんでの涙ですか？」

と聞くと、上田先生は大笑い。

「怖かったんだろうね。彼らが思っている十七、八歳の範囲には君はいなかったんだろうね。理解を超えていたんだろうね」

さらに先生は、

「何人かの共通科の先生、物理の谷口先生や歴史の多田先生、地理歴史の津長先生、他数名の先生も、あんたらどこみて言っとんじゃ、と危うく喧嘩になりかけましたよ」

と教えてくれた。これはちょっとうれしかった。


とにかく高校生活が終った。

喧嘩も恋もした。実社会に出るためのトレーニングは誰よりも出来たかもしれないと思った。

少し悩んだが大学進学は諦めた。大学に行って何を学ぶかの答えがみつからなかったからだ。それより四年間実社会で何が出来るかを試そうと思った。

同級生が大学を卒業する年には会社を持っていようという、大それた目標を立てた。業種はまだ決めていない。ただ火の出るような熱い情熱だけだった。

3

いつ卒業していつ初出社したのか区切りのはっきりない社会人スタートになった。

会社からは最初から通勤と現場用の車が支給された。

会社からはクリスマスパーティーをやった喫茶レストランが近かったので、よく行った。娘さんが私の事を良く聞いてきた。なぜかと尋ねると彼女の父親が、

「わしに啖呵を切ったあの若造はどこのガキだ？　本当に高校生か？」

とかなり呆れていたらしかった。しかしそれは悪い意味ではなかったようだ。

何度も話をする内に、デートをするようになった。

一度見栄を張って神戸の三宮にある新聞会館で開かれたポールモーリアのチケットを

買った。彼女は元の職場が神戸だと言ったので道はよく知っているだろうと安心して走った。ところが彼女は三宮付近を全く知らない。焦った。何とか駐車場を見つけ開演ギリギリに間に合った。良いコンサートだった。

帰りは高速を使わず国道二号線を西に進み、途中須磨の喫茶店に立ち寄った。アメリカの老舗音響機器メーカー、アルテックのバカでかいスピーカーからジャズが流れていた。十八歳の来る所ではないように自分でも思った。

当時彼女は二十三歳だった。時間を忘れて未知の時空を楽しんだ。彼女を店まで送り届けた時は午前二時を回っていた。

翌日彼女の父親から怒鳴り付けられた。店に呼び出されて、

「結婚前の女性を夜中まで連れ回して一体何を考えておる」

素直に謝罪し、なんとかその場を逃げきった。それでも懲りずに夜二人して走り回った。

ずっと後になってから教えてもらったのだが実はそのとき彼女には婚約者がおり、相手の家から結納の品まで届いていたそうだ。彼女はその縁談を反故にしたので、家中大騒ぎだったらしい。

親父に呼び付けられ、

「お前、まだ若すぎるが結婚まで考えてうちの娘と付き合っているのか？　どうなんだ？　もしただの遊びなどとぬかしやがったら叩き切るぞ」

危ない親父だ。

二人でこれからのことを話すようになった。彼女は私との結婚にはあまり積極的ではなかった。どうせあんたとは絶対結婚なんかでけへん、と。なぜかと聞くと彼女は、

「あたしは部落やから」

と言った。

「あんたは普通の村の子、絶対結婚でけへん」

しかし私は、

「結婚するしないにそれは関係ない。要は私とあんたが結婚する気がどれだけあるかだ」

と啖呵を切ってしまった。

一応、

「五歳年下の高校出たばかりの男と結婚してもええのんか？」

と聞いてみた。彼女はそれは嫌だとは言わなかった。じゃあとにかく付き合いを続けてみよう。その日から結婚を見据えた交際が始まった。

彼女のことを家に帰って話すと、両親は腰を抜かさんばかりに驚いていた。

父親が珍しく口をきいた。

「勘当だ。お前なんか息子とも思わん。出ていけ」

「親父よう、少し頭冷やせよ。出ていけというのはわかった。出ていくのは簡単だ。でもな、俺は長男だ。歳を取ったら誰が親の面倒を見る？　姉二人はもう嫁いで居ないんだぜ。待ってやるからよく考えて返事しな」

まず仲人を上田先生にお願いした。先生も呆れていたが引き受けてくれた。

母親の弟、聡さんにも話をしたら、結婚は本人同士の問題だ。本人の気持ちが最優先なんだからいいんじゃないか？　とアッサリ賛成してくれた。外堀を上手く埋めたところで彼女の家に行き、正式にお嬢さんを下さい、と申しこんだ。あちらの習慣で親戚を一同に集めて報告をし、そこで異論のある人がいたらその場で説得するらしい。私は報告会に呼ばれた。大きな宴会だった。私は全員に酌をして回った。

彼女の親父は笑い転げていた。

「お前本当に十八か？　面白い」

と。

酷く反対したものも何人かいた。その中の一人に、クリスマスパーティのとき店でアイスピックを持ってきたバーテンの敏美がいた。

「十八歳で高校出たばかりだぜ。そんなガキに結婚なんか出来るかい」

と。

私は敏美の前に座って、

「よろしくお願いします」

しかし返事がない。大声でもう一度、

「よろしくお願いします！」

一瞬その場が静かになった。気圧された敏美は、

「は、はい。此方こそよろしくお願いします」

彼女の父親は敏美が負けよった、とまた大笑いした。

報告会は無事終了した。

手始めに住む所と考えていたところ、龍野市内にある県営住宅の募集があった。応募すると十五倍の倍率だったが一発で当たった。

契約だけしてほったらかしにしていたら、近隣から入居しないのなら契約を破棄させろと文句が出た。しかし住もうにも部屋のベランダの手すりなど錆だらけだった。暇だからサンドペーパーを買ってきて毎日錆を落としをして一週間後にペンキを塗りなおした。

すると市役所から勝手な事をしてもらったら困ります。と連絡があった。ベランダの錆がひどくて肘もつけない、布団も干せない。それでも補修がだめなのですか？　と聞いたら、数日後に一棟のベランダが全部塗りなおされた。住民からもベランダの錆については以前から苦情が出ていたらしい。

お互い仕事が忙しく、相変わらず夜にデートするだけだった。双方の両親が心配して、いい加減に式を上げさせようという話がまとまったらしい。

十月十日、場所は龍野市にある聚遠亭。仲人は龍野実業の上田先生夫妻。私の側の出席者は小野田レミコンの工場長に友人三人、親戚も二人ほどだった。嫁さん側は三十人くらい来ていた。アンバランスな結婚式だった。籍はとっくに入っている。セレモニーなんざさっさと終わればいいや、くらいにしか考えていなかった。

新婚旅行は軽井沢に行った。午後三時過ぎに姫路を出て夜十時過ぎにホテルに着いた。かなりのハードスケジュールだった。新婚初夜なんて雰囲気ではなく二人とも疲労困憊、彼女からは強行日程にぶつぶつ文句を言われた。

同じホテルに四泊しゆっくり軽井沢を探索した。レンタルバイクショップに九〇ccのバイク、ダックスホンダがあったのでそれを借りて、碓氷峠とか浅間山まで二人で走った。

ホテルのレストランは高かったので、夜はタクシーを使って街の蕎麦屋でてんぷらを食べた。それでもホテルのディナーよりは遥かに安かった。

最終日には記念にとホテルでディナーのハーフコースを食べた。近くのテーブルには現職の国会議員が何人もいた。緊張状態の中のディナーだった。うまかったはずのエスカルゴの味も覚えていない。

新婚旅行から帰ると、私は小野田レミコンで仕事、彼女はレストランのマネージャー。時間のすれ違いが最初から続いた。夕飯は私が作り、遅番の彼女が夜十一時に帰宅してから二人で食べる事もよくあった。彼女が早番の時は夜七時過ぎの食事だった。

半年が過ぎたころ彼女の妊娠が判り、五階まで歩いて上がるのは危険なので西構の実家の裏にある倉庫の上に、六畳二間と洗面とトイレをつぎ足した住まいを作って、そこに引っ越した。間もなく長女が生まれた。麻衣子だ。嫁さんは三カ月ほど休暇をとった。

現場は毎日宍粟郡山崎町（現・宍粟市山崎町）。中国縦貫道の鹿島建設と大西建設の現場で忙しかった。現場が終わると近所の旅館に行って食事。その後その日の出荷コンクリートの書類制作。毎日夜十一時頃まで残業が続いた。

そのうちコンクリートの打ち込みボリュームは五万立方メートル。三社の共同作業の大工事だ。セメントも砂利砂も四十八時間連続補給。大型ポンプ車三台。直取りの生コンシュートが四カ所。巨大な現場が出た。

担当は新人の私だった。応援に井上係長が来ていた。

それにしても運がない。その日は阪神の秋の入団テストがあったのだ。遠投は一〇〇メートルくらい投げられた。走るのも一〇〇メートル十一秒三くらいだった。テストに合格する自信はあったが、仕事は休めない。休むイコール逃げた、になる。この会社で信用は全くなくなるだろう。辞表は書いていたが打合せや会議、スケジュールの制作、一番忙しい状態の日々だった。これでは休めん。どうにも出来ん。そのままコンクリート打設の日が来た。もう絶対断ったり無断欠勤出来ない状況だった。

逃げた。と言われるのがいやで阪神の入団テストを泣く泣く諦めた。来年チャレンジしてやる、と吹っ切って仕事に専念した。四十八時間現場にいた。

初めて経験する大規模な土木工事だった。大したトラブルもなく時間が過ぎた。その時、皆が勝手に付けた名前が鹿島機工部隊だった。溶接、クレーン作業のワイヤーの製作、電気の仮設、機械の修理、ありとあらゆるトラブルも何でも片付けた。凄い連中だった。教えてもらったり助けてもらったこともあった。

無事五万立方メートルのコンクリート打設が完了した。さすがにプラントのメンバーも運転手も疲れ果てていた。

日本で一番厳しい管理、品質検査の現場だった。初めてだったのでこれが普通と思い苦にはならなかった。

時々道路公団の関西支社長の現場視察があった。コンクリートの硬さを決めるスランプ値が少しでも低いと直ぐにコンクリート打設中止命令が出た。私の担当地区ではなかったが、上司がたまたま管理に入っていた時二度止められたようだ。始末書の提出も要求された。

支社長以外のコンサルは止めるのも面倒だからと、その生コン車の返品のみで打設を続行してくれた。支社長さえ現場にいなければ問題は起きない。そう考えた私は、昼前になると、

「支社長、腹減りませんか？　私は腹が減ってへって動けません」

と大げさに言ってみた。

すると支社長が、

「近くに飯食えるところ知っているか？」

「ハイ知っています」

「じゃあそこに連れて行け」

ポンプ車のオペレーターに、ガンガン進めて終わらせておけ、と指示しレストランに行く。そこで定食、飯大盛を注文。最後にアイスコーヒーを注文。御馳走さんです！

と大声で礼を言う。

「給料安いですからね」

そう付け足すと支社長は笑いながら払ってくれた。

何度か「暑い暑い」と言って支社長を喫茶店にも引っ張っていったこともある。

ある日支社長に、

「おい多田君、君は地元ですね？」

と聞かれ、

「ハイそうです」

と答えた。すると支社長に、

「そうか、この辺でいい飲み屋は知っているか？」

と聞かれた。

私はまだ十九歳だったが、

「勿論よく知っていますよ。姫路に行けば何百軒もありますよ。どこでも案内出来ます」

と大見えを切った。

本当かね？　と聞き返されたが、大丈夫です、と大嘘を言った。クラブのある場所は大体知っていたが、本当はどこがいいのか悪いのか全く知らなかった。事前に下調べに行った。入るわけにはいかなかったが客を迎えに出る女性を観察した。「コリン」という店が一番上品に見えた。ママさんは和服ではなくスーツだった。

最初はここに行ってみよう。そう決めた。

数日後、支社長が聞いてきたのは読み通り、

「おい多田君、姫路を案内出来るか？」

だった。

「今日五時半に公団事務所まで迎えに来い」

会社に戻り、

「五時半に公団事務所から呼び出しです」

誰に向けてともなくそう言って四時に会社を出た。上司が、

「お前何やらかしたんだ？　始末書か？」

と後ろで言っていた。

山崎町の公団事務所につくと、所長は着替えてさっぱりしたいでたちだった。車の中

では仕事の意義とか公団の使命とかの硬い話に付き合った。さあ姫路の魚町に着いた。車を「コリン」の前の駐車場に入れ、店に入ろうとした。電話予約などなしだ。一見だけどいいでしょう？　と。

早い時間だったので席は十分あった。席に座ると女性が何人か着いた。所長は東京のスタイル。女性は少し戸惑っていた。直ぐにママが登場した。

ママは所長のことを観察していたが、いい客になると思ったようで、以降所長が来ると必ずママがついた。そのうち、言われたのは、

「お前未成年だろう？　カウンターでジュースでも飲んでいろ」

だった。

所長はママさんと話が合ったらしい。二時間ほど飲んで機嫌よく店を出た。

「多田君お腹空いてるんでしょう？」

中華料理店に入り飯をたらふく食って、支社長を山崎まで送った。

家に帰ったのは午前一時を回っていた。嫁さんは怒っていた。仕事といいながら街で遊んできたと決めつけられた。困ったもんだ。

それからも何度となく支社長と飲みに行った。お気に入りの店は「コリン」だった。

そのうち、私の社用車のガソリン代にクレームが付いた。経理の稲垣さんが、

「多田さん悪いんだけど、あなたの車だけガソリン代が突出しているんです。忙しく走り回っているのはよく分かっていますが、それ以外に何かあったら教えて下さい。あなたも疑われるのは嫌でしょう」

「ハイ、説明します。今月は六回、仕事を終えてから山崎まで道路公団の支社長を迎えに行き、姫路まで同行。山崎まで送って家に帰っています。えー、と言うわけで一緒に食事とか高級なクラブにも行っています」

そう答えると、稲垣課長は卒倒しそうなくらい驚いていた。直ぐに営業所の渡辺所長が下りてきて、

「多田君、本当ですかその話。嘘ではないのですね？」

私はムッとして、

「確認されますか？　それより今度合流しませんか？　私の行く日は前日にわかると思うので。店の場所も言いますから合流して上手くやって下さいよ。私も大変なのですから」

と勿体を付けて言った。

渡辺所長は、商社や自分たちが何度誘っても乗って来てくれなかったあの支社長が多田君とは何度も飲みに行っているなんて信じられん。と言っていた。

「これでガソリンの問題はよろしいですね？」

稲垣課長はまだ唖然としていた。

電話が鳴った。

直ぐに、

「今日行きます。店の名前はコリン。奥に大きなボックス席が有りますから先に予約入れて陣取っていてください。多分支社長は店の真ん中辺の小さな席に座ると思います。所長が私を見つけて下さい。後はお任せします。私は何も知らないフリをしていますから」

と渡辺所長に報告した。

当日は浮き浮きしながら車を走らせた。

支社長はコリンのママさんとの会話を凄く気に入っているようで、他の店を探検しようとは言わなかった。店に入るといつもの席でママと話をはじめた。

三十分位経った。所長はどういうシナリオで来るかなあ。わたしが立ってトイレに行こうとした時、渡辺所長が奥から歩いてきた。

私の席の近くまで来て、

「多田君、君こんな所で何をしているんだ？」

と割と大きな声で言った。

「道路公団の支社長と飲んでいます」

「ナニ？」

所長は聞こえよがしに言いながらゆっくりと支社長の前に回り、

「エー支社長、何でうちの多田と」

とわざとらしく言い、

「よろしければどうぞ」

と自分の席へ誘った。見れば大手建材商社の社長、鹿島の所長など、そうそうたるメンバーを揃えて来ていた。

どうやらママとも話は出来ていたようだ。絶妙のタイミングで「大西さんさあどうぞどうぞ」と、腕を抱いて立つことを促した。支社長は少し照れながら奥のボックスに移った。

使命は果たした。その後はカウンターでジュースを飲んでいた。途中、渡辺所長が私の所に来て、

「多田君ご苦労さん、もう帰っていいですよ」

分りました。失礼します。と言って帰った。夜十一時過ぎの帰宅となった。

翌日、事務所は大騒ぎだった。課長は、

「何故私に報告しなかった?」

とおおむくれだ。「勝手な事しやがって」

工場長と渡辺所長は、

「これは金一封ものだね」

と大笑い。

現場ではしょっちゅう昼飯を奢ってもらった。代わりに所長たちとはよく一緒に飲みに出るようになった。

私は突然昇給した。それから、渡辺所長が私をよく運転手に使うようになった。お陰でロッカーに着替えを用意する羽目になった。

「工場長、多田君を借りますね」

としょっちゅう呼ばれ、よく運転手をした。

そのうちゴルフ場やゴルフの打ちっ放しにも一緒に行くようになった。

道路公団の中国縦貫道も大きなボリュームの出荷がなくなり、現場は暇になっていった。小野田も中国縦貫道の大きな仕事が終わり、コンクリートの出荷がない日も続いていた。

工場長が朝新聞を読みながら、

「多田君、現場視察に行って下さい」

出荷もないのに現場へ行けとは、息抜きに喫茶店にでも行って来いと言うことだった。

仕事も会社も好きだったが。暇すぎるのには困った。

よく午前中、会社公認でサボりに出た。丁度その頃だった。辞表を出したが、全く受け入れてもらえず。

数日後の土曜日に慰労会があった。私は疲れはなかったが、年に一度のプロ野球球団入団テストという大チャンスを逃した事が惜しまれた。工場長の乾杯の発声の後、運転手も小野田の社員も皆でわいわい飲んだ。

日東運輸の専務だった溝口さんも来ていた。途中で、

「ターちゃん、うちの運転手ずいぶん世話になっているらしいね」

「別に何も無いですよ」

現場のことは溝口さんの耳にも入っていたようだ。


「ターちゃん、こんな面白くない所で飲んでも仕方ない。来い」

と言われ、溝口さんと二人でトイレに行くふりをして旅館からバックレ、姫路の街に繰り出した。

溝口さんの行き付けの店に行った。クラブ立花。ずっと後で知ったのだが姫路でトップクラスの店だった。内装も見た事もないような仕様だった。女性たちも目が眩むほどの美人が揃っていた。

溝口さんが女性を笑わせたり持ち上げたり、うまく場を盛り上げた。帰る時、

「ターちゃん、この店気に入っても一人では来るなよ。給料袋をそのまま持って来ても

足りないからなあ」

　皆に笑われた。

そんなに高いのか？　初めて知った。別世界に足を踏み入れた気分だった。

その後も渡辺所長の同行とか、良く夕方から外出する事が多かった。苦にはならなかったが上司二人の嫉妬に少し参っていた。

その年の秋、会社の慰安旅行で城崎温泉に行った。蟹をたらふく食った。そのうち皆酒をガンガン飲みはじめた。私は隣の吉岡課長に酌をしたのだが、すでに相当飲んでいたのだろう、会社への愚痴が始まった。

課長はいきなり京都から家族を連れて引っ越し。子どもさんの学校の事やら不慣れな土地での近所付き合いでストレスが相当あったようだった。

それから私の勤務態度の話になった。グチグチ言われたがまあいいやと思って聞いていたところに、運転手の山田さんと富山さんが近くに来て酌をしたりしていたから聞こえたのだろう、山田さんがいきなり立ちあがって吉岡課長を投げ飛ばした。しかも万座の中へだ。運輸の工藤課長が飛んできて山田さんを叱り付けたが、山田さんも引かない。

大声で、

「部下にネチネチ言いやがって。お前、根性きたないのう」

とやってしまった。

私も山田さんを止め、外に引っ張りだした。

工藤さんは立場上吉岡課長に平謝りだったらしい。

それから何人かの運転手と表に繰り出した。二人ほどの運転手が女を買いたいと言い出し、置き屋を探した。皆で入った。ぞくぞくはしたが付き合う気はなかった。山田さんも全く相手にしなかった。

置き屋を出ようとすると、

「多田君？　多田君でしょう？」

と声がする。

振り向くと、数年前九州から私の家の前に引っ越してきていた家族の長女だった。長女は大きなトラブルを起こしていた。一度警察が彼女の男を朝早くに逮捕する場面を見たことがあった。その男を母親が寝取ったといって、刃物沙汰の大げんかになった場面も見た。危ない女だった。

胸をはだけ、

「多田君、遊んで行って」

身震いがした。そそくさと逃げて帰った。

あとで山田さんが大笑いして、

「お前大したもんや。城崎の置き屋にまで彼女おるんや」

とはやし立てた。

二人でラーメンを食って旅館に戻った。

城崎での事件はもう一つあった。

重機オペレーターの清水のおっさんが酔った勢いで芸者ともみ合いになり、悪い事に芸者のカツラが転げ落ちた。芸者が切れて着物をまくり揚げ、どうしてくれんじゃい、と啖呵をきったらしい。工場長が謝罪し幾らか包んで事を収めたらしかった。さんざんな慰安旅行となった。

数日後、吉岡課長は辞表を用意していた。

「多田君迷惑かけました。私は退職します」

「ちょっと待ちなよ。あんたが辞める事ではない。それに姫路で辞めたら後どうするんだよ？　どうにもならんぜ。家族の事を考えろよ。じゃあ分かった、俺が出ていくわ」

結局彼を辞めさせなかった。私のせいで一家が路頭に迷われては寝ざめが悪い、そう思ったからだ。

一年余りコンクリートのことを勉強できた。トップクラスの仕事を研究させてもらった。よく京大の土木工学科の学生や大学院生の肩書の連中がプラントに来て、全く新しい高強度の限界に挑戦するようなコンクリートの試験練りを何度も何度もやった。破壊試験では爆弾を破裂させるほどだった。爆破の破片で顔を切った事もあった。

とにかく良い勉強になった。ここで得た知識は後のサバイバルゲームのような人生に大きく役立つことになったが、当時は知る由もなかった。

会社に辞める事を伝えると渡辺所長が私を二階の営業所に引っ張っていき、

「貴方が辞める事はない。騒動のことは聞いています」

「でも吉岡さんは小野田セメントの正社員、課長です。私は小野田レミコンの姫路工場の人間です。今後仕事がしづらいから自分が辞めます」

それから半年間、ほぼ毎日渡辺所長に酒やゴルフ、食事まで付き合わされた。あるとき係長の辞令が出たが、年齢的に無理ですと辞退した。

工場長が鉢伏高原のロッジ三泊分のチケットと電車のチケット、リフトのフリーチケットまでつけて嫁さんと二人分くれたこともあった。しかもロッジに泊まる三日間は有給扱いだ。これはすでに購入済みだったので断り切れなかった。何でも但馬地方にある全但交通の社長が吉田工場長の兄さんのようだった。

「いいから遠慮せずに行ってきなさい」

ありがたく二人で豪華なスキーツアーに行った。

六カ月目に突然渡辺所長が、

「多田君の辞表は受理します。その代わり私との付き合いは継続して下さい。貴方をいっぱしの男と認めます。何度かの美味しいエサにも食いつきませんでしたね」

私は試されていたのだろうか。とにかくやっと退職出来た。その後もゴルフの打ちっ放しや飲み屋によく同行した。

所長はアイススケートが全くできなかったので、所長の奥さんと子どもを連れて大阪のスケートリンクに一泊で行き、二人にスケートの手ほどきをしてほしいと頼まれた。ホテルも取ってあった。もちろん私の部屋も別に用意してくれていた。

実はその間所長は福岡にゴルフの接待旅行だったそうだ。しかも爪の赤い同伴者を連れていたようだ。

私の嫁さんの心証は段々悪くなっていた。

ある時嫁さんの親父が、

「多田、頼みがある。敏美の会社を手伝ってやってくれないか？ 仕事は出来るのだがどうもスッキリしない。お前中に入って様子見てやってくれないか」

と言ってきた。

退職できたばかりだった私は、嫁さんの親父に、

「やっと退職できました。で、何をすればいいのですか？」

と聞いた。

「敏美がガラス工事の請負をしているから、そこの面倒を見てくれ」

しかし現場に行くと大きな行き違いがあった。

向うは敏美は素人が会社を辞めて自分たちの傘下に来た、くらいに思っていたようだ。

そこは五人の職人のグループだった。工事受けではなく手間受けだけだった。愛知ガ

ラスの大きな問屋の下請けからの依頼工事だ。問屋に来た大きな工事をいろいろとやっていた。

問題点がすぐ見えた。単価の少しでも低い工事は断っていたのだ。そういう現場には下請け会社の従業員が行かされていた。当然彼らにしてみれば面白くない。実際良くは言われていなかった。あいつらはズルいと。常用五人という現場に行き、その中から二人を受け取りの現場に黙って回すこともよくやっていた。

それから伝票の操作だ。一カ月の施工枚数は膨大な量で、伝票の上二十枚は計算が合っていた。下の二十枚も合っていた。しかし中ほどの計算は全部上に外れていた。大体二割から三割の水増しだった。

毎月こんなことをやっていた。

私が、

「よくないよね」

と言うと、返ってきた言葉は、

「お前、仕事もまだ覚えないうちからなめたことを言うな」

だった。

そのくせ極寒の舞鶴や豊岡の現場には、

「多田、職人を二人連れて行って片付け来てくれ」

と頼んでくる。そういう現場は私からすると、経費がかさんでむしろ赤字だった。

私は敏美の仕事の面倒をみるというより、体力のある一人の人夫のように思われていた。敏美は、

「ガラスをはめる職人はガラスを切ることなんぞ覚えなくてもいい」

といつも言っていた。しかしそれだといつまで経っても一人前の職人にはなれない。独立など絶対無理だ。私にはそういう職人を意図的に作り上げているように思えた。

私は敏美の言うことを無視してガラス切りの練習をどんどんやった。問屋の倉庫には厚板ガラスの屑がたくさんあったので、昼休みにずっとガラス切りを練習した。

そのうち仕事仲間の日下部が、

「俺も練習しよう。ガラスを切ることぐらい教えてくれないのはおかしいと思ってたんだ」

と加わった。

ガラスを切ることができるようになると、問屋の下店から私と日下部を指名して仕事

を依頼されるようになった。

日下部は仕事が早かった。私は大柄を見込まれて店舗のフロントの大板ガラス工事によく声が掛かった。高さ三メートル、重さ七〇キロのガラスを運んで据え付ける仕事なども私指名で来るようになった。

独立の方向性が見えてきた。コンクリート工事は大きな資本がいるが、店舗のガラス据え付けのような工事であれば、小資本でも始められそうだった。陳列という言葉が内装とかインテリアと呼ばれるようになり、独立した業種になり始めていたころだった。最先端のクロス貼りの職人に至っては、肩で風を切るようになっていた。

日下部も日給の安さを感じるようになっていた。元来、職人の日給は安くはない。

「I建装」の内方専務に、

「お前らにいくら払って来てもらっているか知っているか？　一日一万五千円だ」

と明かされたことがあった。そのうち私たちがもらっていたのは六千円だけだった。親方はがめり過ぎのようだった。

ある日の朝礼の時、珍しく愛知ガラスの会社の常務が出席していた。朝礼後に常務は私のそばにきて、

「ずいぶんとすごい体をしてますねえ、どこの所属ですか?」

と声をかけてきた。

常務は最初、私を自分の会社の社員と思ったようだ。

「社員ではありません、小森のところの職人グループです」

と答えると、握手を求められた。手を出すと、思い切り握ってきた。私も常務の目を見ながら思い切り握り返した。

手を離すと常務は、

「いい力、していますね。痛かったですよ」

と笑顔で言った。常務はアメリカでの生活が長かった。

「アメリカの男はこうやって、力一杯握手をするんですよ。どちらの腕力が強いか相手の力量を計ります」

握手の後、私の休日の話になった。

「休みの日は子守をしてます」

と答えると、

「そうですか、結婚されているんね」

「はい。子どもが生まれる前は洋画が好きでよく観に行きました」

と言うと、どんな洋画が好きなのか聞かれた。

「パゾリーニとか、フェリーニの映画です」

と答えると、常務は驚いた表情で、

「ほお、ここでフェリーニの話が出るとは思わなかった」

と喜んでいた。

常務からは他にもいろいろ聞かれて長話になった。

「何をあんなに話し込んでいたのですか？」

と課長が心配そうに尋ねてきた。

「仕事の話ではないですよ。趣味の映画の話です」

と答えたが、それが敏美には気に食わなかったようで、

「お前が常務と話す必要はない。さっさと仕事をしろ」

と言ってきた。

いい機会だと思ったので、敏美を捕まえて私や日下部たちの待遇に対する不満を訴えた。

「このままでは引き抜かれるか、みんな辞めると思うよ」

と言うと敏美は、

「お前がそそのかしてるんだろう?」

「下店に何度も行ってれば、いろいろうまい話も耳に入ってきますよ」

敏美はそれでもまだ私の存在が元凶であるかのように言い張るので、

「そうですか。じゃあ僕は必要なさそうなので、辞めますね」

と退職を申し出た。ついでに日下部ら三人の待遇改善を強く求めておいた。

「このままでは、あんたの下で働く者は誰もいなくなるよ」


私はI建装を訪ねた。内方専務に退職した事を告げ、採用してもらえないかとお願いしてみた。すると数日後内方さんから電話があり、採用してくれることになった。給料も良かった。さらに、

「うちの会社の株を買って持ちなさい」

とも言われた。

「チンタラ仕事をするような社員はいらない。独立する気構えで仕事をどんどん覚えて

ガンガンこなしてください」

　とＩ建装の株を十万円分持たされた。

「望む所だ、何でも覚えてやる、何でもできるようになってみせる」

　と強く思った。

　最初は店舗用の家具を製作している木工所に行き、製品のガラス寸法を測り、自分で加工して納品、こういう仕事を繰り返した。

　その後もいろいろな現場に行ったが、その中に姫路ではトップのインテリアの会社があった。そこではアルミニウムの大きな店舗用のフロント材の取り付け工事をよくやった。喫茶店の内装、ホテルのロビーの鏡工事などもやった。さまざまな現場で何でも覚えた。

　事務所にいる時は置いてあった問屋からの伝票の内容を覚えて、帰ってからノートに書き込んだ。そうしているうちに、材料の購入単価が分かるようになった。大阪の材料問屋の住所、連絡先、さらには担当者の名前まで覚えた。

　専務の口添えで、うれしいことに私は一年間で五回昇給した。

　二年先輩に松本という社員がいたが、三カ月目のある日彼に、

「もう多田には何もかなわん。全部負けた。お前、俺の前に行って仕事していいよ。俺、お前に付いていくから」

と言われた。

その頃は自動ドアの工事も多かった。まず自動ドアのレールを埋め込み、モルタルが乾くのを一日待つという工事で、二日がかりの仕事だった。

私は小野田のジェットセメントを思い出し、小野田の渡辺所長に電話してみた。少量でもいいよ、と言ってくれたので三袋だけ林田工場で分けてもらい、現金で支払った。

早速、自動ドアの現場でそのセメントを使ってみた。昼までに作業を片付けてモルタルを注入すると、午後三時にはすっかり乾き、自動ドアは使用可能になった。これでどの現場でも自動ドアの工事は一日で済むようになった。

しかし社長は、私が調達したセメントの価値を理解してくれなかった。

「わけの分からんセメントを、えらい高い値段で買って来やがって。口銭でも取ってるのと違うか」

とまで言っていたらしい。

内方専務は全面的に理解してくれた。職人が二日がかりでやる仕事が一日で済むようになったのだ。

「工事の総経費が二分の一になった」

と高く評価してくれた。

その年の決算報告書を専務に見せてもらうと、すさまじいと思えるほどの利益だった。その頃の内方専務の月給は七十万円くらいあった。I建装はインテリア、内装のブームに乗って急速に業績を伸ばしていった。

従業員が少なかったので、残業もよくやった。私は小野田での初任給が四万五千円、職人時代は六万円だったが、この頃は手取りが十二万円くらいになっていた。大卒の初任給が七、八万円の時代だ。私は、インテリアや内装関係の仕事は時代の波に乗っていると感じた。

パナソニックの自動ドアの研修に行かせてもらったこともある。宴会三昧の研修かなと思いつつ行ったら、まったく違った。彦根工場の研究所で、朝から晩まで、理論、構造、施工、電気システムについて教え込む鬼のような研修だった。最後に論文まで書かされた。

私は、

「自動ドアの検知装置の最終形は、脳波の検知になる。それができればイヌや猫の侵入が防げるだけでなく、危険人物の侵入も阻止できる」

と書いた。

すると、パナソニックの研修担当者に呼び出され、

「多田さん、話が飛躍しすぎですよ。今のパナソニックの技術を結集しても、これは無理ですよ」

と言われた。

「しかし将来の自動ドアをテーマとして論文を書けということだったので、それを書いたのです」

と答えると、担当者は「うーん」と唸っていた。

人工知能が急速に進化している現在では、そういう技術も応用されつつある。それを私は五十年前にそう書いたのだった。

研修の最後にパーティがあったが、なんとその時ホステスとして研究所の事務員が駆り出されていたのだのには面食らった。いかがわしいサービスをするホステスを期待していたわけではなかったが、残業で下請けの親父連中のお酌だ。ひどい時代だったなと

今にして思う。

年が明けてすぐ、専務の内方さんが私の給料をさらに上げると提案してくれた。というのも、アルミ材の加工を担当していた「為さん」と呼ばれていた人が、月給四十五万円を受け取っていたからだ。為さんは仕事が遅い上に、よく失敗して高価な材料を屑にしていた。内方さんと私で大慌てで作り直したことも何度かあった。為さんがここまでの高給をもらっていたのは、社長の身内という事情もあったようだが、それにしても四十五万円は破格の待遇だった。私の給料は十六万円ほどで、当時としては十分な高給になっていたが、それでも内方専務は「多田と為さんとの給料格差、あり過ぎだなあ」と入社以来六回目となる昇給を社長に進言してくれた。

ところがこれまで五回の昇給を認めていた社長が、専務に対して激怒した。

社長と専務との話の場に私も呼び出されて、社長に言われた。

「多田、お前どういうつもりしとんじゃ。去年、五回昇給しとるんだぞ。いい加減にしろ。今でも他の会社よりは随分高い給料払っとる。どこかウチより高い給料払ってくれるところがあるなら、どこへでも行け」

と珍しく激しい口調で社長は言った。

私は待ってましたとばかりに、

「はい、ではそうさせていただきます」

と答えると、

「どこの会社や」

と社長は慌てた様子で聞いてきたが、私はニッコリ笑って、

「お世話になりました」

とだけ返してその場を後にした。ただ会社の規定で、退職を願い出た後六カ月は務めないとだめとのことで、半年後の退職を約束させられた。

社長室を出ると、専務は「無茶な話をしやがって」とまだ怒っていた。そのころ会社の売り上げの八〇%は専務のチームが叩き出していた。しかしそのことに対する社長の評価には納得できない者もいたようで、それが社長と専務の確執を生んでいたのかもしれない。

すぐに独立をできるような計画はまだなかったので、退職までの半年の間に独立の方向性や、実行できそうなプランを考えようと思った。会社もそれは察していたようだ。

というのも、退職までの半年間の仕事は構内作業のみにされ、顧客とのコミュニケー

ションを完全に断たれたのだ。親しい取引先には「多田は辞めた」と伝えていたようだ。

私は私で、土日は特寸のサッシ、窓用面格子の営業に忙しかった。帰り道の沿線で飛び込み営業をしてみると思いのほか需要があった。退職前から三十万円ほどの利益が出る月が続いた。

「やれるぞ」

少しだけだが見通しが立ってきた。

退職の二日前、内方専務に、

「これまで世話になったお客さんにあいさつ回りをさせて下さい。だめなら今日で退職して、自腹であいさつ回りをします」

と伝えた。内方さんは、

「まあ、そのくらいはいいだろう」

と言ってくれた。

社長は、

「お前の客じゃない。会社の客だ」

と喧嘩腰になっていたが、内方さんが、

「行ってこい、二日やるから」

と社長を抑えてくれた。

何社かは形だけのあいさつで終ったが、当時兵庫県下のスーパー「ジャスコ」の内装を全て請け負っていた岡林工芸社に行くと、社長と奥さんに会えた。

会うなり社長が不満そうに言った。

「お前のところの内方、いつから偉くなったんだ？　ちょっと儲けたらこれか？」

と百貨店ヤマトヤシキの包みをテーブルに置いた。

社長は、

「去年まで内方は中元歳暮を直接持参してきていた。ところが今年はデパートからの配送か！」

とえらく憤慨していた。

私が辞めることを伝えると社長は、

「おお、ちょうどいい。独立しろ。お前ひとりが食える仕事ぐらいいつでも出してやるわ」

と言ってくれた。

私にとっては願ってもない話が舞い込んできた。岡林工芸社はいちばん取引量の多い会社で、社長の力も大きかった。天から降って来た大チャンスに思えた。

家に帰り妻に話すと、

「今からもう一度、社長の家に行って、確認した方がいい」

と言う。確かに昼間の一時の感情だけの可能性もある。私はすぐにウイスキーの詰め合わせを買って、夜、社長宅に押し掛けた。改めて頭を下げてお願いすると、奥さんも交えていろいろな話を聞かせてくれた。

I建装の内方専務も田中硝子加工所勤務時代、岡林工芸社の社長が段取りをしてI建装を創業したことを知った。それだけ支援をしたからこそ、社長は中元、歳暮の届け方にこだわっていたのだ。

内方さんが技能五輪の金メダリストだった事もその時に知った。やはり、只者ではなかった。

私はダメ押しをしてみた。

私の一件は社長だけでなく、奥さんも乗り気だった。それはどうも息子の事情も絡んでいるようだった。岡林工芸社では社長の息子が営業を担当していたが、まだ歳も若く、海千山千の下請けの社長には太刀打ちできなかったようだ。当時二十三歳の私はその息子よりかなり若かったので、息子も私とならうまく仕事付き合いができると思ったようだ。

「独立しなさいよ。あなたの会社に全部はいきなりお願いできないけど、あなたが食べられるくらいの仕事は出してあげます。息子と仲良く、一生懸命仕事をしてね」

奥さんがはっきり言ってくれた。

決まった！　と喜び勇んで帰宅し、妻に報告した。妻は稼ぎの額より安定したサラリーマンであることを希望していたが、親戚の敏美ら一派を見返すのも悪くはないと考えたようだった。

すぐに事務所兼工場の場所探しを始めた。以前から目を付けていた松井建設に行き、社長にお願いした。ちょうどいい工事中の建物があったからだった。しかし社長は生返事を繰り返した。建物も工事途中で投げてあった。どうしてもいい返事がもらえないので、こちらから提案した。

「敷金の代わりに、一階の外壁、私が工事します。そしたら、貸せるでしょう？」

要するに資金不足だったのだ。何とか契約に持ち込むことができた。家賃は電気代、水道代込みながら十万円と高かったが、水、音、粉塵の問題はそこにはなかった。さらに動力電源があった。私に取ってはいい物件だった。

契約後、外壁のスレート張りの工事は私一人で済ませた。シャッターも取り付けた。電気工事も自分でした。全てガッツのみでやりきった。

すぐに大阪に飛び、ガラス加工機の買い付けをした。全部で百五十万円を超えたが、田積製鏡の知り合いだった吉田さんが、いろいろと紹介してくれたたおかげで二カ月ほどですべて据え付けを終えた。

会社の名前は「マイガラス工房」とした。マイは英語ではなく、長女・麻衣子から取った。

印刷物やロゴは、ガキの頃からの親友の桑田君がデザインしてくれた。いいデザインだった。

4

一九七六年九月十三日、会社はスタートを切った。

初日、喜び勇んで会社に向かったが、とんでもないスタートになった。

前日からの豪雨は生まれて初めて見るすさまじさだった。朝起きると、電車もすべて止まっていた。トラックで家を出たが、冠水で通行止めの道ばかりで、何度もUターンを繰り返した。網干駅まで行ったがここも水没間近に見えた。私がUターンしようとしていたところ、高そうなレインコートを着た男性に声をかけられた。

「姫路に行かれますか？　電車も止まっていますしタクシーも動いていません。厚かましいお願いですが、差し支えなければ姫路駅まで乗せていただけないでしょうか？」

私は、

「いいですよ」

とその男性を乗せ、姫路駅へ向かった。道中いただいた名刺には「ダイセル新潟工場取締役社長」とあった。

どうにか姫路駅まで行くことができた。新幹線は全線高架なので、豪雨の中も運行していた。別れ際、男性から丁寧にお礼を言われ、五千円を差し出された。

「困った時はお互い様ですよ」

と断ったものの男性は、

「それでは私の気がすみません、少ないですが受け取ってください」

と強引に助手席に五千円を置き、駅に向かった。その後、男性から丁寧なお礼の葉書をいただいた。

やっとの思いで会社にたどり着き、工場に入って道具類その他、とにかくその辺にあるものを全部作業台の上に上げた。漏電事故の可能性もあったので電源を落とし、会社を後にした。

自宅へ帰る途中、国道二号線の青山付近を走っていたとき、目の前で土砂崩れがあった。引き返したが、網干駅より先も増水がひどく走れる道はなかった。しかたなく高さのある橋の上に車を止め、鉄橋つたいに歩いた。

途中消防署員にも止められたが、子どものことが気がかりで制止を振り切った。最後は濁流の中を泳ぐようにしてようやく自宅に辿り着いた。

実家は床上浸水だったが、裏の私たちの二部屋は被害を免れていた。

妻に、

「ハイ、今日の売り上げ」

と言って姫路でもらった五千円を手渡した。

翌日、橋の上に乗り捨てた車を取りに行った。車は無事だった。

家に帰るとまず畳を外して干し、それから家中を洗った。その作業に四、五日かかった。水が引いてから会社に行ったが、道具類を作業台の上に上げておいたおかげで被害はなかった。

さんざんなスタートになったが、とにかく予定通り二十三歳で独立できた。

プロ野球選手の夢は遥か遠のいていたが、新しい目標ができた。当時のプロ野球の一軍の選手の年俸は一千万円ぐらいだったので「マイガラス工房」から得る年収も一千万を目標にした。

ところが、当てにしていた岡林工芸社から仕事が出なかった。

何度か御用聞きに行ったが、なかなか仕事を振ってもらえなかった。それでも商店に営業をかけ、サッシの取り換え工事など勤め人時代の給料分ぐらいは辛うじて稼いでいた。

年末、松井建設経由で三菱電工から年末の大掃除の仕事を受けた。一つにつき一万円の換気扇洗浄だった。換気扇は三十個くらいあり、「ラッキー!」と思った。

ところが高所に上がってみると換気扇は直径が一、二メートルくらいもあった。重さも一〇〇キロぐらい。一人でどうにもならないので手元を二人借りて滑車で下ろした。洗った後再び上げるのも大変だったが、慣れてくるとスピードも上がり、一週間で片付けることができた。

その後、外周の大きな溝の掃除も松井建設から請け負った。コンクリートで仕上がっていた溝なので簡単だと思い込んだが、これも判断ミスだった。砂やゴミの量が多くとても手作業では無理だった。そこでミニユンボを借りてゴミをすくい、ダンプに積んでいった。溝の距離が長かったので、この年はクリスマスも年末の休みもなかった。やっとの思いで仕事を終えたのは一九七六年の大晦日だった。六十万円ほど稼げた。

しかし、年が明けてからが悲惨だった。一月は仕事がまったくなかった。内装業、特に店舗関係の内装工事は、年末商戦に間に合うよう十月ごろまでには終わらせてしまう。年始から工事をする店はない。店舗関連の内装会社はどこも開店休業状態だった。

その間、タイコー店装の若手デザイナーや監督と良く連れだって遊んだ。そのうち私を見かねてか、現場の見積もりをやらせてくれるようになった。

タイコー店装は現場担当者が十人以上いた。その中の四人はベテランで、課長の肩書きだった。タイコー店装の主な下請けはI建装だったが、現場が三つほど重なると、課長の現場が優先となる。そのことが若手の担当者の間の不満だった。彼らは下請けを増やしてほしいと申し出てくれた。

おかげでタイコー店装と取引開始となった。見積もりも少し安く出したので、若手担当者がどんどん私を起用してくれるようになった。どの現場も小さかったが、うれしかった。彼らに感謝した。

梅雨に入ったころ、駅地下にあるルイ・ヴィトンの店の内装工事をタイコー店装の山本さんが受けてきた。

ついに大きな現場の仕事が来た。高額のショーケース五台、ショーウィンドー、全面カラーガラス張り、さらに自動ドアを付けて計一千五百万円以上の契約だった。毎日ほぼ徹夜でカラーガラスを張った。すごい量だった。自動ドアも取り付けた。現場は地下なので、午前零時を回ると入り口のシャッターが閉まり、エアコンも止まる。蒸し風呂のような現場でしばしば朝まで工事をした。トイレ以外どこにも行けない。苦しい現場だったが、私を起用してくれた期待に応えようと必死だった。

タイコー店装には私の仕事ぶりを大きく評価してもらえた。作業に必死で気づかなかったが、遅れが出るのではないかと心配した会計の方がしばしば現場を見に来ていたようだ。会計部長は社長の片腕だったらしいが、私はその頃彼の顔すら知らなかった。

この仕事で大きな利益を残せた。そこからマイガラス工房の業績も徐々に上がっていった。タイコー店装の「二軍」として正式に認めてもらえた。

そのころ、若手監督たちから麻雀に誘われるようになった。といっても、当時の私は麻雀のルールをまったく知らなかった。

「麻雀は知りません」

と言っても、

「ターちゃん、いいから五万円持って城南荘に午後六時集合して」

と言われた。

「城南荘」は彼らの行きつけの雀荘だった。

初めての雀荘に行くと監督たちが言った。

「まず席に座って牌を取る。手持ちの牌は十三枚。十四枚目を自摸（ツモ）り、いらないものを一枚捨てる。それだけでいい」

これだけの説明でゲーム開始だ。もちろん何も考えずに切った牌はすぐ誰かに当たる。上がり方すら教えてくれなかったので、やればやるほど一方的に負けていく。腹が立ったが、いつも仕事を私に出してくれるメンバーでしかも私が一番年下だったこともあり、文句を言える立場ではなかった。

初麻雀で大負けした後はみな味をしめたのか、三日と空けず誘いが来るようになった。しかし行けばまた大負けする。負けが当たり前の麻雀だった。
三、四カ月すると時々勝てるようになった。私が勝った時は、早めに切り上げてスナックに飲みに行った。その支払いは当然のように私だった。

インテリア業界はとにかく派手で、こういう経費のかかる業界だった。それでも、時代の流れには乗っていた。「マイガラス工房」も毎年売り上げは倍増だった。

その頃、龍野実業高校時代のクラスメートで車のセールスをしていた久野が、無免許運転常習で逮捕されたというニュースが新聞に載った。すぐ連絡を取って面会に行くと本人は、

「無免許運転だけ。騒ぐほどのことじゃないぜ」

とたかをくくっていた。

しかし、私の家の二軒隣りにいる藤田弁護士に聞くと、

「車のセールスをしながら無免許運転を常習していたとなると、悪質とみなされて実刑をくらう可能性が高い。何か手を打たなきゃだめだ」

と言うので、心配になった久野は藤田弁護士にこの件を依頼した。

私は久野を自分の会社に入れた。久野は手先が尋常でないくらい器用だったので、あっという間に仕事を覚えてくれた。

藤田弁護士から、

「多田君、身元引受人として法廷に出て下さい。久野君が絶対に車を運転しなくて良い

環境を作ったことを法廷ではっきり証言してください。それで執行猶予は何とか取れるでしょう」

と言われた。

私は法廷での初めての証言はうまく行き、久野には三年の執行猶予がついたが、とにかく塀の向こうに行かずに済んだ。

久野は毎朝、私の家まで奥さんの車で送られてやってきた。帰りは私が彼を家まで送った。三年間この生活が続いた。

会社を起こしてから二年間は税務申告をしていなかった。しかし、二年目の終わりに龍野税務署に呼び出され、

「事業をされてますね。税務申告が必要です」

と指摘された。三年目にまず白色申告、四年目に青色申告をした。

その頃は妻も義父の店を一生懸命手伝っていた。

従業員も増え、パチンコ店などから大型案件も来るようになった。

スナックやラウンジの工事もよく受けるようになり、マイガラス工房はもっと広い貸

倉庫に引っ越した。大きな鏡やカラーガラスを裁断する日々が続いた。

時には繁華街のナイトクラブの内装デザインから工事まで、一式を受注することもあった。一流クラブは施工内容も派手だった。工事現場に代表取締役の肩書を持つママさんがやって来て、深夜まで作業をしている職人に高い寿司を桶でふるまってくれたこともあった。

マイガラス工房は私を含めて男性六人、事務員の女性一人の計七人に増えていた。設計事務所やデザイン事務所が、私の会社をよく起用してくれた。年収一千万円に向けまっしぐらだった。

二十六歳の時、二人で貯めた金で自宅を新築した。なにしろ、我が家は村でいちばんぼろい家だったからだ。一年かけて完成させた。しかし税務署の目が怖かったので、家屋は私でなく父親の名義にした。

家は実質千八百万円ほどでできあがったが、父親は税務署に呼び出され、資産価値二千五百万円として固定資産税を納めることになった。

一九八〇年当時は、郊外型のパチンコ店が急増中だった。大型の店舗工事で、工期は短かったが利益も大きかった。郊外型パチンコ店の内装を年間三件も受注すると、会社は大忙しとなった。あまりにも忙しくなったので、妻に義父の店のウエイトレスを辞めて、マイガラス工房に入ってくれるよう頼んだが「義父の店も忙しいの」と断られた。

このころから夫婦関係がギクシャクしはじめていたようだ。

インテリア会社「天野工房」の天野さんと、妻が働くレストランで食事をとった時、妻に、

「こちらは仕事でお世話になっている天野さん」

と紹介したところ、

「あなたのお付き合いでしょ。私には関係ないので」

と妻が天野さんの前で言ったのだ。

天野さんは物腰の柔らかい人だったので何も言わなかったが、私は言葉がなかった。無理難題を妻に頼んだわけではない。紹介した天野さんに一言、

「お世話になっています」

と言ってくれればそれでよかったのに。

私は妻の店に天野さんを連れてきたことを深く後悔した。

そのころ私の父も、馬鹿息子が湯水のごとく経費を使いまくっている。嫁さんが会計を握ってくれれば少しはましになるだろう。遊びの誘いも彼女が事務所で電話応対すれば、少しは遠慮してくれるだろうと思い、

「昌則の家業がとても忙しくなって来たので、そろそろ園子さんをレストランの仕事から解放してもらえませんか」

と義父のところに頼みに行ったそうだ。

しかし義父から、

「小さな商売のくせに大げさな。娘の手を借りんとできんのか」

とけんもほろろに言われたらしい。

私と園子の関係は亀裂が深まる一方だった。

仕事は夜型になっていった。慢性的に残業があった。お客さんも、

「マイガラス工房なら何とか間に合わせてくれるだろう」

と期待する。

内装の現場は一般建築の現場よりもはるかにスピードを要求された。仕事で午前零時を過ぎるのはほぼ毎日で、徹夜仕事もよくあった。

義父からは、

「随分と帰りが遅いそうだな。なんで夕方五時半に家に帰れんのだ。いったいどんな仕事をしとるんじゃ」

と言われた。

仕事の規模も、なぜ売り上げを大きく伸ばしているのかも、義父も妻もほとんど理解していなかった。義父は敏美のような職人仕事の延長ぐらいに思っていたらしい。

私は口にこそ出さなかったが、

「あんたこそ、嫁に出した娘まで使わないと商売できないくせして、よく言ってくれるぜ」

と思っていた。

そしてついに決定的な出来事が起こった。

妻との関係はぎくしゃくしていたが、それでも時々、平日の妻の休みに合わせて映画を見に行くこともあった。

ある日、映画を見終えて姫路の街を出ようとした時だった。

「あんたは私の家のお金が目当てで結婚したんでしょう？　私のお父さんはお金持ちだから」

と突然彼女は言った。本当に突然だった。

私は思わず道端に車を止めた。ホンダベルノ店の前だった。交通量の多い所だったが止めるしかなかった。

「君のお父さんから一円も借りていないし、借り入れの保証人にもなってもらっていない。それでどうして金目当ての結婚などと言うんだ？　ふざけるな、一人で帰れ」

と抑えきれず激しい口調で言い放つと、私は妻を残したまま車を出て歩き出した。

「決定的だな」

と思った。

確かに貧乏から抜け出したくて必死でもがいていた。しかし、他人の金など当てにはしたことは全くなかった。今も必死で仕事をしている。家にいる時間は少なかったが、八回目の結婚記念日には「九年目もよろしく」と、大きな花束を買って妻に渡した。あの時の笑顔は何だったんだ。何も見えなくなった。

夜、私は姫路のスナック「マダムローラン」にいた。早い時間で客は私一人だった。

「明日からも同じ家の中で顔を突き合わせながら暮らすのか」と考え続けていた。描いていた人生のロードマップがいきなり吹っ飛んだような衝撃だった。

早いピッチでガブガブと飲んでいるとママが心配して、

「ターちゃん珍しいわね。どうしたの?」

と聞いてきた。

言葉にしようがなかった。涙がいきなり溢れ出た。声こそ出さなかったが、涙は止めどなく流れた。

ようやく涙が止まったころ、妻に言われた言葉を打ち明けた。すると、いきなり頬に強烈な衝撃と痛みが走った。

ママさんの本気のビンタだった。

「女々しい。そんなことぐらいで人前で泣くな!」

涙は止まったが、頭の中では妻の言葉がまだ渦巻いていた。

私以外の誰と結婚するよりも幸せにしてやろうと思って結婚した。その思いは変わっていない。しかし妻とのギャップを埋めるのはもう無理なように思えた。

数日後妻に、

「あの話、撤回謝罪する気あるか」

と聞いてみた。

「撤回なんかしません、絶対に。本当にそう思っています。金のための結婚ではなかったって証明できる？　できっこないでしょう」

これが、彼女の答えだった。

私の怒りは臨界に達した。それまで家の中で手をあげたことはなかった。子どもの前で暴力を見せるのは嫌だったし怖かったのだ。しかし妻は日に日にキレて暴れるようになった。妻は多田家の一員になる気はないようだった。いったい何のための結婚だったのか。

妻は運動会など日曜日に行われる子どもの学校の行事にも全く行かなかった。

子どもたちも、

「たまにはお母さん来てよ」

とよく言っていたが
妻は、

「日曜日はお店が忙しいの。絶対休めない」

といつも同じ答えだった。

その言い訳を聞いた時の私の本音は、

「そんなにたいそうな仕事かい。義父の店のウエイトレスだろう。娘だからといって高い給料を貰っているわけでないし」

だった。

結婚生活がもう危うくなっている中、義父が私に新たな提案をしてきた。

義父は妻の実家近くに二軒目のレストランを持っていたのだ。「その店をお前と娘でやってくれないか」と言うのだ。

妻は、

「私は継母名義の店など絶対に嫌です」

と断った。

私は私で、義父のレストランよりはるかに利益を出していたので丁重に断った。

義父は頭にきたのか、義母名義にしていたレストランを二億円くらいで叩き売ったようだが、私の知ったことか。それどころではなかった。私の家では連日、あなたは金のために結婚した、いや、そうじゃない、と平行線の口論が続いていたのだ。

私は、

「ここに離婚届がある。これにサインしろよ、これが私が金のために結婚したのではない証明だ！」

と強く迫った。

妻も絶対に引かなかった。ほとんど決裂前夜の状態だった。

数日後、義父がやってきた。

「多田、離婚するとか言っているらしいな。勝手なことをするな。俺は結核をやって体に大きなハンデがある。長生きはできない。俺が死んだら数千万の遺産はお前の所に行く」

妻も同席していた。

「ちょっと待ってくださいよ。その金は私のお金ではありません。娘さんに幾らの遺産が入ろうが、私には関係ない話です。娘さんには、まるで私がその金を狙っているかのように言われて揉めているのですよ。お義父さんはいつも自分はひとかどの漢《おとこ》だと仰っている。もしお義父さんが、あなたは金のために私と結婚したと奥さんに言われたら、我慢できますか？」

すると義父は、

「お前、そんなことを多田に言ったのか」

と私の妻に聞いた。妻は、

「ええ、言ったわ。今でもそう思ってる」

とあっさり答えた。

義父を前にした妻の平然とした口ぶりに、私の心はまた臨界に達した。

「お義父さん。このひどい娘を連れて帰って教育し直してください」

そう言うと、義父は目をつり上げて言った。

「何を、この若造が」

私も言い返した。

「自分のことを棚に上げてよく偉そうなこと言えますね。じゃあ私も言わせてもらいますが、いったい何人あなたの身内が犠牲になっているんですか？」

義父は何も反論できず、大きく首をうなだれ、最後に「帰るぞ」と言って出て行った。

完全に終わった気がした。あとは離婚の手続きを進めるだけになった。

家庭でトラブルを抱えている時期に、マイガラス工房はパチンコ店工事の最盛期を迎えていた。一年で七件もの注文をし、年末の三カ月は必死だった。

久野に言った。

「お前が三件面倒見ろ。俺は四件片づける」

久野は、

「三件なんて絶対無理」

と言ったが、年末のボーナスを手取りで百万円渡すと言ったら乗ってきた。

一週間で、家で寝られるのは日曜日の夜だけになった。月曜日から土曜日までは事務所で仮眠か、現場で段ボールの上で仮眠するしかなかった。職人も大阪から六、七人入れてもらっていたが、大阪も忙しかったようで、それ以上の職人は頼んでも来なかった。人手不足は深刻だった。

朝から現場で採寸し、ファックスで大阪の田積製鏡に発注。夕方車で大阪に走り、田積製鏡に着くと工場の前に置いてある「マイガラス工房殿」と書かれた加工済みの鏡を持ち帰る。姫路に帰ると午前零時を過ぎている。毎日この繰り返しだ。加工が多いと田積の工場も午前零時時ごろまでかかる。それから鏡を積み込み、姫路に帰り着くと午前四時ごろになることもよくあった。

ステンレスの大きなフレームの据え付けもよくやった。図面を東大阪の鉄鋼団地に持ち込み、見積もりが上がれば即決する。材料問屋に行き、平板を買って裁断をしてもらう。それをトラックに積んで、プレス工場に持ち込む。型材になったものを研磨屋に持ち込む。仕上がったものを溶接して現場に配送する。メーカー単価の六掛けで売っても、十分な利益があった。

大板ガラスの取り付けも大きな粗利が出る仕事だった。仕事が楽しくてしかたなかった。その年は十二月二十四日ですべての現場作業が終了し、年間の売り上げは一億円を超えた。

私の年収は千二百万円になった。久野には約束通り百万円を渡した。久野の十二月の残業代は四百時間もあった。一日平均十三時間だ。毎日、二十一時間働いていたことになる。現場で仮眠を取っていた時間も労働時間に含めたからだが、水増しでも何でもなく、それは事実だった。しかしこの残業時間を税務申告するわけにはいかない。労働基準法違反になるからだ。残業代として私のポケットマネーから百万円、久野には合計二百万円を十二月分の給料として支払った。

この年、会社の純利益は二千万円を計上した。信じられない世界に突入した。その頃プロ野球選手の年俸はもっと上がっていたが、とにかく二十三歳の時の目標だった年収一千万円は達成した。

妻との関係は冷え切ったままだったが、せめて年末年始ぐらいは子どもたちと過ごそうと思った。スキー場の民宿に電話し、十二月三十一日から一月三日まで家族全員で行くと予約を入れようとしたが満室だと断られた。私は強引に布団部屋でもいいから行くと言って電話を切った。三十一日の朝、確認の電話を入れたら「何とかします」とのことだった。

こういうことをする余裕ができたのがたまらなくうれしかった。三人の子どもたちと妻にはスキーウエアを新調した。

三十一日の昼過ぎ、名色スキー場に着いた。夕方まで滑ったが、長女の麻衣子が足を少しひねったらしかった。宿で聞くと、接骨院が近くにあった。麻衣子をおぶって接骨院に行った。行きは下り坂だったので気が付かなかったが、帰りは息が切れ、途中で二度ほど立ち止まった。

おぶっている小学生の娘を重く感じる？　そんなはずはないと思いながらも足は重

い。心拍数も極度に上がった。

ガタイと体力は桁外れだった私も少し不安になった。ただ、十二月の働き詰めによる疲れかなと思ったくらいだった。

名色スキー場ではよく遊び、カニやすき焼きを家族そろって食べられたことだけでも、私は満足だった。

年明けの一月四日に龍野の自宅に戻った。七日にマイガラス工房に初出勤したが、酒好きなやつはいなかったので、形だけの乾杯で終わった。一月は内装関係の仕事はほとんどない。毎日、ゴルフ、マージャン三昧だった。久野は私といつも一緒だったので、雀荘にもよく行った。

しかしゆっくりとした正月を過ごしていた時、昨年十月に八〇キロあった私の体重が六九キロまで落ちた。それでも最初は気にしなかった。うまいものを食って体を休めれば元に戻ると考えていた。

一月十七日だった。ゴルフ場でどうしても小さなマウンドが登れなかったのだ。足が前に出ない。疲労も極限のように感じた。私は前にばったり倒れた。必死に起きあがろうとしたが、どうしても体がいうことを聞かない。参加者に助け起こしてもらい、途中棄権を告げて謝った。

クラブハウスまでの帰り道も息が切れ、死ぬ思いだった。マダムローランのママに電話した。気が強く私をひっぱたいたこともあるママだが、面倒見はよく顔が広い。どこかいい病院を知らないかと聞いた。

ママは「姫路循環器病センター」を勧めてくれた。先生も紹介できるというので、早速連絡を取ってもらい、翌日受診した。

ただちに入院して検査をすることになった。主治医は若手の田中先生だった。当時はまだ患者への癌告知が一般的ではなかった時代なので、私は先生にお願いした。

「もし癌だったら教えてください。私は会社を持っているので、動けなくなってからでは社員が困る。会社の整理とかに時間が必要です。必ず告知してください」

三日後、田中先生は、

「残念ながら癌ではありません」

と言った。

私は「残念ながら」の意味に戸惑いつつ、

「だったらなんで、体重が一一キロもいきなり落ちるんですか」

と聞くと病名を告げられた。

バセドウ病だった。

田中先生は、

「バセドウ病としても、かなり数値が悪いですね。このまま入院になります」

と言った。

田中先生の「残念ながら」は患者を前に冗談を言ったわけではなく、ある意味では早期発見の癌などよりも深刻な状態だったからだ。

私は病院に久野と事務員を呼び出した。

「私は入院する。現場は久野にすべて任せるので仕切ってくれ。ただ見積もりや設計などはその都度、病院に持って来てくれ。それは私がやる」

立派な個室に入り、電話も引いた。二千万円のキャッシュフローがあったので、安心して入院ができると思った。

ところが、甲状線の暴走を抑える薬が私にまったく合わなかった。ある朝、マスクをした仰々しいで立ちの看護師が来て、私はストレッチャーに乗せられ、なんとＩＣＵにぶち込まれた。

田中先生がやってきて、

「多田さん、絶対に風邪をひかないでくださいね。風邪をひけば確実に死にます。それでICUに入ってもらいました」

「白血球の数値が最低値まで落ちています。バセドウ病による甲状腺機能亢進を止める薬を投与したのですが、多田さんにはまったく合わないようです。投薬を止めて様子を見ます」

自分のことながら「おいおい、大丈夫なのかい」と思った。

一週間ICUに留まった。幸い白血球の数値はすぐに元に戻った。しかし薬を止めるとバセドウ病の甲状腺機能亢進が続き、四日も五日も全く眠れない。そのうち心臓に負担が掛かってきた。トイレにゆっくり数メートル歩いただけで、心拍数は一四〇を超えた。一〇メートル歩くことが一〇〇メートルを全力疾走と同じぐらいの負担になった。

やむにやまれず薬を飲むとまたICU行きになった。入院して三カ月ほど一向に回復の兆しがなかった。その間、看護師が投薬ミスを犯し、六日分くらいの薬を一度に飲まされたことがあった。私は七転八倒の苦しみとなり心臓は暴れ、危ないのでオシロスコープを付けられた。ナースセンターと繋がれたが、深夜になっても心臓は暴れまくった。ナースコールを立て続けに三度ほどした。すぐに看護師は来てくれたが処置のしようがない。子どもの落書きのような極端に上下に振れたグラフを見せられた。

私は、

「何とかしてくれ」

と看護師のエプロンのすそを摑んだ。しかし、

「すみません。心臓外科の先生が来るまではこれ以上のことはできません」

看護師も私の状態に驚いていたようだ。

心臓外科の医師がやってきた。すぐに白いシロップを飲まされた。俗に言うニトログリセリンだ。それでも、かなり長く心臓が暴れ続けたので、二服目のニトログリセリンを飲まされた。すると、不眠不休の心臓も体全体もようやくギブアップした。そのまま、私は眠りに就いた。しかし、安らかな眠りではなく、苦しくて、苦しくてのたうちまわっていたらしい。後に看護師が、

「見ている方が怖かった」

と言っていた。

私は眠りから目覚めた。時間の感覚が飛んでいた。八時間寝たのか、十二時間寝たの

か分からなかった。聞いてみると、丸三日ほどのたうちまわっていたらしかった。

心臓の危機は脱したようだが、相変わらず眠れない。睡眠導入剤などをいくら飲んでも効果がなかった。その状態が数カ月続いた。

そのころ、私と妻の離婚が正式に成立したとの知らせが届いた。

三人の子どもの親権は妻に渡った。実際のところ、私はなお入院を続けざるを得ず、子どもの面倒を看ることは不可能だったので、争う余地もなかった。


ある日、「仕事はやめてください」とついに禁止令が下り、私は電話もない六人部屋行きを命じられた。

夜中にトイレ行った後に事件が起きた。意識がもうろうとしているので、帰る部屋を間違う。トイレの正面は私の部屋ではなく、女性患者のみの部屋だった。その部屋の同じ位置のベッドに上がり込んで私は寝た。看護師があわてて飛んで来た。

「多田さん！　部屋、間違ってますよ」

と揺り起こされ、ようやく間違えたことに気づいた。

女性患者たちに平謝りに謝って自分の部屋に戻った。翌日は見舞いの品を持って行ってさらに謝った。しかし、同じ間違いをその後もやった。二度目の時の女性患者は、私を哀れに思ったのか、看護師も呼ばず、私の目が覚めるまで、ずっと一緒に寝てくれていた。目覚めて恥ずかしさの極致だった。

一九八一年の九月ごろまで、延々とこの状態が続いた。

その間、マダムローランのママの柳川さんや女友だちの浜ちゃんは時々、見舞いに来てくれたが、私の子どもたちは一度も来なかった。

体調は一進一退の繰り返しだったが、いつまでも寝ているわけにもいかず、年の瀬に病院から無理やり退院許可を取り、約一年ぶりに自宅に帰った。

一九八二年の正月は重い初出となった。病気で死ななかったものの、家族と大事な子どもの信頼を失った。一月七日にお屠蘇《とそ》で新年を祝った。気持ちは沈んだままだったが、年は嫌でも明ける。

マイガラス工房のスタッフは全員，午前十一時過ぎに帰った。一人残った私は、生きて事務所にいることが不思議に思えた。

正午ごろ、腹が減ったので近所のラーメン屋に行こうとバイクで会社を出た。これがマイガラス工房との別れになるとは思いもしなかった。

長く入院していた姫路循環器病センターの前に差し掛かった時、私はパネルバンの後ろを走っていた。T字路に差し掛かった時、突然何か白い物が視界に入った。このまま激突すると、顔面骨折か頚椎損傷だと瞬時に思った。私はバイクを蹴って上に伸びあがったが、次の瞬間にその白いものと激突した。

激突した白いものは対向車線から右折しようとしたライトバンだった。

私は道路に投げ出されたが意識はあった。頭や首には大きなダメージはなさそうだったが、呼吸ができない。体を動かそうとしても動かない。別の車にひかれるなど二次被害を恐れ、道路から出ようとしたが動けなかった。自分の体をよく見ると、ライトバンのスチールバンパーが左足の向う脛の骨まで食い込んでいた。私はそれを抜こうとしたがうまくいかない。左腕もまったく動かなかった。呼吸が止まっているので、あと数分で意識がなくなるはずだ。

「俺の人生も終わるんだな。やっぱり畳の上では死ねなかったかあ」

と考えていた。

幸い消防署が現場から二〇〇メートルの所にあった。交差点の角には付き合いのあった山田店装があり、その事務員さんはI建装時代からの知り合いだった。事務員さんはすぐに救急車を呼んでくれた。

三分ほどで救急車が来た。プレス機械に一〇〇トンの圧力で挟まれ、スライドがあと五ミリ下がると全身が破裂するんではないかという状態で歯を食いしばっていた。初めて体験する痛みで、激痛という言葉以上だった。気を緩めると即死だと思った。

救急車の中で「名前は？　歳は？」と聞かれたが、呼吸が止まっているので何も言えなかった。一人の隊員が、

「こいつ、呼吸してないぞ」

と酸素マスクを着けてくれた。右の肺に冷たい酸素が入って行くのが良く分かった。

「助かるか……」

と思ったが、その瞬間意識が飛んだ。

気がつくと私は病院のベッドの上にいた。レントゲン室に運ばれる時の激痛で意識が再び飛んだ。医師もその日のレントゲンはあきらめた。翌日、ベッドの上でレントゲン

撮影を受けた。

警察が来て質問を受けたが、話ができる状態ではなかった。「全治一カ月」との医師の言葉が聞こえた。

わずかに会話ができるようになると、私は付き添いの見知らぬ中年の女性に氷嚢を四つお願いした。

「なぜ、四つなんですか」

と聞かれたが、とにかくお願いした。持ってきてもらうと、左肩、首、左胸を痛いほど冷やした。腕、肩などが黒くなっている。内出血がひどかった。

入院から三日目、再びレントゲン撮影をすると、左肋骨が全部折れていた。さらに左鎖骨は粉砕骨折していた。計十一カ所の骨折が判明した。

医師が、

「すぐに親族を呼べ！」

と叫んでいた。

片肺ながら、何とか呼吸はできていた。痛みや腫れを抑えるには冷やすのがいちばんいいと思い、二十四時間冷やし続けた。

六日目。医師から、

「鎖骨を取り除いてステンレスのプレートで固定します。オペは岡山医大で行います」

との説明を受けた。そして、

「左手の可動範囲にかなりの制限が出ます。身体に障害が残ることはやむを得ませんが、このオペが最善策です」

と言われた。

私はすぐには答えず、電話をかけた。

まず久野に電話し、私は大きな事故に遭って、数カ月仕事に復帰できないことを伝えた。次に知り合いのスナックのママの美穂君に電話し、いい形成外科を探してくれと頼んだ。

翌日、久野が飛んできた。私はマイガラス工房の経営について、

「もうお前に任せる。少なくとも私の怪我が治るまではやりたいようにやってくれ」

と頼んだが、
何度言っても久野は、

「悪いけど、俺には無理だ」

という。久野は極めて優秀な職人になっていたが、人を統率したり他の会社と交渉することは確かに苦手だった。見積りや設計図も私のようには書けなかった。

「それでもいいんだ。できる範囲のことをやって会社をなんとか存続させてくれ」

と言っても久野は、

「絶対にお前の代わりはできない。ごめん」

と謝るばかりで首を縦には振らなかった。

即決した。

「仕方ない、会社を閉めるぞ。まず会社にある材料を問屋に返品しろ。それから知り合いの工務店に頼んで事務所を撤去してもらえ。その時出たスクラップも金にするんだ。それで作った現金を皆の退職金に充ててくれ。分配はお前に任せる」

翌日、美穂君から、姫路日赤に凄い形成外科の先生がおられるとの連絡を受けた。すぐに担当医に姫路日赤への紹介状を依頼したが、大揉めになった。

「岡山医大の所見をどう考えていますか」

と聞かれたので、

「私は左利きなので、左腕に障害が残るのは困るし、痛いですが今も左腕は動きます。

稼働範囲を制限することになるオペはできません」

と答えた。さらに、

「紹介状を書いていただけないのなら結構です。明日退院します」

と強く言った。

すると翌日、日赤病院姫路形成外科あての紹介状をもらった。

事故から十日目。右手だけで車を運転し、美穂君と一緒に姫路日赤に行った。幸い距離は一キロもなかった。

姫路日赤に着いて車を美穂君に預けた。入り口にはストレッチャーがあり、多くの看護師が立っていた。

「私以外にも、誰か重症の急患が来るのかなあ」

と思いながら形成外科の受付に行ったが、それは私を待っていた人たちだった。

「多田ですが」

と紹介状を出しても、受付の女性に、

「患者さんはどこですか？　重症の患者さんはどこですか？」

と聞かれた。

「本人です」

と言っても、

「重症の患者さんです！」

と相手にしてもらえない。何度かの押し問答の末にやっと分かってもらえた。

診察室に入り、形成外科の先生に紹介状とレントゲンのフィルムを渡した。同席していた外科医がフィルムを取り、食い入るようにそれを見た。一刻を争う状態だったらしい。医師たちが突然、矢継ぎ早にオペ用の資材を看護師に指示した。そこは普通の診察室だったのだが、医師は委細構わず、

「多田さん、この診察台に今すぐ横になって下さい、少し痛いですが我慢できますね」

と言い、麻酔もせずに左脇腹をメスでいきなり切った。そこにシリコンチューブのような物を強く差し込んだ。

「多田さん、体を私の方へ押し出してください、一、二、三！」。チューブはブスと体に入った。

それを医師が吸引装置に繋ぎこむと、鮮血がドバっとガラスのシリンダー内に飛び散った。

「圧を切れ！」

と先生が怒鳴る。

吸引機の圧を下げると、シリンダーに飛び込む血の量が減った。

「多田さん、意識ありますか」

と聞かれたので、

「ハイ、ありますよ」

と答えた。

僅かずつ、血液がシリンダー内に落ちていくのが見えた。後に受けた佐藤外科部長の説明では、急激に血液を抜くと、血圧の低下で重篤なショック症状が出ることがあるらしい。ひどい場合はショック死もあるらしかった。幸い、私の体には何の変化もなかった。佐藤先生によると、最初の病院が左肺の大きな損傷を見落とし、十日が経過していた。もし肺の内部に溜まった血の腐敗が始まると、死に至るらしかった。

「どうして多田さんは血液腐敗しなかったのでしょうかね」

と、先生から逆に質問を受けた。

「十日間、氷嚢で患部をずっと強く冷やしていました」

と答えると、

「それも良かったのかな」

との怖い答えが返ってきた。危なかった。私は死の淵からぎりぎりの所で逃げ切ったようだ。

肺の出血が収まり、自然に肺が膨らむまで二カ月ほど要した。久野を病院に呼んで、会社の清算の報告を受けた。社員全員「致し方なし」で同意、退職金もあったため円満退社してくれた。久野の再就職先も、I建装元上司の内方さんに病院から電話でお願いし、快く了解が得られた。

三百六十五日の内に家族、会社、顧客、健康の全てを失った。本当に全てだった。思い入れのある新築の家からも出ていくことにした。

救いは生きていることだった。生きてさえいれば、また何とかなる。今はゆっくり養生に専念しようと思った。

担当の医療チームから今後のオペの予定を聞いた。

「状態を見ながら、五月ごろに鎖骨の回復手術を試みます。最終的にはやってみないと分かりませんが今のところ回復の可能性は五分五分です」

とのことだった。

いきなり障害が残るオペよりはるかにいい。私は、

「お願いします」

と言った。

ベッドの上で、

「もうすべて終わった。体が回復するまで、ゆっくりしよう。一年の有給休暇だと思っていたが、二年に延びちまったなあ」

と思った。

プレッシャーでよく寝られなかったので、毎日、本を夜通し読んだ。同室の人の本も借り、毎日本を読み漁った。それしかすることがなかったのだ。読む本がなくなると病院の図書室から無差別に本を借りて読んだ。平均一日一冊のペースで読んだ。寝る時間も削って読んだ。ノンフィクションだろうが、小説だろうが、実用書だろうが関係なかった。カントからサルトルに至るまで西洋哲学の本も読んだ。ロシア文学ではドストエフスキーを一通り読んだ。アメリカ文学ではウィラ・キャザーの『別れの歌』がよかった。ただ、名作とされるスタインベックの『怒りの葡萄』はさっぱり面白くなく、

三度挑戦したが途中でギブアップしてしまった。四度目は結末の部分だけを読んだ。入院中に三百冊ほどを読破した。

六月ごろ、鎖骨の手術をした。四時間超えの手術だった。麻酔から覚めると細谷外科部長、山田執刀医から「大成功」だったと告げられた。

ギブス固定され、八週間の固定期間を告げられた。「普通の人は四週間固定ですが、多田さんは筋力が極めて強いので、プロレスラー並みの八週間固定をします」とのことだった。

とりあえず、二カ月間、左腕、左胸部はもとより、右手を除く腰から首までの全体をギブスで固定された。あとは回復まで待つだけになった。

その間、看護師長が看護学校の生徒を連れて来て、

「多田さん、注射があります」

と言った。

生徒が血管注射をするのだが、異様に下手だった。血管を突き抜いてその下から注入しようとしたり、何度刺しても血管に針をさせない生徒もいた。

数日後私は、

「主治医から注射があるとは聞いてませんが、何の注射ですか」

と師長に聞いた。すると、師長は、

「多田さん。お願いですから内緒で協力して下さい」

と耳元でささやいた。

なんでも生徒の中に注射が思い切り下手で、卒業見込みが立たない子がいるという。私の腕の血管が極めて太くてしなやかなので、補習の練習台にしたらしい。中身はブドウ糖とのことだった。

それからは毎日午前と午後、主治医に内緒のブドウ糖の注射に付き合った。交換条件として、通常は一週間に一度だった入浴補助を、私だけ二日に一度にしてもらった。入浴と言ってもギブスが有るので、頭と下半身限定だった。夏が近かったので、頭を二日に一回洗ってもらえるのは助かった。

この時代はまだ院内に喫煙所があり、煙草も吸えた。交通事故の保険屋との話も九十九対一で決着した。いつしか私の頭を洗ってくれる看護学校生徒は固定され、専属のようになった。その生徒が卒業の報告に来た時は、少し高いペンを贈った。

九月になり、ギブスを外す日が来た。

山田先生に、

「多田さん、ギブスカットの後、リハビリセンターで回復のトレーニングをしてください。すごく痛いですよ、大人でも泣いていますよ」

と言われた。

そこで私は、

「賭けをしませんか」

と先生に持ちかけた。

「もし、ギブスを外した直後に普通に腕と肩が動いたらクラブ一軒分の飲み代を奢るというのはどうでしょう」

細谷外科部長は賭けに乗って来た。細谷部長は「普通、そんな例はありません」と自信ありげだった。

賭け成立後にギブスを外した。ゆっくりだが、すぐに旋回上下、前後、屈伸、指、全て健常者と同じ動きができた。先生方は、

「なんでだ……」

と仰天していた。

ギブスを外す前から私は一日に何度か、負荷ゼロで筋肉にシグナルだけを送ってい た、親指、中指、上腕二頭筋などと考えながらシグナルを送り続けていた。

「ハイ、先生。私の勝ちですね、クラブ一軒お願いしますよ」

大笑いでギブスカットを終えた。

看護師長は、

「なんて不謹慎な患者と先生なの。見たこともない。よりによって手術の結果を飲み代の賭けにするなんて！」

と憤慨していた。

ギブスを外して三日目、リハビリセンターでウエイトをマックスにしてマシンをガンガンこなしていると、センターの技師から、

「健常者が筋トレのためにマシンを使いに来ている」

と形成外科に報告が入った。

「多田さん、何をやらかしたんですか」

と山田先生に怒られ、リハビリセンターには出入り禁止となった。一カ月の予定だっ

たリハビリはなくなり、すぐ退院となった。いろいろな検査を終え、先生方、看護師、看護師長らに丁重にお礼を言って病院を後にした。

病院にはホンダNS250をバイク屋に届けてもらっていた。ほぼまったく自分に責任のない交通事故で運転を怖がるようになるのは嫌だったで、バイクに乗って病院を後にした。

姫路日赤の外科チームには死ぬほど感謝している。今でもずっとだ。

リハビリと称して毎日レートの安い雀荘に通った。すべて左手だけで牌を処理した。いいリハビリになったと思う。

その後、姫路日赤の形成外科チームとは三度ほど飲みに行った。細谷外科部長は大阪大の教授でもあった。最初は細谷教授の奢りだった。その後は感謝を込めて二度ほどこちらから誘って飲みに行き、私が払った。

酒席では病院でのお互いの素行不良の話で花が開いた。細谷部長からは、

「私の数あるオペの経歴の中でも、完璧に回復と言える手術ができました」

との言葉をいただいた。

退院した時は二十九歳になっていた。

マイガラス工房はもうなかった。

十八歳の時に立てた目標である二十三歳で独立する目標は達成した。年収一千万の目標も二十八歳でクリアした。

しかし、バセドウ病と交通事故、さらには妻との離婚で、私は仕事も家庭もすべて失った。

ただ命だけは、残った。


退院後は中央ホンダ社に勤め、半年ほど自動車セールスをやった。

ある時、車のセールスをしていた私のところに何故か建築設計事務所から連絡が来た。理由を聞くと、以前私がやった店舗の内装を見た所長がその仕事を高く評価し、「誰がやったのか」と私の連絡先を探したらしい。

「私は建築士など設計や施工に関する資格は何も持っていません」と伝えたが、

「実際に設計図面が書ければいい」

とのことだった。月給は額面二十五万円、好調時のマイガラス工房の時とは比べものにならなかったが、勉強になると思った私は引き受けた。

このころは龍野市の実家で両親と三人で暮らしていた。元妻と子ども三人は妻の実家にいた。

しかし子どもたちが、

「お父さんの家に戻りたい」

と言い出し、長女の麻衣子と次女の真紀が私の自宅に荷物を持って来てしまった。

しばらくすると、元妻がいちばん下の将貴を連れて来た。

「子どもの親権は私にあるので、私がここで子どもの面倒をみます」

かくして夫婦でもない男女の同居が始まった。私としては子どもに毎日会えるのでうれしかったが、元妻とは奇妙な同棲となった。

半年ほど設計事務所に勤めたころだった。とある荒っぽい仕事をしている不動産屋から仕事の依頼があった。五階建ての宝石店の新築工事だった。

その設計・施工は別の業者にほぼ決まりかけているとのことだったが、その男は、

「多田よう、お前が新しい図面を書いて持って行って、その業者からこっちに回してくれんかのう」

と言ってきた。もし、私の図面を施主が気に入り、その男が経営する会社の方に発注を変更してくれれば、三百万円を出すという。

設計事務所の所長はヤクザが大嫌いで、雇ってもらう時も「絶対に付き合うな」と念押しされたが、勤務時間外に自宅でやる分には構わないと思って私は引き受けた。

ほぼ決まっているという業者の図面を見ると、タイル貼りの外装だった。昭和の中ごろまでは五階建ての総タイル貼りという建物がよくみられたが、そのころはコンクリートの化粧打ちっぱなしの建物が流行りかけていた。

そこで、最新の図面とパースを書いて、その宝石店の奥さんのところに持っていった。

「タイル貼りの時代は終わりつつあるので、それでやるとすぐ古い建物というイメージになりますよ」

と私は伝えた。

私の見積もりの方が決まりかけていた工事業者の見積もりより少し高かったが、図面とパースを見た奥さんは言った。

「確かにこっちの方がいいわねえ」

宝石店の店主夫婦は息子の代のビルを考えていた。息子にも図面とパースを見せたところ、

「こっちの方がゼッタイいい」

と私の案を強く支持した。

業者の変更がすぐ決まった。総額三億円の工事が悪徳不動産会社に発注されることになった。会社を経営するその男は大いに喜び、キャッシュで私に三百万円を払った。何しろ、この契約が決まって男の会社は着手金一億五千万円を手に入れ、不渡り寸前だった約束手形を落とせたのだ。倒産寸前の会社が救われたのだ。

仕事はそれで終わりだと思っていたが、しばらく経つとまた連絡が来て、

「多田の書いた図面を現場が分からんと言うてる」

との電話が設計事務所にかかってきた。所長はヤクザからの電話と察して私をにらみつけた。

男の所に行くと、

「もう、お前が現場監督をやれ。月給は三十万円払う」

と言われた。

それと前後して、設計事務所の所長からはクビと言われた。仕事は真面目にやっていたつもりだが「あれほどヤクザとは付き合うなと言ったのに」が解雇の理由だった。所長には深く詫びたが、企業舎弟の会社の仕事で月三十万円をもらえるので、当面はなんとかなるとの計算もあった。

ただ、その仕事はやっかいだった。当時の五階建てビルは地下五メートルまで穴を掘って土台を築く必要があった。当然ながら騒音もあるし大量の残土も出る。ビル周辺は戦前の基礎もないような建物が残っていて、振動が起きないような工法を選択しなければならなかった。

難易度は高かったが、一、二階に吹き抜けのショールームを作り三階から五階は住居とした。思い描いたビルにほぼ近いものになった。全ての鉄骨工事は親友の桑田君が勤めている鉄工所が納めてくれた。

竣工まであと一カ月ほどのところまで何とかこぎ付けた。しかし、内装のクロスで宝石店の奥さんともめた。奥さんも一、二階の内装には口を出さなかったので、白を基調に宝石の輝きが映えるしっかりした内装になった。

ところが奥さんは、三階から五階の住居部分のクロスに白と黒のストライプや紫色、黒いバラ、蓮の花などセンスの悪い柄ばかりを選ぼうとするのだ。以前葬儀屋で見た柄が二つも入っていた。

私が別の壁紙を勧めても譲ろうとしない。とうとう寝室の壁紙を全面紫にしたいと言い出したので、たまりかねて私は言った。

「寝室は毎日使う部屋なので、紫だとだんだん重苦しくなりますよ。ベージュとか木目にしたらどうですか。ラブホテルなどで紫の部屋はありますけど、それはせいぜい二時間だからいいのであって……」

すると、奥さんは、

「私のセンスが悪いって言いたいの！」

と怒り出した。

私は、

「はい。そう思っています」

と率直に言った。

奥さんのセンスが飛び抜けて悪いのは事実で、あとで後悔しないように言ったのだが、奥さんの意向で私は現場監督を解任された。企業舎弟からは、

「後の仕上げは別のものにやらせるからお前はもういい」

と言われ、竣工式にも呼ばれなかった。

ところが、話はそれで終わらなかった。

竣工後に宝石店一家がお客様や姫路の名士など知人友人を集めて新築披露パーティーをやった。するとパーティの出席者が住居部分の内装をこき下ろしたのだ。「派手だ」程度ならともかく、「ゲスい」との声さえあった。しかしそうそうたる姫路の名士たちは、奥さんではなく工務店のセンスが悪いと思ったようだ。竣工三日目にして三階以上の部分は全面内装張り替えとなった。私はもう手伝わなかったが、一、二階の店舗も含めて宝石店は二週間の休業となった。

三階から五階までの内装張り替えが終わった後、企業舎弟がとんでもないことを言ってきた。

「おい多田、あの時貸した三百万はいつ返すんだ?」

最初は何を言っているのか、まったく分からなかった。私は彼に金など一銭も借りていない。彼から頼まれて宝石店の設計図と見積もりを作り、契約を成立させた後に約束通り三百万円をキャッシュで受け取っただけだ。間違いなく成功報酬だった。

にもかかわらず、その男は、

「貸した金だ」

と言い張る。

「あの三百万円は約束した成功報酬じゃないですか」

と何度伝えても、相手は聞く耳を持たず、執拗に私に「返せ」と迫ってくる。しかし私は絶対に返す気はなかった。

とうとう若い衆が私の実家にまでやってきた。

私は母に、

「この家の権利証は俺が持って逃げたといえ。そいつらはヤクザだ。絶対に渡すな」

と言い残し、友人の家へ身を寄せた。

しかし、そこにもまもなくチンピラがやって来るようになった。

私は二度チンピラに襲われ、なんとか撃退出来たが、三度目は企業舎弟が本気になった。

本職との勝負はできない。後で聞いのだが、彼らはその時銃も持ってきていたようだ。深夜に玄関先に忍び寄る気配を感じた私は、靴を持って裏口からそっと出た。裏口には誰もいなかった。

目の前にあった藪に飛び込んで、離れた所に止めてあったシビックまでひたすら走った。シビックに飛び乗ると、姫路バイパスに乗ってまっしぐらに東へ走った。私のシビックは中古で買ったものだがかなりチューンアップしてあり、最高時速は二〇〇キロまで出る。それでも西宮から名神高速道路に合流した時には、もっとスピードの出るベンツにでも追いかけられてはいないかと、何度も何度もバックミラーを確かめた。

いっそのこと、スピード違反で覆面パトカーが捕まえてくれないかと生まれて初めて思った。

愛知で東名高速道に入ってもまだ緊張していた。

ようやく一息ついたのは深夜に東京に着き、用賀の表示を見てからだった。財布にはわずかな金しかなかったが、とにかくあの連中に捕まらずに東京まで逃げきったことにほっとした。

六本木の裏路地に車を停め、闇の中でたばこをくゆらせた。

第三章　小笠原ラプソディ

1

父島にまた夏がやってきた。

一九九三年八月八日の夜、島でサマーフェスティバルが開催された。建設業者や各種団体が夜店を出した。金魚すくいや焼きおにぎりを売る店、焼き鳥屋までいろいろあった。

このサマーフェスティバルは地元商工会が主催する一大行事だった。

聞くところによると、この島の子どもたちは本土で行われるようなお祭りを知らないらしい。それで、島を挙げて本土と同じ祭りを子どもたちに教えようとしているのだ。

お祭りの打ち合せがあり、毎年出し物をしている会社や団体がそれぞれ前年と同じ出し物を申し出た。

新参の会社はそれらと重ならない出し物を用意しなくてはならないが、考えつくアイデアのほとんどはすでに出尽くしていた。焼き鳥もすでに二社ほどが決まっていたので、考えた挙句串焼きを申し出てみたところ、わずかな質問をされただけで認められた。

高木さんが、

「俺もやりたいことがある」

と言い出したので聞いてみると、輪投げだった。

「子どもたちがきっと喜ぶに違いない」

結局二つの出し物を申請し、両方とも認められた。


小岩井商店で必要なものを注文した。

私は串焼きの材料としてエノキ、シイタケ、アスパラ、豚バラのスライス、鶉のたまご、牛バラのブロック、ピーマン、ミンチ肉、そして串を三百本。五万円を大きくオーバーしたが、たぶん売れると思った。

高木さんは輪投げの景品にと、子どもたちが喜びそうなプラモデルやアクセサリーを注文した。えらく気の利いたものを買うものだ、と高木さんの意外な一面を見せてもらった。

私には六本木時代に串焼き屋でアルバイトをした経験があったので、自然と熱が入った。

当日は朝早くから仕込みだ。材料費がかさんだので、値段は少し高めだが一串二百円に設定した。

二キロの牛バラをサイの目に切って、下味をつけた。シイタケとピーマンにハーフボイルしたミンチを詰めた。結構大振りな串になった。それからエノキダケとアスパラガスを束ねたものに豚バラのスライスを巻き付けた。

全て用意するのに午後三時頃までかかった。会場は既に賑わっていた。

子どもたちが集まってきた。珍しさのせいか行列までできた。牛バラの串などあっという間に半分ぐらい売れてしまった。

私は焼くことに手いっぱいで、お金のやり取りもままならなかった。見かねた誰かが手伝いの人を一人よこしてくれた。

やってきたのは大柄な二十代後半の女性だった。

私は彼女の名前を聞く暇もなく、

「お金を受け取って、串焼きをパックに詰めて渡してください」

とお願いした。

祭用のハッピがあったので彼女にそれを着てもらった。

彼女はハッピを着るのは初めてとはしゃいでいた。変な奴、と思ったがゆっくり話をしている暇はなかった。

ちょうど食事の時間と重なったためかすぐに売れた。ほぼ売り尽くしたので店を彼女にお願いしてほかの店にあいさつに回った。

何も食べていなかったので、左官屋の天白の親父の店で焼きおにぎりと焼き鳥を買った。

高木さんのところに立ち寄って輪投げもした。輪投げでもらった景品は近くにいた子どもたちにあげた。

店に戻って手伝いをしてくれた彼女と焼きおにぎりを食べていたら、警察署から真庭さんたちがやってきた。

私が、「飲みますか?」とビールを差し出すと、真庭さんは真剣な表情で言った。

「多田さんそれどころではないんです。これから放送があるのですぐ店を畳んで逃げる用意をしてください」

なんでもグアム島で大きな地震があり、津波の到達時間までもうすぐとのこと。パトカーもやってきて会場で放送していた。設備もそのままで直ちに高台にある中学校に避難するようにとの指示が何度も放送されて、みなパニックになった。

私は残りの串焼きと売上金を持って自分の車で会場を出た。店を手伝ってくれた女性に、あなたはどうするんだ? と聞くとかなり怖がっていて「一緒に連れて行って」と言う。

車はトヨタのライトエースだったが、後部座席は取り払ってすべて工事用の道具置き場にしていたので、助手席に女性をのせて中学校の方へ車を走らせると、途中から渋滞に巻き込まれた。

ふと「本当に大きな津波が来るのなら父島と兄島の瀬戸を見てみたいな」と思った。瀬戸は普段でも潮の流れが速い。もし本当に大きな津波が来たらすごいものが見られると思ったからだ。

瀬戸の展望台へ上がると父島湾が一望できた。ここなら海抜も高いし津波が来ても大丈夫、と一緒に来た女性に説明した。彼女は安全が確保できたと思ったのかリラックスした表情になった。持ってきた串焼きを二人で食べはじめた。飲み物は缶ビールだ。その間も島内のスピーカーで何度か放送があった。

二時間ぐらい展望台にいたがなにも起こらなかった。

日が暮れて月明りの中、兄島の瀬戸を何度も見たが、海面に変化はなかった。

私は串焼きを食べながら売上金を数えた。十一万円位の売り上げだった。

ハッピが初めてだと言っていたので理由を聞いてみると、彼女はクリスチャンで神社等の行事にかかわった経験がほとんどないらしかった。

名前を聞くと関口ですと言ったので、群馬の方ですか？　と聞いたら恥ずかしそうに、わかりますか？　とでも言いたそうな口ぶりで、

「そうです」

と答えた。

中学校のほうから町へ向かう車のライトがいくつも見えたので、

「そろそろ私たちも戻りますか」

と山から下りていった。

彼女を事務所の前で降ろしてアパートに戻ると、疲れからかすぐ深い眠りに落ちた。

これがラプソディの幕開けだとは全く気づかなかった。


私は相変わらず高木さんや加瀬さんとガンガン仕事を片付けた。

そのうち、関口さんがアパートを訪ねてくる回数が増えてきた。掃除をしたり料理をしたり。ついには夜一緒に食事をしたり酒を飲むようになった。

ある夜彼女は着替えや身の回りのものをいろいろと持ってきた。

彼女は保育士だった。保育園が夏休みの間ゆっくりしているようだった。

「今日からお泊り保育です」

とうれしそうに言った。

こちらとしても別に大したこととは考えていなかった。

しかし、何日か過ぎると、彼女は新妻のように振舞い始めた。

そして十日ほど過ぎたころに、変な物を見せられた。それは私と彼女の結婚披露宴の案内状の下書きだった。

しかし、はいそうですかとはとてもいえないことだ。

私は、

「ちょっと待って。私は現場の職人だ。しかも高卒でバツイチだ。どれをとっても君の家族が賛成しないでしょう。本当に結婚するつもり?」

と聞いてみた。

そもそも私には結婚する気などまったくなかった。

変な方向に風向きが変わりつつあるのを感じた。

「ご両親は私たちのことを知っているのか?」

と聞くと、話はしているらしかったが、もちろん大反対だそうだ。

もし私の方も強く結婚したいと思っていたら無理にでもしたかもしれないが、その頃私はどこで行き倒れになってもいいという「幸せになっちゃいけない症候群」で一杯だった。子どもたちの事を思うと、私が一人幸せになるなんてとんでもない。とてもそんな気にはなれなかった。

しかし彼女はそのうち両親にも会って欲しいと言うのだった。

やがて彼女は一旦東京に戻った。

私は日曜のたびに佐藤工務店の親父から釣りに誘われた。

奥さんからも、

「お願いだから一緒に行って。海は何が起こるかわからない。いつも一人で行っていたから心配でしかたなかった」

と言われたので、私は親父について行くことにした。

親父の釣りは素人の釣りではなかった。

朝早く兄島の湾に入り、サビキで餌にするムロアジを五十匹ほど釣る。それを生かしておいて船で外海に出る。バリバリの外洋、太平洋だ。真夏以外は結構波もある。風向きによって島の東側だったり西側だったりと、波が少しでも穏やかな所で釣りをした。大物もよく釣れた。キハダマグロ、カンパチ、シマアジ、サワラのデカい奴。御馳走は小笠原でアカバと呼ばれている根魚のアカハタだった。これもよく釣れた。

しかし、海では本当に怖い思いをしたこともある。

真夏の夕方、アオリイカ釣りに行った時のことだ。アオリイカは非常に高価でおいしいイカだ。深夜まで釣ることも何度かあった。

その日は、近くに岩場があるのでエンジンをスローにし、少しだけ岸から離れたところをゆっくりと航行した。月明りだけが頼りだった。烏帽子岩を通り過ぎて湾の入り口近くにさしかかった時、突然音もなくボート下の海面が、三メートルほどせり上がった。その日海はベタ凪、せり上がったのはここだけだった。

親父も私もワーッと悲鳴を上げた。夜の海に転覆することも心配したが、突然海面から持ち上げられたこと自体が大きな恐怖だった。

しばらくすると、今度は音もなくゆっくり海面が下がっていった。一体何が起きたか全くわからなかった。

恐怖で固まっていたら、少し立ってからすぐ近くの沖で、クジラがブフォーと潮を吹いた。

「あれか？」

親父と顔を見合わせた。

「でも浅いぞ。クジラなんかここまで来るかい？」

しかし、それ以外考えられなかった。もしあの時、クジラがそのまま頭を上げていたら、私たちの釣り船は何メートルも飛ばされていただろう。ましてやブリーチングでもされていたら、木っ端微塵にされていたかもしれない。おとなしいクジラだったことがラッキーだった。

陸に上がってからもしばらくは体が強張っていた。

「クジラのしわざだろうな。でも怖かったなあ」

親父と二人で船上での恐怖を思い出しながら話した。

多分、クジラは息継ぎをしようと海面に向かったが頭上に何か当たるので再び潜った、というところだろう。

人間は一度も経験がないことに遭遇するとパニックになる。これは今まで味わったことのない海での恐怖だった。

海での恐怖体験はもう一つある。

佐藤の親父は相当な釣りバカで、雨が降っても行こうと誘ってきた。

ある雨の日、兄島の瀬戸を出た所でマグロやサワラを釣っていたが、荒れ方が段々ひどくなってきた。

「親父そろそろ帰ろうぜ、危ないよ」

といってもなかなかやめない。

私は勝手にアンカーを抜いて帰り支度をしたが、波が高くて帰る方向になかなか船先を向けられない。

そのうち沖は大荒れになってきた。やっとの思いで兄島の瀬戸に入ったが、三メートルくらいの高波がまともに前からきた。

私が、

「右に舵切ってー」

と大声で叫んだ。

親父がいつも乗っている船なので、操船は下手ではなかった。

波の壁に船底から当たり、船は斜め上に走った。斜めに波頭を超えると今度はスクリューが海上に露出、から回りした状態で船体が波の底まで突っ込んで行った。次の波は立ってはいなかったので、そのまままっすぐ乗り上げた。そのあと三つくらい大波が来たが、何とか乗り超えることができた。

サーフィンをやるように波に揺られながら港を目指し、ようやく烏帽子岩までたどり着いた。命からがらだった。ハイパワーのエンジンに救われた。海は暴れると人の手など遠く及ばない、とてつもなく怖いという事を嫌というほど思い知らされた。

絶壁の端にある高台に建てていた大きな木造の鯨見やぐらの仕事が、始まった。近くの電波塔に干渉しないようにと特殊な合金で鉄筋加工をした。

材木が大きいので本土に四人の大工を依頼した。

そのうちの三人は宮大工の修行中という変わりもので、以前はロケット制作の仕事をしていたそうだ。リーダーの白石は体格が私ぐらいあって、ログハウスやらツーバイフォーハウスの仕事に携わっていたようだったが、在来工法も熟知していて仕事も早かった。パワーも十分あり頼もしい助人だった。真面目な腰の軽い仕事師もいた。いいチームだった。

それからもう一人、工藤という青森で在来の大工の棟梁をしていたと言うオヤジがいた。このオヤジがとんだ食わせ物で、仕事も他の三人に比べものにならないくらいひどかった。私や高木さんに対して大口を叩くことはなかったが、チームの三人に対して陰湿な態度をとっているのが、一月ほどすると見えてきた。

私には「島に来る直前はタクシーに乗っていた」と言っていたが、本当は塀の中にいたらしかった。それをちらつかせて三人にいろいろ難癖をつけていた。リーダーの白石に対しては暴力沙汰もあったようだ。

「仕事のスピードを落とせ、どうせ工事が終われば本土に返されるんだ。ゆっくり仕事しろ、ボスは俺だ」

ふざけたオヤジだった。

工藤は能書きだけでろくに仕事が出来ないことがわかりはじめた頃、私が、

「工藤さん、真面目に仕事する気ないの？」

と注意すると、工藤は大声で反論してきた。

「俺はつい最近まで刑務所にいたんだ」

白石たちは怖がっていたが、高木さんと私は、

「それがどうした？　仕事しに来たのか喧嘩売りに来たのかはっきりしろ。喧嘩したいんなら今すぐ買ってやるぞ」

と一歩も引かなかった。

加瀬さんは真っ先に鋸をもって高木さんの前に出た。三対一、いや六対一になりそうだった。

さすがに工藤は何も言えず、すごすごと現場を離れた。

工藤はその夜佐藤の親父に多田が現場で自分のことをいじめると泣きついたらしかった。しかし親父は「多田や高木がだめだと言うのなら、私もだめだね」との答えだったそうだ。

私が工藤に、

「あきらめて大人しく田舎に帰んな。今月分の給料は親父に言って出してもらうから」

と言うと、工藤はあっさり、

「わかった、そうするよ」

翌日からは仕事に出てこなかった。

数日後工藤は「おがさわら丸」に乗って帰っていった。チームの三人からたいそう感謝された。

それからは現場作業もはかどり、楽しく仕事ができた。

ある日映画のロケを近くでやっていた。

送電線が現場近くまで引かれていなかったため、私たちは終日現場で発電機を回していたのだが、そのノイズをビデオカメラが拾うらしかった。

若いＡＤが、

「すみません、発電機止めてもらえませんか？」

と言ってきた。

高木さんがブチ切れた。

鋸を持ったまま、

「なにーふざけるな。俺たちに指図しやがって」

放っておくと今にも本当に切りつけそうだったので、私はすぐに高木さんとＡＤの間に入り、

「お前、俺たちの現場にいきなり入ってきて現場を止めろだと？　俺たちは役所の工事をしているんだ。勝手には止められない。撮影の責任者はだれだ？　ここへ呼べ」

と言うと、ＡＤは撮影現場へ戻って監督らしき人を連れてきた。

監督はいろいろ言い訳をしたが高木さんが厳しい口調で、

「俺たちは何にも聞いてない。俺たちが作業の中止を役所に申請するまでお前らそこで待ってろ」

と踵を返してそのまま作業を続行した。

高木さんは苦笑いしながら、

「まったくふざけた野郎たちだ」

の一言で終わらせた。

撮影のクルーはその場に座って私たちが発電機を止めるのを待つようだった。

三時の休憩に入り発電機のエンジンを止めるとクルーは撮影を開始した。

撮影は大した時間はかからず終了した。ほんの一、二シーンの撮影のようだった。

出演者の中に一際オーラを放つ女性がいた。よくみると水泳選手で女優の木原光知子さんだった。クルーは形だけの挨拶をして帰って行ったが、出演者の中で気遣いを見せてくれたのは木原さんだけだった。何か言いたそうだったが、目だけの挨拶になった。

基礎工事の時、不発弾二発が出た。

すぐに報告すると工事が止まってしまうので、掘り出した不発弾を近くの草むらに土をかぶせて、工事終了まで仮保管した。

終了後、現地確認にきた自衛隊員に、

「本当にこんな所にあったのか?」

と聞かれたが、

「はいここに埋まっていました」

と答えた。

自衛隊員が不発弾を慎重に引き上げた。

「航空機からの爆弾は信管が前後についたものがある。絶対に勝手に掘り出すなよ」

と自衛官からきつく注意された。我々が掘り出したことはしっかりバレていたようだ。

いよいよ鯨見やぐらが完成した。本当にうれしかった。最後に大きな階段状の板を据え付けた。親父も参加してみんなで終らせた。

その夜はみんな飲みに出た。朝まで飲み明かしたものもかなりいたようだった。

しかし人生の大きな落とし穴はあるものだ。

翌日は親父以下みんな深酒をした様子だったので、休みになっていた。

昼前に事務者に行くと、三人の大工さんが朝からビールをガンガン飲んでいた。

工事が終ったので間もなく本土に帰る解放感と、綺麗に仕事を片付けた充実感でいい雰囲気だった。私もその輪に入り飲みだした。

彼らは、

「多田さんがいなかったらどうなっていたやら」

と持ち上げてくれた。

多分青森からきた大工のトラブル処理の事だろうと思った。私も、彼ら三人の仕事ぶりスピードと段取りは大いに勉強になった。

ところが、みんなで盛り上がっているところに親父の奥さんが乱入した。

「おい多田、のぼせ上がるのもいいかげんにしろ。誰のおかげで島で仕事を出来ていると思ってるんだ?」

と頭ごなしに嚙みつかれた。

仕事だけでなく私生活の事まで延々とののしられた。大工の三人が聞いていたのできき流す事もできまいと少し反論をしようかとも思ったが、どうにもできなかった。

その夜も大工と飲みに出て昼間の話で持ち切りになった。それなりに貢献しているつもりだったので、段々怒りがわいてきた。

この島が気に入ってここを第二の故郷にしようと本気で思い、仕事以外のことでもかなり貢献したつもりだったので、残念で仕方なかった。

翌日佐藤工務店の親父に、

「昨日の奥さんからの暴言の数々や非礼への謝罪がないのなら会社を出ます」

と言うと、突然のことに親父はびっくりして、

「何があったのだ?」

と尋ねてきた。

私は、

「奥さんに聞いてみてください」

とだけ答えた。

奥さんは、

「ふざけるな。多田を島からたたき出してやる」

と言うばかりだった。

親父からは、

「多田よう、あれはああいう性格だろう？　言い出したら聞かないんだよう。我慢してくれないか？」

とせがまれたが、私は一言、

「できません、謝罪がないのなら残念ですが、佐藤工務店を出ます」

親父は何度か奥さんにかけあったそうだが、奥さんも一歩も引かず、交渉は決裂した。

親父からの頼みで高木さんも中に入ってくれたが、大体の話は知っていたようで、

「多田、考え直す事は出来ねえんだろう？　誰だってあそこまで言われれば我慢なんぞ出来るかよってものだよ。俺だって頭来てるんだ。社長も根性なしだ。お前は何処でも仕事できる。残念だが出たっていいよ」

結局、

「仕方ないね」

であっさり終わった。

翌日、アパートのドアに大きな張り紙がされていた。

「佐藤工務店所有のアパートにつき今すぐ出ていけ」

おとなしく出ていくつもりだったが気が変わった。

給料の支払いも終わっていないのにふざけやがって。

すぐに大家さんのセーボレーさんを訪ね、トラブルを説明した。家賃を一年以上払っているのは私だった。毎月集金に来てくれていたので、大家さんもよく知っていた。

「追い出されそうなのです」

と言うと、家賃を払っている人の方が強いと好意的に受け止めてくれた。

敷金の名義変更をお願いし、了解してもらった。二階に空き部屋があったので変わることも勧められたが、それは意地で断った。

佐藤の親父に給料から敷金を強引に差し引き、借主の名義変更を迫った。しかしまたしても張り紙がしてあったので、今度は警察を呼んだ。

警官は剣道仲間だったので、揉めている相手は佐藤工務店の奥さんだと言うと、

「なんだい、彼女は島の安全協会の会長さんだぜ」

と警察署長が出てきて、穏便に済ますようお願いしてくれた。大家のセーボレーさん

にも了解済みだったので話はこじれなかった。

とどめは高木さんだった。親父の奥さんに、

「みっともない。よく仕事をしてくれた社員を勝手に追い出しやがって。いいかげんにしろ」

親父も奥さんも高木さんには頭が上がらず、終了となった。

あっけない幕切れだった。

ずっと後で教えてもらったのだが、彼女はすごい酒乱らしかった。それであんな剣幕だったのだが、もう全て終わってしまったので仕方ない。

また行くところがなくなった。


その頃、品川建設を辞めた職人さんが社長に自分の車を買って欲しいとお願いしたところ、かなり安く値踏みされたので他に買い手をさがしていた。

私はちょうどお金も少し余裕があったので、四十万で買った。

何でお金に余裕があったかというと麻雀だった。

五月と六月は雨ばかりで仕事はほとんどできなかった。すると日章建設の監督の大西

健二から麻雀の誘いがあった。大西はシルベスタースタローン似のキザな兄ちゃんだった。法面にモルタルの吹き付け工事をしていたグループが雨でまったく仕事ができず、時間を潰すのに困っていたらしい。同じ組の三人だけで打つのは少々問題があるし、四人で打ちたいので、よく私に声をかけてきた。私も何もする事がなかったのですぐに参加した。

大西はなかなか強かった。吹付屋の親方とその他の連中はすごく弱かったが、博打は大好きらしい。勝てるものだから私は喜んで行った。二週間ほど、毎日朝から夕方まで麻雀を打った。

そのうち日章建設から咎められ、大西が打てなくなった。それでも吹付け屋の連中は相変わらず麻雀をした。しまいには工事の請負の金を全部前借りしてまで打っていたらしく、仕事を終え本土に帰るときには船賃まで前借しければならなかったそうだ。後で大西に聞いてみると、彼は百四十万勝ったそうだ。私の勝ちは二百万だった。大西が抜けてからは吹付屋三人と私で打った。親父と職人が組んで「あの牌がいる」とか「この牌が鳴きたい」とか、かなりひどかったが、最後まで全勝で終った。

小笠原に七年ぐらいいた中で、母島の日章建設とは仲が良かったが、父島の日章建設からは一度も仕事の声はかからなかった。麻雀の噂が知れ渡ったからかも知れなかった。


島に、ずば抜けて腕の立つ金美と言う大工さんがいた。

あるとき金美さんから住宅の基礎をやってくれないかと誘われ、手伝うことにした。日当も大工さん並みの高額だった。喜び勇んで工事を片付けると、そこはなんと日章建設の会長の家だった。


基礎が終わってまた次の仕事を探そうとしていたとき関口さんが島に帰って来た。

彼女は私たちの結婚式と披露宴の案内状をすでに作っていた。案内状を見せられた時は誰の結婚式？　と思ったぐらい以前のことは忘れていた。

彼女は私のアパートに来た。電話連絡はしていたが、まさか話をここまで飛躍させているとは思ってもいなかった。

何日かとどまっていたが、彼女は両親に会って欲しいと言い出した。ちょうど、麻雀で勝ったお金で大工道具や左官道具、タイルの道具などを揃えるため新潟まで行こうと思っていたところだったので、会うことにした。

ところが、本土へ帰る数日前の朝早く、アパートにパトカーが赤ランプを回しながらやって来た。みんな何事かとこちらを見ていた。要件を聞くと、署長がどうしても私と話がしたいことがあるとのこと。ふざけるなよと思ったが、やってきたのが一緒に剣道をしている渡辺さんだったので、声を荒げることもできなかった。だったら電話一本くれれば済むことなのに、と小さく抗議した。

私はパトカーに乗って警察署まで行った。署につくと森署長は、

「朝っぱらからすまんすまん。ところで多田さん、警察官としてではなく森個人として教えて欲しいことがある」

私が、

「何ですか?」

と尋ねると、署長は言いにくそうだったが、多田昌則について調査しろと警視庁から直々に言われているとの事だった。

「多田さん、関口さんという女性と付き合っているのですか? その人と結婚の約束は

あるのですか?」

　私は、

「付き合っているのは事実ですが、結婚の約束はありません」

　と正直に答えた。

　それを聞いた森署長は大混乱した様子だった。

「多田さんわかってるのかい? あの世界の人たちと結婚したら、家の前に警護をつけなきゃいかんのだぞ、それも二十四時間。警護するのはガードマンじゃないよ、警察官だよ。大変だぞ。多田さんそんな生活できるのか? 住むところも今のセーボレーアパートというわけにはいかないだろうね」

　と一気にまくし立てた。

「わかりました。今週都内に行く予定ですから、彼女の両親に会ってきます。トラブルにはならないようにしてきます」

　そう答えると署長は、

「おう、くれぐれも気を付けてな。けっして無茶はするなよ」

　まるで、自分の息子を諭すように言った。

これは自分が考えているよりはるかに大きな問題だという事に少しづつ気づかされた。

とにかく「おがさわら丸」に乗った。彼女はまるで新婚旅行のような雰囲気だったが私はかなり緊張していた。

竹芝桟橋に着くと世田谷に向かった。ホテルに泊まろうかと考えていたが彼女のアパートに案内された。

その夜嫌な場面に遭遇してしまった。彼女は近所のクリーニング店に電話をした。何でもクリーニングに出した服を紛失してしまったそうだ。懸命に謝罪する相手への彼女の執拗な抗議と罵声が聞こえた。

いやはややくざ並みだ。

私はひどく重い気持ちにさせられた。うんざりだった。

「弁償すると相手が言っているのでいいではないか。世の中には仕方ないことなど、山ほどあるわい」

そういう経験があまりないように育てられたようだった。

住んでいる世界が違いすぎる。これが正直な気持ちだった。

夜ビールを少し飲みながら長い時間話をした。疲れで朝まで爆睡した。

翌日、昼前に関口家に行った。

彼女の父親は有名な菓子メーカーの代表取締役だった。しかしそれは家柄に見合うよう用意されたもので、彼が実力で手に入れたポジションではないようだ。

挨拶もそこそこに何を言っても、

「困ります、とんでもない」

と返してくるばかりで会話にならない。

それで私は、意地でも彼女を連れて行ってやろうかという気になった。

やばい、と思っていると彼女の母親が割って入った。

「多田さん、あなたの知らないあなたを教えてあげましょうか」

そう言って私の前にぶ厚いファイルを出した。

おそらく龍野署や地元の弁護士などから集めた私の詳細な記録のようだった。

賞はあっても罰は食らっていなかったので何を言われても気にはならなかったが母親は一言、

「多田さんはなかなかの経歴をお持ちでなのすね」

嫌味なのか皮肉なのか。

「それでは私が説明する必要もないですね。じゃあ結論から話しましょう。結婚を認めないということはよく理解しました。私は何も喧嘩を売りに来たわけではないし、認められない結婚を強行できる歳でもないです」

私は母親の方が父親より話ができると思った。

「私は一人で島に戻りますが、条件があります。結婚を認める気もないのに私のことを調べ尽くしたりして、何も知らない両親は大変心配していると思います。関口家の署名捺印入りで私の両親に謝罪文を送ってください、速達で。私は一週間ほどこちらに滞在する予定です。数日後に私の母親に電話して手紙の内容を確認します。ちゃんとした謝罪であれば私は一人で島に帰ります。安っぽい言い訳のような文面であれば約束しかねます。よろしいですね。お金など必要ないです」

そう言うと彼女の母親は、

「わかりました。その条件で了解しました」

話早いじゃん、そうこなくっちゃ。

父親はまだいろいろ言っていた。金でかたをつけたいようだった。

彼女の母親は、

「ところで多田さんは明日からどうなさるのですか?」

と聞いてきた。

私が、

「新潟の燕三条に行きます。そこで工事に使う大工道具を一揃い買って東京に戻ります」

と答えると、彼女も木工が趣味だと言った。それもかなり大きなものまで作ると言う。全面に彫刻を施した箪笥まで作った事があるらしい。

しかしこの会話には娘は参加していなかった。両親の思いと娘の現状とに、大きな乖離があるように思えた。

さらに、母親が、

「多田さんが新潟に行かれる時、娘も連れて行ってくれませんか?」

と言い出した。

本気かよ。結婚させる気もない男に娘を二日も預けるのか?

ちょっとショックだった。

母親は娘の同行費用として、十五万円入りの封筒をよこした。私はとりあえずその金を預かり、翌日新幹線で新潟に向かった。

たまたま立ち寄ったのがあらゆる大工道具を扱っている総合問屋だった。木工用の手道具や左官ごてなど全て揃っていた。すぐに必要なものを買い、発送依頼をした。これで私の用はあっさり片づいた。

燕三条駅に戻った時、名工の高級な刃物が展示してあった。その作品は随分高かったが、その中で象嵌を柄の所に施した非常に品の良い小刀があった。値段は十八万円くらいだった。

その小刀を買い、それを彼女の母親に土産として渡すようお願いした。

彼女の母親から預かった金額より少し超えていたが、その方がむしろ気が休まった。

これで今回の旅の目的はおおむねかたづいたような気がして、ほっとした。

新潟で一泊したのち東京に帰った。

私は彼女に、

「この結婚は無理があり過ぎだ。あなたのご両親との話し合いの結果、私はあなたのアパートには泊まることはできない」

と言うと激しく食い下がられたが、

「一度ご両親とよく話し合ってからにしてください」

と逃げた。

つい彼女の情熱に付き合ってしまったが、そもそも私に強い結婚願望がないことが一番だった。勝手に結婚の案内状を作られた時点で警戒しておくべきだった。池袋で彼女と別れてまっすぐ吉祥寺の雀荘へ向かった。一区切りついてほっとしたので、何も考えずに麻雀を打った。

雀荘と荻窪のサウナを往復する生活。昔と同じだ。なにも進歩していない。

三日後実家に電話してみると、お袋は泣くように、

「変な封筒が届いたけどおまえ今どこにいるん？　何しているん？」

と言う。中の文面を確かめると、一応謝罪の文章だった。それに図書券がかなり入っていたらしい。

図書券は子どもたちにやってくれと伝え、

「私は東京で真面目に現場仕事をしているから心配しないで」

と言ったが、お袋はまだ安心できないでいるようだった。子どもはいつまでたっても子どもなんだなあと痛感させられた。田舎を逃げるように出て行ってから七年目に、初めて入れた電話だった。申し訳ない気持ちで一杯だったが一方で、いい加減に諦めてくれよ、もう小学生の時とは違うんだ。と思った。

適当に話をし、健康で長生きしてくださいと言って電話を切った。

自分の現状を考えると思い切り憂鬱になった。

しかしこれで一人で島に帰ることがハッキリした。後ろを振り返る余裕はなかった。

それからは船が出る日まで何もかも忘れて麻雀に没頭した。成績はちょい負けくらいで済んだ。夜は早番のメンバーを連れて居酒屋に行き楽しく酒を飲んだ。最終日まで麻雀を打ち竹芝に向かった。

竹芝桟橋は島に帰る人たちや観光客でごった返していた。

そのとき私は、埠頭に場違いな目付きをした男が数人いることに気がついた。なんと、彼女と彼女の母親も竹芝桟橋に来ていた。彼女はどうしても連れて行ってと大泣きをしてすがってきた。

私は彼女の母親に、

「約束は守ります。文章の内容も確認済みです。ありがとうございました」

と告げ、彼女を止めて下さいとお願いすると、彼女の母親は、

「ご迷惑おかけしました」

と言いながら分厚い封筒を差し出した。

私は、

「受け取る理由ありません、しまってください。一人で島に帰ります。お嬢さんのケアお願いします」

と言い、急いで船に乗り込んだ。どっと疲れが出た。船が桟橋を離れるときはいつも東京の街を眺めるのが好きだったが、今回はデッキに出る気になれなかった。

東京湾を出る前、小笠原警察署の森署長に、

「今竹芝を出ました、一人です」

と電話で連絡した。

すると署長は、

「そうかー、一人で戻るんだな、よし」

と電話越しにも笑顔が見て取れるような口ぶりだった。

電話を切るとすぐに爆睡。ひたすら眠った。

小笠原まで二十四時間。相変わらず海の水の色は綺麗だ。水しぶきの色はどんな天才画家でも表現出来そうもないくらい綺麗だ。

二等船室には、知り合いの島民も何人かいた。みんな時間を潰すのに大変そうだった。

父島に着くと森署長以下数人の警察官が出迎えてくれた。桟橋では入島人数とか名前とかの調べでいつも数人の警官をみかけるが、今回は私を出迎えるためだった。

「おー、よく一人で帰ってきたな。お前は偉い」

と署長が喜んでいた。

署長の喜びようにはわけがあった。

その夜署長の誘いがあり、ブーゲンで飲んだ。署長が言うには、竹芝で気付いた目つきの鋭い連中は、警視庁の私服警官らしかった。もし最後に渡された封筒を受け取っていたら私は恐喝容疑で現行犯逮捕、それも小笠原の島民の目の前で、という筋書きらしかった。森署長は立場上事前に私に教える訳にいかず、やきもきしていたらしい。

署長は私がそのトラップに引っかからず島に帰ってきた事を大変喜んでくれた。

「お前は偉い」

と何度も言われた。

「多田君、今回の話はやっぱり無理だよ。一人で帰ってきて大正解だよ。何でも相談乗ってやるから、あんまり無茶するなよ」

署長は一時間ほどで帰ったが、そのあとも署長の支払いで漁師らと思い切り飲んだ。あっさり忘れられるような気がした。

2

数日後大工の金美さんから連絡が入った。現場に行ってみると、

「多田さん、仕事の予定はどうなってますか？」

と聞かれたので、

「全くありません、遊んでいるだけです」

と答えると、

「それではこの現場を手伝ってくれませんか？」

とのこと。

「しかし、この現場は佐藤工務店の高木さんたちが入っていませんでしたか？」

と聞き返すと金美さんは、

「もう正式に断りました。あの仕事ぶりでお金を払う訳にはいきません。見て下さい」

金美さんが指さす方をみると、野地板を垂木に止めた釘がかなりの数外れていた。

「明日の仕事は、あの釘を全部抜いて、初めからきちっと墨を打って、綺麗に釘を打ち直してもらいます。私の指示通りの精度で仕事して下さい。焦る必要はありませんよ」

私は喜んで了解し、翌日から日章建設の会長が発注した注文住宅の現場に再び入ることができた。

ところが、金美さんの要求は尋常ではなかった。鉛筆の研ぎ方も〇・一ミリ以下の違いで線が太いとか、研いだ先が鉛筆の芯の下か、上か、真ん中か、と注文がつく。大変だったが、私は面白かった。

翌日から朝三、四十分早出して毎日プレナーの刃を研ぐことから一日が始まった。これまでの作業精度の十倍を要求される。本気の勝負が始まった。クビになるか最後まで使ってもらえるかの勝負だった。

金美さんは主に造作内部の作業、私は屋根のシングル張りだった。

私は外壁のサイディング張りを続けた。

外回りが片付くと、今度は床根太の精度を出すことを要求された。全部墨出しをして一本ずつ削って誤差を〇・一ミリ以下に揃えることだった。楽しかった。難易度は超高かったが、認めてもらうことが本当にうれしかった。どこまでも付き合おうと思った。それ以後、内部の造作も一緒にやらせてもらった。どうしてもついていけなかったのが手鉋掛けだった。刃の研ぎもセットも木材の仕上がりも、全く付いていけなかった。機械作業でやるのとはまた違った難しさを、たくさん教えてもらった。

何とか無事完了した。あまり迷惑はかけずに済んだようだった。それ以後大工仕事の依頼が著しく増えた。本当にありがたかった。請負ではないが高額の日当でいろいろな住宅、ペンション、ログハウスまでやらせてもらった。

東京の知り合いから連絡あり、父島のログハウスを受注したとの事。ついては私に大工仕事と現場の工程管理を頼みたいと言ってきた。

二つ返事で請け合ったが、その頃日本はバブル景気で職人単価も非常に高騰、ましてわざわざ父島まで来てくれる職人など皆無のようだった。そこで、材料を輸入したカナダからログビルダーも連れてきた。チャックとウイリアムズの二人だ。

材料の荷受け検品を終わらせ、敷地の測量と建物の位置方位を確認したあと、基礎工事をみんなでやった。アメリカ式のＰＣブロックのジョイントですべての基礎を終わらせた。

アメリカの家の基礎工事はこうなんだ、と初めて知った。

元請けの長谷部さんは基礎工事が終わると後は任せた、と本土に帰ってしまった。翌日からカナダ人ログビルダーの二人との仕事が始まった。

彼らが使う長さの単位はヤード・ポンド方だったので、今回はインチ・フィートを使用した。ラッキーだったのは私が関西で内装の会社をやっていた時、ガラスのサイズがすべてインチ・フィート表記だったのでフィートをミリメートルに換算した経験があったことだ。三フィートは九一四ミリ、四フィートは一二一九ミリというようにすぐに換算できたので、問題なく仕事は進んだ。

しかし彼らは日本は初めて。日本の事を全く知らない。

仕事のやり方も大きく違っていた。朝遅れてくるとなにやら言い訳をしながら働き始め、合計時間のみ私に申告した。

「今日は六時間仕事しました。ボス、サインください。今日は調子がよく九時間仕事をしました、サインください」

と言う感じだった。

それから片付けを全くしないので、作業終了後の清掃をなぜしないのかと聞くと、

「ジャニターは自分たちより時給も安くスキルもいらない仕事だ、掃除ならジャニターを用意してくれ、俺たちの仕事の範囲には無い」

と強く拒否された。

仕方なく片付けは私の仕事になった。

しかし面白いもので、私が毎日木っ端の片付けをしていると、最初は山のような木っ端を出していたが、段々と彼らの出す木っ端の量が少なくなっていった。作業の最後の頃はみんなで掃除や片付けまでするようになった。

もちろん、掃除や片付けに費やした時間も、日本式に大工単価で加算した。それには彼らも随分驚いていた。

また、スタートして二日目に二人は返してくれと言い出した。食事に関する不満だ。彼らは米の飯など生まれてから一度も食べたことがないようだった。

仕方がないので、仕事を早く終わらせて小岩井商店に連れて行き、朝食用のパンとソーセージ、そしてインスタントコーヒーを買った。三日分ぐらい買って、なくなったら後は自分たちで買いに行けとアドバイスした。

ところが奴らはドル札しか持っていなかった。それも二万円程度だ。それじゃあ一月もたないと思ったので、長谷部社長に彼らが日本円を持っていないことと所持金の少なさを説明したが、食事は自前でという契約らしかった。しかしそれでは明日から作業が止まると説明すると、とりあえず食費は私の立て替えで、仕事優先でやってくれと話がついた。

その日から夜はオール外食になった。体格の大きなカナダ人二人を連れて、毎晩食堂に行った。最初はハンバーグなど肉類しか食べなかったが、だんだんといろいろなものを食べだして、帰る頃にはラーメンとか寿司まで食べていた。

チャックとウイリアムズと私。身長は同じ一八三センチ、体重は一一〇キロ、八五キロ、七〇キロの三人だった。特にチャックは右腕一本で米国ブラック&デッカー社の重いチェンソーを操作できた。

チャックは右利きで私は左利き。一度どれくらい強いのかと、ブーゲンに飲みに行ったとき腕相撲をした。チャックの右はミニユンボを相手にしているようだった。左は簡単ではなかったが勝てた。それを見ていたウイリアムズがお前本当に日本人か？　と真顔で聞いてきた。ウイリアムは最初から腕相撲は断ってきた。

チャックは力は強かったが酒は弱かった。ウイリアムはそれなりに酒は強かったがチャックはいつもすぐにトイレに駆け込んでいた。チャックは倹約家で、稼いだ金を国の家族に持って帰るのが楽しみと言っていたので、あまり飲みには誘わなかった。しかし私のおごりだと言う日には、喜んでついてきていた。

二カ月目に入ると日本から給料が届いたので、自分たちで食事の用意をし始めた。プライベートも変化し、仕事時間だけの付き合いになっていったが、それでも楽しかった。

チャックはカナダでログビルダーのライセンスを持っていたようだ。彼は、

「カナダではログビルダーは尊敬される男の中の男の仕事だ」

とうれしそうに言っていた。

その他の細かい仕事は大したことはなかった。屋根もシングルで拭き終わり、外壁の羽目板も張り終え、内部造作に取り掛かった時、彼らはノミをグラインダーで研いでい

たので私のノミとは切れ味が全く違っていた。彼らは私のノミの切れ味を不思議そうに見ていた。

作業は四カ月で完了した。材料の過不足も多少あったが、何とか綺麗に終わった。長谷部社長が島に来て最終の引き渡し検査をした。施主さんも立ち合い無事終わった。その夜みんなで飲みに出た。彼らは食事は沢山食べたが酒は遠慮した。酒より最後の給料を心配しているようだった。

長谷部社長に礼を言われた。実は長谷部社長は、応援に多少英語のできるビルダーを誰かもう一人派遣しなければ、作業が終わらないと考えていたらしかった。

私も翌日給料を清算したので、まとまった金が入ってきた。

チャックが、

「最初の一カ月の食費は幾らだ？」

と聞いてきた。私が、

「仕事が綺麗に終わったから、請求はなしだ」

と答えると、不思議そうな顔をしていた。仕事ぶりが評価されたご褒美に食費の精算を免除されたのは、初めての経験のようだった。

二人は長谷部社長と同じ船で東京に帰った。帰る前日、長谷部社長に私のノミはどこで買えるのか聞きかれたので、池袋の道具屋を紹介して砥石の番数も書いて渡すと、二人のカナダ人は長谷部社長にカナダへ帰るまでに道具屋に連れて行ってくれと頼んでいた。

長谷部社長は、

「面白いね。カナダのログビルダーが日本のノミを気に入ったかあ」

と笑っていた。

チャックは私と名刺を交換して島を出て行った。

そのあとは二年おきにチャックからエアメールが来た。カナダに遊びに来い、飛行機代だけでいい。スキーでもヘラジカ射ちでも何でもさせてやるからいつでも連絡して来いと言っていた。

定期的に手紙をもらったことは驚きと大きな感激だった。人間、言語や肌の色、住んでいるところが違っても似たようなものじゃん。感謝したり喜んだりする感情はたいして違わないように思えた。

それからいろんな現場を受けて仕事をした。契約は日当ベースだったが切れ目無しに仕事があった。

杉田建設からも長く仕事をもらった。杉田建設の父島支店長や現場の総監督とは麻雀仲間で、杉田建設から派遣されて母島にもよく仕事に行った。

相変わらず剣道は続けていた。父島の剣道大会にも出ることができた。

その他、テニスに軟式野球など誘われれば何でも参加した。

仲が良かった漁師の杜氏さんにブーゲンで会った時、

「多田さんよう、最近釣り行ってないんだろう？」

と聞かれた。

「そういえば最近行ってないなあ」

と言うと、

「日曜日に俺の船の乗り子やらねえか？　面白いぜ」

と誘ってくれた。何でも漁協から斡旋された乗り子が全く使えないとのこと。ギャラは出ないが、市場に出せない魚はくれるらしい。昼飯は美人の奥さんの手作り弁当だった。

早速次の日曜日に朝六時ごろ杜氏さんの「びっくり仰天丸」が係留されている漁師専用の桟橋に行った。そこには十七、八歳くらいの小柄な若者が二人いたが、彼らはロクに挨拶も出来なかった。一人は茶髪で見上げるように私を睨んでいた。

「おい、多田にガン垂れていると殺されるぞ」

と、杜氏さんはいきなり凄い脅しようだった。

その日はカンパチが狙いだった。私は佐藤の親父と何度もカンパチ釣りをやっていたので、コツは摑んでいた。

通常は大きめのオモリを付け、餌にする生きたムロアジを底まで落とす。底に着いたら上げ下げを繰り返して誘う。これが一般的だったが、私はリールをフリーにして底まで一気に落とした。そうするとカンパチはエサに食いついて岩場に持って行こうとするようだった。

岩場に入られれば絶対に出す事は出来ないので、魚の引く力に負けてリールから糸が出て行かないように、ドラグをフルロックの状態にした。糸が切れるか岩場に突っ込まれるまでに巻き上げるかの勝負だ。

なぜか、餌を上下させて誘うより一気に下に落としている時の方が、遥かに高い確率で食ってきた。どうもカンパチは餌を上から下に向かって捕食するようだった。

その日は潮回りがよかったのかよく釣れた。八キロクラスを私は十本、杜氏さんは操船しながら八本。良い釣果だった。外道もかなり釣れた。しかし乗り子はほとんど釣れなかった。釣る以前に、なぜ今乗り子をしているのか全く理解していなかった。

とにかく腕力が無さすぎだ。カンパチが食っても根に持って行かれてしまい、釣りあげる事ができない。何度も同じ状態になった。学習能力もない。杜氏さんも頭にきて竹竿でケツを思い切りひっぱたいた。

仕方ないね、ここは学校じゃないからな。いるだけで金をくれるような仕事は社会にはない。彼らはいつ気が付いて目の色が変わるのだろうか？　それは随分先のように思えた。

外道の魚を三匹もらって機嫌よくアパートに帰ると、早速下処理をして冷蔵庫に入れた。一匹は刺身にして晩飯のおかずにした。思い切り空腹だったのでおいしかった。

材料は同じでも調理の仕方で超うまかったり、はたまた食べられないレベルだったり。料理は面白いし、奥が深い。

何度か乗り子をしていたとき、ブーゲンで杜氏さんに、

「多田さん、漁師や他の乗り子とは揉めるなよ。酒癖の悪いやつが一杯いるからな」と何人かの漁師の名前を教えてもらったが、付き合いが全くなかったので余り気にはならなかった。もし乗り子をシメたら理由のいかんに関わらず島から追い出されるらしかった。それは漁協の組合長のメンツらしかった。

杜氏さんからは、

「もしもめたら何時でもいいから必ず電話をして来いよ。深夜でも明け方でもいい。やる前に必ず連絡くれよ。俺が止めるから」

と何度も念を押された。漁師の中にも派閥や縄張りがあるようだ。杜氏さんが組合長に気に入られているということは佐藤の親父から聞いていた。そのおかげで組合長が持っていたクリスタルハーモニーや飛鳥といったハワイ航路の豪華客船の切符を杜氏さんを通じて何度か売ってもらったこともあった。

ある日、湾内に大型客船が係留されていたので、杜氏さんにチケットはあるかと聞いたら、組合長が多田なら売ってもいいよと言ってくれたらしい。早速四万円握って組合長を訪ねると、気持ちよく売ってもらえた。

十二月だったが小笠原では冬の寒さは全く感じない。わずかな着替えだけ持って漁船でクリスタルハーモニーまで送ってもらった。

乗船料は「おがさわら丸」の二倍ほどだが、飛びっきりいい食事が四回出され、お茶などの飲み物は何時でもフリー。そして個室でベッド。木賃宿と一流ホテルほどの差は十分あった。ちょうどクリスマスシーズンにさしかかった頃だったので船の中は華やいでいた。ホエールウォッチングに行った何人かの乗客は凄い！　大きい！　と歓声をあげていた。

私は一人旅だったが、何せ生まれて初めての豪華客船の旅、うれしくてしかたがなかった。十二時過ぎの出航だった。見送りは何度か「おがさわら丸」で経験していたが、優越感に浸れる見送りだった。

船足は「おがさわら丸」よりゆっくりしていた。揺れも皆無に近かった。

船内を散策してみた。大きなホールがあり、上部の客室とはエレベーターで繋がっていた。フロアは豪華なカーペット敷きだった。海を見おろす目線がとても高く感じた。最上部のフロントデッキに行くと、カップルやジョギングをする人までいた。まさに別世界だった。

デイナーはフォーマルではなかったのでほっとした。しかし三割ほどの客は、タキシードにイブニングドレスだった。なるほどこれが楽しみで乗船する客もいるんだ、とすぐに分かった。

私は小笠原から東京竹芝までだが、全航路に乗船するお客さんは竹芝からハワイに行き小笠原を経由して竹芝に帰ってくるという長い船旅だった。ツアーの費用も、特等船室や一等船室の料金は三百万円だと聞いた。

デイナーの後には歌手によるショーや豪華賞品が当たるビンゴゲームなど、さまざまなプログラムが用意されていた。

遅い時間になるとホールのフロアでダンスが始まった。その様子をぼーっと見ていると何人かの高齢の女性に声を掛けられ、私もダンスを踊った。

「すみません、ソーシャルダンスは知らないのです」

とフロアの中ほどまで行ってから言い、仕方ないのでチークダンスを踊った。相変わらず図々しいもんだ。

ディスコタイムはバブル時代を象徴するディスコ、ジュリアナで仕込んだダンスを披露した。

満足した。

お酒も適当に飲み、仲良くなった女性の二人連れの客と遅くまでハワイの土産話やよもやま話に時間を忘れた。

しかし部屋に戻ると、急にひどい孤独感に襲われた。自分のしている事にすごく自責の念を感じた。疲れとアルコールで直ぐに眠りに落ちたが、悪い夢を見た。三人の子どもが泣いている夢だ。子どもたちはずっと泣いていた。ごめんな、ごめんな、と何度言っても黙って泣いている。何も言葉を返してくれない。そのうち少しづつ距離が離れて行ってやがて子どもたちの姿は見えなくなった。

目を覚ますと枕がかなり濡れていた。

自分のしている事を全て否定されたように感じた。眠れなくなって深夜にデッキに出たが、波の音と風の音が大きく、静かに考えることはできなかった。何組かの老夫婦も、間もなく航海が終わるのでデッキで微笑みながら惜しむように話しているようだった。

また人生の歩き方がわからなくなった。子どもには死ぬほど会いたかった。しかし別れた妻には全く会いたくなかった。それで田舎へのアクションをどうしても起こせなかった。

朝食も豪華でおいしかった。盛り沢山のビュッフェスタイル。貧乏人丸出しで腹一杯食った。本当のお金持ちさんかな？　別メニューをオーダーしている人もいた。

やがて八丈島だろうか、遠くに島が見えてきた。

竹芝桟橋には夕方七時ごろ着いた。十二月の終わりということをすっかり忘れていた。私はポロシャツ一枚きりだった。

中には豪華な毛皮のコートに着替えて下船する人もいた。毛皮を着た女性はルイ・ヴィトンの簞笥ほどあるトランクをポーターに運ばせていた。凄いな、と思った。その女性の迎えに黒いスーツをきた五十人くらいが両脇に並び、

「姐さんお帰りなさいませ」

劇画の世界さながらの場面に遭遇した。

その女性が亭主らしき人、多分組長と呼ばれる人ような人に、

「このお兄さんに船の中で仲良くしてもらったのよ」

と説明すると組長は、

「おー、さすが島の漁師は元気がいいのう」

笑っていた。

小雪が舞う中、半そでのポロシャツ一枚きりだった私は、勝手に漁師にされた。迎えの長谷部社長の車にすぐに乗り込んだので、寒さはしのぐことができた。私は急いでトレーナーやコートを荷物の中から引っ張り出した。

その夜は長谷部社長が会社のある板橋にホテルを取ってくれていて、そこで次の仕事の打ち合わせをした。

翌日六本木に移動した。早速六本木の雀荘「七丁目クラブ」で麻雀を打ち始めた。この時は年明け五日まですべての時間を自由に使えた。時はバブルの真っただ中。私の知る限り六本木が最も華やいでいた時代だ。

麻雀が調子よくない時は早めに切り上げ、路上で知らない女性にいきなり声を掛けて、もし時間があるなら一時間だけ一万円で仕事をしてくれませんかとお願いした。仕事の内容とはジュリアナ東京に一緒に入り、一時間したら後はご自由にどうぞ、と言うものだ。ジュリアナ東京へは男一人では入れないからと説明するとすぐにＯＫをもらい、一緒にタクシーで直行した。

中に入ればこっちのもの。飲んで踊りまくった。女性も気に入れば長く一緒に踊ってくれた。

昼間は麻雀、夜はショットバーかラスベガスの二軍？　のような金髪の女の子が踊るストリップバーに入り浸っていた。

麻雀の戦績は相変わらず悪かったが、ショットバーもストリップバーもキャバクラよりはるかに安くて楽しかった。

正月三カ日を含め、宿は七丁目クラブが持っているオーストラリア大使館の前の寮を使わせてもらった。ホテルもサウナも年末年始は空き室が全くなかったし、あっても法外に高かった。

麻雀も、たまに勝てるのが凄くうれしかった。裏メンバーをやっている時よりは遥かに充実していた。今は断崖絶壁より少なくとも数センチ内側にいるように感じられた。

マスターや旧知のお客さんとも楽しく話ができた。メンバーは入れ替わりが激しく、知っているのは二、三人だけだった。元後輩を客として打つのは嫌そうだったが知った事ではなかった。


船旅と東京の夜の面白さに味を占めた私は、今度は桜が見たくなり、二度目の渡航を思い立った。仕事も上手く調整がついて四月に十日程休みが取れた。直ぐに漁協の組合長にお願いをしてチケットを手に入れた。

今回も一人旅。私にとって船旅ほど楽しいものはない。ワクワクしながら船に乗り込んだ。なんと言っても食事が楽しい。島には無い豪勢で多人数の食事だった。

島の生活に不満はないがこういう華やかさはない。

六人掛けのテーブルでフルコースのディナーを腹一杯食べた。島ではほぼ自炊だったのでたまにはいいだろう、と思った。同じ席についた人たちも笑顔で食事を楽しんでいた。

私のテーブルはグループ客では無い一人旅の客用だった。その中に少し変わった女性がいた。コースではなく好きな食べ物をアラカルトでオーダーしていた。特等船室のお客かな、と思った。

そのあとのアトラクションも珍しくて楽しめた。長い船旅なのでお客さんが退屈しないようにと、いろいろな企画が催されていた。

ショーが終わってもテンションが上がって中々眠れないので、デッキや船内を歩き回った。遅い時間にバーを覗くと女性が一人いた。

バーではコーヒー、紅茶は無料だが、アルコール類は有料だった。一人ならコーヒーを注文した所だが女性がいたので見栄を張り、ウイスキーのオンザロックを注文した。なぜ水割りにしなかったのかといえば、それはその女性がブランデーをストレートで飲んでいたからだ。この女性はお酒が強そうだ、と思った。

話しかけようとしていると、彼女は小さなバッックから一眼レフカメラの交換レンズを取り出し無造作にカウンターに置いた。手慣れたしぐさだった。

私が不思議そうに見ていると、

「おかしい？」

と声を掛けられた。顔をみると食事の時別メニューをオーダーしていた女性だった。

「カメラマンの方ですか？」

と尋ねると、バーに置いてあったクルーズ船での旅の本の取材と編集を仕事にしているらしかった。名前は真理子さん。凄い仕事もあるもんだと感心した。

結構遅くまで飲みながら、お互いの話をした。どうやら彼女は大きな船会社の役員のお嬢さんのようだった。食事の時のこなれた振る舞いも納得できた。

「船を下りたらどうするの？」

と尋ねられ、

「何もない単なる休暇で、何日か東京に滞在します」

と答えると、彼女も都内に家か事務所がある様子だった。

詳しく聞かれたので、多分六本木で麻雀しているか、飲んだくれていますと答えたら、彼女も六本木にいると言った。携帯電話の番号を交換して、滞在先のホテルを聞かれたが、まさか雀荘のソファーで寝ていますとも言えず、ホテルの予約は入れていませんとだけ答えた。

十二時を回った頃バーを出て、最上階のデッキに出た。夜風が酒で火照った顔に心地良かった。多分彼女も同じだったようだ。

何時も笑顔の女性だった。不意に腕を捕まれ、

「なにこれ？　腕？」

と不思議そうにしていた。

ポロシャツ一枚の私の胸やら腹筋まで触り、一人で喜びながら、

「何あなたの体？」

と珍しい動物でも見たように言っていた。

逆なら即セクハラもんだねと思った。

体や顔は触れるぐらいだったがキスするような沈黙はなかった。

あまり強引な事をするつもりはなかった。彼女もちょっと意味深な距離を楽しんでいるだけのようだった。

部屋まで送り、お休みと言って部屋に入る瞬間、いきなり振り向いて唇にキッス。しかし部屋の中には入らなかった。もし無理やり引っ張り込まれたら喜んで入っていったと思うが、それはなかったので、キッスの余韻を感じながら自分の二等船室に戻りシャワーをゆっくり浴びて寝た。疲れとアルコールですぐに眠りに落ちた。

翌朝十時のテータイム。デッキ近くでコーヒーを飲んでいると。数組の老夫婦がお茶を飲んでいるのが目に入った。何とも微笑ましい光景だった。同じ船の中だが、彼らとは住でいる世界が違うように思えた。

ランチも美味かった。私は真理子さんを探したが見つからなかった。やがて竹芝桟橋に到着、そのまま喜び勇んで六本木にに直行し七丁目クラブで麻雀を打った。夜中まで麻雀を打ち、店を出てそのままデジャブに行き、カウンターでビールを飲んだ。

相変わらず日本人がだれもいない店だった。今日はジャズが流れていた。この店に入ると日本にいる事をすっかり忘れさせてくれる。客の間で飛び交う言葉に日本語はない。

私は一人で酒を飲む習慣がないので、すぐに店を出て雀荘に戻った。その日は午前四時頃まで打った。眠くなってきたので卓を離れ、ソファーで熟睡した。翌朝九時過ぎまで寝て朝飯を食ったらまた打ち始めた。

ちょい負けのペースで打っていた。中々勝てない。皆が強いと言うより私が下手なのだ。

昼過ぎに卓を離れて食事に出た。これも楽しみの一つだった。

その日は定食屋で煮魚の定食を食べた。食堂の激戦地区なので安くはないが、美味しい店に当たった。ご飯をお代わりして食べた。その辺を懐かしく散歩してからまた店に戻った。

午後四時頃、珍しく携帯電話が鳴った。真理子さんからだった。

「今六本木の桃源社ビルの四階にいる」

と答えると、午後六時にロアビルの反対側の歩道で待っているとの事。早めに麻雀を切り上げて六時前に歩道に立った。

まもなく、タクシーがハザードを点けて交差点を過ぎた所に止まった。近づくとドアが開き真理子さんの顔が見えた。私もすぐそのタクシーに乗り込み、近くにあるレストランへ直行した。彼女はまるで六本木が庭のようだった。

いいレストランだった。値段も少し張りそうだ。ステーキのディナーを頼みワインで乾杯した。舌を嚙みそうな名前のイタリアワインだ。私にはわからない。

話が弾み、食事が終わる頃にはボトルが開いていた。

「時間は大丈夫？」

と聞かれ、

「朝まででも大丈夫です」

と答えると、近くにある真理子さんの行き付けの居酒屋まで、手をつないで歩き始めた。

東京タワーが間近に見えた。

こんなところに居酒屋などありそうに思えなかったが、彼女はどんどん歩いていった。やがて低層のマンションが見えてきた。そこの一階に確かに居酒屋らしき店があった。

ドアを開けると広い店内には既にかなり多くの客がいた。

カウンターが空いていたので、そこに座った。

「焼酎でいい？」

と聞かれ、

「何でも飲みますよ」

と答えると、真理子さんはなぜか大声で笑っていた。彼女は楽しそうだ。それでいい。

焼酎が出されるより先に彼女はビールを頼んだ。私たちはビールで乾杯した。

店のママさんが挨拶にきて、

「お友達？」

と何とも言えない笑顔で聞いてきた。

「一昨日の船で知り合ったの。小笠原の島の方よ」

と紹介された。

大柄で美人のママさんだ。

ママさんはすかさず、

「いいガタイしてらっしゃるわねー」

と持ち上げた。

真理子さんも華奢ではなかったが、肌も真っ黒に日焼けしていた私はここでも希少動物並みの扱いだ。

私は島での生活やマグロ釣りのことなどを話した。十五年ほど前ヨーロッパに行った事もあると言うと、真理子さんに彼女が渡航したヨーロッパの国々の話などを聞かせてもらった。彼女は近くまた航海に出るらしかった。真理子さんはガンガン飲んだ。それも私の酒よりかなり濃い酒だ。

十二時近く、さすがに彼女も酔ってきたのでお開きとなった。

店を出ると真理子さんは黙ってタクシーを拾い、運転手に行き先を告げた。詳しくはわからないが六本木のすぐ近く、麻布の辺りかなと思った。

小さなホテルに着いた。二人とも何も言わず部屋へ入った。

彼女は、

「疲れたー」

とベッドに大の字になった。

二人とも水をがぶ飲みした。暑かったので二人でシャワーを浴びた。真理子さんは私の背中をていねいに洗ってくれた。ベッドでは何も聞かない何も了解を取らない、暗黙の了解とは言わないが当然付いてくるものが付いてきた。貪るように体を重ねた。

翌日十一時頃に目が覚めた。その日は桜を見に行くことで話がまとまった。

真理子さんは近くに青山霊園があるという。そこは確かに墓地だが満開の桜が咲き誇っていた。墓参の人と花見の人が入り混じり、霊園の雰囲気はあまり感じなかった。

真理子さんは満開の桜の下で唐突に話しはじめた。

彼女は近くグアム島に住むらしい事。グアムでフィアンセが待っている事。そして近く結婚する事。

私は「へーそうなんだ」と答えるのがやっとだった。

私にしても先のことを考えるまでもない一夜だったが、結婚する予定の恋人もいるのに何故？　頭をフル回転させて考えても答えは出てこなかった。

これ以上この話を続ける事は出来そうにもなかったので、

「ちょっとショックだね」

と返事したら黙って笑顔でキスを返された。

私の頭はますます混乱した。どうすればいいのか全く判らなかった。

私は一言、

「じゃあ幸せにね」

と言って墓地を出た。

青山霊園は生涯忘れないと思った。

今振り返って見ても嫌な思い出ではないが、悪く言えば小笠原の希少動物が珍しく、エサでもやって満足したということなのかな。くそったれ。

船旅のラプソディは終わった。


吉祥寺に行き、この先移動の予定もなかったので雀荘ダッシュのマネージャー浅野さんに、ずっと打つから寮に二、三日泊まらせてとお願いした。

まあいいでしょう、勝手知ったるうちの寮だからね。と了解をもらった。

店で会うのは、旧知のメンバーやら知ってるお客ばかりだった。

朝昼は麻雀と夜はキャバクラの日々だった。自分でも呆れるくらいよく遊んだ。仕事も好きで必死に働いてよく稼ぐが、金も気持ち良く使う。あまり明日の事とかは考えなかった。

桜も見たし麻雀も思い切り打ったし一瞬の花火のような恋？　もした。良い旅だったかな。と振り返りながら島に戻った。

3

島に戻るとまたスカンピン。必死で仕事を探した。

毎年夏が来るとにわかに観光客が増える。考えれば当たり前だ、大学が休みになる。当然海が好きでダイビングが好きな人たちも小笠原にやってくる。若い女性の多くは最初の一、二カ月間は島の食堂で働き、そのあとダイビングを思い切り楽しんで帰る。ほとんどがこのスタイルだった。名目は食堂だが、男性客が酒を飲むとき女性のドリンク代を払えば、少しの時間だけ席についてくれる。席につくといっても食堂のテーブルだ。島にはいろんなレストラン食堂にカウンターバーもあった。

店は寮を持っていて、そこに宿泊の契約で住まわせ、雇っているようだった。時々契約上のトラブルが起きる。契約を断ったら他の店では働けない島ルールが有るようなので、大抵の子は多少来る前と話が違っても我慢していたが、中には契約内容と違う事を激しく抗議する子もいた。するとオーナーは寮から叩きだしてしまう。しかし彼女たちは所持金も少なく片道の乗船券で来ており、まして小笠原は野宿もテントも禁止だった。そこで、島の私の知り合いの女性オーナーの店に泣きつく子も多かった。もしその店の寮の部屋が空いている時は内緒で寮に泊めて次の船で送り返す。しかし寮が一杯の時は、時々オーナーが私のところに電話して来た。

「ね~ターちゃん今誰か部屋にいる?」

私が、

「一人だよ」

と答えると、

「店に来てくれない?」

と言う。

店に立ち寄ると、大学生らしい女性が大きなリュックをそばに置いてテーブルにママさんと一緒に座っていた。

ママさんは、

「ターちゃんこの子よその店で揉めたらしいの。二、三日泊めてやってくれる?」

ととんでもない事を言い出した。

こんなのあり?　無茶いうなよ。私はプレッシャーで顔が引きつりそうになった。

ママが女子大生に私の事をいろいろ説明する。今夜はこの人のところに泊まる以外の選択肢は無いと。

「この人は信用出来るから」

一体何の信用だ?

「間違っても襲ったりはしない。真面目に生活している」

と、女性を安心させるためまるで私を聖人君子のように言う。

仕方がないので、

「あなたがかまわないのなら二、三日なら泊めてやるよ。食事もある。自炊しているから料金はいらない。何か質問ある?」

と一通り説明すると女子大生が、

「お部屋は、幾つありますか?」

と聞いてきたので、

「ワンルームだよ」

と即座に答えた。

女子大生の顔が曇った。

「さあ、どうする？」

と立て続けに聞くと、ママさんは、

「野宿したりしたらそれこそ酔っ払いに襲われかねないよ」

ママさんの脅しに女子大生は観念したようだ。お世話になります、と話は成立した。

ママさんはカウンター戻った。

女子大生の名前は京子といった。苗字は覚えていない。

私が、

「腹減ってるか？」

と聞くと、

「少し空いています」

というので店のメニューを渡した。

「支払いは心配するな」

上野時代に所持金がなく随分心細い思いをしたから、飯くらい食わせてやろう。

彼女が食事をしている間、私は店にキープしていたバーボンの水割りを飲んだ。焼酎もキープしていたが女子大生の前で少しだけ見栄を張った。

女子大生が食べ終えるとすぐに店を出て、車でアパートに向かった。車も乗用車ではない。トヨタのライトエース。車の中で私の仕事と家での生活を教えた。朝早くに家を出るが朝食はしっかり食べる。昼飯は分からない。夜は家で料理をしてしっかり食べる。ベッドは一つだけ。どっちが使ってもいい。その他のことは好きにしたらいい。

「何か質問は？」

と聞いてみた。女子大生は黙ってアパートについてきた。

新築のアパートだし掃除もしていたので、安心した様子だった。

「汗かいているんだろ？　シャワーでも風呂でも自由に使いなよ。私はここでテレビを見ているから。テレビは一番奥にあるから入り口の横にあるユニットバスは見えないから安心しな」

と言うと女子大生は済まなさそうに、

「じゃあお風呂いただきます」

お湯の入れ方を教えると私は部屋でテレビをつけた。

風呂に入ってから長い時間が過ぎた。あんまり長いので心配になった私が、

「寝てるんじゃないのかい？　大丈夫かい？」

と声をかけると、

「済みません、もうすぐ出ます」

と小さな声で返事が聞こえた。

女子大生は短パンにTシャツ、髪の毛にタオルを巻いて風呂から出てきた。

ドライヤーの場所を教えると、

「どうも」

とまた小さな声で返事をした。

体に興味がないとは言わないが、それより彼女の性格や背景や生い立ち、家族構成などを勝手に推測してみたいと思った。

ドライヤーの音が大きくてテレビが聞こえない。結構ずうずうしいじゃん。ここでの寝泊まりもすぐに慣れそうだなと思った。

私は十二時には寝ますと言って布団を敷こうとしたら女子大生が、

「私が下で寝ます」

と言ってきた。

「いいからベッドで寝な。いま下に敷いているのは掛布団だ。この部屋にはこれしかないないんだ。ベッドで寝れば下からは見えない。逆だと君の寝姿をずっと見る事になる」

多分私が下で正解だろうと思った。

明日も仕事がきつかったので電気を消してすぐに眠りについた。

朝六時に目が覚めた。彼女はまだ寝ていた。飯は炊飯器で炊きあがっていた。おかずは昨日の残り物のマグロの醤油漬け。一人暮らしはこんなもんだ。味噌汁は普段より少し多めに作った。

飯を二杯食って歯を磨いていると、女子大生が目を覚ました。

「私は仕事に行くから、部屋の鍵持っといて。昼は帰るかどうか分からないから、食事は適当に作って食べて下さい、冷蔵庫の中に何かあるでしょう」

それだけ言って家を出た。

今日は杉田建設のヤードで、セパの制作と型枠の加工を終日やる予定だった。昼飯はアパートに帰る方が近かったが、今日は日の出食堂で済ませた。

私は仕事が終わるとアパートに直帰してシャーを浴び、着替えをするのが日課だった。その日も仕事が終わるといつも通りまっすぐ帰った。しかしその日は普段と大きく違うことがあった。部屋に見ず知らずの女性がいるのだ。普段なら玄関に入ったところで着ているものを全部脱ぎ、まずシャワーを浴びるのだが、仕方ないので着替えを先に用意してシャワーを浴びた。いつもならブリーフ一枚でエアコンをガンガンかけて体の火照りを冷ますのだが、そうはいかなかった。しかし女性のためだけに生活を変えるのが嫌だったので、ブリーフの上に短パン、上半身は裸にタオルを巻いた姿で風呂場を出て、汗が引くまでエアコンをフルパワーにした。

すると女子大生の京子が、

「多田さんは、ブリーフ派なんですね。洗濯しておきました」

掃き出し窓の外を見ると、洗濯物が全部吊り下げて干してあった。ちょっと照れくさかった。

冷凍庫に魚のストックがあったので韓国の調味料のヤンニンジャンで味付けした辛い

鍋を作った。暑い中汗をかきながら腹一杯食べた。彼女も遠慮がちに食べていたが、最後は鍋にご飯を入れて雑炊を作り、二人で鍋を空にした。

「美味しいですね、一杯食べちゃった」

初めて女子大生の顔に笑みがうかんだ。

夜二人で出歩くといろいろ言う人がいるので平日は仕事一本、彼女は出歩いているかどうかは知らない。

「おがさわら丸」が出港する前日、明日帰るのかと聞いたら俯いたまま返事がなかった。どうやら帰りの船賃がないようだ。貸してもよかったが、そこまでの義理はない。両親や身内にも金の無心ができなかったようだ。だから明日出ていけとも言えず、それ以上お互いに帰京の話には触れなかった。

翌日の彼女の落ち込み方は酷かった。泣いてもいたみたいだった。仕方ないので、

「次の船で帰れるようにしてやるよ」

と言うと女子大生は小さな声で、

「ありがとうございます。でもお金ないんです」

と言うので私が、

「金はいいから、とにかく後六日我慢しろよ」

と言うと頷いていた。

日曜日は仕事も休みだったのでビーチに誘うと、彼女の顔は俄然輝いた。現金なもんだ。飲み物とシュノーケリングの用具を積んでビーチを目指した。近場だと住民の目が気になるので、少し離れた小港海岸へ行くことにした。

小港海岸は車を下りてから少し歩くが、砂浜も大きく割と安全だ。殆ど人もおらず、ほぼ快晴だった。

私は彼女に、水着の時は必ず上に薄手の長袖を羽織ることを教えた。そうしないと後で日焼けで大変な事になる、火傷と同じくらいのダメージになるからだ。

彼女がどれくらい泳げるのか分からず、最初は目が離せなかった。

四十分ほど泳ぐと海から上がり、水やジュースを飲んだ。海辺には木陰もあり良い風が吹いていた。もうひと泳ぎしたあとアパートに帰った。小港海岸にはシャワーなどないのでアパートでシャワーを交代で浴びてさっぱりした。さすが二十三、四歳。ビキニ姿が眩しかった。

疲れたので二人ともシャワーの後は昼寝だ。エアコンを少し強めにして熟睡した。

気が付くとベッドで寝ていたはずの彼女が私のとなりで寝ていた。寝顔がすぐそばにあった。悪い気はしなかったのでその位置のまま再び眠った。

夕方起きた時には彼女の足が私の足の上にあった。彼女は目を覚ますと私の胸の上に顔をのせてきた。若い女性のやることは理解できそうもなかった。

その夜有り合わせのもので夕食を済ませると、外に飲みに出るかい？　と聞いたが彼女は首を横に振った。

私は、

「お酒、飲めないの？」

と聞いてみると彼女はうれしそうな顔をしながら、

「飲めますよ」

と言った。

自宅のキッチンには麻袋に入った島の夏ミカンがあった。島の人はまずいといって食べずに捨てているものだ。それを冷暗所で完熟させると結構美味い。食べるとひどく酸っぱいが、焼酎やウオッカをこの夏ミカンの果汁で割ると、おいしく飲めた。

私はそれを作ってテレビを見ながら飲んだ。特に彼女に勧めるわけでもなく、自分で勝手に飲んだ。私は酒はかなり飲めたが、それほど好きというわけでもなかった。家に有る酒もみんなと飲み会をやるときだけで、一人の時に晩酌することは全くなかった。

飲みながら彼女の話を聞いてみた。

彼女の母親はシングルマザーで、大学の学費もかなり苦労しているようだった。

私は無理して小笠原くんだりまで来なくていいのに、と思ったが、何でも単なるウエイトレスのアルバイトと言う話で島に来たらしい。しかし地元の漁師や土建屋のおっさんの横に座って相手をしないと、最初に聞いていた給料にはならないらしかった。それで飲み屋のオーナーと揉め、私の部屋に泊まる羽目になったようだった。

父親がなぜいないか聞かなかったが、大きな体のいかつい顔をした男が珍しいようすだった。

その日から次の出港日まで、夜は狭いベッドで折り重なるようにして寝た。

次の週、彼女は「おがさわら丸」に乗って帰って行った。詳しい住所や電話番号は聞かなかった。もう二度と会う事もないだろう。

私はこれ以上の幸せな状態は望んではいけないように思った。今朝までの数日間で十分幸せだった。明日からまた一人で仕事をこなそう。

私は他人の一、五人分くらいの仕事量を毎日こなした。時には一三〇キロもあるコンクリートパネルを担いで山まで上げたりもした。時給や日当などお金のことも気にしなかった。ただ毎日が挑戦だった。限界ぎりぎりの所まで自分を追い込んでやっと生きている実感できるのだった。

剣道も続けていたし日曜は杜氏さんの船で乗り子に精を出した。いろいろな現場もこなした。

ある日私は鹿島の所長に呼ばれた。

そこは母島にある東京都の出張所の現場、かつて杉田建設の下請けでコンクリートの型枠を半年ほどやっていたところだった。

そこで型枠の大きな組の親父と傾斜の支保工のやり方で揉めた。私は親父のやり方では支保が重量に耐えられないだろうという見立てだった。

しかし親父は、

「余計な事言わずに黙って仕事をしてくれればいいんだ、俺が全部の責任を負うから」

と言い切ったが、もし事故が起きたら責任は当然私にもふりかかる。私は杉田建設のスーパー所長に頼んでその現場から外してもらった。

数日後やはりコンクリート打ちのとき、傾斜屋根の型枠が大きく動いた。ほぼ倒れたらしい。当然啖呵を切っていた型枠の組の親父は大きな責任を取らされたらしかった。

後日、杉田建設のスーパー所長は、

「多田君はうまく逃げたね。あなたが指摘した通りになりましたね。良く見ていましたね。気づかなかった私も少し反省です」

と言い、私の現場離脱を咎めることはなかった。

なぜ私が彼のことをスーパー所長と呼んでいたかというと、それは彼の知識が凄かったからだ。私は建設省からの天下りの彼に、いろいろ教えてもらっていた。しかも彼は謙虚だった。

その現場の元受けは杉田建設ではなく、ゼネコンの鹿島建設だった。

最後の仕上げの頃に鹿島本体の所長と二人の正規の監督が赴任してきた。付帯工事のためのようだった。道路や側溝の整備や庭づくりなどいろいろあった。

そこにはヨットの帆をイメージしたコンクリート打ちっ放しのモニュメントの製作も

予定されていた。そのモニュメントは高さ二メートルほどの構造物だった。それを二つ。型枠のパネルは本土の木工所が機械加工した、高い精度の物だった。

所長に、

「本土でモニュメントを作って島まで運ぶと数百万円かかる、多田さんならいくらの手間賃でやれるか?」

と聞かれた。

私が、

「諸経費プラス日当でいいですよ」

と答えると、経費の他に手間賃として四十万円を提示された。私はすぐに了承したが、別途条件も出された。

「設置まで完璧に出来たらボーナスを出します。しかし失敗したらモニュメントは本土から運ぶことになり大きな出費になるので、一カ月飲み屋街への出入り禁止です」

というものだった。面白い条件だった。

その話に乗って、私は機材と一緒に母島に渡った。

三角形という形状なので、上からコンクリートが入れられない。単管とクランプを使い現場のすぐそばでフレームを作った。その中に変形セパを作り、組んだ型枠を入れた。横に一二センチ間隔で目地棒が入っていた。問題はそこだった。コンクリートが目地棒の裏に入りにくいと思った。私はコンクリートの配合設計をやり直し、改めてプラントにお願いした。セメントと砂の量が少し多めのコンクリートだった。表面ががさつくのも嫌だったので別練りのモルタルも作ってもらった。一番下の鋭角の部分にモルタルを入れ、指で丁寧に目地棒の裏から押し込んだ。すべて手作業、指作業だったがこれがベストだと思った。真ん中より上に来るとそこからは普通のコンクリートを入れた。バイブレータを使い、木槌で丁寧に叩いた。

型枠の中は見えないので、すべてイメージでの作業になる。エアーがみやジャンカがどこかにできていないか想像しながら、必死でコンクリートを打った。

工事期間はそれほどかからなかった。ボリュームが少なかったので枠に一日。コンクリート打設に一日。キューリングは二日。毎日水をかけて、四日目にゆっくりと型枠を外した。目地棒の付近が心配だったが上手く脱型できた。トラブルはほぼ無かった。それをさらに四日散水養生をして八日目にトラッククレーンを使って帯ロープで釣り、慎重に反転させた。

そのとき初めて鹿島の現場監督と会った。名前は黒田さんと言った。モニュメントの設置場所を指示され、据え付けをした。監督にレベルチェックをしてもらい、問題なく終了した。

工事の間、杉田建設のスーパー所長に毎日のように麻雀に誘われた。黒田監督にも夜は食事に酒に付き合わされた。そこで私の仕事などを詳しく聞かれた。私は正直に、父島で一人親方をしていて鉄から木造、ツーバイフォー、鉄筋加工、型枠、タイル石張りまでなんでもやっている、たまには墨出しもやっている。と説明した。すると黒田監督は自分が管理する現場に来てほしいと言ってきたので、機会があるならいつでも参加させて頂きたい、とお願いをした。

監督と連絡先の交換をして母島を後にした。

父島に戻ると、鹿島の伊藤所長がお金を取りに来なさいと連絡して来たので、事務所に行くと、五十五万円の現金を渡され、私の仕事ぶりを高く評価しているとも言われた。

ボーナスの話はなかったが、翌日からほぼ毎日のように夜の誘いがあった。何でも工期が一カ月くらい早く片付いたので、人件費含め大きな利益が出たらしかった。

余った約一カ月間、私は妙な用事を頼まれた。飲み屋を回って、朝十時ごろから夕方四時ごろまでクルーザーで離れ島に行ける女の子を調達することだった。

女の子たちは皆行きたがっていた。全部無料だったし、クルーザーも大きな双胴のカタマランボートだった。朝からビールやジュース、バーベキューの材料の買い出し。毎日違う島、違うビーチに船を付けて泳いだ。

そのうち、鹿島の本社の事務員さんまで小笠原に遠征してきて船遊びをした。シュノーケリングや釣りもした。船を降りると夜は夜で毎日のように飲みに出た。

伊藤所長が東京に帰る前にもう一度呼ばれた。

「コンパネ二百枚にバタ角も百本くらいある。本土に持ち帰るにも経費がかかるので、島でこれを処分するなり使うなり多田君の好きなようにしてください。これをモニュメント製作のボーナスとさせて下さい」

との事だった。

約一月遊んでいた日にも日当がつけられていた。何ともありがたかった。

これで当分お金の心配をすることはないなと思った。

その年もクリスマスシーズンに豪華客船が小笠原にやってきた。島で一緒にテニスをしたテレビ局のディレクターの小林さんにクルーズ船の話をすると、ぜひチケットを買っておいてくれとの事。私は二枚買って、小林さんとクリスマスに出航のクリスタルハーモニーに乗った。楽しかった。

売り物のホエールウォッチングはクジラが姿を現さず空振りで、お客が文句を言っていた。みんなクジラを一目見たいとデッキに出て、それぞれ探し回っていた。

私も小林さんも港を出たばかりなのでデッキにいた。まずクジラの潮吹き、ブローを見つけるようにと小林さんがみなに説明した。しかし、ブローは見つかるが遠すぎて、肝心のクジラの姿が見えない。かなり探したが近くにはいないようだった。

ブロー探しに疲れてふと真下を見下ろすと、なんと大きなザトウクジラが船と並行して泳いでいた。クジラの目まではっきり見えた。デカい！　一〇メートル以上はある。

私が、

「皆さん下を見て！」

と大声で叫ぶと、みんな手摺りから身を乗り出すようにして、ワーっと歓声が上がった。

サービス精神満点のザトウクジラで、長い時間船と遊んでくれた。下のデッキにいたので手が届きそうなくらい近かった。クジラはそのまま並走していたので他のグループの人に声を掛けに行く時間まであった。多くの乗客が巨大なクジラのドルフィンキックを堪能した。大きなクジラでもかなりのスピードで泳ぐんだ、と感心した。間近ではないが何回か豪快なブリーチングも見られた。

このザトウクジラのショーのおかげでみな大満足の様子だった。

ショーが終わってから船内のラウンジで熱いコーヒーを注文した。ラウンジにいたのは十人くらいだったか、還暦が近い夫婦に女性同士のグループ。豪華ないでたちの人も多かった。

真っ黒に日焼けしていた私と小林さんに向かって、威勢のいいおばさんが、

「さすがねー、漁師さんは！」

とまたもやいきなり漁師にされてしまった。

それから小林さんが小笠原諸島とかクジラについての講義を始めた。みんな喜んで聞いていた。船の中で即興で素敵なコミュニケーションを作ってしまうとは、さすがテレ

ビディレクター。船旅がより楽しいものになった。

夕食は大きなホールでフルコース。十分満足できる料理だった。食事の後のアトラクションはプロの歌手による歌だった。

夜も眠るのが惜しくてラウンジやらデッキに繰り出した。飲み物は何でもあった。他の乗船客とも話が盛り上がった。多くが女性客だった。その中のチャキチャキの江戸っ子の二人連れが、私と小林さんを捕まえて話し込んだ。小林さんは話し上手で、彼と同じ東京からの客ということで盛り上がったが、私は漁師と勝手に決められていた。何を話しても漁師さんは威勢がいいね、ゴツイ身体してるね、よく日に焼けてますね、とこればっかりだった。

やがて小林さんが酔ったらしく、先に失礼します、お休みなさいと。部屋に帰っていった。

私は仕方なく二人にもう少し付き合うが、小林さんへの質問ばかりだった。私は小林さんについてあまり詳しくなかったので、話が途切れたのを機にお開きとなった。

私が部屋に戻ると小林さんは軽い寝息をたてていた。私も寝ようとするが、部屋が船の一番前だったので波を叩く衝撃音がすごくてなかなか寝付けなかった。

東京に着くと小林さんが家に寄って行けとよと言ってくれたのでそのまま同行した。小林さんの自宅は下北沢の高級住宅だった。家も庭も建築設計士が念入りにデザインしたことがうかがい知れた。奥さんも紹介された。彼女もカッコいい人だった。夕食をご馳走になっていると、

「泊まっていきなよ、明日多田さんを連れて行きたい所があるんだ」

との事。

既にすっかりお邪魔していたが、せっかくの小林さんの誘いなのでお言葉に甘えて泊まらせてもらうことにした。

夜はイタリア料理のような食事だった。ワインを飲みながら頂いた。私は龍野での生活を思い出した。私にもかつては良い家があって妻もいた。良い子どもたちにも恵まれた。しかし今私はひとりぼっちだ。

小林さんと私の家庭の決定的な違い。それは夫婦の距離だ。時折キツい冗談も言い合っているが、二人の距離は決して遠くはない。良い間合いに見えた。私が作れなかったものを見たような気がした。

翌日の昼は世田谷にある緑寿司に案内された。

小林さんは、

「ここはネタがデカくて品がない、でもターちゃんの腹を膨らますには丁度いい店だよ」

と、まるで大衆食堂にでも入ったかのように冗談を言いながら席についた。

客で来ていたテレビ業界の人たちが何人か小林さんに挨拶をしに来た。相当な人脈の持ち主だ。カウンターの職人さんも笑顔だ。きっとこの店にとって大事なお客さんなのだろう。

山盛りのウニや中トロを腹一杯御馳走になり、井の頭線の永福町駅で別れた。丁寧にお礼を言うと小林さんは渋谷方面、私は吉祥寺方面の電車に乗った。

今回は流石に雀荘の寮に泊まらせろとは言えず、荻窪のサウナが近所のビジネスホテルに泊まることにした。

吉祥寺の桜は満開だった。人も多かったが朝早くはそうでもなかった。ここで送別会をしてもらって小笠原に行ったのだ。小笠原行きというより人生のリスタートの壮行会だった。満開の桜の下の送別会だった。

ゆっくり桜を眺めていると思わず独り言が口に出た。

「吉祥寺かあ、悪くないね」

私は一人感傷に浸っていた。

この街の人たちや街の雰囲気に随分救われたような気がした。


今回も、旧知のお客さんや店の手ごわいメンバーを相手に目一杯麻雀を打った。とにかく四日間ロクに飯も食わず麻雀を打った。負けるとサウナ泊まり、勝つと飲みに出てからビジネスホテル泊まりだった。

二日目に珍しく勝てた。そんなに大勝ちではなかったがうれしくてキャバクラに行った。結構柔らかい店で、露出の多い衣装の店だった。初めての店なので指名などしようもなかった。

何人か入れ替わっているうちにとても切れそうな女性がついた。

みんなは姉さんとか呼んでいた。そう若くなさそうに思えた、三十近いのかなと思った。話の内容はキャバクラの馬鹿話ではなく、ヨーロッパの話になった。彼女は武蔵野美大卒だった。私はパリのルーブル美術館にしか行った事がなかったが、彼女は多くの国の美術館を巡っていた。

私の娘も絵がとてもうまく高校も美術科で、うまくいけば蔵野美大も志望校の範囲にあったことなどを話した。

その日は何度か再指名して長居した。

十二時を回ったのでそろそろ帰ろうと思っていると彼女は、

「この後外で会わない？　私、二時に上がるから待っててくれない？」

と突然言ってきた。

深夜に、絶世の美女とデートができる。私は胸がときめいた。喜んでＯＫし、待ち合わせは店の前に二時と約束。結構高い料金を払って店を出た。

彼女には、私がこの辺の者でないことも、当面店には行けない事も話していた。いい客になる条件はゼロの人間なのにデートに誘われたので余計うれしかった。

雀荘に戻り二時までの時間を過ごした。コーヒーを何杯か飲み、一ゲームだけの断りを入れてまた卓に着いた。トップは取れなかったが赤牌を何度か面前で引いたので少し勝てた。ついてるのかな、と一人ほくそ笑んだ。

二時丁度に彼女が出てきた。

私が、

「腹減っているんでしょう?」

と聞くと、

「腹ペコ」

と返ってきたので、すぐに近くの居酒屋に入った。酒は強いようだった。ボリュームのあるつまみをガンガン食べながら焼酎のサワーを飲み、三時前に店を出た。

彼女はにこっと笑って、

「多田君これからどうするの、私と寝たいんでしょう? 顔に書いてあるわよ。それも大きくね、正直でよろしい」

私は一言も出なかった。

強引に迫るのはいい女に対する礼儀だと思っているが、強引な事はする気もないししたこともなかった。笑顔ですぐ近くのホテルに入った。午後八時過ぎ、厳密に言うと午後九時に会って六時間後にホテルにいる。こんな事もあるんだ。

彼女には腰の所低い位置に綺麗なタトゥーがあった。横に細くペイズリーをモデファイしたようなセンスの良いデザインだった。セクシーな体をよりセクシーに見せていた。さすが美大卒だね。

眠くて仕方なかったがとにかく任務は果たした。

彼女はキャバクラでお金を貯めてイビザに行くと言う。

「イビザってどこ？」

と聞くとスペインの離れ小島で島全体が高級リゾートらしかった。F1レーサーも別荘を持っているらしい。彼女はそこに住むと言っていた。大した女だ。これだけの美貌とスーパーボディーに切れる頭。どこでも余裕で生きて行けると思った。

ラッキーな一日だった。

彼女とは朝の遅い時間に別れて雀荘に戻った。コンビニでおにぎりやヨーグルトを買って、雀荘で食った。所持金も少なくなっていたので、後の二日間はセーブしながら打とう。

時々卓を抜けて井之頭公園や商店街を散歩した。雀荘を一歩出ると誰も知り合いはいなかった。それが却って明日からの事を考えるのに丁度良かった。自分一人だけ。アドバイスしてくれる者もいない。あてにできるのは自分だけだったのでシビアにシリアスに思考の組み立てができた。

翌日、竹芝に向かった。島に帰って仕事を目いっぱいしようと思った。

島に戻ると少しずつ様子が変わってきた。公共事業が少なくなりはじめたのだ。秋ごろになると一カ月の仕事日数もかなり減った。結構派手な生活をしていたので家賃の事もあり、東京に出稼ぎに行くことを決意した。島には失業対策事業もあるが賃金が安く、しかも昔から住んでいる人優先だった、私のような余所者には声すらかからない。同じように島で暮らしているのに、と思った。

先のことを案じていたとき、岡本建設の息子から千葉に大工仕事があると教えてもらった。

千葉の工務店の監督も島に何度か遊びに来ていたようで、仕事を探しているのなら一度千葉に来てくれとの事、私は再び「おがさわら丸」に乗った。

彼は工務店ではなく大手ゼネコン系の住宅部門の社員だった。千葉に着くと下請けの工務店を紹介された。建築大工ではなくコンクリート住宅の内装だった。私は何とかなるかなと思い、そこで働くことにした。

十日後から仕事が始まるので島に道具類を取りに戻った。

ところが、アパートの部屋に入ると家の中のものが何もかもなくなっていた。電化製品やベッドなど家財道具一式から衣類に年金手帳、住所録まですべてだ。

家主の荻島さんの奥さんに尋ねると、

「家賃が三カ月滞っていますので、多田さんの持ち物は全部捨てました」

それ以上話ができなかった。私が何を言っても全く取り合ってくれない。

警察を呼ぼうかと思ったが、荻島さんとは親しい仲だったので、とりあえず彼に電話をしてみた。

荻島さんも最初はなにかの間違いだろう、と言っていたが、奥さんに聞いてすべて事実ということを確認した。私はとにかく話に行くからと、僅かに車の中に残っていた大工の手道具だけ持って、「おがさわら丸」に飛び乗った。

幸い彼の職場は浜松町だったので、すぐに会えた。荻島さんはJAXAの社員だった。彼も事の重大さをよくわかっていて、会うなり平謝りした。彼の弁護士も付き添っていた。私は、いずれ損害賠償も請求するが着替えの一枚すらないので、とにかく当座の生活費を用意してくれとお願いすると、今すぐ用意出来るのは四十万円くらいとのこと。仕方ないからそれで了解をした。ただしその金はあくまでも迷惑料としていただくと念を押した。

銀行に行きすぐに四十万円を引き出した。

翌日、弁護士が示談書を持ってきた。スーツをはじめ衣類だけでも買値で七百万円くらい、それに電化製品一式、おまけに年金手帳まで捨てられた事を話すと、弁護士も困り果て、今は払いようがないので少し待ってくれとのこと。

荻島さんにとっては大きな金額かもしれないがとりあえず五百万円くらいは請求するよ、と示談書に書き入れた。弁護士は何も言わずただ黙っていた。

私の持ち物を捨てた荻島さんの奥さんは共産党員だ。恐ろしい組織に思えた。

私は金を受け取るまで島に戻りようがない。しかし今回は千葉に仕事があったことが唯一の救いだった。まさに綱渡りだった。


私は会社がある千葉県野田市に行った。

会社には寮があり、そこに住まわせてもらうことになった。寮にはいろいろな組、個人請け、多くの大工が身を寄せていた。

何棟か手元で働き三カ月が過ぎた頃、そろそろ一棟請けでやらないか、と工事部長がもちかけてきた。しかしその話がまた落とし穴だった。社内規定ギリギリの遠方で宿泊代もなし。現場までのガソリン代もかなりかさんだ。

毎日野田市から館山市の近くまで通った。作業時間も無理がきかない。ひどかった。ベテランメンバーは近所ばかりなのに遠い館山まで行かされた。一生懸命に働いたが、ほとんどエアーネイルガンのローンとガソリン代に消えた。夜は数少ない知り合いとPHS携帯で話をするのが唯一の楽しみだった。

そんな折、秋田のベテラン大工と組んだ現場でトラブルが発生した。

そのベテラン大工は在来のやり方でドアを片寄せに収めていたが図面では両サイドに壁があったので施主が来た時文句を言っていた。さらに廊下では、本棚が大きくはみ出ていて、狭くなっていた。

「これはだめですね」

と施主が言った。

階段の手すり壁の向こうが空洞だったので、そこに入れ込むと綺麗に収まりますと施主に了解を取って、本棚を空洞の中に入れ込んだ。これには施主も喜んでくれた。

しかし翌日、秋田の大工が、

「だれに断ってこんな工事しやがった？」

と息巻いた。

私は、

「昨日、施主さんが廊下が狭すぎると言ったので、廊下にある本棚を壁の中に入れてみたら、施主も満足していましたよ」

と言うと大工はいきなり足で本棚を蹴りまくった。ボードの壁なので本棚の周りが全部壊れてしまった。

「だれが直すんだよ？」

「やかましい、もうお前となんか組まん」

いやはや困り果てた。社内では私が一方的に悪いことになっていた。

噂ではその大工は私だけではなく他にも何人かの若い大工と揉めていたようだった。

結局その大工は、家が完成してから本棚と廊下の壁の手直しに毎週日曜タダで作業したようだった。その様子を見ていた日系ブラジル人二世の大工も苦笑いしながら、

「あの大工とやりあうと仕事をもらえなくなるし、アンフェアな話だ」

と言っていた。

私にこの下請けを紹介してくれた親会社の高橋君がこの話を聞いて、

「多田さん話は聞いたよ。施主のクレームが私の所にも来ている。この会社では無理かい？」

と尋ねてくれたので私は、

「ちょっとキツイね、ガソリン代もバカにならないし」

と正直なところを話した。

館山の仕事は外してもらい、今度は親会社のマンションの現場を紹介された。

「親会社の寮は私から工事部長に頼んで使えるようにしておくから、籍は今の会社のままで構わないので明日からでも入って下さい」

ありがたい話に思えたが、じつはこれが地雷だった。

現場に行くと何組かの大工が揉めていた。最初に入った大工の組は、すでに一階に手を付けていたので、残りの組は二階から四階だ。エレベーターなどないので材料の搬入費用が余計にかかる。四階まで運ぶとなると単価と全く合わない。

そこで、みんなで作業範囲を縦に割って仕事をしたらどうかと提案してみた。しかし経費を計算してみるとなんと全員が赤字になるようだった。つまり一階の工事のみ単価が合う現場だったのだ。

おまけに二日後、元請けのゼネコンから盗難が多いので道具はすべて毎日持ち帰るようにとの通達が来た。

これに怒った大工が全員クーデターを起こした。

「こんな単価の低い現場やってられるか」

と二階以上の割り当てになった大工はさっさと現場を断ってしまった。どうにもならない状態だった。結局その日は寮に帰り、ローンの残っているガンとネイルを機械屋さんに引き取ってもらうようお願いし、少しばかりの手道具と着るものを車に積んで夜逃げした。恥も外聞も無かった。サラ金を頼らなければ仕事を続けられないなんてどう考えてもおかしい。千葉のマンションなど、日当で計算したら八千円位にしかならないようだったので、家族のいる大工が真っ先に逃げた。

私は逃げる途中六本木の雀荘七丁目クラブに顔を出した。

するとうまいぐあいに大工仕事があった。

厨房が狭いので、高い所に棚を何か所か作りたがっていたのだ。

六本木の工事は恐ろしく金がかかる。材料の搬入ひとつとっても車の駐車場代が人一人の日当ほどかかる。時間も指定された。夜の十二時より翌日の朝九時までだ。

いくら出す気なのかと聞くと大きな棚だが五十万円だった。

割と高額なギャラだったので、

「いい単価出してくれるんだね」

と聞くと、

「ターちゃんだからね」

とありがたい言葉。

早速ベニヤ板などの材料を揃えて運び込んだ。しかし、それだけでも大変だった。商業ビルなので昼間の時間はエレベーターが使えない。作業は深夜から明け方になった。

翌日、あまりにパーキング代が高いので車を知り合いに安値でたたき売った。

必要な道具は全部揃っていた。夜中に路地裏で木材を加工した。夏の六本木は夜でも暑かったしエアコンの室外機の並んだ前での作業だったので、余計に息が詰まった。

しかしその五十万から次のアクションのための金を残さなければいけなかった。

時間制限などでスピードが上げられなかったので、工事は四日ほどかかった。しかし何とか要求通りに棚が出来た。上に乗っても大丈夫だった。棚の一箇所は仮眠に使うようだった。

結局手元に三十五万ほど残った。道具を送るにも金がいる。大変な街だ。都心に快く物を預かってくれる知り合いなどだれもいなかったので、私は吉祥寺に行ってみた。雀荘「ダッシュ」の更衣室は大きかったので、しばらくの期間だけの約束で何とか道具を置かせてもらった。

父島に戻る事は考えられなかった。あの仕打ち、どう考えても荻島さんの奥さん一人の仕業とは思えなかったからだ。私の家財道具や服は誰が持っていやがる。考えただけでも反吐が出そうになった。

しかし二、三週間の内に新しい仕事を探さなければならなかった。麻雀を打ちながらあれこれ考えたが、何もいい考えは浮かばなかった。

四、五日後、新聞に目を通していた時に思い出した。鹿島の黒田監督だ。早速黒田監督に電話したら、何でもマーカス島という島に行くらしい。私はマーカス島が何処にあるのか全く分からない。海外か？　と思っていたらなんと日本の島だった。マーカス島の正式名称は南鳥島だった。

黒田監督はこの工事に私が参加するのはかなり難しそうだと言った。しかし後がなかったので食い下がった。すると孫請けの会社の名前を教えてくれた。取りあえずその孫請けに入って欲しいとの事。うまく入ることができたらまた電話します。と言って話は終わった。

一九九七年、もう七年間も小笠原界隈にいた。

小笠原を第二の故郷にしようと思っていたが、思わぬところで破綻した。理由はいろいろ考えられるがもう過ぎた事だ。戻り道はない。

吉祥寺にいて、黒田さんが紹介してくれた孫請けの村井工務店という会社を探した。会社は保谷市（現・西東京市）にあるらしい。

早速電話をかけてみた。太い声の女性が対応してくれた。土工、雑工、各種職人、現場要員を募集しているとの事。履歴書を持参し事務所で面接するそうだ。早速名前と年齢を伝え、面接の予定を聞いた。二日後の午後二時を指定された。私は指定の時間に伺うことを伝え、会社までの交通機関を尋ねた。

ひょっとすると仕事にありつけるかもしれない。上手く行くといいな、と思った。

面接までの二日間、吉祥寺のダッシュで麻雀をしながらあれこれ考えた。夜は荻窪にあるスーパー銭湯で仮眠した。

身支度をしてして雀荘に戻り電車の乗り換えを聞いたが、店員はだれも知らなかった。仕方ないのでお客に聞いてみたら何人かが丁寧に教えてくれた。

早い昼飯を食って正午に吉祥寺を出た。まず中央線で西国分寺まで行き、武蔵野線で新秋津という駅まで行った。新秋津駅で西武池袋線に乗り換えひばりが丘駅へ向かった。そこからは徒歩だ。私は番地を確認しながら歩いた。

十五分ほど歩くと教えられた番地に着いた。村井工務店が入っているビルは四階建てのアパートのように見える建物だった。歩いている人に尋ねてみたが、誰も村井工務店のことを知らなかった。看板も出ていなかった。

電話で確認すると会社はそのビルの一階の中ほどだった。面接の時間より三十分ほど早かったが中に通してくれた。私は名前を言って履歴書を渡した。

少し待たされて、顔立ちが宝塚歌劇団員のような女性に今から面接をします、と声をかけられた。社長の奥さんだった。

いろいろ説明を受けたが、村井工務店は普通の工務店ではなかった。要は鹿島建設とか大手のゼネコンの下請けに人夫を出している会社のようだった。聞いてみても私がどの会社の現場に行けるのか分からなかった。鹿島の黒田監督の名前も全く知らなかった。

とりあえず仕事をしたいと伝えた。すると何人か揃ってから現場に行くようで、会社の寮があるのでそこで待機していてくれとの事。

私は荷物が少しあるので、取ってきたいとお願いした。吉祥寺の雀荘ダッシュの更衣室に置いている僅かばかりの大工道具だ。

二日後にもう一度村井工務店の事務所を訪ねると、社長の奥さんが寮まで車で案内してくれた。歩くには少し距離があった、寮には私より年上の親父が三人ほど生活していた。

二週間ほど待たされた末、ついに南鳥島行を告げられた。

装備品で足りない物はすべて会社が用意してくれた。しかしあとで分かったことだが、会社が用意した装備品の代金として給料から随分な天引きをされていた。

ワゴン車に五人の雑工と社長を乗せて、なんといきなり埼玉県にある自衛隊の入間基地に入った。そこでいろいろな手続きをして飛行場内の待合室で便を待った。社長から、トイレは必ず済ませておくようにと言われた。なぜなら南鳥島までは六時間のフライトだが機内にトイレはないとの事だった。

滑走路を見ると目の前に迷彩色のC130輸送機が駐機していて後部のゲートから荷

物を積み込んでいた。

荷物を積み終えると私たちの搭乗だった。隊列を組まされて高校野球の入場行進のように歩かされた。一人でも列から外れるときつく注意された。この先大丈夫かな、と思った。

中に入ると、シルベスター・スタローンが主演していた映画『ランボー』そのものだった。

ジュラルミンのパイプに赤いナイロンテープの椅子。私は荷物の隙間に乗り込んだ。

「すげーぞ」

が感想だった。

飛び立つと轟音が耳をつんざいた。ベテランの人はすぐに耳栓をした。私は耳栓など持ってきていないので我慢するしかなかった。

しばらくして巡航高度まで上がるとやたら寒い。震えるほど寒い。自衛隊員は長袖の制服、私はTシャツ一枚だ。鹿島の人たちはそれなりに寒さを凌げる服装だった。

Tシャツでいいとの事だったので、私は作業服すら持っていなかった。

私は自衛隊員に、もう少しだけ温度上げてくれませんかと尋ねたが、嫌な顔をされただけで返事もなかった。しかし少し時間がたつと我慢できるようになった。

六時間は長かった。何度か乗ったことのある人は本を持ち込んで読んでいた。私も次はそうしようと思った。

4

マーカス島、すなわち南鳥島に着いた。絶海の孤島だ。周囲約七・六キロの三角形でヤシの木が数本植っている以外他には何もない小さな島だった。起伏も全くない。建物がある方を見ると、鉄筋コンクリート製の小さな建物があった。自衛隊と気象庁の建物だった。

私たちはプレハブの住居だったがエアコンも付いていた。中には二段ベッドが六台入っていた。今回は六人だけだったが、忙しくなると十二人入るとの事だった。割と大きめのプレハブで、真ん中に大きな通路が取ってあった。

仕事の内容は自衛隊の隊舎の改修工事だった。他にも組が来ていて設備屋さんの組は自衛隊と海上保安庁のエアコンの取り換え工事、もう一つの大きな組は発電所の建物の新設工事に来ていた。それに電気工事の組にはなんと関電工の名前もあった。総勢七十名位の所帯だった。その中には黒田さんもいた。ついに再会できた。私は彼の直属ではなかったが一緒に仕事する事になった。

重機のオペレーターが三人、クレーンとバックホーのオペレーターが二人ずつ。いつも組んで仕事をするので、特に親しくなった。私と同じ便で来た三人は型枠大工だった。彼らとも一緒に仕事をしたが、私は墨出しの手元や足場の組み立てとかいろいろやった。

型枠大工は日当ではなく出来高制でをさせろと村井社長に何度も詰め寄っていたがだめらしかった。村井工務店はそういう仕事の契約が上の会社と出来ていなかったようだ。それで彼らは常用だからと著しく仕事のスピードを落としていた。

彼らは私にも付き合えと言って来たが、私は黒田監督の紹介なので無理だと断った。トラブルにはならなかったが彼らは遊びのような仕事ぶりだった。請けの現場では一カ月六十万も七十万稼いでいたそうだが、ここでは三十万ほどしか稼げない。それでゆっくり仕事をしていたようだった。

彼らは型枠の仕事しか絶対やらなかったが、私はありとあらゆる仕事を頼まれた。それは望む所だったので、喜んで引き受けた。

工事の中で、隊舎の壁を一カ所壊して開口部にする仕事があった。大きなエアブレーカーがなかったので、重機の石田さんに頼んでバックホーにブレーカーをセットし、アームを真っすぐにして窓から入れた。ブロック積みの壁だったので三発も打ったら半分ほど崩れた。後はブレーカーより大ハンマーの方が早かった。一日でガラ捨てまで終わらせた。

翌日からブロック積みだったが時間と手間がかかるので、型枠を組んでコンクリートを入れた。天井付近は少し苦労したがボリュームが小さかったので全部手作業で終えることができた。目地や左官仕上げなども全部省略できた。しかし鹿島からクレームがきた。バックホーで打ったブレーカーの力が強すぎて自衛隊の建物がかなり揺れたらしかったのだ。鹿島の所長は、一体どんなやり方をしたんだ？　建物壊れたらどうするんだ？　と怒っていた。

私は、

「所長ご安心下さい。ここの構造物はすべて日本のトップのゼネコン、鹿島建設が作った建物ですよ。ブレーカー三発打ったくらいでまさか壊れたりしませんよ」

とキツいジョークを返した。所長は嫌な顔をしていた。

私は黒田監督の指示の下で、次から次へと仕事を片付けていった。

日曜日は珊瑚礁の海で泳いだ。見渡す限りサザエがいて、三十分もすればバケツ一杯とれた。この辺りのサザエは「ひも」は食べられないらしかった。毎週日曜日はみんなで釣りやサザエ取りをしにビーチに行った。釣り人がいないせいか、魚も全くスレていないのでほぼ入れ食いだった。大きなハタがよく釣れた。

何時も行く浜に鉄製の大きなパイプのようなものが、浜の砂に半分ほど姿を見せて埋まっていた。よく見ると驚いたことにそれは魚雷の不発弾だった。結構怖い。爆発すれば島が半分吹っ飛んでしまいそうに思えた。

南鳥島で仕事をしていると、いろいろ面白い事に出くわした。

島に渡った当初は何とテレビが映らなかった。社長はビデオデッキとテレビが一つになったテレビデオを何台か島に持ち込んでいた。韓国製の新品もあったがソニーの中古機も有ったので、それを私たちの部屋に置いた。

韓国製の新品は早いもので一カ月、長持ちするものでも半年もするとほぼ全て壊れた。ビデオ機能がつぶれるとテレビは全く見られなくなる。

そこで所長に、

「お願いですから、せめてテレビくらい観られるように出来ませんか？　関電工の人から大きめのパラボラアンテナを付けると小笠原エリアの電波が拾えると聞いています。少しくらい福利厚生にも経費使って下さいよ」

と直談判した。

所長も夜飲むだけになったので、困っていたところだった。一カ月ほどすると直径一・五メートル位のパラボラアンテナが届いた。電気のプロがいたので早速取り付けると日本の放送が映った。

所長は、

「随分の出費になった、三百万位かかった」

などと勿体をつけていた。

ある日同じ部屋にいた塗装屋の真田さんが、

「多田さん麻雀出来る？」

と突然聞いてきた。

私は、

「出来るけど何？」

と聞き返すと、彼は塗装材料の中に麻雀パイを忍ばせてきたらしい。

彼は無口でコミニュケーションを誰ともとっていなかったようだ。塗装の前仕事、壁の掃除や下地直しを一人でずっとやっていた。その彼が、

「多田さん麻雀台は作れますか？」

と聞いてきた。

私は、

「廃材がたくさんあるから次の日曜日に作るよ」

と言うと、

「ありがとうございます。お願いします」

と笑顔が出た。

これが真田さんとの初めての会話だった。

日曜日に廃材置き場から角材やベニヤ板の切れ端を取ってきた。段々出来上がってくると何人かが珍しそうに集まってきた。

「多田さん何作っているの？」

「それ麻雀台でしょう？」

職人さんやら親方やら、麻雀好きな連中が台ができれば麻雀に参加すると言ってきた。

島では五時三十分に仕事が終わるとすぐに食事だったので、夜は長い。関電工のチームは沖縄から来ていた。五時三十分を過ぎるとすぐに三線の音が聞こえた。三線といっても業務用の大きな缶詰の缶に竿を付け、そこに電線を弦に見立てて張っただけのものだったが、ちゃんと音が出た。関電工のチームは食事より宴会が先だった。

酒の好きな連中はそれぞれ組織の枠を越えて集まり、あちこちで飲み会をしていた。しかし酒を飲まないメンバーもそこそこいたが、ここでは競馬も競輪も出来ない。パチンコ屋もない。それで私の部屋で麻雀がはじまったのだ。

東京で一般的な雀荘ルールを適用した。レートは点十（ピン）だ。

十一時を回ると次のゲームはしないというルールも決めた。二カ月ほど経つと負け組の金額が大きくなってきたので、レートを点五に下げることにした。これには反対するものもいたが、負けが込んで仕送りも出来ないようだとそのうち会社から禁止令が出るかもしれないと思ったからだ。

あくまで娯楽の範囲でいいのだ。麻雀は娯楽として所長の許可ももらっていた。

すると発電所の建物チームにいた田添さんも参加を希望してきた。

私は、

「いつでもどうぞ」

と二つ返事で加わってもらった。

田添さんはあいさつ代わりに焼酎を持参してくれた。

田添さんは型枠の加工図の計算係ですさまじい暗算能力を持っていた。点棒の集計も電卓など使わなくてもほんの数秒でできてしまう。恐ろしい速さだった。もちろんミスも一度もなかった。そこで、学歴を聞いてみると田添さんは東大卒だった。一同、

「えー、何で東大卒が型枠屋やってるの?」

と仰天したが本人は笑っているだけだった。

それから毎日一緒に打った。田添さんには私の対面に座ってもらった。

毎日本気の麻雀を一年近く続けたが、田添さんと塗装屋の真田さん、そして私、この三人は月トータルで一度もマイナスになったことはなかった。

島で一番の麻雀好きだった設備屋さんチームの加藤さんと片桐さん、そして社長の吉村さんは負け組だった。特に加藤さんと片桐さんは毎月大きく負け越していたが、平気な顔をしていた。彼らは職人としての月給を七十万以上ももらっていたのだ。どうりで平気な訳だ。

次第に他の組からの参加者も増えてきたので、私はもう一台麻雀卓を作った。そして真田さんの下で働いていた若い手元の子に掃除とお茶汲みをお願いして、勝ち分の中から一日千円の小使いを渡した。

A卓は常連メンバー、B卓は時々打ちに来るメンバーで稼働させた。月末に田添さんが集計、真田さんが集金と分配を担当した。毎月勝ち組三人の中の誰かが大勝ちしていた。

ある日トラブルが発生した。

田添さんの兄貴が酔っ払って殴り込んできた。彼は、私たちが麻雀をエサに弟を引き抜こうとしていると大声でわめきながら、木刀のような物まで持って私の部屋に乗り込ん出来たのだ。

私は彼の前に立ち塞がり、

「そんな話は全くない。弟さんに聞いてみろ。それでもやるなら相手してやるから表に出なよ」

と言うと重機オペレーターの石田さんが、

「喧嘩なら俺が買ってやる。この酔っ払いの馬鹿野郎が」

と息巻いた。

田添兄は上半身に大きく刺青を入れていた。

石田さんも私と一緒でやくざ者が大嫌いらしかった。

石田さんは毎日筋トレとジョギングを欠かさずすごい体をしていた。喧嘩も相当自信があるようだった。

そこに遅れて来た田添さんは、騒動に驚いて必死に兄をなだめ、落ち着かせると皆に平謝りした。

石田さんは田添兄に向かって、

「何だ、お前はこんな真面目でいい弟がいるのによくそんな馬鹿な真似が出来るな。ふざけるのもいい加減にしろ！」

と怒鳴りつけた。

するとで田添兄はわんわん泣きながら自分の身の上を語りはじめた。

「いつもいつも弟に迷惑ばかりかけている。弟が霞が関に務めていた時も、俺が起こした事件が元で退職させられてしまった。いまも迷惑をかけっぱなしなんだ」

田添兄は外の砂利の上に座り込んでグダグダになって泣いていた。田添さんが兄を起こして部屋に連れ帰った。さすがにその日は誰も麻雀を続ける気になれずお開きとなった。

私は話をしておいたがいいと思い、田添さんの所属する高崎興業の職長に彼の兄が木刀を持って村井工務店の宿舎に乱入したが、喧嘩にはならず田添さんが連れて帰ったことを報告した。

高崎興業の職長は、

「済まない。田添のやつまたやりやがったか」

と謝った。

私は、

「オペレーターの石田さんが止めに入ってくれたからなんとか収まった。彼にもお礼を言っといたら」

で終わりにした。

翌日高崎興業の二代目専務が石田さんのところにビール一ケースを持って行き、田添さんの兄を止めてくれたお礼を言いにきたらしい。私のところも田添兄が来て前日の件を平謝りした。兄は弟が私たちと毎日楽しそうに麻雀をしていることに嫉妬していたようだ。

私は、

「気が小さいんだな」

と思った。

俺も打たしてくれと言って参加すれば良かったのに。この部屋で麻雀をやっているメンバーは元やくざなんか誰も気にもしないのに。

とにかく大きなトラブルにならなくてよかった。

自衛隊隊舎の改修工事でもいろいろあった。まず浴室に浴槽が入らない。ドアを外しても開口部の大きさが足りない。窓を図っても浴槽を入れる十分な寸法がない。困った末にブロックの壁を壊したところ、所長がきた。

「お前ら何をやってる？　多田、事務所にこい！」

と大声でわめいた。

私は現場責任者でもないのだが、事務所に呼ばれて行くと、壁を壊した事を激しく叱責された。

私は頭に来たので浴槽を外に出して壁を埋め戻した。仮病なのは丸わかりだったが、次の日から風邪だと言って作業拒否をした。

すると村井工務店の社長と鹿島建設の黒田さんが、

「ターちゃん、短気おこすなよ。何とか機嫌直して仕事出てくれよ」

と説得に来た。

私が、

「あれはどうやったって浴室には入らんだろう、壁を壊すのが一番手っ取り早くてコストもかからない方法だろう？　黒田さん、一度調べて所長に報告して下さいよ」

と言うと黒田監督は、

「ターちゃんよくわかっている。あれが正解だ、あれしかないよ。これは単純に設計ミスだよ。俺から所長にはよく言っておくから、頼むから機嫌直して現場出てくれよ」

私は、

「所長にあの工法でいいという許可を取っといて下さいね」

と念を押した。

翌日所長が浴室の現場に来た。所長はスケールを持ってきてドアの開口を図ると、

「これだけの幅があれば浴槽を入れられるはずだ。お前らの入れ方がまずいんだ。今からやってみろ」

と言うので私たちはニッコリ笑って四、五人で浴槽を縦にして入れにかかった。底の保温材などがゴリゴリ削れた。風呂の框《かまち》には、薄いベニヤを当てていたので傷はつながったが、底のドレーンの所は枠より大きくて完全に引っかかってしまった。がっちり噛んでしまって入れることも出すこともできなくなった。

所長は、

「そんなことはない、入るはずだ」

と目の前の光景を認めようとしない。

見かねた黒田さんが、

「所長、三日前も同じ状態になったのですよ。それで仕方なく壁を破ったのです」

と助け舟を出してくれたが、所長はまだ、

「設計寸法と違う。おかしい」

と納得いかないようだった。

おまけに今度は、

「おい多田、何で壁ふさぎやがった。開けなおせ」

ときた。

全く無茶な事言いやがる。

私は結局もう一度開けることになると分かっていたので、強くは塞いでいなかった。鉄筋もモルタルも入れていなかった。大ハンマーで、二、三回叩くと浴槽の入る大きさの穴が開いた。

それよりも無理に入れようとして浴室のドア枠に噛んでしまった浴槽を抜く方が面倒だった。浴槽はその場にいた全員でなんとか押し出すことできた。これにはさすがに所長も付き合った。数分後には浴槽は中に入れられていた。

所長は、

「多田、壁にちゃんと鉄筋入れて補修しておけよ、手抜くなよ」

としつこいので、

「はい、業務指示ですね？　わかりました、このまま続行します」

と嫌みの念押しをしておいた。

所長はバツ悪そうに、

「おー、やっとけ」

続けて、

「タイル割りも水栓の墨出しも全部お前がやっとけよ、いいな」

全く無茶苦茶な注文だった。私は雑工だ。墨出しは本来監督の仕事だったし水栓は設備屋さんの仕事なのに。

その夜黒田さんに呼ばれた。

「所長もよく分かっている、あれは俺でも難しい。設備屋も後で何か言われたら大変なのでビビッているから、ターちゃん何とかやってくれないか？」

と頼まれた。

私はニッと笑って、

「いいですよ、その代わり今回は村井工務店に私の入る現場と日時の許可取っといてくださいね」

話が終わってから二人で酒を飲み、黒田さんの身の上話を聞いた。

「家族の事やいつもも家を空けて子どもに申し訳ない」

と黒田さんは言っていた。彼は結構苦労人だった。

翌日、大きな浴槽を据えて墨出しをやったが中々うまく合わない。線が何本も入って見えにくくなった。最後は赤鉛筆で墨出しした。タイルはモルタルを使って貼り付ける団子張りでは無く、タイル用の接着材を使った。

下地がちゃんとできていれば仕事は凄く早い。ゴムごてで丁寧に目地を詰め、床の勾配も綺麗に出した。あとは設備屋さんの出番だ。配管を繋いで、壁もブロックを積みなおし作業は無事終了した。

それにしても次から次に無理難題をいってくるが、それがかえって私にはうれしかった。こうゆう現場では材料も人も限られている。だからいっそうやりがいを感じるのだ。

自衛隊隊舎の内装がはじまった。

三人の型枠大工は所長と一緒にやっていたが、自衛隊の隊長からクレームがきた。

所長が、

「おい多田、自衛隊の隊長が何か文句言っている。お前行って聞いてやれ」

というので隊長のところに行くと、

「何で俺の部屋が隊員部屋より貧弱なんだ？　鹿島は自衛隊を舐めているんじゃないか？」

というので私は、

「隊長、その件で手直しに来ました。隊長のご希望通りにやりますから言ってください」

と言うと隊長は喜んで、

「帽子掛けが欲しい。ガサンももっと長い立派な奴にしてくれ」

と言ってきた。

私は、

「明日早速やります」

と言って話を終えた。

ハンドルータを持って来ていたので、廃材置き場から適当な材料を集めて海上保安庁の倉庫に行った。そこには昔米兵が残していった家具工場があった。

工場にはプレーナーから大きな縦挽きノコやプレス機まで何でもそろっていた。工事業者だと言うと貸してもらえないが、自衛隊の仕事で来ました、というとあっさりOKだった。そこで削りものや寸法カットなどをすべて終わらせた。ついでに、ルーターで木材の縁を加工しオイルステンを塗っておいた。少しは上品に見えるかもしれない。

翌日隊長の部屋で取り付けにかかった。隊長はスタンド式の帽子掛けにとても喜んでいた。

「いいねー。これで隊長室らしくなった」

夕方六時に隊舎に顔を出してくれとの事なので行ってみると、夕食は鹿島の食事より数段豪華だった。刺身に大きなエビフライ、野菜もふんだんにあった。

「いい物食ってるんだ」

とちょっとショックだった。

隊長と仲良くなれた事で、後に繋がることがあった。

ある時鹿島の食堂がビールを切らした。

ビールの補充は空輪に頼るしかないのだが、輸送機は建築資材優先、それも自衛隊や気象庁の物資輸送が最優先だった。海上保安庁は輸送のため独自にＹＳ11を飛ばしていた。何を優先していたかは知らないが、もう二週間ビールがない。

黒田さんが、

「所長の部屋にはビール十五ケースほど置いてあるのになあ」

と漏らしたので、その日の昼間に堂々と所長の部屋に侵入し、四ケースほど失敬して各組で分けた。

翌日の朝礼の後所長に、

「ビール四ケース失敬しました。窃盗です。罰は本土に帰ってから受けます。皆のどが乾いていたものですから。犯人は私です」

と正直に打ち明けると所長は、

「またおまえか、勝手な事しやがって」

と息巻いていた。

数日たつと、晩飯は僅かなご飯とレトルトカレー一パックのみになった。皆文句たらたらだった。そりゃそうだ。一日フルパワーで仕事して一膳足らずの飯では体がもたない。

食堂で聞くと、

「米が尽きました、副食の材料もゼロです。明日の朝食は何もありません」

「ありませんじゃ済まないだろう?」

「でも所長には四、五日前から言っています」

早速所長に聞いてみると、

「あー分かっている分かっている」

とのんきな答え。

「分かっているだけじゃ腹は膨れません。仕事が出来ないどころか三日もすれば大問題になりますよ」

と詰め寄ったが、所長の返事は「ないものはない」の一点張りだった。

所長などアテにしていられないので、自衛隊の隊長の所に相談に行った。

「隊長、米が切れました。明日の朝から食料ゼロなんです。お米貸してもらえませんか？」

とお願いしてみた。

すると隊長は、

「多田さん、人に物頼む時ってそうやって頭を下げて頼むものだろう？　それがお前のところの所長ときたら、おい米が切れたから回してくれ。これだぞ。私は国から任命された自衛隊の隊長だぞ。それに鹿島は隊の仕事でこの島に来ているんだろう？　私はあきれ返ったよ。だからここにある米は非常用の国の備蓄米だ。民間に勝手に貸す事は出来ん、と追い返してやったよ」

いやはやどっちもどっちだ。

「隊長、お怒りはごもっともです。しかし職人たちに責任はありません、我々は明日の朝の米もないんです。どうか助けて下さい」

と言うと、隊長は、

「多田さんわかってるよ」

と直ぐ部下に連絡を取ってくれた。隊員の案内で食料倉庫に行き、そこで六〇キロくらいの米を六袋程借りた。味噌は一〇キロほど失敬した。ついで冷凍庫にあったキハダマグロも六〇キロ借りた。これは本土からの輸送品ではなく現地で釣ったものだった。

私はフォークリフトを持って来て鹿島の食堂に運びこんだ。食堂の板前さんに、

「このキハダを解凍してバター焼きにしたら、皆の朝飯にはなるだろう」

と言うと返ってきた答えは、

「朝からマグロですか？」

だった。

バカじゃないか？　他に何も食べる物がないというのに。

私は頭に来て、

「お前ら食材がないとその日は休みで給料出ないんだろ？　それがいやだったら朝四時から浜に行って朝飯のおかずになるものでも釣ってこいよ。それが仕事だろう？」

と少しすごむと、板前の三人は翌朝早くから釣りに出かけた。

釣り人もいない島で魚がスレていないから入れ食いだ。すぐに大きな寸胴鍋三つ分くらいの釣果となった。

「朝から刺身だ！」

みな食材が何も無いと思っていたので、喜んで食べた。

朝から刺身、うまいもんだ。板前は朝からマグロですか？　などとほざいていたが朝食に刺身を食ってはいけないルールなどある訳ない。

しかし三食刺身や塩焼きばかりだと、さすがに三日もすると飽きてきた。

数日後、食材もビールもC１３０輸送機で山のように届いた。早速米を自衛隊に返して、隊長にお礼を言った。海上保安庁にも内緒で借りていたビールを返してこっそりお礼を言った。海上保安庁の天野さんとは本土に戻ってからも交流を続けた。


所長は少し私に対して不愉快そうに言うこともあったが、仕事ぶりでは文句を言わせなかった。

最後に改修工事をした旧隊舎と新築の隊舎を繋ぎこむとき、一〇センチズレがある事が発覚した。これには監督も所長も真っ青になった。まず防火扉が開かない。吊元側が一〇センチ足りなかったのだ。

私はこれをすぐに解決してやった。扉の収まる側の壁を丁度防火扉と同じ大きさに切って一〇センチほど奥に引っ込めた。防火扉は普段は開けたままなので何の違和感もない。壁の中に綺麗にしまい込んだように見える。ひょっとして最初からそうゆう設計だったんじゃないか？　と思えるくらい綺麗に片付けて所長に報告した。たった二日間の作業だった。

所長がきれいに収まっている防火扉をみて、

「これどうやって収めた？」

と余り分かっていないようだったので私は黒田さんに、

「所長によく説明しといてください」

と言っておいた。

それから毎晩のように、自衛隊の隊長から伝言係が私の麻雀をしている所にやって来るようになった。

多田さん今日顔出せますか？　今日は隊長も来られますから多田さん八時前には来て下さい。

いつも時間指定だ。麻雀を代わってもらい隊の食堂に行くと、カラオケが始まっている。みな隊長に気を使いながら歌っていた。お役所務めは大変だなあ、とつくづく思った。私には絶対無理な世界だった。

おかげで毎晩すき焼きとかカツカレーとかうまい物を腹一杯食べることができた。島では三カ月に一度、二週間の強制休暇がある。私は本土に帰ってもする事は何もないし家族にも会うこともない。正直仕事をしている方が楽だった。

六時間トイレなしでおまけに機内は非常に寒い。結構きつかった。

入間に到着するとまずＡＴＭに直行し三万円ほど残して全額引き出す。入金額が多いときは六本木に行き七丁目クラブで麻雀を打った。寮にも何度かお世話になった。

「ホテル住まいだと打つ時間が少なくなります、寮住まいだと二週間フルに打てるんですが」

とマネージャーに言うと寮を使ってもいいとの返事をもらったからだ。

時々アメリカ人の女の子が踊っているストリップバーや、ショットバーのデジャヴに行った。麻雀でたまに勝つとディスコジュリアナ東京に行った。ジュリアナ東京は男だけで入店できないので外で女の子に声をかけ、お金を渡して一緒に入ってもらうという手口は以前と同じだ。一度の休暇で二度ほど行った。

よく遊んだ。寝る間を惜しんで遊んだ。いつもの事だ。

金はすごくかかるが、遊ぶには吉祥寺より六本木のほうが好きだった。

金の少ない時は吉祥寺十日、六本木三日の休暇だった。

それにしても村井工務店はひどい会社だった。わずかな手道具を置いているだけで寮費を一年分取られた。給料も安かった。北海道から常用として来て怠けていた型枠職人の方が遥かに給料が高かった。長くいる会社ではないな、と思った。

その年の十一月に所長が、「多田、石田、クレーンオペの柏崎、バッチャープラント係の東志恩、この四人は正月に居残りしてもらうから十二月の第一週から休暇を取って第三週には島に帰って来るように」と言ってきた。

異論はなかった。私は仕事が出来るチームに名前があったのがすごくうれしかった。

一九九八年のクリスマス前だった。私は四十五歳になっていた。

予定通り本土から帰ってくると、仕事は取水口の設置作業だった。なんでも数年前に鹿島建設が施工した淡水化装置が、当時の防衛庁の監査に引っかかったそうだ。取水口が作られていなかったのだ。サンゴ礁の上の島なので下は海水だった。工事費に浜からの取水トンネルは含まれていたので、手抜き工事と指摘された。それを正月の誰もいない時にさっさと片付けてしまうという目論みだった。今回の仕事はＰＣ管で海水を汲み上げるためのトンネルを作る事だった。

村井工務店の社長はメンバーには入っていなかったが、島には留まっていた。彼は家に帰るのが苦痛のようだった。

鹿島の監督もいなかったので私と石田さんと、それに柏崎さんの三人で作業の工法や進め方を話し合った。

まず水際まで掘って勾配を決め、そのあとコンクリートを敷いてその上にＰＣパイプを並べる。パイプをモルタルで固定した後埋め戻す。

石田さんが掘削して大体の勾配を取り、パイプを並べて精密な勾配を決めた。パイプの搬入が柏崎さんの担当だった。クレーンを使って早いのなんの。

しかし問題はその先だった。水の中に五メートルの取水管を入れなければならない。近くに波消し用として使われる一辺一メートルの四角いコンクリートブロックがあった。それをバックホーのキャタピラの幅に合わせて海の中に四個並べ、その上にバックホーを載せた。石田さんに海底をならしてもらい次々とブロックを並べて行った。

ブロックとブロックの間がＰＣパイプを配置する幅だった。六個ずつ平行に十二個並べた。そこをバックホーが行き来して海底の高さを揃えた。

問題はその水の中にどうやってコンクリートを打つかだ。柏崎さんが潮の干満のデータを持って来てくれた。一番潮が引く大潮の干潮時にコンクリートを打つことに決めた。ブルーシートが沢山あったので並べたコンクリートブロックの外側にブルーシートを張り、砂で押さえつけた。私が水の中に入り、石田さんがバックホーで砂を入れた。簡単な作業に見えるがオペレーターの腕が達者でないとなかなかこうはいかない。

干潮の潮止まりの時間になった。ポンプで水を汲みだしたところ水位がさらに下がってほぼ底まで水が引いた。そこにコンクリートを手早く入れた。すると、柏崎さんがパイプをクレーンで直ぐに吊りこんだ。村井工務店の社長と私でモルタルを詰めた。信じられない速さだった。五本のパイプを繋ぎ最後に陸側と接続した。パイプの横に石田さんがコンクリートを落とす。それを掻き上げてブルーシートで包んだ。午後になって柏崎さんがブロックを吊りだした。最後はブルーシートをはがしたコンクリートの上にバックホーで珊瑚ダストをのせていく。

四時には全て終わった。延べ四日の作業だった。海水は無事淡水化装置に流れ込んだので写真を何枚か取って終わりにした。

この工事で鹿島建設は数千万の損失を防げたらしい。鹿島の所長は早期退職勧告を受けていたらしいが、この工事で首が繋がったと言っていた。

流石の所長も正月明けには私たちのところに礼を言いにきた。

「おい多田、どうやってパイプを海底に埋めたんだ？　コンクリートはどうやって海水の中に打設した？」

と不思議そうな顔をして聞いてきた。

自衛隊の監査は一発でクリアした。


その年の二月、突然休暇の指示が出た。その時は別の組の大工の佐藤さんと一緒に帰る事になった。その時佐藤さんは突然、

「フィリピン行きのチケット、多田さんの分も買っておきました、一緒にフィリピンに行きましょう」

と言い出した。佐藤さんは続けて、

「聞いてますよ。毎回東京で有り金使い果たしてるのでしょう。フィリピンだと安く済みますよ。もうチケット買いましたからね」

と言う。

断るとチケットが無駄になる。

佐藤さんに、

「あんな後進国誰が行くかい」

と言ってはみたものの、何でよその組の佐藤さんが私に？　私は監督でもないし、ヨイショする意味がない。詳しく聞いてみると、彼も今の組の給料は安くてどうにもならず、鹿島建設の下請けの東方建設に変わろうと考えていた。それで私を誘いたかったようだ。

私は佐藤さんに誘われるがままフィリピンに行くことになった。詳しい話はフィリピンへの道中ですればいいと思った。

佐藤さんは奥さんがフィリピン人で、ミンダナオ島のダバオに家もあると言う。仕事も終わりかけたころ取水口工事のボーナスが出たようだったが、金が村井工務店まで送られて来ても私の所までは届かなかったようだ。

入間に着いていつものように現金を引き出した。それを持って中央線で成田に向かおうとしたが、佐藤さんは新小岩に一泊するらしく、私もついていった。新小岩の商店街の中には大きなサウナがあって、佐藤さんはいつもそこに泊まって翌朝早く成田に行くようだった。

一緒に食事をしながらフィリピンの話を聞いた。しかしピンと来なかった。

私は村井工務店を辞めたあと一緒に行こうと誘われている東方建設の話を聞いた。東方建設は硫黄島の仕事が常時入っていて、そこは大きな現場だと言う。

「また島か、でも都内よりよっぽどマシだ」

最初はそれくらいしか思わなかった。

佐藤さんは私に気を使って雑魚寝では無くカプセルを取ってくれていた。彼は食事をしながらうまそうにビールや焼酎を飲んだ。しかし酒は強い方ではなさそうで、すぐに眠くなったと言ってカプセルの階に上がった。

私は最初のビールは付き合ったが、寝るには早すぎた。外に出てみると向かいのビルの二階に雀荘があった。店の中は雑然としていて六本木や吉祥寺よりガサツそうな雰囲気だった。簡単な説明を受けて打ち始めた。午前一時過ぎまで打った。

少しだけ勝ったし明日の朝早かったので帰って寝ることにした。

マスターが、

「おい勝ち逃げかい?」

と言ってきた。変な親父だ。私は、

「また来るよ」

と言って店を出た。

翌朝は四時に起き、新小岩から約一時間、総武線で成田へ向かった。

無事チェックインを済ませ、フィリピン航空の機体に乗り込んだ。佐藤さんは奥さんに会えるのが凄く待ち遠しいようだった。彼は九州の出身だった。若いころから結構苦労しているようだった。真面目な性格なのは約八カ月南鳥島での仕事ぶりを見ていて知っていた。酒癖も悪くなかった。

私はうまく彼と一緒に東方建設に移れたらいいな、と思った。

初めてのフィリピンだ。入国審査も問題なく、英文の小さな書類を書かされただけだった。

問題はここからだった。

外に出ると二月だというのにやたら暑かった。それに何とも言えない嫌な匂いが鼻を突いた。これには参った。

佐藤さんはマニラに一泊して翌日ダバオに向かうと言う。

「ダバオってここより田舎か？」

と聞くと、佐藤さんはマニラよりもっと田舎だと言った。道路も街の中心部以外は未舗装だそうだ。

私はそんな所には行きたくないね。佐藤さん一人でどうぞ。私はマニラで帰る日まで遊んでいるよ。

佐藤さんは、乗り継ぎのための一夜はマニラで遊びたかったようだ。

佐藤さんは、マニラは危険だとかダバオがいい所だとかしきりに一緒にダバオに行こうと誘ってきたが、私がマニラのホテルに泊まるよ、と言うとエルミタのブールバードマンションの名刺をくれた。

十日後にこの空港で合いましょう。とニッコリ笑って別れた。

空港のタクシーはべらぼうに高いと佐藤さん教えられたので、バッグ一つ持って空港の敷地の外に出た。そこでタクシーを拾った。

佐藤さんにもらったブールバードマンションの名刺を見せたら、ドライバーは何か知らない言葉で親しげに話してきた。きっと私のことをフィリピン人だと思ったに違いない。私は適当に英語で返事をして日本人だと気づかれないようにした。料金はメーターで安かった。佐藤さんから日本円をフィリピンペソに交換してもらっていたのでそれで払った。

ブールバードマンションに無事到着、チェックインを済ませて部屋に入った。

部屋に荷物を置くとすぐロビーに下りて遊ぶ段取りにかかった。食事もどうすればいいのか分からなかった。表に出るとたむろしているタクシー運転手が下手クソな日本語で話しかけてきた。聞くとメーターの無いモグリのタクシーだった。その中の一人、大柄で丸坊主の日本語が一番上手く話せるナトーに声をかけた。値段を聞くと夕方の数時間で五百ペソだと言う。日本円で千五百円ほどだ。高くはない。彼をガイド兼ドライバーとして雇うことにした。

部屋に戻ってシャワーを浴び、服を着替えた。腹が減ったのでレストランを聞いたが、よく分からなかったので近所のシェーキーズでピザとサラダを頼んだ。ドライバーは表で待つと言った。エルミタ、パサイ周辺の地図はあったので、地図を広げてドライバーのナトーにどこが面白いのか尋ねたが、まだ時間が早すぎるとの事だった。

手始めにホテルの裏手にあるLAカフェというところに行った。後でわかった事だが、LAカフェは結構ホットコーナーだった。中でコーヒーを飲んでいると入れ替わり立ち代わりに若い女性が寄ってきた。綺麗な子もいればそれなりの子もいた。ナトーに聞くと全部売り物だと言う。私はびっくり仰天した。相場を聞くと安くて三千ペソくらいから上は幾らでも、との事。あまり安いのには手を出すな、と忠告された。

夜八時過ぎ頃まで、売り物らしき女の子たちにジュースやビールを奢って遊んだ。中にはムッとするくらい図々しい子もいた。そのあとLAカフェから空いていれば車で十分ほどのパサイシティにあるゴーゴーバー、ミスユニバースに入った。早い時間だったので客はまばらだった。ステージで踊る子もテンションが低い。ゆっくりビール飲みながらシステムを聞いた。ナトーが客で私が運転手。なぜなら客がフィリピン人のナトーだとローカル価格、もし日本人の私が客だったら日本価格でかなり高いらしかった。中々良心的なガイドだと思った。

ビールは少し飲んだが女性の指名は断った。

ナトーに、

「急いで指名なんかするな、後からもっと綺麗な凄い美人も出て来るぞ」

と教えられた。

ビールを飲みながらショーを見た。ロングドレスでステージ上をゆっくり歩いて並ぶだけ。

なぜか腰にゼッケンを付けていた。聞くとすべて売り物との事だ。いやはやとんでもも無い国に来てしまったようだ、と思った。ミスユニバースはパサイでも一番高いショーパブらしかった。

ナトーから、

「ここは高いから見るだけにしておいたら？　店はいっぱいあるしいろいろ見て回ったらいいよ」

とアドバイスをもらった。

そのうち日本で言うストリップショーが始まった。客も増えてきた。日本人らしき男も沢山入ってきた。

日本のようなうらぶれた感じもないし、悲壮感も感じられなかった。みんなすごいプロポーションだと思った。日本のモデルなど束になっても勝てそうにないくらいのプロポーションと、満面の笑顔だった。ミスユニバースには長居したが、料金も二人で五千円位だった。安く遊べそうだと思った。ナトー曰く、連れだすと三万円くらいかかるようだった。

女性を買うと言うのはあまり積極的にはなれなかった。何軒か同じような店を回ったが、店が大きいか小さいかくらいしか差はなかった。

しかし初日の夜のショーパブは結構カルチャーショックだった。フィリピーナの体がまるでビーナスのように思えた。一方でこの時代に人肉市場かよ、とも思った。

深夜近く、ナトーはお勧めの店があると言う。まあ問題なくほぼ一日が過ぎようとしていたのでついて行くことにした。場所はマカテイと言われたが、私はマカティがどこにあるのかすら知らなかった。店はビルのテナントではなく一軒家だった。入り口は厳重な警戒でナトーがセキュリティガードに何やら説明していた。

中に入ると女性が三十人くらい満面の笑みで迎えてくれた。

私が、

「どうすればいいんだい？」

と聞くと、ナトーは、

「頼むから女の子を一人買ってホテルに連れて帰ってくれ。五百ペソだとガソリン代にもならないからお願いします！」

と。

なるほど、女の子を連れ出すと三千ペソだったからそのうち千ペソくらいが紹介料としてナトーの懐に入るってことかな。

ここの女性はダンスもストリップもしない。ただ体を売るだけにこの店に集まっているようだった。しかしそのなにがしかで得た金で彼女たちは生計を立てているようだった。この国は甘くはないな、と思った。私は美人で華奢な体つきの子を選んだ。あまり若い子は苦手だった。

彼女はタクシーの中もずっと笑顔だった。悲壮感を感じさせないのが救いだった。私は女性に泣かれたり悲しい顔をされるのが一番苦手だった。

ブールバードマンションに戻り、彼女を連れて部屋に入った。エントランスでセキュリティガードが彼女に何やら記入させていた。初めてなのでなにをやっているのか全く分からなかった。

彼女が腹が減っているというので一階にある中華料理店で何品か注文し、部屋番号を言って届けてもらうように頼んだ。

飯を食いながらいろいろ話をしたが、私の拙い英語では通じにくいことも沢山あったようだ。二人でシャワーを浴びベッドに入った。ベッドですることは万国共通だ。

明け方、もし私のことを気に入ってくれたのなら三千ペソ払ってくれたら今日もずっと一緒にいます。今すぐ帰ったほうがいいのならタクシー代五百ペソください。との事。

私は、

「僕は構わないけれど、あなたはどうしたいの？」

と聞くと、彼女は何日でもここにいたいというので、それじゃあもう一日、と契約成立した。

腹が減ったので近所のレストランを探したが結局ピザ屋に入った。そういえばフィリピンの食べ物が口に合うのかどうか試してもいなかった。近所に日本食レストランを二軒見つけた。一軒は「いせや」という店でブールバードマンションからほど近いところにある。炉端焼き風で値段も安かった。

彼女が、近くにあるショッピングモール、ロビンソンに行きたいと言いだしたので付き合った。ありとあらゆる物を売っていた。新鮮だった。

着替えを持って来てないと言って、あれ買ってこれ買ってとせがまれた。安いものばかりだったので彼女が欲しがるものを買ってあげた。

ホテルには昼過ぎに帰ってきた。シャワーを浴びて昼寝、食って寝て起きて、重なって、また寝てシャワーを浴びて、重なって。深夜になっても彼女は私を求めてきた。

「どっちが買ったんだっけ？」

と錯覚しそうだった。

翌日の昼、三千ペソとタクシー代千ペソを渡すと、彼女は笑顔で帰って行った。

その日の午後、佐藤さんから安否確認の電話があった。

マニラは一人では危ないのでマニラにいる奥さんの妹が午後ブールバードマンションを訪ねると言っていた。

断る理由もないので了解した。しかし困ったことに時間の指定をするのを忘れた。仕方がないのでロビーで待つことにした。三時頃、それらしい一行が現れた。四人連れだった。

妹さん一人じゃなかった。運転手に他の二人は弟だと紹介された。妹は乗ってきた車でスペイン植民地時代の城塞都市イントラムロスやアメリカ大使館、フィリピンの国民的英雄ホセ・リサールの記念像があるリサールパークなどマニラの見所を案内してくれた。私は名所旧跡巡りがしたくてフィリピンに来たわけではなかったので、エアコンの効かない車であちこち連れ回されるのには閉口した。挙句のはてに晩飯はローカルの美味しいレストランと言うことで、マニラ湾沿いを南北に通るロハス大通りに面したカマヤンと言うレストランに皆で入った。彼女たちは思い思いの料理を頼んだ。私はステーキを注文した。しかしいくら待ってもステーキが出てこない。妹に訪ねると、そこに有る壺に入ったものがステーキだと。固い肉を甘く煮たもの。これがステーキか？　信じられん光景だった。

妹が頼んだらしい大きなゴシキエビをボイルした物が出てきた。デカい。しかし私の口には合わなかった。店のステージではバンドがタガログ語の歌をがなり立てていた。妹はバンドにチップを渡せと言う。何なんだこいつら。

そそくさと会計をした。五人前の食事で二万ペソだった。高い。持っていた現金をほとんど使ってしまった。

ホテルに戻ると全員部屋まで付いてきた。私はキレかかったが佐藤さんの手前声を荒げる訳にもいかなかった。私は、友人が近くのホテルに泊まっていて会いに行かなければいけないと嘘を言って四人を帰そうとしたが、誰も出て行こうとしない。妹がドライバーにガソリン代をやってくれと言うので五百ペソ渡し、やっと全員追い出した。帰り際、また明日も来ると言ったので私は堪らずホテルを変えた。近所のホテルにチェックインし、携帯もオフにした。やれやれ。私はフィリピンの洗礼を受けたような気がした。

翌日は一人で気楽に歩き回った。

飯を食ってからロハス大通り沿いのカジノに行った。私は日本にいる時、姫路の裏カジノで三カ月ほど勝ちまくり、セリカ１６００ＧＴＶを買ったことがあった。ここでもほかのゲームには目もくれずまっすぐブラックジャックのテーブルについた。レートは最低二百円から最高二万円まで賭けることのできるテーブルだった。

長い時間ゲームをして三、四万円負けていたが、ツキが巡ってきたので三つのボックスに上限の二万円分のチップを張った。ラストの二時間ほどで二十万くらい勝てた。これで今回のツアーが楽になったと思ったが、カジノに通い詰めて明日それ以上負ければ同じことだ。とにかくいい気分でカジノを出た。

その後、ホテルとは反対方向だったが、ガイドブックの地図に載っていたプッシーキャットというゴーゴーバーに行ってみた。

こじんまりとした店だった。野際陽子によく似たホールマネージャーが印象的で、帰国するまでに何度か行った。

ホテルを変えてからは朝飯食ってからジョギングでリサールパークまで行き、Uターンしてフィリピンプラザホテルでアイスティを飲み、少し体を冷やしてからホテルに戻ってシャワーと昼寝、四時ごろ起きてカジノに行く、というのが日課になった。十日間このルーティーンだった。女性もほぼ毎日いた。


カジノは勝っていると長く居座ることもあったが、余り長時間はやらなかった。これまで長い時間遊んで勝った試しがなかったが、ツキがあったのかマニラではほとんど負けなかった。

毎日五万、十万と勝てた。遊ぶ金はカジノの勝ちで十分賄えた。

ホテルに戻るとナトーがいたのでまた一緒にミスユニバースに行った。


悪い街ではない。ちょっと汚いが人当たりはソフトだった。常識も国によって違うもんだ、それくらいはわかる年になっていた。

それにしても良く遊んだ。寝る時間以外はフルにエンジョイした。食事、ジョギング、カジノ、デート。フルコースの呑む打つ買うだった。

滞在中はカジノでよく勝てた。フィリピンに来た時より金が増えていた。これがフィリピンにハマるきっかけになった。

カジノで大勝した日は、ミスユニバースの女の子をピックアップした。女の子たちは皆日本で仕事をするのが夢だった。そのために今の現実をじっと我慢しているように見えて痛々しかった。しかし何の希望もない中で生きるよりは、遥かにいいかな、とも思った。

私は夢のようなＳＥＸに感謝だった。

十日が過ぎニノイアキノ国際空港へ向かった。到着は私の方が随分早かったようだ。佐藤さんがやってきた。満足そうな顔だった。家族とゆっくり過ごされたようだ。

佐藤さんは開口一番、

「嫁の妹どうだった？」

上手く行けば妹を私に押し付けるつもりだったのかもしれない、と今気がついた。

私が、

「丸一日案内してもらいました」

と素っ気ない返事をすると、彼は思惑が外れたと思ったのだろう、それ以上は何も聞いてこなかった。ほっとした。

成田から一日置いて入間に行き、再び南鳥島へ飛んだ。多くの工事が片付き残務整理やごみ処理をしていた。職人の宿舎もすでに何棟か畳まれ、職人は帰りの荷物を梱包していた。

私だけは遅れている発電所建屋の足場の解体を頼まれた。高崎興業の現場だった。私と手元二人だけで全部の足場の解体搬出を終えた。三人ではとても終えられるとは思えなかったくらいのすごい量だった。足場は四トントラック満載で二台分あった。

手元をしてくれた若い子が、多田さんと組むと次の日身体中が筋肉痛になりますと言っていた。私は、

「筋トレになっていいじゃん」

と軽く返しておいた。

帰る間際、また自衛隊の隊長から呼び出された。隊長も任期満了らしかった。

隊長は島で取れた大きなゴシキエビのはく製を隊員に作らせていたのだが、それを入れるガラスケースを作ってくれないか、と尋ねてきた。

一応了解はしたが、製作には時間がかかる。そこで鹿島の所長に、

「隊から作業依頼が来ています。断るなら所長から言ってください、お願いします。許可なら私一人で片付けられますが一週間ほどかかります」

と言うと、隊長には大きな借りがあるので上手くやっといてくれ、とのことだった。

それから一週間、高さ四〇センチのケース作りに取りかかった。ガラスは廃材置き場で見つけてきた。予定通り完成したが、ガラスケースというよりも標本箱と言った方がいいような代物だった。

しかし隊長はたいそう喜んでくれた。

最後は大きなディーゼル発電機の搬入だった。重量物運搬のスペシャリストの人たちが来ていた。私には簡単そうに見えたが、クレーンオペレーターの柏崎さんは、

「これは大変な仕事だね」

と言っていた。最後まで野次馬をやった。いい勉強になった。

大工の佐藤さんたちの組は、まだ居残りみたいだった。重機のオペレーターも最後まで残るらしかった。村井工務店の社長も最後の組だった。北海道の型枠職人は先に返されていた。

女性の影すら見えない島だったが、好きなようにさせてもらって、思い切り仕事をした。給料は安かったがいい一年だった。所長と黒田さんにお礼を言って、マーカス島を後にした。最後もC130輸送機でランボーの映画のように島を去った。

輸送機に乗り込む時、自衛隊の隊長が一手元の私に、

「多田さん世話になりました。ありがとう」

と握手を求めてきた。

最高に気分良く飛び立つことができた。

入間基地から吉祥寺へ向かい東急ホテルに予約を取り、その足で村井工務店に行って社長夫人と面談した。

次は硫黄島の現場があると誘われたが、給料の大幅値上げを要求すると予想通り拒否された。拒否されるようにわざと破格の給料を求めた私は、

「残念ですが、仕事ぶりを評価していただけないようなので退社させていただきます」

と笑顔で伝えた。

実際、仕事の早い職人より遅い職人の方が、この会社には利益が出る仕組みなのだ。

私のようなタイプの人間がいるべき会社ではなかったようだ。

「じゃあ今日で上がって下さい」

「お世話になりました。ありがとうございました」

「ハイご苦労さん」

で終わった。

給料の振込金額を確認した。四、五日で振り込みとの事だった。すっきり辞める事が出来た。

一週間後、吉祥寺にいた私に佐藤さんから電話があった。翌日千葉にある東方建設に面接に行くらしい。朝十時に総武線の平井駅で待ち合わせした。

慌ててコンビニに無料の就職情報誌を取りに行った。この中に履歴書のページがある。早速雀荘「ダッシュ」に戻って履歴書を書き上げた。よく考えたら新しい仕事の段取りはいつも吉祥寺の雀荘「ダッシュ」からスタートしていた。

早いうちに麻雀を終え、荻窪のサウナに行った。サウナでさっぱりして寝ようと思ったがすぐには眠れなかった。いろいろ思いが巡った。東方建設は長く勤められるだろうか。不安な気持ちだった。

5

翌朝十時過ぎに平井駅に着いた。少しすると佐藤さんがやってきた。

事務所までは少し距離があった。駅前でタクシーを拾い、佐藤さんが運転手に行き先を告げた。鉄道の高架の下を東に二キロほど走り左に折れると東方建設の小さな看板が見えた。

事務所を訪ねるとみな忙しそうに働いていた。社員の寮も大きかった。

社長は豪快な親父だった。社員はほとんどが青森出身者、それに何人かの北海道出身者で構成されている建設会社だった。

社長は開口一番、

「お前ら、なんで関東で仕事探をしてる？　田舎で何か悪さしたでもしたのか？」

二人とも賞罰は無し。私は賞を書いていた。

「佐藤さんはずっと関東です。私たちは昨年南鳥島で一緒に仕事していました」

と答えると村井工務店の事も聞かれたので、円満退社した事を伝えた。仕事内容は鹿島建設にでも確認してください、と勤務評定に関しては自分からは言わなかった。東北の人たちはあまり自己アピールを聞くのが好きではなさそうと思っていたからだ。

私は多能工、佐藤さんは型枠大工として応募した。二人とも採用になった。良かった。

佐藤さんはその日は寮に入らず、前の会社に給料を取りに行った。私は、南鳥島から持ち帰ってダッシュのロッカーに置かせてもらっていた手道具や着替えを取り行く時間をもらった。

その日は金曜だったので、社長は日曜日中もしくは月曜の朝六時までに来い、と指示した。私は日曜の午後に帰ってきますと答えた。

面接の後、世間話や仕事内容について聞いた。社長の苗字は工藤で、従業員にも工藤さんは沢山いた。地元の名士のようだった。事務所では奥さんと息子さん、娘さんが事務職として働いていた。社長は鹿島建設の子会社の鹿島道路と強い繋がりを持っているような口ぶりだった。

当面の現場は汐留のマンションの現場だった。

私は寮の部屋を指定されると礼を言って事務所を出た。佐藤さんと話ながら歩いて駅まで戻った。私はもう一度、吉祥寺に戻って荷物を取って来る事を告げて、電車に乗った。

佐藤さんの住まいは中央線の沿線の一軒家だそうだ。家にはフィリピン人が十人ほど住んでいた。錦糸町辺りで働いているフィリピーナに貸しているようで、ちゃっかり家賃も取っていたようだ。

金、土と麻雀を打った。今自分がついているのかいないのか、ゆっくりと確認しながら打った。珍しく勝った。ツキは悪くはない。久しぶりに役満も上れた。うれしくなって前回のキャバクラに行ったが、その時の彼女はもういなかったので、ワンセットで店を出た。

雀荘「ダッシュ」に戻って、思い切り麻雀に没頭した。その頃は雀荘「ダッシュ」は二十四時間客が途切れなかった。店の二か所に大きなソファーがあったので、奥のソファーが空いている内に横になって寝た。勝っていると気分良く寝付く。土曜日も昼間から麻雀を打ち、夕方荻窪のサウナに泊まった。ゆっくり寝た。結構美味しい料理もあったので、久しぶりにゆっくり食事を取った。

翌朝また雀荘「ダッシュ」に戻り、その日は午後二時までと浅野店長に言って打ち始めた。

「明日からどんな生活がはじまるのだろう、今度の会社は続くだろうか」

いろいろな考えが頭を浮かんで麻雀に没頭できなかった。ラスト半荘三回は本気で打った。打ち納めかな、と思いながら終わりにした。店長にお礼を言ってロッカーの荷物取り出し、会社のある平井駅に向かった。

寮につくと、社長に事務所に呼ばれた。何だろうと事務所に行ってみると、佐藤さんは来ない。理由を聞くと、佐藤さんは前の会社をまだ正式に退社出来ていなかったようだ。

「お前ひとりでもいいのか?」

と聞かれたので、

「問題ないです、やる気満々です」

と答えたら、社長はそうかそうかと大笑いし、当面はマンションの現場の付帯工事をやってろ、とのことだった。運転免許を持っていたので、早速職人を後部座席があるダブルキャブと呼ばれるトラックに五人乗せて行くようにと指示された。事務員として働いている社長の娘さんが地図をくれた。地図は分かりやすく書いてあったが、不安だった。私は事故さえしなければいいや、と開き直った。

初日はビビったがすぐに慣れた。小さな花壇や側溝を作った。型枠は事務所の敷地で先に作ってあった。皆手慣れていて仕事が早かった。従業員は同郷のメンバーで、序列がハッキリしているようだった。

一カ月くらい都内の仕事をしていたら、夕方事務所に呼び出された。

「おい多田、硫黄島行くか?」

と社長が笑顔のダミ声で声をかけてきた。

私は、

「行けるんですか?」

と聞き返すと、

「行きたいなら行かせてやるが、どうする?」

社長は島の方が条件がキツイと思っているらしかった。私には都内の仕事の方がよほど気疲れするので、

「よければ行かせて下さい」

とお願いした。

島の方が手当ても付いて、日当は都内より良かった。それにお店などもないので、付き合いに金がかからない。

奥さんが心配して、

「島では皆さんと仲良く仕事してくださいね」

と念を押された。私はそう言う風に見られてるんだなと思った。

一週間後、私は再び自衛隊入間基地に行った。硫黄島も初めてだったが、今度は長袖のシャツに耳栓を持参した。それと長い飛行時間を潰すため、村上龍の本を持って行った。

南鳥島で慣れていたので問題なく硫黄島に降り立った。

硫黄島は太平洋戦争の激戦場だということくらいしか知識はなかった。硫黄島も暑かった。

東方建設の宿舎に行くと、南鳥島で一緒だった石田さん、柏崎さん、それに塗装の真田さんが再会を喜んでくれた。私もうれしかった。

石田さんが、

「よおターちゃん、また一緒に仕事出来るな」

と歓迎してくれた。

柏崎さんも笑っていた。

ここは純土木の仕事らしかった。夜に私の歓迎会をしてくれた。中には面白い親父もいた。結構な歳だったが、

「おりゃ仕事では誰にも負けねえぞ」

と酔っ払って一人うなっていた。三人ほどは青森の出でみんな実家が近所だと言ってっていた。

山田さんという背の高い職長が青森弁で、

「俺りゃあ仕事はたいして知らん、とにかく皆と仲良く仕事してけれ」

どうやら社長の工藤さんと長い付き合いのようだった。

私たちの仕事は鹿島道路の下請けらしい。監督の奈良岡さんを紹介された。無口だが

よく仕事をするいい男だった。

人使いは思い切り荒かったが、望む所だ。

最初にタクシーウエーの増設をした。コンクリートが厚い。三〇センチの打設厚だ。面積は小さくてもボリュームが凄かった。ミキサー車でどんどん流し込んだ。毎日これの繰り返しだった。

その夜は早速、石田さんと飲んだ。いろんな話が聞けた。石田さんは鹿島の系列の建設機材リース会社からの派遣で、何年か硫黄島で仕事したことがあったらしく、島には詳しかった。

石田さんは、

「今度は東方建設かい。村井工務店はどうした？　此処にも村井来ているぞ。社長も来てる」

というので、私は、

「大丈夫、円満退社しています」

南鳥島は思いのほかギャラが安かったことも付け加えた。

石田さんは、

「俺らは契約だからな。村井もバカだよなあ、とにかく明日からまたガンガン仕事やろうぜ」

うれしかった。

翌日から奈良岡さんに、測量の手元や丁張掛けまで何でも付き合わされた。

硫黄島の滑走路は思い切り広くて長い。そこを測量するのだ。クソ暑い日中に長さを測るための馬鹿棒や、スタッフと呼ばれる箱尺を持って走り回った。硫黄島は南鳥島より暑く感じた。地熱がすごく、島のところどころでガスや水蒸気が吹いていて島自体も熱いのだ。

掘削現場の中では、切ったばかりの断面に触るとやけどすることがたまにあった。穴の中の作業は一時間持たなかった。三、四十分でめまいがするほど暑かった。穴の中は上からの日光がまともに当たる。海風も届かない。おまけに砂が黒い。常時四十度以上の中での作業となるのだ。

滑走路はまだましだった。常にどこからか海風が吹いていた。毎日そこでコンクリートの打設をした。仕事なら誰にも負けないと言っていた親父が、いつも仕上げの刷毛引きをしていた。上手いと思ったが、私にも同じ仕事は出来ると感じた。

奈良岡監督が、

「多田さん、鉄筋加工をお願いします」

と言ってきた。

製作図面しかなかったので、自分で何とか加工図を作った。

日夜加工図を作り、自分で拾った。ほかの職人は切るとき二本ずつ、曲げも二本ずつ一〇ミリの鉄筋だと六本切れる。曲げ用のベンダーも縦に六本入るが、ただし重い。腕力も凄く使うが、まあ筋トレには丁度いいと思った。

奈良岡監督はチェックもしない。現場で組上げた物を写真に撮り、サイズチェックするだけ。出来て当たり前と思っているようだった。よく分からない内に奈良岡監督のペースにはめられていた。

とにかくほかの班の仕事とは全く違っていた。

ストックヤードに行って小型クレーンを使ってトラックに材料を積み込み、それを加工場に持って行き、裁断と曲げ加工。出来上がったものを再びトラックに積み込む。全部一人作業だった。

ほかの班の鉄筋の職人は手元含め三、四人で作業している。奈良岡さんはこっちで作業してくれる人は要るかと聞いてもくれない。

現場の組付けは多能工の三人組が手早くやった。大したもんだ、みんな何でもできる。面白い会社に入ったと思った。覚える事は山ほどあった。

加修したタクシーウエイにトレンチをセットした。バカでかいU字口で底の厚みが三一〇〇ミリもある、幅一メートル重さ二トンもあるU字口を延々延べ三キロくらい敷設するのだ。吊り込みには石田さんが大型バックホーで参加してくれた。搬入は自分でレッカーで積み込み、柏崎さんが運んでくれた。凄くはかどった。

しかし問題が発生した。直線はいいのだがタクシーウエイだからたくさんのカーブがある。しかも直角ではないカーブが何カ所もあった。そこにグレーチングの受金物を取り付けしてからコンクリート打ちをする。ところが受金物の製作が全く追いつかない。奈良岡さんが何度も鍛冶屋のチームに早くするように催促するが、一向にペースは上がらない。

最後に私と奈良岡さんで鍛冶屋チームのところへ行き、

「現場で手待ちが出て困っているから何とかしろ」

と奈良岡さんが言ったが、島には鍛冶屋チームは一組しか来ていなかったので、横柄な態度で、

「これ以上スピードなんか上げられるかい。早くしてほしかったら日当もっと出せよ」

と返してきた。

これに奈良岡さんがキレた。

「やるのかやらねえのかどっちだ？　できないのなら次の便で帰ってもらうぞ、いいな」

鍛冶屋の職人も大体気性がが荒い。売り言葉に買い言葉だ。険悪な雰囲気だった。

「おー分かったよ。俺らいなくなったらどうやって納めるんだよ、えー奈良岡さんよお？」

と詰め寄ってきた。

すると奈良岡さんは、組ごと次の便で本土に返してしまった。

翌日奈良岡さんが、

「多田さん溶接できるよね？　ガス溶断できるよね？」

と聞いてきた。

「出来ます」

と答えると、

「早速明日からやってね」

とのことだった。

折れ角の原寸を取って持ち帰り、受け金物をガスで切り、溶接をして仕上げにローバル塗装をし、取り付けするところまでが、私の仕事だった。


スクラップヤードから大きな鉄骨を取ってきて作業台を作った。多能工の三人組が日よけの屋根を掛けてくれた。うれしかった。

それから毎日一本二〇キロもある受け金物を切っては溶接した。何十本も作った。いや、何百本だったかもしれない。しまいには、小野田時代の鹿島機工部隊の真似をして二トン車に発電機、酸素ボンベ、アセチレンのボンベを固定し、その他の鉄工作業の道具も積んで現場の取り付けや溶接をやった。

好きにやらせてくれたので、私は楽しかった。ガンガンやった。石田さんたちとはいいコンビネーションだった。

遅れて佐藤さんが硫黄島にやってきたので、フル装備のトラックでやっていた現場の取り付け仕事を佐藤さんにバトンタッチした。佐藤さんは東方建設の仕事を断ったのではなく、入社を一カ月遅らせてフィリピンに飛んでいたらしかった。

私は事務所に呼ばれ、ガス溶断とアーク溶接の資格をもっていないことを指摘された。鍛冶屋チームが帰らされたあとは有資格者がいなかったので、次の二週間の休暇を使ってガス溶断とアーク溶接の講習を受けて来る事を正式に言われた。

私は東京に帰り、四日間の講習を受けて資格証をもらった。

東京の事務所に顔を出すと社長が、

「おい多田、仕事はどうだ。上手くやっているか?」

と人懐っこい笑顔で尋ねてきた。

「奈良岡とは時々電話で話をしてるんだ」

と笑っていた。

悪い話ではないようだった。

「最近溶接をしています。今回資格を取りに東京に戻ってきました」

と報告すると社長は、

「そうかそうか、まあ頑張って仕事しな」

と大笑いしていた。

その夜、酒を買ってきて都内で仕事をしている職人さんと一緒に酒盛りをした。会話は青森弁ばかりで、話していることがほとんど理解出来なかったが、皆酒が強く飲み助だった。硫黄島へ帰る日までまだ四日あったが、

「ここからだと少し遠いので入間基地の近くに宿を取りました。そちらで待機します」

と社長に報告すると、

「どうせ女でも買いに行くんだろう」

と笑いながら大声で返してきた。

近くに娘さんがいたので私は返事に困った。社長は娘さんに言ってお金を持ってこさせると、

「おい多田、入間までの経費だ。持ってけ」

と五万円を私にくれた。

うれしかったが私は、

「娘さん誤解するなよ」

と思った。

日当も職長と同じくらいまで上がっていた。

昼飯を食べて会社を後にした。しかし入間には行かず吉祥寺の雀荘に向かった。荻窪のサウナに泊まりながら二日の徹マンを含む四日間の麻雀とキャバクラ通い。フィリピンパブにも行った。フィリピーナを見るのもちょっと懐かしかった。

気力も充実していたので麻雀も強かった。南鳥島でよく打っていたことも、足しになったかもしれない。


帰島の当日は朝早く入間基地に行き、C130に乗って硫黄島に舞い戻った。

早速グレーチングの制作が待っていた、一枚の重さ九〇キロくらい。コーナーに合わせて止め切り、切った所に一二ミリのプレートを溶接した。ガス切溶断一五〇ミリの厚みのグレーチング。中には鉄道用のレールまであって、それを表からと裏からで切り落とした。

ガス溶断の腕も思い切り上がった。高圧の酸素が鉄を押し分けて前に行くのがわかるようになった。するとネズミの鳴き声に似たキュウーと音が出た。凄い切れ味だ。バターを切るように鉄骨が切れるようになっていった。

朝から晩まで一人作業をした。

暑かったが風通しの良い海辺だったので過ごしやすかった。

職長がおんぼろのラジカセを持って来てくれたので、スサーナとかサンタナとか、わずかにあったカセットテープを大音量で流した。近くに誰もいなかったので、ボリュームを気にする必要もなかった。

職長がたまに覗きにきた。奈良岡さんも時々進捗状況を覗きにきてはつまらない冗談を言って帰っていった。

ある日職長が、

「ターちゃん、洋楽のテープしかないんだね。これ上げるよ」

とカセットテープを四、五本持って来てくれた。見るとコテコテの演歌ばかりだったので丁重にお断りした。私は演歌を聞くとどうも気持ちが重くなって仕事がはかどらない。

あっという間に三カ月が過ぎ、休暇を取る季節がやってきた。青森のメンバーは休暇を取らないらしかった。夏の間に稼ごうと考えているのかと思ったが、彼らは帰らずに一年中ここで仕事をしていたのだ。

私は佐藤さんと相談し、再びフィリピンに行くことにした。前回と同じくダバオには行かない事と、妹さんのガイドは必要ない事を伝えた。

今回フィリピンの滞在期間は佐藤さんは十二日間、私は九日間だ。格安チケットの手配やスケジュールなどは佐藤さんに任せた。

私たちはチケットを手に入れたその足で新小岩のサウナに直行した。フライトは翌日なので、どうせ飛行機の中で寝ていりゃいいんだからと、前回の渡航の時にも行った雀荘でまた麻雀を打った。

翌朝五時起きで成田に向かった。電車の中で一時間ほど眠った。

三度目のフィリピン、前回楽しかったのでワクワクした。今回も空港で佐藤さんと別れた。

佐藤さんは一日置いて翌日奥さんのいるダバオに向かう。マニラに到着してすぐ国内線に乗り換えずマニラに一泊することは、奥さんには内緒にしているようだ。私は空港の敷地の外まで歩き、タクシーを拾ってブールバードマンションへ向かった。ここは予約などなくても泊まれるようだった。

チェックインを済ませ部屋に入るとまずシャワーを浴びた。マニラは蒸し暑い。しかし硫黄島の暑さとそれほど大差ないように感じた。

もうタクシーなど使わなくても近所はだいたい歩けた。

ロビーで邦字紙「日刊まにら新聞」を読んでいると、

「また来たね」

と知らない日本人に声をかけられた。

彼は高橋さんといい、極東のゴルフツアー、アジアサーキットにも参加していたプロゴルファーで、もう十五年もこのホテルに住んでいると言っていた。フィリピン大統領フェルディナンド・マルコスにゴルフのコーチしたのが彼の自慢だった。

高橋さんは一日に二度ほどカジノに行き小さな勝負をしていた。それと日本人相手の金貸しでわずかな利益を得ていた。


私は前回走ったジョギングコースが気に入っていたので、今回も翌日から同じところを走った。コースの途中にあるホテル、フィリピンプラザのロビーの雰囲気も好きだった。

このホテルには、フィリピンに駐屯している米軍人家族が夫を訪ねてきた時に泊まっているのをよく目にした。

ホテルの裏手にはディスコもあった。機会があれば行ってみようと思った。

ブールバードマンションのロビーで高橋さんから、十年以上前のエルミタやパサイの華やいでいた頃の話をいろいろ聞いた。高橋さんによればこの界隈は当時と比べると寂れて見る影もないとのことだった。

高橋さんの友人の矢野さんもフィリピンに来ていたらしく、早速矢野さんに連絡を取ってブールバードマンションのロビーで会った。

矢野さんは岡山出身の自称右翼だった。

すぐに三人でカジノに行った。やめる時はお互い気にせず帰りましょうといって彼らはバカラ、私はブラックジャックのテーブルについた。

なぜかブラックジャックの戦績は良い。ほとんど負けない。同じテーブルに中国系フィリピン人の女性がいた。歳は五十前後、細身の美人で、毎日来ていると言っていた。ゲームも良く知っている。私が引きすぎるとよくステイアライブ！　と声を掛けてきた。彼女はチャーリーと呼ばれていた。

その日の終わり頃だ。私は二カ所の枠にチップをかけていたのだが、両方とも同じ数字の二枚のカードが配られた。一カ所目のボックスにはエースが二枚。私はすかさずスプリットした。片方のエースには絵札が来てブラックジャック、もう片方のエースには7が来てソフト18になった。このスプリットはこれで終了。二カ所目のベット枠には7が二枚配られていた。これもスプリットしたら何と片方の7にもう一枚7が来た。もしスプリットしていなかったら7が三枚の21になり、フィリピンのカジノルールでチップが三倍返しとなるところだったが、しかたがない。私はその二枚の7ももう一度スプリットした。片方の7には4が来て合計11だ。すかさずダブルダウン。しかし引いたのは4で合計15止まり。もう片方の7には8が来てこれも15止まりだった。最後の7にはどういうわけかまたまた7が来たので、これもスプリット。しかし最後の7のスプリットも最終的に両方とも17までとなった。すでに六カ所、合計で四万ペソをベットしている。スプリットを重ねるうちに金額が膨らんでしまった。さてディーラーの一枚目は6、もう一枚をめくると絵札だった。これでディーラーは16。ブラックジャックではディーラーは合計17を越えるまで必ず引かなければならない。周りからはピクチャーピクチャーの大合唱。そしてディーラーが引いたのは、皆の期待通り絵札、合計26でめでたくディーラーはバーストとなった。私のところにはブラックジャックの二・五倍も含めて八万ペソ以上が払い戻された。ディーラーが三枚目のカードを引く瞬間は正直怖かったが、とにかく勝ててよかった。そこでディーラーチェンジとなったので、私も切り上げることにした。

空腹を感じたので一階のレストランに行くことにした。たまたま中国系の女性も席をたとうとしていたので、食事に誘い、笑顔で一緒に一階に下りた。レストランで軽い食事をとりながら私は初めて普通のフィリピン人女性と話をした。

彼女は昔、チャイナタウンで調理器具の販売をしていて商売も順調だったが、近所の火事が店にまで延焼してすべて失ったらしい。それにご主人も早くに亡くしたそうだ。今は一人息子が学校の先生になって孫も出来たので、一人で余生を友達と楽しく送っていると、すこし寂しそうな表情を交えながら話してくれた。

彼女は、一緒にカジノに来た友達が先に帰ってしまったから今日は一人でタクシーで帰ると言ったので、私はタクシー代にと二千ペソを渡した。

帰り際、

「今日は勝って良かったね、私がコーチしたからね？」

とまるで私の今日の勝ちは彼女のおかげのように言ってカジノを去っていった。

やれやれ。まあステイアライブのお陰ということにしておこう。


彼女と別れた後私はホテルに歩いて戻ったが、夜になるとまたストリップバーに繰り出した。

その日はコットンクラブというストリップバーに行った。ロハス大通り沿いにあるヘリテージホテルの前だ。私がストリップバーのあるビルに入ると、日本人らしき男が札束を取り出し踊り子や花売りの子に五百ペソ紙幣を配っていた。ボーイとかセキュリティには渡さず、子どもと女性のみのようだった。

私は自分の席についた女性に、

「一回と言わず二度でも三度でも並んできな。きっと何回でもくれるよ、どうせわかりゃあしないから」

と言うと、その子は見事に千五百ペソを手に戻ってきた。訳の分らん日本人に出くわしたものだ。

その日コットンクラブには、水商売風ではない雰囲気の女の子がいた。

ママに、

「この子今日が初日なの」

と勧められた。

カジノで大勝していたのでOKした。バーファインと呼ばれる連れ出し料とママへのチップを払って店を出た。

ヘリテージの横、裏、すべて、アニトウ。日本語名、ラブホテルだ。初めてだったので、適当に料金の高い目の店に入った。結構ど派手でいい部屋に当たった。

前日矢野さんが、本物のバイアグラを沢山調達したいと、私に相談してきた。

それまで、高橋さんにお願いをしていたが、かなり高かったようだ。

高橋のやつ、友達から口銭三割も取るかあ？　と嘆くので私がクリニックに行ってバイアグラの処方箋を書いてもらった。料金は五百ペソだった。それを持ってコピー屋に行き五枚ほどコピーを作った。そしてマーキュリードラッグで大量にバイアグラを買い、お礼に一箱貰った。これまでこの手の薬は使ったことがなかったが、甲状腺を傷めてから二十代の頃のパワーはなくなっていたので、早速使ってみた。

彼女は大人しい女性に見えたがベッドに入ると豹変した。結局朝まで六時間くらい、ずっと喘いでいた。普通にセックスできるところにバイアグラを使用。とんでもない事になった。六時間ずっと元気だった。彼女もやめようとは言わなかった。初めての経験だった。野獣になるのは男だけじゃないんだということを知った。

翌日、彼女はガニ股で歩いていた。外に出ると朝日が黄色く見えた。


別れ際、彼女は連絡先だといって住所と電話番号を書いてくれた。住んでいるのはマカティだった。これは彼女が身を寄せている親戚の家で、彼女はレイテの出身だった。

彼女は、もしマニラにいなかったら多分レイテの田舎で小学校の先生をしているでしょうと話してくれた。

私は十分にチップを弾んで彼女と別れた。

ホテルに戻ってシャワーを浴びた。その日はジョギングを休んで爆睡した。午後二時頃目が覚めてロビーに降りると、矢野さんたちがいた。前日行ったコットンクラブで見かけた日本人の話をすると高橋さんが、

「ここに泊まっている奴だよ」

と教えてくれた。

程なくしてその親父がロビーに降りてきた。

親父は聞き覚えのあるコテコテの関西弁を話した。田舎が近いんじゃないかと思って尋ねたら、揖保郡御津町だった。私の実家のすぐ近く、一五キロほどの距離だ。

私のことも聞かれたので龍野だと答えると、何と私の実家の近所にある大きな薬屋の店主と親友だった。

私は余り面白くなかった。

どうせこの親父、薬局の店主にフィリピンで私と会ったことを、大げさに無いことまで吹くんだろうな、と思った。


矢野さんが部屋に来てくれと言うので上がってみると、そこには学用品が山のように置かれていた。それを小さなバックに入れてくれと言うので三十個ほどのバッグに小分けした。

「このバッグをどうするの」

と聞くと、毎回100均とか金融流れの品を持てるだけ持って来て、路上で洗濯をしている貧しい女性やホームレスの子どもたちに渡しているそうだ。中身は化粧品の詰め合わせだったり安いTシャツだったり、その時々でいろいろだ。

矢野さんはこれをかれこれ十年続けていると言う。自称右翼。大したもんだ。

一緒に裏通りに出ると近所のホームレスの子どもたちが集まってきた。子どもたちは矢野さんのことを敬称をつけて「サー矢野」と呼んでいだ。この辺のホームレスからは教会の神父より尊敬されているのでは、と思った。

矢野さんは私に頼みがあると言ってきた。聞いてみると、この日詰めた学用品をトンドに持って行こうと思っているので、

「明日一緒に付き合ってくれないか」

とのこと。

私は、

「トンドが何処にあるのか知りませんが」

と言うと、

「大丈夫、一緒に行ってくれるだけでいいから」

とお願いされた。

私は一応了解したが、どうも用心棒としてついて行くようだった。右翼の肩書きもフィリピンのスラムでは通用しないようだ。

翌日の昼前、ホテル前に広がるマニラ湾の岸壁に昨日の荷物を持っていった。岸壁にはバンカーボートという小舟が待っていた。

バンカーボートの漕ぎ手も矢野さんのことを「サー矢野」と呼んでいた。漕ぎ手は赤ん坊の時からミルク代やらいろいろ援助してもらったらしい。お陰でボートの仕事が出来ているとサー矢野に感謝していた。

少し危なっかしく感じる小さなボートでマニラ湾を横切った。湾の裏に回ると海上に家らしきものが見えた。トンドの飛び地らしい。地名はパシフィックオーシャンだという。確かにマニラ湾もハワイやカリフォルニアに通じてはいるが。そこにはトイレも水道も電気も来ていなかった。しかし朝になるとこの舟に乗ってマニラに出勤する人は多いと漕ぎ手は言っていた。

コンクリートの高い岸壁を上がると、子どもたちの姿はあったが大人は見かけなかった。

船着き場のようなところで女性がバーベキューを売っていたので値段を聞くと、一本五ペソとか十ペソとかだ。日本円で十円か十五円。焼いているのは豚の内臓のようだったが私はひょっとすると犬猫の内臓かも知れないと思った。

サー矢野が、

「全部で何本ある？」

と聞くと、

と女性が二百本と答えたので矢野さんは二千ペソを渡しながら、私が全部買うから今から焼いてくれと頼んだ。

近所のガキどもが集まって来た。

矢野さんが、

「お前ら何本でもいいから好きなだけ食え」

と達者なタガログ語で声をかけると、何人かが家の方へ走って行った。するとぞろぞろ女性が出て来た。みなエルミタの路上で洗濯をしていた女性と同じに見えた。誰一人夜の街で見るようなプロポーションをした女性はいない。貧乏という割には皆太っていた。みんな笑顔で串を何本も持って食べていた。凄い人だかりだ。どこからこんなに多くの人が出て来たんだ？　と思うぐらいだったが、男性は一人もいなかった。

私たちは子どもたちに先着順で文房具のバッグを配った。もちろん無料だ。子どもたちはバッグを受け取る時、ほんの一瞬だけ笑顔を見せるとすぐにその場から走り去っていった。

私は一応用心棒役を頼まれていたので周りを見渡した。家の窓越しに顔が少しだけ見えるのは男たちだった。よくみると男たちは何人もいた。みな表情は険しかった。

高校生くらいの若い女性がいたのでカメラを向けると、焼き鳥屋の女性が、

「やめろ」

と怖い顔をしながら遮った。私は慌ててカメラを下ろした。

エルミタに戻ってからボートの漕ぎ手が、

「あそこで写真を撮るのは危険だよ。男たちの中には指名手配されて島に隠れている奴も沢山いる。運が悪いと撃たれるよ」

と教えてくれた。無事帰れてよかった。

ホテルのロビーで矢野さんと少し話をした。矢野さんは、

「私は日本であこぎな商売で稼いでいる。だからこの貧しい国で少しだけ恩返しをして

るのさ」

と言っていた。


午後は毎日のように矢野さんとカジノへ行った。カジノの後は一緒に食事もした。エルミタにある日本食レストラン「イセヤ」によく行った。

食後は全くの別行動だった。お互い誘い合うこともなかった。その方が良い関係でいられると思っていた。


今回のフィリピン旅行でも私の部屋には毎晩女性がいた。しかし恋愛をしたいと思っているわけではなかった。結婚とか自分の負担になることは全くする気がなかった。まだ体は並みはずれてタフだったので、老いてから先の人生なんてこれっぽっちも頭になかったのだ。子どもを手放してからは、私はどこかの道端で倒れて死ぬのがお似合いだろうと思っていた。

しかし正直オスの私としては一人で寝るより若い女性の柔肌がそばにある方が断然良かった。

お金を必要としている女性と、自堕落で明日のことなど考えない男の底辺のコミニュケーションだった。

一夜を共にした女の子は朝になるとチップを受け取って部屋を出ていく。その瞬間に二人の関係は消滅する。あっさりしたものだった。

前回同様、朝ジョギングしたあとは昼寝、夕方からはカジノという日課は守った。怠け癖がついたり基礎体力が落ちるのが怖かった。現場で大きな顔が出来るのは並外れた体力を惜しみなく使えるからだと思っていた。

カジノも相変わらず好調だった。夜、パサイのゴーゴーバー「プッシーキャット」の野際陽子そっくりのマネージャーに会いに行った。彼女はホールマネージャーなので売り物ではない。しかし会話は面白かった。彼女は大学出で、日本も行った事があると言っていた。

彼女は、

「一人いい子がいるけど紹介しましょうか」

と言ってきた。

その子は店に所属はしているが、気に入らない客だと席にもつかず、ステージでのダンスもしないらしい変わり者らしかった。

名前はエリーと言った。

ママが部屋に呼びに行った。五分も待たせてから眠そうな表情でカーテンから顔だけ出して私を見た。野際陽子に私のテーブルに行くよう促されていた。

エリーはテーブルにつくなりジュースを注文した。起きたばかりで腹が減っているらしい。

エリーはいきなり、

「私を連れだしてくれる?」

と言い出した。

エリーを連れだすには、連れ出し料の「バーファイン」を払わなくてはならない。プッシーキャットは老舗のゴーゴーバーで安くはない。バーファインとして四千ペソとテーブルチャージにドリンク代、それからママさんに渡したチップ五百ペソの合計六千五百ペソの出費だった。

エリーが着替えて出て来た。

私たちはタクシーを拾い、ヘリテージホテルに行った。レストランでピザとパスタをガンガン食った。食べ終わると、ホテルの裏手の地下にあるディスコに行った。

エリーは、

「久しぶりに来たかったの。日本人観光客とはこんなところに行けないから」

と言った。私も日本人観光客だけどね、と思った。

ビールをガンガン飲んでガンガン踊った。ディスコに来ていた客の中でも、彼女はダントツにカッコよかったしダンスも上手かった。プッシーキャットでのモノグサな態度が嘘のようだった。

夜中二時ごろディスコを後にした。この国は面白い。ディスコは平日の夜中の二時でも客で一杯だった。こいつら、一体いつ仕事しているんだろう。

タクシーの中で宿泊先を聞かれたので、エルミタのブールバードマンションに泊まっていると答えた。

エリーが、

「どうする?」

と聞くので、

「どうするって、何をどうするの?」

ととぼけていると、彼女は恥ずかしそうに、

「私をホテルに連れて行きたい？」

と聞いてきた。

生意気な女なので、

「どっちでもいいよ。ホテルで寝たいのなら来ればいいし、寮で寝たければ帰ればいいし」

と言うと、エリーは私のつれない返事に焦ったのか、

「じゃあホテルに行く！」

と大声で言ってきた。

部屋に入るとエリーは、たいていの客はマカティにある高級ホテルに連れていってくれると言い、いろんな一流ホテルの話してくれた。本当に生意気な女だ。

シャワーを浴びてベッドに入ると、突然シャイになったり豹になったり猫になったりと、とにかく目まぐるしく変わる女だ。しかし圧倒的に綺麗だった。体も完璧だった。

翌日も同じようにディスコに行ってから一緒に寝た。

日本では高卒のブルーカラー、現場作業員に属している。二十代の頃のように代表取

締役の肩書はない。

しかしフィリピンでは「私は日本人」これだけだ。この国では金さえあれば男前になれる。それどころか王子様にもなれる。不思議な国だ。そこでみんな大きな勘違いをするが、私には結婚願望がなかったことが幸いした。深い付き合いをすることはなかった。溺れる事もなかった。

飛行機代を含めても、六本木よりははるかに安い金額で十日間遊べた。ブルーバードマンションには、いろんな日本人がひっきりなしにやってくる。私を含めて全員女性目当てと断言できた。

日本人客の職業は大農場の経営者からトラックの運転手に工務店の親父、銀行員やお忍びでやってくる国家公務員までさまざまだった。フィリピンにやってくる銀行員と国家公務員の目的は名目上はゴルフだった。

しかし街には沢山の認知されない子どもたちで溢れていた。これには何とも嫌な気分にさせられた。

何人かのLAカフェの女性から、

「彼は日本のどこに住んでるの。多田は友だちでしょう? もう三カ月もお金を送ってくれない。もうすぐ子どもが生まれるのに電話もかかってこない。心配していると伝えて」

とか不安そうに打ち明けられたことが何度もあった。

残念だが私は彼らとは友達でも何でもない。ただ同じホテルに何日か泊まっていただけだ。彼らの居場所や連絡先など何も知らなかった。

みんな結構酷い事を平気で出来るんだなあ。と嫌な思いを何度もさせられた。

十日間はあっという間に過ぎた。

毎回帰りの飛行機の中で、さあ三日後から思い切り仕事をするぞ！　とリフレッシュした気分になれた。フィリピン悪くないね、が正直な感想だった。

また硫黄島に戻った。

私は石田さんに、太平洋戦争の激戦の跡地や摺鉢山にある米軍の有名なモニュメントを見に連れて行ってもらった。

硫黄島は作業員も多く現場はあちこちにあった。私は東方建設のメンバーと仕事をしながらも、奈良岡監督の下で作業に取りかかる前の準備をよくやらされた。麻雀をやろうと言う声は出なかった。真田さんは先輩職人との付き合いで釣りに、飲み会に忙しそうだった。

鹿島の監督に、

「あの体育館は米軍が所有しているのですか？」

と尋ねると、

「いやそんな事はないですよ、自衛隊員も使用できます」

との事なので、

「じゃあ私が入っても問題ないですね？」

と確認を取ってその夜行ってみた。

全員米兵で自衛隊員は一人もいなかった。私は体育館に入って行き、空いているマシンを見つけトレーニングをはじめた。

すると何人かの米兵に声をかけられた。ネイティブの英語は理解できない部分が多かった。

ダンベルをやっていると何人かの米兵が、

「お前何ポンドのダンベルでやっている？」

と聞いてきた。

私は持っているダンベルがポンド表示とは気づいていなかった。四〇ポンドのダンベルだった。話しかけてきた米兵は、六〇ポンドのダンベルを上げていた。

「俺は六〇ポンドだぜ、なんだお前は四〇ポンドかよ？」

とでも言いたげな誇らしげな表情だった。

この体育館に一人で入ってきた日本人は私が初めてだったようだ。

マシンもバーベルもダンベルも沢山のセットが置いてあった。

わたしは味を占めて毎晩のように体育館のジムで筋トレに励んだ。私は数カ月通ったが、その間もほかの日本人は誰ひとり来なかった。

親しくなった米兵から、自衛隊員かと聞かれたので、私は滑走路の建設に来ている土木作業員だと答えると、彼らも自分の所属を教えてくれた。戦闘機のパイロットやら、航空母艦のスタッフだったり、戦闘機の給油係だったり。多分私のことを自分たちより格下の仕事と思ったようだから、みんなと仲は良くなれたのかもしれない。

しかし彼らを見渡してみると、黒人は誰も来ていないように思えた。

慣れてくると彼らは、

「ベンチプレスは幾らまで上げられる?」

とか、いろいろ聞いてきた。

私はベンチプレスは苦手で七〇キロほどしか上げられなかった。彼らは九〇キロ、一〇〇キロをガンガン上げていた。

ある日アメリカ人得意のオーバーザトップ、腕相撲で勝負しないかと言ってきた。

「ミスタータダ、日本円は持っているか?」

「もちろん」

と答えると、

「一万円賭けろ」

と言うので、

「分かった。お前は百ドル賭けろよ」

と返すと、百ドル持っていないというので、

「それじゃあゲームは出来ないな」

と答えると、

「お前、勝つ気でいるのか?」

とやつらは皆で高笑いした。

私が、

「金が無いんだったら、お前のエアフォースの帽子を賭けろ」

と言うと相手は笑って刺繡だらけの帽子をテーブルに置いた。

私も一万円をテーブルに置きゲームスタート。

しかし帽子と一万円では割が合わないのでハンデをもらった。ハンデは左手でのゲームだと言うと相手は簡単にＯＫした。

いっぱいギャラリーが集まりお祭り騒ぎとなった。

左手はかなり自信があったが腕周りの太さは相手の方がずっと太い。負けてもいいやと開き直った。

手首を巻き込んで引き倒した。私の勝ちだった。

すぐに一万円をしまい相手の帽子をかぶった。翌日は空母ニミッツの乗組員がオリジナルのベルトとバックルを賭けて勝負に来た。私はそれも巻き上げた。

体育館のジムの片隅には、日本政府の思いやり予算で購入したと思われるコーラとビールが山ほど積んであった。今度は私の一万円に対しビール五ケース、コーラ五ケースを賭けてきた。

一回は勝ったが腕相撲ばかりだとキリがないので、

「いくらだったら売るか？」

と交渉すると、ビール十ケース一万円で話が付いた。一万円渡してバドワイザーとミラー十ケースを寮に持って帰った。

軍の備品なので彼らの腹は全く痛まない。

「毎日がぶ飲みしても半分も飲めないよ」

と笑っていたので、

「三万円渡すから一パレット売ってくれるか？」

と持ち掛けるとすぐに、

「イエス！」

の返事。

私は宿舎に戻って石田さんにフォークリフトの運転をお願いした。体育館の裏口にフォークリフトをつけ、パレットの上に手積みで積めるだけ積んだ。五十ケースは積んだと思う。

私はビールの上にコーラも乗せ、宿舎に持ち帰って部屋に下ろした。

翌日、石田さんに聞いたのか、多くの職人たちがビールを分けてくれとやってきた。職人たちにはビール一本百円として四ケース一万円で売った。瞬く間に十二万ほどになった。ジムでもう一回ビールを売ってくれないかと尋ねると、今度もイエス！　の答え。私はまた三万円と引き換えにフォークリフト一杯のビールとコーラを持ち帰った。

がんばって仕事をしてくれるチームには無料で持って帰らせた。

もちろん石田さんにもタダで好きなだけ飲んでもらった。


米軍の連中とは長い期間よく遊んだ。

ある日滑走路にF15が何機か駐機していた。そばで仕事していると、ジム仲間だったパイロットのジョンがいた。

私が、

「これ、お前の戦闘機か？」

と尋ねると、

「もちろんさ」

と誇らしく返してきた。

ジョンが、

「多田、乗ってみたいか？」

と聞くので私は、

「もちろん、コックピットに入ってもいいのか？」

と聞くとジョンは笑顔で親指を立てた。

ジュラルミン製のラダーを登ると目の前に本物のファイタージェットのコックピットがあった。

「計器には触るなよ」

と言われながら私はコックピットに座った。近くにいた土工にカメラを渡し、ジョンと一緒のところを撮ってもらった。

「お前飛んでみたいか？」

とジョンが聞くので、冗談とわかっていたが私は本気で、

「飛びたい！」

と答えた。

ジョンは、

「飛べるかもしれないがランディングは絶対無理だ」

と言って笑っていた。

私はエンジンのかけ方を知っていたら本当に飛んでいたかも、と思った。

すると突然管制塔から大音量で、

「鹿島の多田、F15から速やかに降りなさい」

と放送された。立て続けに二度だ。私は慌ててF15から降りるとジョンに礼を言って現場に戻った。

しかしスピーカーで怒鳴られただけでは済まなかった。鹿島の事務所から迎えが来てすぐに事務所に行くと、

「自衛隊に始末書を出さなければならないんだぞ、この大馬鹿者！」

とえらい剣幕で怒られた。

私は始末書にサインをして、さんざん小言を聞かされて、やっと解放された。

しかし私はF15のコックピットに入って操縦桿を握れたのだ。鹿島の社員は軍事機密がどうしたとか大層に言っていたが、一生に一度あるかないかのチャンスだ。大目玉な

ど屁でもなかった。

日曜日にみんなでバーベキューをやっている時、管制塔から、

「アメリカ軍の航空隊のキャプテンによるデモンストレーション飛行があります」

とアナウンスがあった。

しばらくするとF16が直角に上昇、まるでロケットのように雲間に消えた。私はその時戦闘機はロケットと同じように飛べるんだと初めて知った。

そういえば、ジムで何度か顔を合わせていたカーショーはキャプテンだった。

どこへ行ったのかなと思っていると、私たちがバーベキューをやっている真後ろから超低空で飛んできた。実際は地面から数十メートルくらいの高さはあったに違いないが、本当に当たるかと思うぐらい低く感じた。

カーショーのF16は一瞬で海の彼方に消えた。

しかしF16が通り過ぎた直後、衝撃波と火傷しそうな熱風がドーンという音とともに襲ってきた。

バーベキューの大きなテーブルははるか後ろに飛んで行ってしまった。食べかけのバーベキューも沢山のビールも全部吹き飛ばされた。顔がヒリヒリした。転んだやつも

いた。

バーベキュー会場に残ったのはジェット燃料ケロシンの焼けた匂いだけだった。

息つく暇もなくカーショーのF16が今度は滑走路の真上からエンジンを止めてひらひらと落下してきた。

危ない、地上に激突する！　と地上スレスレまで落ちたところで今度はアフターバーナー全開で空めがけて一直線に上がっていった。

カーショーはそれを二度繰り返した。そのあと彼はウイリーと言ってF16を地上付近に垂直に立たせたままダンスをしていた。見ている方が心臓に悪かった。

食材がブッシュの中に全部飛んで行ったので食事はお開きになった。

米軍の棲さまじいパワーを、見せつけられた気がした。太平洋戦争でやられたのも納得できた。

他にも米軍の本当の凄さを見せつけられた事がある。それは台風が接近している中での夜間タッチアンドゴー訓練だった。

暴風雨の中でもスケジュールの変更などない。

私は給油所で見ていた。

Ｆ15がエンジンを始動させたまま給油所に入ってきた。間違って機体の後部に近づこうものなら丸焦げになって吹き飛ばされる。完全防護服に身を包んだ給油係の傍には特大の消火器を持ったスタッフがいた。一人は給油口、一人は給油係に消化機のノズルを向けて立っていた。私は危険と隣り合わせの現場を初めて見た。息を呑んだ。

土砂降りの雨の中、まさに戦争のドリルだった。一秒でも飛び立つのが遅れると死に直結する世界だ。何度も鳥肌が立った。

私は少し給油の間隔が開いた時に、

「何で今日のような台風の日に訓練するのか」

と聞いてみると間髪入れずに、

「俺たちはアメリカ軍だぜ」

と笑顔で胸を張って返してきやがった。

こんな国と五十年前に戦争をしたんだ。勝ねーよな。死ぬほどタフな国だと、暴風雨の中しみじみ思い知らされた。

私は自衛隊の訓練風景も何度か見ていた。戦闘機の上昇角度は四十五度くらい。風雨が強い日は中止になった。理由は機体と人員を消耗させたら大変だからだ。戦闘機を一機損傷させると始末書程度ではとても済まないらしかった。

私は何とも言えぬもどかしさと同時に、自衛隊と米軍の手の届かぬくらいの差を思い知らされた。決して日本の自衛隊がだめというのではなく、アメリカ人と日本人の思考の組み立て方の違いやタフさを見せ付けられたような気がしたのだ。

誘導路の作業が終わりかけた頃、私は別の現場に回された。

今度は島にあるジェット燃料の貯蔵タンクの新設だった。大きく地面を掘り下げてタンクを格納する。もしタンクが破損しても燃料が漏れ出さない設計だ。

炎天下、最初の一週間は測量の手元だった。死ぬほど暑かった。監督はもちろん奈良岡氏だった。

それが終わると丁張掛けだ。バックホーが入り掘削した。地盤の支持力の調査の後、大きな基礎を打ちその上にまた大きな直径一五メートルのリングコンクリートを作る。型枠はメタルフォームが来ていたので楽だったが、鉄筋加工、それも普通よりかなり太い、二七ミリ位の鉄筋のR加工をした。

人数は例によって僅かしか回してくれなかった。上部の鉄製のタンクは別のタンク屋さんが来ていて組み立ての用意を始めていた。

リングコンクリートも打ち終わり、少しミスもあったが何とかＯＫがもらえた。

タンクチームが据え付けしているうちに、残っていた法面の仕上げに取りかかった。

四方向に階段を付け法面に植栽だ。私は型枠を作り階段のコンクリート打ちをした。

今年度の仕事も予定通り終わった。二月の末だった。

雑用を片付けると、三度目の休暇を言い渡された。

次回は四月から新年度の工事だ。

もう一年ここで仕事が出来る、私はそう思っていた。一緒に働いている青森チームの年齢を考えると、上手く行けばあと十年位続けられるかなと考えていた。私は四十六歳だった。


今回は本土に帰ってすぐにフィリピンには飛ばず、まず東方建設に顔を出した。青森チームも二人を残し全員事務所に戻っていた。

その夜は大宴会となった。

社長は全員怪我や事故もなく無事帰った事を本当に喜んでいた。仕事の評価も良かったようだった。東方建設は村井工務店と違い、全部請負の仕事だった。少ない人数で片付けると大きな利益が出るようだ。

酒の肴を山ほど買ってきて遅くまでわいわい飲んだ。

私は青森の方言を全く理解できなかったからチームの会話には付いていけなかったが、みんな凄くうれしそうだった。彼らはお金と土産を持って翌日か翌々日、青森の田舎に帰るのだ。新幹線を使う人、夜行列車で帰る人、それぞれだった。中には一年近く故郷に帰っていない人もいた。

宴会が終わるとそれぞれの部屋に引き上げたが、二人ほどは飲み足りないらしく、外の近所にあるカラオケバーに行こうと誘われた。

カラオケバーに行って自己紹介された。二人は青森出身のメンバーではなかった。昆布で有名な北海道は利尻島の出身だった。しかし昆布以外の産業がなく貧しい島で、冬の寒さも厳しいため住みにくい所だ言っていた。一人は、長男ではなかったので結婚もしておらず、ずっと東方建設の飯場暮らしをしていた。

青森組と対立はしていなかったが、上手く溶け込めていないようだった。そこで私を仲間にと誘ったようだが、私は徒党を組むのが大の苦手だったのでそのことをはっきりと伝え、みんなでで仲良く仕事すれば問題なんかないでしょうと言うと、彼は私を誘い入れることは諦めたようで、カラオケで演歌を歌い店のママさんを口説きはじめた。彼はママに入れ上げていて、金もかなり使っているようだった。

私は、

「明日早いので失礼します」

と言ってそそくさと席を立った。

私は何カ月ぶりかで自分用の寮のベッドで寝た。父島のゴタゴタから気分的にもようやく抜け出すことが出来たようで、泥のように眠った。

翌朝、社長に三月二十日には事務所に戻って来るよう指示された。また硫黄島に行けるようだった。

とにかく二週間の時間ができた。実働日数は短かったが島でビールを売った金もあったので、フィリピンに十日間行く金は十分だった。

私は銀行で金を引き出したが、今回は珍しく口座に二十万円ほど残した。日本橋にある格安チケット屋に行き三月八日から三月十九日までの往復航空券を買った。二日程吉祥寺のダッシュで麻雀を打った。久振りの麻雀だったのでスムーズに打てるまで少し時間がかかったが、勝ち負けよりとにかく目一杯麻雀を打ちたかったのだ。

楽しかった。初日は明け方まで打った。

店のソファーで仮眠を取り、翌日も朝から夕方五時近くまで打った。今回は五、六万負けた。

ダッシュを出て西船橋のサウナまで行きカプセルホテルに泊まった。向かいの雀荘でまた麻雀を打った。

雀荘はビルの三階に引っ越していた、二階には新しく歯科医院が入っていた。

少し打ったがあまり面白くなかった。店の親父が私の卓に入ってきてうるさくて仕方なかった。負けると大声で文句を垂れるし他人の手に文句をつけるし。

私はすぐにやめて店を出た。

ほかにも雀荘はあったが、入るなりメンバーと客の顔を見て打たずに出た。どの雀荘もうるさい親父がいた店よりもっとうらぶれていた。

翌朝、早く成田に向かった。

三回目のフィリピンだ。もう佐藤さんとは連絡を取り合っていなかった。まだ朝は少し寒かったが空港に入れば大丈夫、と薄着で行った。問題なくチェックインし四時間後にはフィリピンに到着した。いつも通りブルーバードマンションに部屋を取り、高橋さんに挨拶してジョギングをはじめた。

いい加減な十日間がまた始まった。今回もいろんな日本人と出会った。矢野さんも近々来るようだった。晩飯はLAカフェで食べるのが日課になっていた。LAカフェのステーキはオージービーフでボリュームもありうまかった。なんといっても安かった。四百グラムのフィレステーキが日本円で千円位だ。尋ねてみるとオーナーはオーストラリア人だった。

カジノも高橋さんと行った。彼はバカラ、私はブラックジャック。帰りはいつも別々だった。

カジノで中国系フィリピン人のチャーリーと再会した。彼女といると、なぜか引き際が良かった。勝っているところで飯に連れて行けとゲームを止めさせられた。これがいい頃合いのようだった。少し高級なチャイニーズレストランにも行った。彼女は英語が達者だったので、私は英語のミスを直してもらいながら話をした。

翌日のカジノでの待ち合わせ時間を確認し、タクシー代を渡して別れた。

彼女がタクシーで帰ったかほかの乗り物で帰ったかは聞きもしなかったし、気にもならなかった。


エルミタのロビンソンデパートに行ってマーキュリードラッグでコンドームを買った。すると以前矢野さんに頼まれてバイアグラを大量に買った時の男の店員がいたので、次の日に処方箋を持ってくるから一箱売ってくれないか、と頼むと彼は笑顔で出してくれた。前回のフィリピンで経験した、バイアグラを飲んだあとの六時間ゲームは私にはちょっとしたカルチャーショックだったからだ。

ひと眠りをして午後八時頃に目が覚めた。

シャワーを浴びてパサイのプッシーキャットに行った。例の野際陽子そっくりのマネージャーに再会すると、すぐにエリーを呼んでくれた。

しかし今回はエリーが出てくるまで三十分ほど待たされた。相変わらず手間のかかる女だ。

前回同様すぐに出よう、とエリーは私のテーブルに座りもせず楽屋に消えた。

野際陽子似のマネージャーにチップとバーファインを払って外に出た。今回は私の方からフィリピンプラザホテルに行かないか？　と誘ってみると彼女は喜んでOKした。

表玄関から入りレストランに行った。まずビールで乾杯、再会を祝した。エビや肉を食った。三品か四品を取って二人でシェアした。腹一杯になった。

私が日本に帰っている間に起こったいろいろな事をずっと聞かされた。エリーは意外と話し好きだった。

レストランの支払いを済ませてホテルのディスコに入った。いい店だった。客はさすがにフィリピン人は少なくアメリカ人の夫婦連れが多かった。音楽もハードロックではなくオールデイズのような音楽を流していた。荒っぽい客はいなかった。何度もチークタイムがあり、そのたびに体をピッタリ密着させて踊った。いい雰囲気だった。

エリーといると優越感に浸れた。彼女はとにかくカッコよくてセクシーだった。

ひとしきり飲んで踊って外に出た。タクシーを拾ってブールバードマンションに帰った。フィリピンプラザからブールバードマンションへは五分の距離だった。

二人とも踊りまくったので汗だくになっていた。一緒にシャワーを浴び、体が冷めるまでブリーフ一枚、タンガ一枚で涼んだ。

喉が渇いて水を飲んだ時、バイアグラも一緒に飲んでみた。

しかし踊り疲れからエリーは眠ってしまった。絶世の美女の裸を前にお預けを食ってしまった。仕方なくテレビのボリュームを下げて訳の分からない番組を見たり、マニラの夜景をベランダ越しに眺めたりしていたが、上手く時間を潰せない。当たり前だ、お預けの犬状態なのだから。

そのうち私も寝てしまった。

朝五時過ぎだろうか、外が明るくなってきてた。熟睡していたエリーも目を覚ました。

エリーは私の前が膨らみ切っているのを見て笑っていた。彼女はプロ、このまま帰っては稼ぎがない。シャワーを浴びて部屋に戻るとエリーは猛獣に変身していた。

背中がヒリヒリするので鏡を見ると、私を忘れないでとでも書いてあるかのように、爪で引っ掻いた跡が赤くなっていた。悪い気はしなかった。

気が付くともう昼前だ。二人とも腹ペコだった。

彼女は日本食を知っているので、イセヤで焼き魚などいろいろ食った。

食べながらエリーは突然、

「私シンガポールに行くの」

と言いだした。

私が、

「何で？」

と聞くとシンガポールに日本人の彼氏がいると言う。何でも日本の大きな洋酒メーカーのアジア支配人らしい。彼がシンガポールに長く駐在するので、呼ばれたらしかった。

ついてないね。終わりのようだね。イイ女なのになあ。で終った。

八千ペソを渡して一人でホテルに帰った。

がらんとした部屋に一人でいると、エリーはもう二度とこないことが頭に浮かんで強い孤独感に襲われたが、

「これ位がお似合いだぜ。お前にそんないい事続く訳ないだろう？」

と私の中のもう一人の私が言った。

流石にジョギングもパスして、ロビーでマニラ新聞を読んだ。

高橋さんとカジノに行った。

冷静に打ったわけではなかったが、負けはしなかった。ディーラーのシャッフルタイムに、どこに絵札が集まっているか集中して見た。

シャッフルが終わり、私は絵札が固まっていそうなそばを狙って、カードをカットした。

ツイている時はプレイヤーに絵札が並ぶ。親のカードは6だ。プレイヤーの二枚のカードの合計は大抵19か20、本当にツイていればエースと絵札でブラックジャックだ。親は17止まりか引きすぎてバーストする。ここぞとばかりにチップを増やす。何ゲームか勝つとチップを減らす。勝ったり負けたりしている時にデカ張りをすると一瞬で負ける事もある。

とんでもなくいい女がいなくなってカジノゲームにも張り合いがなくなった。

少し勝ったと言うより負けなかったのを良しとしてホテルに戻った。

昼寝をしようと思ったが、全く寝付けそうになかった。

「こんな生活いつまで続ける気だ?」

と自問しても答えは出て来ない。

まだ一週間あるからゆっくり考えるか。実にでたらめだった。

夜になるとまたLAカフェにステーキを食べに行った。例によって色んな女の子がビールを奢れだのジュースを奢れだのと寄ってきた。ロクでもない女ばかりだ。私はテーブルに「食事中」という札でも置きたかった。相変わらず騒がしい店だ。

食事の後コーヒーを注文して周囲を見回した。

すると、面白い女の子がいた。

この店に来るほとんどの女はなんでも人に頼むばかりで、自分ではハンバーガー一つ買いに行かない。だがその女の子は常連の女たちからナプキンまで頼まれていた。二十ペソほどのチップで、何度も何度も頼まれた物を買いに走っていた。

ひと段落するとその女の子は、私の食べ残したフライドポテトを、

「もらってもいいでしょう?」

と言って平らげた。

私が、

「あなたはここで何をしているの?」

と尋ねると、彼女は、

「お金を貯めたいんです」

と言った。一日いくらになるかと聞くと五百ペソ前後になるそうだ。その辺のウエイトレスより少しマシかな、と言う程度だった。

何でそんなにお金がいるの？　と尋ねると、彼氏がイギリス人で会いに行きたいのだけれどチケット代が高い。だから必死で稼いでいるとの事。

彼女は、

「私は体は決して売らない」

とはっきり言った。

私が、

「じゃあいい仕事を教えてあげる」

というと彼女は本気で聞いてきた。

「あなたに八千ペソを出資する。その金で明日ディビソリアの市場に行って、偽物でいいからとにかく安い香水と三枚百ペソで売っている面積の殆どないＴバックを仕入れてきな。買えるだけ買ってくるんだ」

彼女はまだ何をするかわかっていない。

「それからラッピングの小綺麗な袋も」

と加えると彼女は、

「で、どうするの？」

っと聞いてきた。

「ここには毎日沢山の日本人客が来るだろう？　そいつらに、彼女にプレゼントはどう？　と売りつけるんだ。もちろんここの女の子と話をつけておいて、客にうまく買わせたら後で二百ペソキックバックする。売り値は香水なら三千ペソ、Ｔバックのパンツなら三枚二千ペソだ」

と言ったら彼女は、

「誰がそんな物買いますか？」

ありえない、という風に言ってきた。

「じゃあ明日から実験してみよう。八千ペソは私の投資だからあなたの借金じゃないよ。ディビソリアで思い切り値切って買ってきな」

八千ペソ持ち逃げするか、品物を持って次の日の夜ここにいるか、楽しみになってきた。

翌日少し打合せをした。

「私がサクラになって買う。そして金を払う。笑顔で堂々と高値で売りつけてくれ」と指示した。早速店の中の女の子たちにも説明した。もちろんキックバックの話もだ。

さあ商売開始。女の子たちは盛んに、

「ねえ、セクシーな下着買ってよ」

と客になりそうな日本人にねだっていた。買ってくれたら着てあげるからとか何とか言いながら、あの手この手で買わせようとしていた。

私はタイミングを見計らって、

「香水くれよ」

とこれ見よがしに三千ペソを渡した。

下着の方は二千ペソだ。日本人の客にしたら、何でもいいから千ペソ安い方がいいに決まっている。女の子はあれもこれもと売った。目論見通りだった。

数時間で全部売りさばいた。原価率は二割ほど。売り上げは二万五千ペソを超えていた。キックバックに四千ペソを払っても粗利は一万三千ペソあった。

彼女の眼の色が変わった。

私に全額返そうとするので、

「そうではない、お金はあなたが管理するのだ。仕入れの量を増やしてほかの店でもやってみろ」

というと、彼女は喜んで飛んで帰って行った。

翌日大きな紙のバックに商品を一杯仕入れして来た。儲かる楽しさが分かったようだった。

そのあと彼女は懸命に売って大きく稼いだらしかった。彼女はその金で彼氏を追ってイギリスに飛び発ったそうだ。


カジノも相変わらず負けなかった。チャーリーとよく早めに切り上げてカフェに行った。彼女に、私の見えていない色んなフィリピンを教えてもらった。

夜はＬＡカフェの子、ミスユニバースの子、ととっかえひっかえだったがプッシーキャットには行かなかった。

最終日、私はチェックアウトをすませてロビーにいた。一九九九年三月十九日の事だった。

ロビーで高橋さんが、もうそろそろ行かなくては遅れるよ、と言ってくれた。

タクシーを拾って空港に向かった。

ところがロハス大通りが渋滞で一向に進まない。時間だけが過ぎていった。

二時間の余裕を持ってタクシーに乗ったが、その日の渋滞は初めてのひどさだった。

最悪なのは、大渋滞の中だ、このままでは乗り遅れる。

私はタクシーを捨てて歩いた。そこにモーターサイクルが通りかかったので半ば無理やり止めて五百ペソを見せ、空港まで私を運んでくれと言いながらすでにバイクに跨っていた。

問答無用だった。ドライバーに五百ペソを握らせた。

ドライバーは諦めて走り出したのか喜んで走り出したのか全く分からなかった。とにかくここも渋滞で動かなかった。しまいには歩道を走ってくれと叫んだ。歩道を走って十分前にやっと空港に入ることができた。

走ってチェックインカウンターまでたどり着いたがもうそこには誰も人はいなかった。

昨日リコンファームの電話は入れていたのに。

隣のカウンターのスタッフにチケットは持っているから発券してくれと頼んだが事務所に行ってくれとしか言わない。事務所に行ってチケットを見せたら乗っていいですよ、と言うが、発券してもらえないのにどうやって乗るんだ？　の押し問答。どう言ってもらちがあかなかった。

そのうち事務所の窓越しにボーディングブリッジが機体から切り離されるのが見えた。今日の帰国はなくなった。

またもや絶望の淵に落ちた。なぜなら翌日、硫黄島に入るための防衛庁の審査があったからだ。

当日その場にいない者は審査なしだ。言い訳無用。硫黄島には自衛隊と米軍の軍事機密が多くある。従って共産党員とか昔の学生運動の活動家などは厳しいフィルターにかけられる。昨年行けたから、は通用しない。再審査を受け、入島が認められてもいつになるかわからない。何せ自衛隊の輸送機以外島には近づくこともできないからだ。

その審査に完全に間に合わなくなった。

クソ暑い中トボトボと空港を出た。何をどうすればいいのか、全くわからなかった。

取り合えずホテルに戻ってみよう、それしか思い浮かばなかった。

タクシーを拾いブールバードマンションまで戻った。

ロビーにいた高橋さんと矢野さんに、チケットを発券してもらえなかったと告げた。

矢野さんが、フィリピン航空のオフィスが近くにある事を教えてくれた。

「早く行って帰りの代替チケットを貰ってきた方がいいですよ。リコンファームはしていたんでしょう?」

私は早速フィリピン航空のオフィスに行った。乗れなかった事を問いただしたら、どうやらオーバーブッキングしていたようだ。新しいチケットを無料で発券してくれるようだが、それ以外は聞き入れてくれなかった。最短で四日後のチケットだった。しかたなくそれをもらい、ホテルに戻った。

矢野さんが心配してロビーで待っていてくれた。

「矢野さん、帰国便は四日後になりました。お金が少し足りなくなりそうなので私の一眼レフカメラをカタに少し貸してくれませんか?」

とお願いすると矢野さんは、

「そんな物預かって壊したら大変だから質草はいらないですよ。日本に戻った時振り込んでくれればいいですから」

と五万円貸してくれた。

私は岡山県の銀行の振り込み先をしっかり書き留めた。

電話で飛行機に乗れなかったことを東方建設の事務所に連絡した。

社長が電話に出た。

「馬鹿野郎何やってんだ。明日のメンバーに入っているんだぞ。再審査の受付は三カ月先だぞ、どうするんだ?」

社長が電話の向こうで怒鳴っているが、どうにも出来なかった。電話代が凄く高く、五百ペソのプリペイドカードがすぐに終わった。

先に有り金でホテル代を三日分先払いした。私はロビーで放心状態だった。流石に矢野さんもカジノに誘ってこなかった。

帰国してから三カ月都内の現場で働き、そのあともし硫黄島の現場に空きがなかったらずっと都内の仕事だと思うと気がめいった。

矢野さんに失職しそうだと話していたら、丁度そこに日系企業のGMをしている根岸さんという人が仕事から帰ってきた。

根岸さんには時々フィリピンの日系企業のことなどを聞かせてもらっていた。

根岸さんに、

「多田さん何しているの？　帰ったんじゃなかったの？」

と尋ねられた。

私が帰国便に乗れなかったことを話すと、

「だったらこっちで就職したら？　そうすればいちいち行ったり来たりせずに済むのに。求人なら新聞にたくさん載ってるよ」

とまにら新聞をくれた。

私は早速新聞を開いてみた。建築関係はフィル工務店、湯谷ビルダー、ＩＴＢシンガポール、どれも日系のようだった。

まずマカティにあるフィル工務店に電話を入れてみた。私が新聞の募集記事をみて電話をしていると言うと、何のビザを持っているのか尋ねられた。観光ビザですと言うと黙って電話を切られた。

残りの二社は、どちらもカビテというところにあった。

ホテルの入り口のセキュリティガードにカビテの場所を聞きいても海の方を指さして

あの辺だと言うばかり。どのくらい離れているのかもわからなかった。

根岸さんが、

「これを書かなきゃ始まらないよ」

と履歴書の用紙を持ってきてくれた。ありがたかった。

その時根岸さんにカビテの場所を聞けばよかったのだが、焦っていて思い浮かばなかった。

根岸さんの会社はＩＴＢの近所だったことに後で気づいた。

私はとりあえず部屋に戻って履歴書を二通書いた。電話で門前払いはいやだったので、明日朝から直接行ってみようと思った。

夜は不安で眠るどころではなかった。何せここは日本ではない。

朝早くタクシーに乗り、カビテはどこだと聞くが、番地を見せても返事はない。タクシーにもエリアがあって、どこでも行けるわけではないようだった。

とりあえずエリアの端までなら行けるだろうと無理に乗りこんでカビテ方面にタクシーを走らせた。

ロハス大通りを真っすぐ抜けてどんどん行ったが、やがてドライバーが車を路肩に止

めて、

「この先はもう走れないから降りてくれ」

と言ったので、金を渡して車を降りた。

カビテがどっちなのかもわからない。

何台かのタクシーを止めたが、

「カビテには行けない」

「カビテは知らない」

というばかり。参った。

それからも歩きながらタクシーを止めた。時間だけが経過する。やがて大きな三叉路に来た。近所のタバコ屋のような所で煙草を一箱買ってカビテはどっちだと聞いたら、

「この道を真っすぐ行って最後まで行くとカビテだよ」

と親切に教えてくれた。

私はその道でタクシーを探した。この道を通るタクシーはカビテに行くかカビテへ帰る車に違いない。

やっと一台捕まえた。カビテのロザリオに行きたいというとＯＫだった。そこから一

時間くらいかかった。本当にカビテに向かっているのだろうか。話もあまり通じない。しばらく走ると時々道路標識にカビテの文字をみるようになった。

「お、近くに来たぞ」

私はほっとした。

詳しい住所を見せるとタクシーは狭い道や住宅街を走った。この辺だろうと思ったが、ドライバーは下りて尋ねたりしてくれない。しかたなく私が下りて通行人に湯谷ビルダーという会社はどこか尋ね回った。まだ料金を払っていなかったのでタクシーもしかたなく付いてきた。

やっと湯谷ビルダーを見つけて中に入った。募集広告の事を告げると日本人の社長が面接してくれた。

しかしこの社長が面倒な人物だった。就職したくてカビテまで来たのに、もう一度よく考えろとかフィリピン人の妻がいるなら連れてこいとか言い出した。独身だと言うと、それではウチの会社にマニラから来れる訳がない。とか言うので、痺れを切らした私はタクシー待たせていますからと早々に退散した。

よく考えて明日もう一度来なさいだと？　訳の分からんおっさんだ。

最後のＩＴＢという会社は工業団地の中にあったので、すぐに分かった。

タクシーのドライバーがここで金をくれと言った。私は最後まで付き合ってくれたら千ペソ払うと言ったが、ドライバーはマニラにはいかないと言った。じゃあ半分の五百ペソだと言うとそれで十分だと言うので五百ペソ渡した。メーターだとその頃は本当はもっともっと安かったようだ。

タクシーを返してしまったので、もう背水の陣になっていた。

中に入ろうとしたがセキュリティチェックが厳しく、何やら書き込む紙切れを持ってきた。見ると、フィリピン人用の求人用紙だった。

建物の方を見ると日本人の姿が何人か見えた。喜んでそこに行こうとするとセキュリティに止められた。私は構わず日本人のいる方に歩いた。このチャンスを逃す訳には行くもんか。必死でまとわりつくセキュリティを引きずりながら、日本人の方に歩いて行った。

私は大声で、

「日本人の方ですか？」

と日本語で尋ねた。セキュリティはまだ腰にぶら下がったままだ。

それを見て日本人が大笑いしているのが見えた。近くまで行くとその日本人がセキュリティに何やら言ってくれて、やっと手を放してくれた。セキュリティは私のことを日本人とは思っていなかったようだ。

「すみません、求人広告を見て来たのですが」

と言うと、話をしっかり聞いてくれた。

煙草を吸いながらいろいろ質問された。郵送している時間がなかったこと、現在観光ビザで来ていることなど全部正直に答えた。

安藤という人だった。

「よく分かりました。明日の朝、大野と言うＧＭがあなたに電話を入れます。申し訳ないですが詳しくは大野と話をして下さい。大野にも私からよく言っておきます」

との事だった。何とかなるのかなあ、五分五分のように思えたが、湯谷ビルダーの対応とは雲泥の差だった。ＩＴＢはとても真面目な会社に思えた。

ＩＴＢを後にして工業団地の中を歩いていたら、何と根岸さんの５５５のナンバーのＣＲＶが見えた。セキュリティに聞くと、中にいるというので呼んでもらうことにした。

すると中から、

「多田さん入んなよ」

と根岸さんの会社の応接室に通された。

彼はここのＧＭだった。私はＩＴＢに、履歴書を届けた事を伝えた。募集をしている会社は他にも沢山あるよと教えられたが、私にはゆっくり探す時間がなかった。

「多田さん、カビテまで来るの大変だったでしょう。帰りはどうするんですか？」

と聞かれたので、タクシーに逃げられましたと答えると、

「じゃあ私もう少ししたら出ますから、一緒に帰りましょう」

と言ってくれた。助かった。このクソ暑い中タクシーを探し回ることを考えぞっとしていた所だった。

まだ三時ごろだったが夕方四時半を回るとひどい渋滞で、エルミタまで二時間以上かかるらしく、それで彼はいつもこの時間に会社を出るらしかった。

少し待って根岸さんのＣＲＶでホテルまで送ってもらった。丁寧にお礼を言った。

ホテルにつくと早速ＩＴＢの大野さんから電話があり、

「明日こちらに来れますか？　しかし直ぐに返事できなかったら、大変ですよね。僕が

近くまで面接に行きましょうか？」

と言ってもらえたので私は思わず、

「助かります！」

と彼が言い終わる前に先に言ってしまった。

大野さんは、

「それでは近くのダイヤモンドホテルのコーヒラウンジで。十時でいいですか？」

私は祈るような気持ちで了解した。不安は大きかったがごく僅かな期待もあった。

その日はどこへも行かず、部屋でおとなしくしていた。食事も喉を通りそうになかった。

ただ、矢野さんが遅い時間にカジノから戻ってきて、

「ターちゃんどうだった？」

と声を掛けてくれ、イセヤに誘われたのでついて行った。

ビールが腹にしみた。人の優しさが身に染みた一日だった。

少し食べてから、イセヤの近くにある矢野さんお気に入りの、空の見える出会い系バーのような店に立ち寄った。

矢野さんはいろんな女の子にジュースをおごり、何人かをテーブルに呼んだ。

私は矢野さんに金を借りている身なのでおとなしくしていた。

矢野さんは一人の若い子と交渉し連れて帰った。

その夜は時間が長かった。本当に長かった。最悪二日後に日本に帰って東方建設に頭を下げるしかない。ミスはしたが何とかなるとは思ったが気持ちは重かった。

翌朝は早起きした。シャワーを浴びてホテルの中のレストランで朝飯を食った。

九時半にダイヤモンドホテルに着いた。

十時ちょうどに携帯電話が鳴った。

立ち上がるとエントランスの方から手を振る人がいた。大野さんだった。短い髪型で精悍だがいい笑顔の青年だった。歳は私よりひとまわりくらい若いように見えた。早速会社の事業内容などを説明されたり、私のことについて尋ねられたりした。


途中で、英語とタガログ語のレベルを聞かれた。

「私はタガログ語はほとんどわかりません。英語も日常会話まで行かないレベルかな」

と言うと、いきなり、

「作業者に英語で的確に指示できますか？」

と英語で聞かれた。

咄嗟に出てこないので、

「メイビーＯＫ」

と英語で返した。

大野さんは、

「多田さん英語使えるんですね」

と大笑い。彼の正解の中にメイビーＯＫはなかったらしかった。

そのあとの実務の話ではかなり詰めた内容となった。入社した場合の話も聞かされた。

給料の話になった時は、持っていた直近の鹿島からもらった明細書を見せた。

大野さんは、

「多田さん、随分いいギャラですね」

と驚いていたが、それは島の離島手当て込みでフルに仕事が出来ていた時の、一番高い給料明細で、税込みで五十万円を少し上回っている金額だった。

「この金額ではこの場で即決できません。日本サイドの採用になります。本社人事部の決済が必要になりますが、私は採用の方針で話を進めます。一週間程度待てますか？」

と聞かれたので、

「帰りのチケットは明後日なのです。お返事は日本で待つことになります。必ず連絡が取れるようにしておきます」

と答えた。

大野さんは他にもいろいろ質問した。

賞罰の話では大野さんは悪い話と思ったのか、

「多田さん、昔何をやらかしたのですか？」

と聞かれたので、

「違います、賞の方です」

というとまた大笑いになった。

まあ良い雰囲気の中で面接が出来たと思った。

まだ不安が全部なくなった訳ではなかったが、一縷の望みも出来た。二日前の気分とは天と地ほどの差だった。

ホテルに帰り矢野さんと高橋さんに報告した。日本に帰れば多少の貯金もあるし何とかなるだろう。いい加減なもんだ。二日前のショックをもう忘れようとしていた。

日本に帰ると真っ先に矢野さんに五万円振り込んだ。

東方建設にはＩＴＢの結果を聞いてからしかアクション出来なかった。一週間知らんフリを通すつもりだった。

他にやることもないので吉祥寺に行った。雀荘なら充電はいつでも出来る。とにかくあまり打たずに、負けないように、食事も賄飯を食べた。宿も二日間雀荘のソファー、その翌日はサウナだった。サウナでも泊まらずに雀荘に戻った。大きなプレッシャーと不安からは逃げようがなかったが、雀荘にいるときだけ辛うじて正気でいられた。

四日目、電話が鳴った。大野さんからだ。

「採用が決まりました。委細はこちらに来られてから書面で」

との連絡だった。

心底、

「ありがとうございます」

と言った。蜘蛛の糸を摑んだ気がした。

「出来れば四月一日までに来ていただければ助かります。多田さんは本社扱いになりましたから年棒も六百万保証できそうです」

天にも昇る気持ちだった。正直よく採用してくれたな、と思った。

早速フィリピン行きの段取りにかかった。金のあるうちにチケットを買わないと。フィリピンへは片道では入国できない。帰りのチケットを持っていないと入国審査をパスしない。JALが往復九万円ほどのプロモチケットを出していたのでそれを購入した。それと交通費として三万位は残しておかないと。ここでの滞在もあと六日だ。少し足り無さそうだが、稼ぐ手立てがない。少なくとも十五万くらいは持って行かないと、一カ月の食費やらかかるだろうし。

設備屋の加藤さんが千葉にいるらしいので電話してみると、一発で繋がった。早速船橋駅まで向かった。加藤さんは駅前で待っていてくれて再会を喜んだ。

近くに飲み屋街があった。

「多田さんには島で大変世話になったから今日はおごらせてくれ」

というので、近所の居酒屋に行ってビールで乾杯した。

「加藤さん、奢ってもらっているのに恐縮ですが、今日はお願いがあってきたのです。加藤さんに預けている大工の電動工具、全部まとめて買ってくれませんか？　フィリピンには持って行けないんです」

というと、加藤さんは快く、

「いいよ、買わせてもらいます」

話がついて十万円を手に入れた。道具の買い取り屋に持って行ってもそれくらいになるだろう。一年ぶりに会って最初の話が道具の売りさばき。少し恥ずかしかったが、背に腹は変えられなかった。

売り払った道具は現場用の電動工具だった。千葉を出る時、ローンの終わっていないエアー工具は置いて出たが、元々持っていた電動工具は加藤さんのアパートに預けっぱなしになっていたのだ。運賃等何度もかかった道具だった。

そのあとも加藤さんが付き合えと言うので色んな店で飲んだ。加藤さんはそんなに酒が強い方ではないのでちびちび飲みながら、彼の人生やまもなく就職する息子さんのことなどをうれしそうに聞かせてくれた。

結局終電近くまで飲んだ。

私が、月末にはフィリピンに飛ぶのでもうなかなか会えないことを伝えると、

「それなら家に来てくれ、朝まで飲もう」

と言われた。きつかったが、南鳥島での付き合いを考えると断れなかった。

結局加藤さんのアパートで朝方近くまで飲んだ。飲んだと言うより彼の人生話を聞いた。たまには人の人生を聞くのも悪くなかった。午前四時頃寝た。

昼前に船橋駅を出た。その足で平井駅で下車し東方建設の事務所に行った。

電話で社長がいない事は確認済みだった。寮に置いていた大工の手道具を持ち帰った。

事務所には奥さんと娘さんがいた。遅れて帰った事を謝罪し、硫黄島に当分は入れないので会社をやめる事を話した。

奥さんは、

「社長に、相談してください」

と言っていたが、何せ青森カラーの会社だったのであまり強くは引き止められなかった。

フィリピンで就職を決めた事を話すと娘さんが、

「フィリピンで何をするの？　英語圏でしょう？」

と不思議そうに聞いてきた。

説明は難しかったので、

「社長によろしくお伝え下さい。ありがとうございました」

と丁寧に頭を下げ、砥石等を持って吉祥寺に戻った。

わずかな衣類と道具を、買ったばかりのトランクに詰めた。後二日だ。何とかなるかなあ、不安は大きかった。

遊びでフィリピンには三回行ったが、今度は仕事だ。どうなる事やら。先は全く見えなかった。多分今日よりは少しいいかな。それくらいしか考えつかなかった。

麻雀は少しだけにして出費を抑えた。こういう余裕がない時は勝てる事は少ない。

吉祥寺最後の夜も、雀荘のソファーだった。私は東京に来て以来、いつもスタートは吉祥寺からとなっている事に気がついた。

空港は成田だ。この前のマニラのようなミスは絶対出来ない。

午後三時頃新小岩のサウナに向かった。時間が早かったので、石田さんの知り合いがやっている魚屋を訪ね、石田さんに連絡が取れるか尋ねたところ、あっさり連絡が付いた。

一時間ほど待って石田さんに会えた。奇跡的に会えた。何でも鹿島の南鳥島の所長の案で同窓会があったようだった。

皆、

「多田さんどうしているんだろう」

と話していたところだったと言われた。

私が村井工務店を辞めたから、情報が途切れていたようだった。

石田さんもまだ硫黄島からはオファーが来ていないらしかった。

「重機のオペレーターは沢山いるからなあ」

と石田さんは寂しそうに話した。

しかし彼は、

「話が来なければ来なくても良いよ。またタクシーでも乗るよ」

と開き直っていた。

彼も組織には頼らず一匹狼として生きていた。みんないろいろあるなあ、悲哀を感じながら生きてるんだなあ。石田さんは詳しい過去は一切話さなかった。私も聞かなかった。

しいて覚えているのは石田さんが、

「岩手の天然の岩ガキがめっぽううまい。日本で絶対一番上手い」

と言っていたことだ。それだけだった。

「俺も頑張るからターちゃんも頑張れよ」

至極月並みなセリフだったが、ゴツイ手で痛いほど握手をして別れた。

不器用だったがいい男だった。今度会ったら三途の川の護岸工事を二人でしようと思った。

翌日早い時間に成田についた。搭乗の三時間前だった。ところがチェックインカウンターでまたもやトラブルに見舞われた。トランクが七〇キロもあったのだ。五万円分のオバーチャージだ。それを支払ったらフィリピンの最初の一カ月がどうにもならなくなる。荷物は機内持ち込みができない物も多かった。とりあえず砥石など機内に持ち込み可能な重い物を手持ちの鞄に移した。それでも五〇キロを下回らない。現金の持ち合わせがないと頭を下げまくった。二十分くらいの押し問答の末、ようやく、

「今回だけですよ」

と通してくれた。助かった。
お陰で刃物類と一緒にフィリピンまで旅する事が出来た。
二〇〇〇年三月二十九日の事だった。

第四章　フィリピンラプソディ

1

人生三回戦目のスタートだ。

四十六歳の私は、ニノイ・アキノ国際空港に降り立った。

日本出国時の所持金は二十万円ほどだったが、マニラで空港を出た時にはすでに五万数千円になっていた。

フィリピン入国時、私は税関で引っかかった。受託手荷物の中に刃物が沢山あることを発見されたのだ。私はツーリストビザなので仕事に使うとは言えず、その場で思いついた嘘をついた。

「友人のカーペンターへの土産だ」

入管スタッフは個人の旅行者がなぜ大量の刃物を？　と言っていたようだが、彼らが話していることの全部はわからなかった。

私は別室に連れて行かれたが、いつくかの質問と雑談のあと、

「よく分かりましたミスター多田、ありがとう」

と意外にもあっさり解放された。

私はトランクを閉じて空港の建物を出た。しかし嫌な予感が頭をよぎったので、空港前の路上でトランクをもう一度開けてみた。手元の現金以外に念のためトランクの中に十万円を入れていたのだ。

予感は的中した。トランクの中の現金がなくなっていた。入国カウンターへ戻ろうとしたがセキュリティに止められて中までは入れなかった。

フィリピンに着くなり痛い洗礼を受けた。

泣く泣く金を取り返すことを諦め、空港の出口に集まっている迎えの中から私の名前が書いてあるプラスチックボードを持った人を見つけ、会社の寮まで送ってもらった。寮はエルミタのベイビュータワーホテルだった。ＩＴＢはこのホテルの一棟を借り

切っているようだった。

一日の予備日を挟んで二日目にロザリオカビテにある工場に出社となった。

朝六時、ホテルの地下駐車場に行くと十台以上のハイエースが止まっていて従業員と思しき人たちが次から次に乗り込んでいた。ざっと百人以上はいそうだ。

私はその光景に圧倒されてしまい、自分の乗るべき車がどれなのか全くわからずおろおろしていると、

「最初は事務所に顔を出すのだから、この車に乗っていいですよ」

と見知らぬ人が教えてくれた。誰だかわからず、ろくに挨拶も出来なかった。

およそ二時間後、ＩＴＢに到着した。事務所に入ると大野さんが待ち受けていて、早速契約書にサインした。

「決まった！」

と実感した。

いろいろ説明を受けてから工場を案内してもらったが、半日では回れないほどの広さだった。馬鹿でかい原木を裁断加工している部署、木材に薬液を注入している部署、梁

材をプレカットしている部署。次々と見て回り、いよいよ最後は家具やシステムキッチンなど家用のあらゆる作り付け家具を製作している部署だった。私の配属志望は家具、木工だった。

凄い。圧倒されっぱなしだった。私はどの作業なら自分の経験が活かせるかと必死で見渡した。

しかし私は、次の日から住宅一課に出社するよう指示された。そこに私の机があるらしかった。私はてっきりここで木の加工に携わる仕事をするんだと思い込んでいた。

事務所には安藤さんがいて、入社を喜んでくれた。

「やあよかったね、入社になったんだ。よろしく」

なにしろきっかけは私がＩＴＢの面接に来た時、安藤さんがガードマンの執拗な制止を止めてくれた事が始まりだったのだ。

そのあと同じフロアに部屋を持つ、会社のエリートと言われている開発部の若い子たちに挨拶をした。

翌日住宅一課の大きな事務所に出社、ＧＭの水上さんと挨拶を交わした。

「多田さん、今日から同じ事務所で働くわけですから皆に挨拶をお願いします」

いきなり来た。

事務所で働くスタッフの半数以上がフィリピン人だ。当然英語でのスピーチを要求されると予想して挨拶文を準備していた。念のため前日会った開発部のメンバーに教えてもらいながら練習した。しかしいざ本番となると練習した内容もすっかり忘れてしまってしどろもどろになってしまった。なんとか挨拶を終わらせたが、初日から冷や汗をかいた。

水上さんとはその後三年間一緒に仕事をする事になった。お互いＩＴＢでの最後は悲惨だったが、この時の私たちはそんなこと知る由もない。

「まず総務に頼んで、あなたの部下になるフィリピン人を三人ほど見つけて下さい」

と水上さんが言った。

私はＨＲのステラという女性を訪ねた。部下が欲しいと頼むと、性別の希望を聞かれたが、性別は問わないと答えておいた。

しかし実際に何をするのか指示が出ない。

四日目に大野さんから呼び出され、行ってみるといきなり、

「多田さんは電気溶接できますよね。ガス溶断もできますか」

と聞かれたので、

「出来ますが」

と答えると大野さんは、

「今度鉄骨の部署を立ち上げます。そこに鉄関係をよく分かった人が必要です。それを多田さんにやってもらおうと考えています」。

私が、

「この会社には一級建築士の方が沢山いらっしゃいますから、その方たちの方が」

と答えると、

「一級建築士の資格を持った者は確かに沢山います。しかし実務経験のある人がいないのです。急で申し訳ないが多田さん、スティールディビジョンを立ち上げてください」

との事。指示はこれだけだった。

入社してまだ四日目だったから、ノーと言えるはずもなかった。

まず大きな木の工場の片隅を借りた。フェンス一枚きりの仕切りで、そこが私たちの作業場となった。ワーカーはＩＴＢのメンテナンスチームをそっくりもらい受ける事になった。総勢十二名ほどいた。ゴリラのようなゴツいやつから結構歳のやつもいた。

ワーカーの仕事の評価採点も私の仕事だった。暇だったので全員に水平垂直頭上の溶接テストをやってみた。年配者より若手の方が遥かに上手かった。私より上手いやつも三人ほどいた。将来のリーダー候補に思えた。他の技術もいろいろ見せてもらった。

チームの全容理解が進んでいく中、突然問題が降りかかってきた。引継ぎの時、メンテナンスチームの鳥山さんは、各ディビジョンからの製作依頼がたまっている事など、私には何も言わなかったのだ。

当然クレームが入る。

最初に住宅二課という部署から家具ディビジョンのＧＭをしていた村松さんが怒鳴りこんできた。

「いつまで放っておくつもりですか？　やる気ないんですか？　もう一カ月以上待っているのですよ。鳥ちゃんから引継ぎ受けたんでしょう？」

「すみません。何も聞いていないのです。今からそちらに行きます。お手間でしょうがもう一度説明お願いできますか？」

行ってみると、工具ラックが何台も未製作になっている事がわかった。事務所に帰って水上さんに報告、すぐに材料の手配をしたが、見積もりが業者から上がってこない。単なるアングルバー二種類の見積もりなのにとにかく遅い。五日過ぎても業者は他の競合他社の単価を教えろと打診してくるばかりだ。どうやらどの業者も後出しジャンケンをしたいようだった。

参った。それだけで一週間過ぎてしまった。とにかく業者の営業担当を呼び付けるがなかなか来ない。仕方なく最初のアングルバーは以前購入した業者に同じ値で持って来るようお願いしたのだが、それからさらに四日待たされた。

材料が着いてすぐに加工、製作に取りかかった。近所の塗料屋に行って下地用のエポキシと塗料を買ってきた。業者納品なんか待っていられない。

製作作業に入れば皆仕事が早い。四日ほどで仕上げ納品できた。

その後住宅一課、住宅二課、住宅三課へ頭を下げて、発注しているにもかかわらず未納となっている製作物について聞いて回った。するとあるわあるわ。十数点。何もしていなかった。

各部署からの依頼品は三カ月くらい遅れてなんとか全て納めた。その後も依頼は次から次へと来た。日々の業務に追われながら、同時に納品するための体制づくりも行った。私が手書きの図面を書いて材料の発注を行う。図面を元にカットする者、溶接する者、仕上げをする者、塗装する者、と皆で製作を行った。

そのうちに部署内に効率的な作業の流れができた。当たり前の流れだが、スムーズに仕事が出来るようなったのは大きな進歩だった。人数も大分増えた。

そんなある日、大野さんから呼び出された。

「新しい鉄骨の工場が必要です。すぐに用意してください。今建築中の建物です。多田さんが仕事をしやすいように提案してやらせて下さい。そこで多田さんのチームに新しい仕事をしてもらいます」

まあ恐ろしく荒っぽくハイスピードな会社だ。訳が分からないがワクワクさせられた。住宅一課に戻ると大きな駐車場のような空き地があって、土間コンクリートは打ってある。指示は、

「ここに工場を作る」

これだけだった。

工場の用意は最初から大揉めだった。

その建物は屋根は高かったが、入り口からの高低差はゼロだった。もし溶接等の作業中、工場内に水が流れ込むようだと危険だ。住宅一課のプレカットのメンバーに洪水について聞いてみた。すると毎年何回か六〇センチほどの高さの浸水があるらしかった。

そこで急遽水上さんに土地のかさ上げをお願いしたが、

「そんな予算聞いていません」

の一言。

私は、

「毎年工場内には泥水が六〇センチくらい入るそうですね。それを分かっていて溶接仕事をさせるのですか？　私には理解できません」

とはっきり言った。

その頃、鳥山さんが主体で建設業者が入り、工場を建てかけていた。

「入ったばかりの契約社員は黙っていろ」

日本から来ていた高木次長が喧嘩腰で怒鳴った。

次長の部下の古橋課長がさらに言った。

「鳥ちゃんは高低差のこと何も言っていないよ。あんた建築素人でしょう？　鳥ちゃんは日大建築学科卒だよ。あんた高卒でしょう？」

これには参った。この会社、どうなっているんだ？

水上さんと大野さんは私の言ったことを理解してくれた。ただしポジションは高木さんの方が上。その辺でかなり揉めた。

するとこの事を聞きつけた大村専務が現場に来た。彼は表向きの役職こそ専務だが、実質上のオーナーだった。

「多田さんどう言う事で揉めていますか？　私にわかるように説明してください」

「カビテのこの辺は海抜が非常に低いです。毎年海水の浸水があります。別の建物は最初からコンテナ用のトラックに合わせて一、二メートル高くしてありますが、この建物は地面からの高さがありません。年に何度か工場は汚水や海水に浸かる可能性がありま す。鋼材や商品などを浸水する度に毎回洗いますか？　海水に浸かると機械が修復不可能になる事だって考えられます」

「鳥山君は浸水の事を調べていましたか？」

高木次長はすでにいなかったが古橋課長がいた。

課長は言葉に詰まり、しどろもどろに、

「鳥山に確認取ります」

とだけしか言えなかった。

するとと専務が、

「多田さん、必要なだけ土間を上げて下さい。予算は水上に申請してください。今から取り掛かって下さい」

と指示を出した。

翌日すぐに近所の業者を選定して工事依頼をした。その会社には久田さんという日本人が在籍していた。しかし仕事について全く知っておらず、作業の指図はほとんど私がすることになった。ただ彼はタガログ語が堪能だったので、現場のワーカーには彼の説明でうまく伝わったようだ。

何とか土間コン打ちまでたどり着いたので、私はミキサー車を入れる手順を教えた。工事業者名は湯谷ビルダー。以前私が求人に応募した会社だった。

工場が完成し、住宅一課のスチールディビジョンが発足した。

しばらくすると新しく製作をする構造物の打合せに日本に行けと指示が出た。機械関係の専門商社である永井機工の橋本さんが、アシスタントとして同行してくれることになった。

すぐに私のデスクに日本往復のチケットが届いた。成田着の便だった。

翌日、浜松にある一ツ橋工務店の本社工場に案内された。免振システムの新規立ち上げプロジェクトだ。主幹は大学の教授で、ほとんどが一級建築士。中には東大卒までいた。

「私がこのメンバーの中に入っていいのかい？」

というのが本音だった。

機能やシステムについての説明は理解できた。もうすでに百棟分位は日本の鉄工所で製作納品済みらしかった。残りを丸ごと住宅一課スチールに生産移管するつもりだと聞いた。

一日目は製作図面の読み取り方を教えてもらった。二日目は永井鉄工に行き、ミグ溶接の実務だ。これは問題なかった。

三日目は製作出荷をしている柳鉄工を訪問した。日本の職人さんが実際に製作しているところを見せてもらったのは有意義だったが、一ツ橋工務店からの注文はあと数棟で終了するらしかったので、途中でフィリピンに移管することに何とも言えない気まずさがあった。しかし、甘い事など言っていられる状況じゃない。何でも吸収した。明日からは私がこれを全部仕切らねばならないのだ。

その夜、永井機工の橋本さんの誘いで、柳さんと三人で食事に出た。

一軒目を終えて橋本さんにどこか次行きませんかと尋ねられたが、私は初めての土地なので返事のしようがなかったところ、柳さんが突然、

「フィリピンパブがいいね」

と言い出した。

おいおい私はフィリピンから来ているんだぜ、と思ったが、柳さんとはこの先長い付き合いになるとも思えなかったので、

「いいですね行きましょう」

と、フィリピン人が働いているバーに連れて行ってもらった。柳さんは笑顔でよく飲んだ。きっとストレスの多い日々を過ごしているのだと思った。

翌日は事務所で高学歴の面々と打合せだった。主幹がプロジェクトに対する熱意を語った。やろうとしている事はよく解る。しかし疲れる。私はこの一員であることにかなりの違和感があった。

もっとも、企画提案やデザインをする側と、製作実務側とは多少の考え方の相違があるのは当たり前だと思った。

物流や出荷システムなど議題はいろいろあったが、率直に意見を伝えた。

「まず出荷にこぎつけるまで待ってください。日本サイドの要求する物を製作できるようになってからにして下さい。トレーニングの期間や機械の買い付けが必要です。工場はまだ始動していないのですよ」

机上の話は簡単だ。フィリピンには日本人のような熟練の溶接工が一人もいないのに、簡単に言ってくれる。

フィリピンに帰ってから思い切り仕事してやろうと思った。それは私自身のこの会社のエリートメンバーに対するコンプレックスの表れだったかも知れないが、五分以上に渡り合えるという自信もあったからだ。

ただ、これから先の仕事は職人仕事ではない。私にとっては全く未知の領域だった。

会議を終えると速攻でフィリピンに戻った。

フィリピンに戻ると、古橋課長が日本から中古の機械が届くと言う。他の部署なら重量物の運搬と据え付けをやる業者が当然入る。日本から機械の据え付け、始動までのスーパーバイザーが必ず来るのだ。

ところが課長は、

「多田さん、機械の据え付け頼みますよ、プロでしょ?」

の一言で私に丸投げしてきたのだ。

私は課長の意図が分からず、水上さんに聞いてみた。

すると水上さんは、

「古橋さんは多分、多田さんが出来ません、お願いします。と泣きを入れるのを期待しているんじゃないの?」

確かにそのように思えた。

課長は、

「全部自分一人でやってください、いいですね」

の一点張りだったからだ。

その前に早速トラブルが発生した。

「お前、工場使うのなら図面書いて持ってこい」

高木次長からの突然の指示だった。

次長は私より歳はひとつ下だが上司だから、

「分かりました」

と言ってレイアウト図面を書いた。

三日後に図面を次長に出すといきなり罵倒された。彼は図面をちらっと見ただけで丸めて屑籠に投げ込むと、

「お前、工場の配置もわからんのか？　書き直してこい！」

彼の罵声が事務所中に響き渡った。

参った上司だね、が実感だった。

仮に私のレイアウトが不完全なら、ここはこうした方が安全ではないか？　とかここはこうした方が効率がいいんじゃないか？　など少なくともアドバイスをしたり、現在の図面に関する私の意図くらい聞くんじゃないか？　と思った。

何度か練り直してみたが、やはり最初のプランがシンプルで最も無駄がないと確信した。

水上さんに、

「このプランで機械を据え付けします。責任持ちますから。次長の方よろしく」

と高木次長のことは無視を決め込んでスタートした。

機械を開梱し、重機も借りていなかったので二台の大きなフォークリフトで中まで入れた。ローラーも無いので直径一五ミリのパイプを沢山並べ、その上に機械を置いて所定の位置まで転がした。

何とかなるもんだ。ワーカーも面白がってよく動いた。あとは軽いものと先に作らせてあった溶接作業台を高さを決めて繋げた。

ところが天井にクレーンがない。

「天井にクレーンが必要になります、すぐに用意して下さい」

私は慌てて水上さんに言うと、

「私には判断できませんから専務に直接確認取ります」

水上さんも次長の指示を仰ぐのが嫌そうだった。

すぐに専務から電話があった。

「多田さん、本当に必要ですか?」

「はい。絶対必要になります」

鉄骨工場で天井クレーンがない工場があったら教えてくれよ、と言いかかったくらい呆れたが、専務が、

「永井機工さんに私からお願いしておきます。中古でも問題ないですね」

と理解を示してくれたので、

「もちろんです。中古で十分です」

と返事をした。

翌日、永井機工の永井さんから、

「多田さん、やっぱり天井クレーンいるよねぇ」

と電話があった。

「はい、二台必要です。スパンの長いので。H鋼だけではちょっと不安です」

そうお願いすると、

「六メートルのコラムをコンテナに入れとくから、上に抱かせな。それと必要アクセサリー全部送るから」

と言ってくれた。

私は全長四五メートルの天井クレーン二セットでスパンは一五メートル。サドル二

セット。巻き上げ装置二セット。予備一台を頼んだ。日本だったら確認申請から構造計算書を作成するから有資格者が必要だが、フィリピンではとりあえず後出しの確認申請で済みそうだった。

一カ月後、コンテナが届いた。ガーダー、走行レール等は事前に製作しておいた。すぐにサドルを付けフォークリフトで上架した。しかしここで参ったことが起った。このままフォークリフトで上架しても高さが足りないと、ワーカーのエドガーから報告があったのだ。そこでフォークリフトにスクラップを入れる鉄の箱をワイヤーで固定して、その上に別のフォークリフトでガーダーを載せ、さらにワイヤーで固定、そのままレールの上まで上げた。簡単に上げられた。日本なら絶対認められない工法だが、危険度はさほどなかった。その後何本もこの工法で納めたが、事故はなかった。

天井クレーンの設置も完了し、工場の立ち上げもいよいよ大詰めを迎えた。

電気工事も無事終わり試運転、試作の開始だ。ドリルマシンに電源が入り個別にマニュアル操作をした。全部機能した。

しかしほっとしたのも束の間、シーケンサーのデータを打ち込んでも全く作動しない。いくら考えても分からない。そもそもシーケンサーのデータを打ち込む機械は日本語表示、やるのはフィリピン人だ。

私がパネルの日本語を訳したマニュアルを作ると、フィリピン人は文字が全く読めなくても日本語を記号として画面を探し出して、見事にプログラムを打ち込んでいった。頭のいいやつはどこの国にもいるものだ。いやはや大したものだと思った。

二日間どこで動作不良が起きているのか原因を探したが分からなかった。そもそも最初の段階から動かない。光電管は光を出しているが受光側がないのだ。よく見ると受光機らしきところが再塗装されており、不自然にペンキがべったり付いていた。ひょっとして、と思いペンキを剝がすと受光機がその下に見えた。綺麗に掃除すると機械が動きだした。

プログラム通り穴を開け鋼材を切り落とした。試運転が見事成功した瞬間だった。

試作品を何件分か作ってみた。

日本に出荷するので全品仮組の工程を入れた。全部仮組をして対角と実寸を図り、溶接漏れや溶接不良のチェック、ガゼットやステフナーの付け忘れ、穴位置のズレの修正まで、出来る事は全部やった。これらをバラして亜鉛メッキの外注会社に出荷。返ってきたものを最終検査。コンテナに詰め出荷。こうした一連の流れを確立した。

人員配置については八時間の三交代がいいか十二時間の二交代がいいのか、聞き取りを行うとほとんどのワーカーは二交代を希望したので、現場は十二時間二交代で作業をする事にした。

事務所は日本から送られてきた図面を元に、単品の製作図面を起こしドリルマシンへのプログラムを作る。単品の溶接指示書を作る。これに溶接開始時間と終了時間を書き込む。付けたガゼットプレートとステフナープレートの枚数も記入し、最後に溶接工がサインをする。これにより誰がどこでミスをしたか簡単に見つける事ができた。

全く言い逃れの出来ないシステムになった。

試運転は無事終えたが、今度は人材の面で問題が起きた。

最初にシーケンサーのプログラムの打ち込みを覚えてくれたメルビンに、六人いた大卒エンジニアへの講習を頼んだ。その中に何回教えても理解出来ないエンジニアがいたので辞めるように言うと、

「私の父はアテネオ大の理事だぜ。その俺様を解雇するだあ?」

と息巻くので、

「私が雇ったのはあなたの偉大なお父さんじゃない。あなたに仕事を覚える気が無いなら出ていってもらうよ、試用期間中だから」

とたしなめた。

数日後、問題の彼は高卒の溶接工を汚い言葉で侮蔑した。何人かの溶接工が殴りかかろうとしているのをエドガーが止めてくれたそうだ。助かった。直ぐにＨＲに報告し、彼を放り出した。ワーカーたちからはヤンヤの喝采だった。

もう一人いた。彼はマプア大卒。マプア大は土木ではかなり優秀と聞いていた。

彼が工場内の作業工程を書き出し、私の所に持って来て、

「ミスター多田、これで作業は完璧に片付くでしょう。簡単なものです」

なんのことはない。ワーカーが黙って毎日やっている事を順番に紙に書いただけのものだった。私は感じた通りに指摘した。

「この工程表は品物が出来上がるまでの工程を表しているにすぎませんね」

しかし彼は、

「私の仕事は完璧でしょう？」

と返してきた。

「この工程表が無くても毎日動いていますよ。今後は品質を上げてクレームの出ない品物を作るアイデアが聞きたいですね」

「そんなもののエンジニアの仕事ではないです。現場のスーパーバイザーレベルの仕事です」

「じゃあ、あなたはこの会社で何をしたいのですか?」

と聞くと返事はなかった。

少し鍛えれば使えると思ったが、数日後に試用期間終了を待たず辞めて行った。

溶接時間は誰が早いのか遅いのかも分かるようになり、一部の従業員の怠慢が分かった。地元の年配の溶接工が遅い。ミスも多かった。

私は彼らを集めて辞めるように言うと連中は、

「多田分かっているか? ここは俺たちの地元だぜ。それにレギュラーだ。辞めさせる事などできっこないぜ。やれるものならやってみろ」

と脅しにかかりやがる。

私はHRに相談したが、レギュラーの解雇は難しいと言われた。

仕方ないので、

「私がスチールのマネージャーでいる間あなた方には一切残業をさせません。休日出勤も絶対させません。時間内に私が指示するメンテナンスの品物を製作して下さい。これは法律には触れません。いいですね？」

と怠け者チームに釘を刺した。

彼らの作業はとにかく遅い。さらに遅れたから残業させろと彼らは言ってくる。私は遅れた分の残業はほかのメンバーにやらせた。

地元の溶接工とは徹底的に敵対したが、三カ月後HRが、今やめるなら三カ月分のボーナスを出してもいいと怠け者チームに持ちかけてくれた。するとボーナスに釣られてみな即退社した。

助かった。HRのフィリピーナやるじゃん、と思った。これを機に一気に皆の志気が上がってきた。私はシフトのリーダーを決めた。まず一人目はエドガー、いばんゴツくて頼りになるやつだ。もう一人は以前からリーダーらしかったテディ。テディは体は小さかったが仲間からの信頼はトップだった。

出荷が順調に増え出した頃、永井機工の永井さんが来比した。

「多田さんやってるね。工場のレイアウトの図面もらったんだね？」

「誰に？」

「高木次長にだよ」

「いいえ、もらってませんが」

「でも前の工場と同じレイアウトになっているよ」

この時はじめて高木次長が私に工場レイアウトを考えろと怒鳴った意味がわかった。

もし私が考えたレイアウトが前の工場のものと大きく違っていたら次長は、

「これではダメだ、使い物にならん。レイアウトも知らんのか？　こういう風にやるんだ」

と啖呵を切るつもりが、私が前の工場と全く同じレイアウト図面を書いたものだから、あわてて私の図面をごみ箱に投げ込んだってわけだ。

何とも器量の小さい男に思えた。

これには永井さんも呆れていた。

高木次長には何人も怒鳴り散らされていた。私だけではなかった。ヨイショの下手な何人かが餌食になっていた。

その間、何度か洪水が起こり、海水があと一〇センチのところまでは来たが、工場内には浸水しなかった。

隣の棟にガラスと樹脂サッシのディビジョンが新たに立ち上がることになった。

大村専務が大野さんに尋ねた。

「樹脂サッシを作る機械はどこで製造していますか？」

「日本と、アメリカと、オーストリアです。コスパから判断してオーストリア製が、一番です」

と大野さんが答えると、専務は、

「すぐにその会社とコンタクトを取って現地に行って買い付けして下さい」

四日後には大野氏はオーストリアに飛んでいた。会議なし、稟議なし、書類もなし。一秒決裁できるいい会社だった。

しかし順調に工事が進むかと思われた矢先、高木次長の周辺でまたしても問題が発生した。

「こちらも地上げをしてほしい」

樹脂サッシのGMの更谷氏が高木次長に申し出た。しかし次長は古橋課長とコンビを組んで意地だけで提案を拒否してしまった。

その代わり次長は浸水対策として水門を作った。

「多田さんいいですか？　こういうふうにすればコストもかけずに浸水被害は防げるんですよ。もっと頭を使って考えなさい」

と誇らしげに言われてしまった。

ところがその年の秋に大水が出て、水はスチールディビジョンの床上まで上がってきた。樹脂サッシのディビジョンは水門を閉めたが今度は雨水の土管から水が逆流してきた。土管が繫がっている大きな食堂から流れてきた汚泥が一気に吹き上げたのだ。

機械も材料のガラスも汚泥で埋まってしまった。

掃除と後片付け、機械の修理で樹脂サッシの工場は二カ月近く稼動停止になってしまった。

水門を設置した時高木次長は専務に、

「多田のように大掛かりな事をしなくても水は止められますから」

と大見栄を切っていたらしかった。

この一件で専務も我慢の限界を超えたようだ。高木次長は仙台営業所に転勤となった。実質的な左遷だった。予想通りの結果だった。

次長が左遷された後、水上さんの部下の川田が、

「多田さんは、よく車で外出しますね。電話で済ませられませんか?」

と嫌味を言ってきた。

「私はビノンドやケソンシティに行ってサプライヤーのオーナーと直接交渉しています。単価も一セールマンだと甘いです。それに中古の機械は実際に確認せずには買えません」

と答えた。

私の上司でもないのにいろいろ文句を付けてくるなんておかしいな、と思っていたら住宅一課の若手の小林君が、一枚のコピーを持ってわざわざ遠く離れたスチールのオフィスに現れた。

「多田さん、このお触れ知っていますか?」

それは高木次長からの通達だった。

住宅一課の水上さんと私以外に配布されており、私のスキャンダルや大きな失敗を見

つけたら高木に報告しなさいという趣旨で、

「多田を解雇できるスキャンダルを報告したものは私が二階級特進を約束する」

という文面だった。

高木次長のやり方に対しての彼流のささやかな抵抗のようだった。

教えてくれて感謝はしたものの、

「さすがにこれを俺の所に送る訳ないだろう？　とにかくありがとう」

で話は終わったが、

「私は賞金首かい？」

と思った。

陰湿で歪んだ男だ。会社勤めは大変だ。こんな煩わしいことになど関わりたくはない。それより私に思い切り仕事をさせろ、と思った。

2

ある日大村専務が私の席に座っていた。

「おはようございます」

と声をかけると、専務からベランダの手すりやフェンスのスケッチを見せられて質問攻めにあった。

「多田さんはどれが良いと思いますか?」

どれも綺麗なデザインだったが全部スケルトンだった。

フィリピンでは普通だが、日本では二階の階高が低いのと、日本の女性はスケルトンは好まない。

「専務、全部だめですね。私は推薦しかねます」

「そうですか。明日もう一度来ますから、このデザインのどこがいけないか答えてもらいますよ」

専務は機嫌を損ねたのか、すぐに引き上げてしまった。

専務はそれからしょっちゅう朝早くに事務所へ来て私を問攻めにした。

私は全て正直に答えた。

フェンスの件は専務の事務所で女性スタッフに聞いたところ、目隠しのないフェンスはダメです、と言われたようだった。

「多田さん、昨日の件撤回します」

その後も専務からは質問だけでなく自身の夢や今後の方針などをよく聞かされた。

仕事に対する情熱は凄いと思った。本気で付き合ってやろうと思った。

そうこうしていると、水上さんからアドバイスを受けた。

「多田さん、この会社で長続きしたかったら仕事より保身ですよ。あなた目立ち過ぎです。専務と親しくなるなんて、危険極まりないですよ。何といっても保身です」

私が、

「水上さん、アドバイスありがとうございます。でも私は生まれてこのかた『ホシン』というものを食った事がないのです」

ととぼけると、

「多田さん、保身は食べ物ではないですよ」

水上さんが真顔で返してきたので、

「保身を考えるより自分がどこまで仕事が出来るかを試したいのです。今は仕事が楽しくて仕方ありません。三日後にクビになっても後悔なんかありませんから」

するとその翌日から、私を部下に持つ水上さんは自身のことを「危険物取扱主任」ですと他の人に吹いていた。

ある日、大村専務と何人かの偉いさんがやってきていきなりミーティングが始まった。古橋課長もいた。

ミーティングは免振装置の値下げの件だった。古橋さんたちはもっと普及するように値下げしてはどうかという考えだった。

意見を求められた私は、

「日本で製作し販売開始時の価格を維持した方が良いでしょう。なぜなら鋼材の値段は日本もフィリピンもあまり変わりません。しかしフィリピンで製作すると輸送費がかかります。これでは利益が圧迫されて赤字になりかねません。何もフィリピンで製作して赤字を出す必要はないでしょう。クオリティが高ければ値下げなどしなくても売れるはずです。値下げしないと売れない商品なら問題は他にあるのではないでしょうか？　赤字を毎日出して製作するくらいなら、私は退職します。会社のお荷物にはなりたくありませんから」

と対決姿勢で臨んだ。

「我が社が他社に先駆けて開発した商品です。自信があるならもっと高額でも売れるはずです」

と言うと、この意見に専務が同調した。

「値上げできるか？」

「私は上げても問題無いと思います。日本の競合他社もまだ正式に販売しておらず、カタログこそあるもののほとんど一般ユーザーに販売していません。当社の製品を超える物が出てくるまでは独壇場のはずです」

「そうだな。製造部署が言うのだからそうしよう」

専務の一声で、ミーティング当初の値下げ要求に反して、逆に値上げすることで話を片付けてしまった。

思い込みや意固地な考えを会社の中に持ち込まず、マーケットを考慮した戦略があってはじめて売上につながるのでは？　と思った。

予想通り、値上げしてからも受注は落ちなかった。順調に製作個数は伸びた。いくら会社の方針とはいえ赤字の部署ともなれば住宅一課のお荷物になる。危うく肩身が狭くなるところだった。

のぼせ上がっていたつもりはなかったが、大野さんから釘を刺された。

「多田さん、専務がいくらずっとこの会社で頑張って下さいとか言っても、あくまであなたは契約社員と言う事は忘れないで下さい」

売上が伸びてくると材料の調達も忙しくなった。

ある日現場にいると、土煙を上げながらフォードの高級車エクスペディションが駐車場につっこんできた。

誰だい？　と思っていたら女性が降りてきた。

しばらくするとオフィスから来客だと連絡が来た。事務所に上がると先程の女性だった。彼女はレミントンスチール社のセールスパーソンだった。すでに取引していた住宅二課の渡辺さんの紹介だった。

私が事務所に上がると、彼女はすでにオフィススタッフといろいろ話をしていた。彼女の口の悪さにシェリルは腹を抱えて大笑い、エリザベートは呆れ返ったらしかった。

「バクラのマネージャーはどこにいる？」

これが彼女の開口一番だったらしい。

どうも住宅二課の渡辺さんが、水上さんの事を紹介するのにそう言ったようだった。

シェリルが、

「ここのマネージャーはバクラじゃないよ」

エリザベートも、

「ゴツイ日本人だよ」

と説明していた。

レミントンスチールの彼女は、自信満々で売りこんで来た。

こちらも価格、見積もりの時間、納品の時間、鋼材のミルサーティフィケートの有無、矢継ぎ早に質問と要求をした。

全部クリアしてみせると彼女は啖呵を切った。

発注するからベストプライスで見積もりをくれと頼むと、彼女は満面の笑顔で、

「もちろん!」

と返してきた。

なんともタフなセールスパーソンだった。

彼女の名前はシャーリン。厚かましいとさえ感じた彼女の姿勢が、いつしかビジネスパーソンとして尊敬の対象となり、魅力と感じるようになった。


名の通った鋼材のサプライヤーは全部チャイニーズ系だった。

レミントン社とレーガン社、この二つが屋根付きの倉庫に鋼材を保管していて、品質も単価も双璧だった。他のサプライヤーは野さらしだったり原産地不明の鋼材だったりと、少なくとも日本向け製品の材料としては買うことができなかった。

彼女はＯＤＡ関係の日本のゼネコンのプロジェクトで大きな商談を決め、給料が百万円位の月も時々あったようだ。

「日本人なんか屁でもない」

そういう勢いだった。

ある時シャーリンが昼前に来て私に昼飯を奢るというので、一緒に車で外に食事に出た。彼女のフォードは専用車かと聞いたがそうではなかった。

食事のあと、彼女が支払いをしようとするので、

「日本人はサプライヤーに奢ってもらう事は良しとしない。ましてや年下の女性に奢ってもらうなど私には出来ない」

と言って私が支払いをした。

その後、ケソンシティに行った時に、レミントンスチールの事務所に寄ってみた。六月二十一日だった。

韓国人の若者がベンツで乗り付けて大きな花束を持って入っていった。

聞くとシャーリンは不在だったが、その日は彼女の誕生日らしかった。

彼女の机の上には大きな花束が幾つか置いてあった。ベンツの韓国人は韓進建設の若

手エリートエンジニアだった。

結構モテるんだ。正直、おっさんの出る幕ではなさそうだと思った。

その頃私は無理を言ってベイビュータワーの寮から出してもらい、自腹でブールバードマンションの部屋を月借りしていた。

他の若い人たちと余りにも歳が離れすぎていたので、一緒の寮住まいをすることがかなり苦痛だったのだ。

だから退社時間もハイエース組とは違っていた。

若い社員は、以前は高木次長、今は古橋課長が帰るまで下を向いてサービス残業の山だった。彼らは毎日午後八時より早く帰った試しがない。

私と水上さんは遠慮なく午後六時頃には帰路についていた。

よくマカティのショットバーに行き、お互いの意見を本気で話し合った。家にも何度かお邪魔した。

水上さんが私と時間を共にするようになったのには、理由があった。

会社の中が少し見えてきた。専務は「絶対」が付く大ボス。その下に、創業当時から専務についてきた高木、そして高木についていく古橋、鳥山の高木派閥。一方はＩＴＢを取りまとめている大野派閥だ。

水上さんはどちらの派閥にも属していなかった。むしろ大野さんとは犬猿の仲のようだった。それで私を自分の派閥に誘い込もうと考えたのかな。

私は学歴だの派閥だの縦の序列だのといったサラリーマンの経験が極めて少ないので、全くついて行けそうになかった。

ある日水上さんから指示が出た。

「多田さん、一度日本の現場視察に行って下さい。免振装置の現場が三カ所ほどまとまっています。後の仕事に役立つデータ取りをしてきて下さい」

現場は名古屋周辺だった。地図と現状のデータをもらって名古屋空港に飛んだ。営業所を訪ね、視察の同行をお願いした。どの現場も上棟日の三日前と四日前だ。一日では無理だったが時間的には十分余裕の日程だった。

ところが朝現場に行ってみると、隣の畑のような土の上にフィリピンから出荷された商品がブチ投げられ、何本かは土に埋まっていた。

私はそれを見てかなりムッとした。

さらには鉄骨を締めるボルトのワッシャーが無いから出来ません、と現場監督がレッカーのオペレーターに中止の要請をしていた。

私は黙っていられず、

「おい監督、ワッシャーがないだけで中止にするのか？　仮組みしても後からワッシャーは入れられるだろう。ないならその辺で売っているものを買ってこい。レッカーを帰したりして、お前経費自腹で払うのか？」

と怒鳴ると、ワッシャーは事務所にあると言う。

電話をさせたら事務員がいた。

「そこにワッシャーの入った箱があるでしょう？　すぐ現場に持ってきてください。車がなければタクシーで構わないから」

そう言うと、

「私の判断では出かけられない」

と言い訳をはじめた。

施主が現場で見ているんだ。これ以上みっともない真似ができるか。

「私はフィリピンから現場施工を見に来ている多田と言います。私が全責任を負いますから、すぐにワッシャーを持って来て下さい。いいですね?」

私は強い口調で言った。

十五分もすると事務員が車でワッシャーを届けてくれた。

私は若い監督を差し置いて、

「今から、予定通り免振装置の据え付けと組み立てを行います」

と不安そうな施主を安心させた。

何回か施工経験のあるチームのようで、地墨もしっかり確認できた。レッカーのオペレーションもさすが日本だ、速い。瞬く間に仕上がっていった。そして組付けチームの一人と私で土に埋もれていた鋼材をウエスで綺麗に拭いた。

「今度からは鋼材を搬入する時には必ず枕木を下に敷いて下さい。分かりますね?」

私は監督に釘を刺した。

施主は最新技術の免振装置が目の前で出来上がっていくのを満足そうに見ていた。

帰り際、丁寧にお礼を言われたので少し恐縮したが、私も自分たちが製作した免振フレームが海を越えて日本で施工される事を誇らしく思った。

私は施主に、

「免振装置お買い上げありがとうございます」

とお礼を言って現場を後にした。

翌日の現場はレッカーが入るスペースがない。道路は農道程度で幅が足りずお手上げ状態だった。

見ると道の反対側の農家は庭がかなり広かった。入り口の幅も十分だ。その家に行ってみると、おばあさんが一人私たちの工事を物珍しそうに見ていた。

私は、

「すみません。隣の工事をしている業者ですが、クレーンが入る道がなくて困っています。なんとかお庭を半日ほど使わせていただく訳にはいきませんでしょうか?」

と相談してみた。

すると、

「いいですよ。これから近所付き合いも始まりますし」

と快く了解してくれた。

私はすぐレッカーのオペレーターに隣の家の庭にセットするよう指示した。

現場監督は全く理解出来ていなかった。

帰って相談するなどと言っていたので、

「上棟日は決まっているのだろう？　お隣さんが快く許可してくれたんだ、菓子折りでも持ってお礼くらいしてこい」

と頭ごなしに言った。

レッカーが座ると、あとは手早く片付いた。

吊り込みだけ終わらせると早々にレッカーを庭から出した。後は手作業の範囲だ。近くに八百屋があったので、隣のおばあさんにみかんを買って持って行き丁寧にお礼を言った。レッカーは昼過ぎには現場を出た。


私はＩＴＢの日本サイド、日大産業のオフィスに顔を出した。

皆忙しそうに働いていた。免振チームを訪問し主幹と少し話をした。日大産業には高木氏がいたが、彼は静岡と仙台を行き来して不在のようだったので、早々に立ち去った。

フィリピンに帰ると私の日本視察が早くも派手に伝わっていた。

「何あのおっさん。いきなり現場に来て勝手に仕切って嵐のように引っ掻き回して帰って行った」

と日本では言われているとの事だった。

水上さんが私に尋ねた。

「多田さん、日本で何やったんですか？　勘弁してくださいよ。高木次長がまたギャアギャア言っているようですよ」

「大丈夫です。少しだけ仕事の仕方を教えただけです。問題は無いです」

「私には日本で何をしたか詳しく教えて下さい。私の所へも質問か抗議が来るでしょう。詳細を知っていないと困りますから」

私が全部教えると水上さんは、

「よくもまあ好き勝手やりましたね」

と呆れ返って大笑いしていた。

水上さんは、

「仕事を知らない子が多いんだなあ」

と一人つぶやいていた。

3

あっという間に入社して約一年が過ぎた。オフィスのスタッフとも良いコミニュケーションが取れているように思った。

私の誕生日には、皆で私の部屋に押し掛けると言い出した。

シェリルとエリザベートは私にレミントンスチールのシャーリンにアタックしろと言い出した。

二人に、

「彼女は独身。フィリピーナは年齢なんかそんなに気にしないから誕生日に呼んだら？」

とけしかけられた。

私が、

「彼女、ファンが沢山いるようだぜ」

と言っても大丈夫、大丈夫、と笑うばかりだった。

後日、シャーリンに連絡して恐る恐る尋ねた。

「五月二日の朝、私の誕生日でオフィスのスタッフが沢山来るので、あなたもブールバードマンションの私の部屋に来て欲しい。料理を作るので手伝っていただけないか？」

苦しい言い訳だったが、シャーリンは快く了解してくれた。

当日、彼女は大振りのエビと蟹、ココナッツの入ったブコサラダの材料を買ってきた。シャーリンはエビと蟹をゆがき、サラダも作ってくれた。私は前日にロビンソンで買ってきたお好み焼きの材料に湯がいた大きなエビを入れて、ジャパニーズピザだと言って振る舞った。

皆でわいわい食べた。大いに盛り上がった。

ちなみに私がフィリピン料理で一番美味しいと思っているのは、今でもココナッツ入りのブコサラダだ。

みな家が遠いので夕方早く帰った。気を利かせてくれたのかな。

シャーリンが一人残って後片付けを手伝ってくれた。

片付けの後、シャーリンと私、それから一緒に来ていた開発の石原君とその部下のアドアと四人でダイヤモンドホテルに行き、一階のティーラウンジで長く話し込んだ。

誕生日の少し前、私は変な予感があって車を調達していた。

ホンダシビックのＳＩだ。少しだけローダウンしてあった。借金をして買った中古車だった。その頃私はこの車で通勤していた。

私はそのシビックでシャーリンを家まで送ると言った。

住まいはケソンシティのクバオ。初めての道だったので帰り無事に自分のホテルまでたどり着けるか心配だったが、とにかく送って行った。

誕生日を人に祝ってもらうなんて何十年かぶりだった。

ホテルに着いたのは真夜中頃だったが、妙にうれしかった。

後日、エリザベートがフィリピンの交際の申し込みの手順を教えてくれた。まず指輪を買って受け取ってくれたらOKのサイン。そこから正式に始まるらしい。

しかし私は彼女に指輪を渡したいがサイズを知らない。

私はシャーリンに日曜日に宝石屋に行きたいから同行してくれとお願いしたら、一緒に行くと言った。その時点で多分大丈夫じゃないかな、と思えた。

クバオまで迎えに行くと、シャーリンはアラバンにあるショッピングモールにいいところがあると教えてくれた。二人でアラバンの宝石屋に行き、サイズを測って小さなダイヤモンドが乗った指輪を購入した。結構高かったがなんとも思わなかった。

隣に花屋があったのでバラの大きな花束を作ってもらい、真剣に交際を申し込んだ。OKだった。

思わず私の頭上に差し上げた。見上げるとそこに満面の笑顔があった。


うまく交際するに至ったが、なぜシャーリンがOKしてくれたか分からなかった。

私は四十七歳になっていた。

それまでLAカフェの女の子たちが代わる代わる泊まりに来ていたが、翌日からは部屋には誰も入れなかった。LAカフェにはコーヒーは飲みに行っていたが、誰の誘いも全て断った。

私は結婚なんて二度としないとずっと思っていた。私が幸せになるなどもってのほかと思ってきた。しかし龍野を出てから十五年が過ぎていた。子どもたちもそれなりに片付いているのは聞いていた。麻衣子、真紀、将貴、許してくれるかな。これが本音だった。

翌日、オフィスではヤンヤの大騒ぎとなった。

しばらくするとエリザベートが結婚した。私とシャーリンも結婚式に招待された。幸せそうな彼らに近い将来の自分たちの姿を重ね合わせた。エリザベートの結婚式はまるで私たちの結婚式のリハーサルのように思えた。

私たちはその年の九月に式を挙げる事に決めたが、シャーリンは少し渋っていた。理由は彼女には子どもがいたからだ。男の子だ。当時まだ二歳。一度ブールバードマンションにも連れて来ていた。

「私も一度結婚に失敗している。日本には三人の子どももいる。私の年齢を考えると、あなたに子どもがいようがそんな事は大きな問題ではない。あなたが幸せと思える事を二人で考えれば良い」

と、シャーリンに子どもがいることなど全く気にしていない事をハッキリ告げた。それで彼女は吹っ切れたようだった。韓国人のモーレッツなアタックにOKを出さなかったのは、きっと子どものことが理由だったのだと思った。

クバオにいる親戚、兄弟を集めて食事をした。兄弟姉妹が多かった。みんなから質問攻めにあった。

田舎にも挨拶に行った。カガヤンバレー、ルソン島の北の端だった。マニラから六五〇キロ、遠かった。シビックで十二時間走り詰めだった。

私はカガヤンバレーで話されているイロカノ語はおろか、タガログ語すらわからない状態だったので、道中でシャーリンに、

「上手くコミニュケーションが取れるかな」

と聞くと、彼女はゲラゲラ大笑いしていた。笑うだけで返事はなかった。

この日、彼女らしい豪快な出来事を体験した。カガヤンバレーに入ってからゲリラに遭遇したのだ。

道にはロープが張られていた。車を止めろ指示され、緊張が高まった。

ゲリラは通行税を寄こせといってきた。いくらだと聞くと百ペソだ。安い。私がすぐに払おうとすると、シャーリンがゲリラの頭目と何やら話し出した。

「お前、まだそんな事やっているのか。いい加減にしとけよ」

「お前こそ。何でも日本人と結婚するらしいな、こいつか？」

シャーリンが頷くと、

「面白い日本人だな、おりて来い」

「どうする気だ？」

と本気で身構えたら、頭目はやにわにシャツを脱いだ。日本の映画ならそこに派手な入れ墨なのだが、入れ墨ではなく背中に肩から斜めに入った長い刀傷だった。

「誰にやられたと思う？」

「ひょっとして？」

と私が車の中の彼女を指さすと、頭目は親指を立てニッと笑った。

「物好きな日本人がいたもんだ。シャーリンと結婚したいんだと」

頭目は半ば呆れている様子だった。

後で教えてもらったが頭目はシャーリンのクラスメートで、彼の背中に傷を負わせたのは間もなく私の妻になる女性シャーリンだということがわかった。

シャーリンの田舎に着くと挨拶に回った。

最初が女医さん。ハッキリとした綺麗な英語で恐縮させられた。二人目は小学校の校長。こちらも流暢な英語を話す人で、なんとか挨拶ができた。三人目は元バランガイキャプテン、町長のような存在だ。彼もユーモアのある人だった。

ひどい英語しか使えない私の方が恥ずかしかったが、まあなんとかなった。

彼女の実家に一晩泊まり、家族を紹介してもらった。

私は周囲の反応など気にせず一方的に結婚を宣言した。フィリピンでも図々しさだけで押し通していたのだ。

身内親戚にはそうそうたる学歴、肩書の人が多いのにビビった。

それからは毎週日曜日にクバオに行き、結婚の支度をした。一気に押し切る事が大事と思った。

会社は大きな問題もなく順調に出荷を伸ばしていた。

水上さんから今度は関西の現場を視察するよう指示が出た。今回も三カ所の現場が用意してあった。現場の営業所はなんと姫路だった。私の地元だ。

名古屋まで飛び、そこから姫路まで移動してホテルに一泊、翌日営業所に顔を出した。

最初に佐用町の現場に行った。ベースのコンクリートが荒く仕上がっていたが言わなかった。施工は順調に進んでいた。監督にいろいろ質問したがこれといって問題はなさそうだった。監督は前回のような若手ではなく、中堅の豊田氏だった。かなり広範囲の現場を見ているように言っていた。

その夜も姫路のホテルに泊まった。約十五年ぶりにおそるおそる街に出てみた。事前に連絡をすることもなくマダムローランに行ってみた。以前と同じ場所に看板があった。

私はエレベーターで五階まで上がった。

店は十五年前のままだった。内装も全く変わっていなかった。変わっていたのはママが年老いていたことくらいだ。それでも宝塚歌劇団のような雰囲気はそのままだった。

入り口に立ったがママはまだ誰だかわからない様子だった。

「ママ久しぶり。多田ですよ」

「ターちゃん、生きてたー！」

ママはえらく驚いた様子だった。

不思議なことに、十五年前私が最後にこの店に来た時隣に座っていたお客さんは新日鉄の役員さんだったが、リタイヤした今も来ていた。今夜も隣の席だった。まるでタイムスリップをしたかのようだった。

ママは昔の勢いも豪快さもなくなっていたが、なんとか営業を続けていた。

姫路の寂れ方は目を覆いたくなる程だった。それでも昔話に花が咲き、店を閉めても付き合いなさい、と誘ってきた。やっぱりママは変わらないね、と思った。

店を閉め、階下のゲイバーに行った。ママもいろいろあったようだった。亭主の大きな借金、離婚。当時は自前のビルだったが、今は店子として家賃を払いながら営業しているようだった。

娘さんは結婚して孫もいると言っていた。私も今はフィリピンに住んでいて、間もなく結婚することを告げた。

得意の説教じみた話もいろいろされた。

ママの亭主の知り合いだった連中の消息を、それとなく聞いてみた。

会いたく無い人間もいたし怖いのもいたが、ママは、

「ターちゃん大丈夫、皆いなくなったよ。千秋もビルを手放した。三省も破産した。バブルが弾けた時全部終わったんだよ。あの時代の連中は誰もいないから安心しな」

と教えてくれた。

時間の流れに戸惑ったが、悪い気はしなかった。私が姫路にいられなくなった原因の連中は時代の片隅に追いやられたが、私はまだここにいる。それだけで少しだけうれしかった。明日のやる気が湧いてきた。サバイバルゲームは進行中に思えた。

翌日も豊田さんが同行した。二つ目の現場でスチフナーの変形にクレームが出ていた。

見ると少しのベンドだ。私は大きな自在スパナを二つ借り、挟んで左右に力を入れると難なく修正できた。豊田さんにやり方を覚えてもらった。

「こんなのクレームとか言うなよ、コンテナの中で少し動いただけだろう?」

と思った。

その翌日の現場は、なんと私の実家のすぐ近くだった。

昼前に視察が終わったので、豊田さんに揖保農協まで送ってもらい、

「今日は私用が少しだけあるのでここで失礼します」

と丁寧にお礼を言って別れた。

実家まで五〇メートル。心拍数が上がった。

十五年音信不通にしていた親不孝息子だ。敷居がハイジャンプのバーのように高く感じた。

チャイムを鳴らして玄関を開けた。

お袋が出て来た。

感動的な再会のシーンを少し期待していたが、大きく外れた。

「どちらさんですか？」

「息子の顔忘れたんかい？」

ショックより先にいきなり口に出てしまった。

思いきりの親不孝を詫びもせずいきなり文句だ。どこまでも親不孝な息子だなあ、と私は自分自身に半ば呆れた。

それでも訪ねてきたのが息子とわかると、お袋はよく生きていてくれたと涙を流し

た。こちらも目頭が熱くなった。何せ十五年ぶりの再会だ。

「不義理していて申し訳ない。ずっと遠くに住んだりしていました。今はフィリピンに住んでいます」

と言うとお袋は目を丸くして、

「フィリピンてあの外国のフィリピンか？」

と聞き直した。

「そうです。フィリピンで仕事しています、今回出張で龍野まで来ました」

と答えると、お袋はまるで私がフィリピンマフィアになって日本のやくざと繋がっているのかと勝手に大きく誤解した。

「真面目な住宅会社の鉄鋼部署で、マネージャーをやっていますよ」

と名刺や持ってきた写真を見せた。

お袋はいきなり、

「あんた英語出来るん？」

と聞いてきた。

親父は弱ってはいたが、頭は呆けてはいなかった。

「早くこっちに帰って来んかい」

「いや、まだすぐには帰れないです。フィリピンで仕事を持っています。また近くゆっくりと帰って来ますから、元気でいて下さい」

私は健康を気使う言葉をかけ、小遣いを渡して早々にタクシーを呼んだ。

タクシーの中で両親が無事で良かったと思った。確かに敷居は高かった。しかし何より十五年ぶりにお袋の顔を見られたのがうれしかった。

両親は小さくなって年老いていた。

「仕方ないね」

で自分の中では終わらせた。

お袋からすれば、五歳の時も四十歳になっても子どもは子どもかも知れないが、自分のテリトリーができてしまえば形だけの親子関係しか残らない。

「しかしそんなことお袋には説明しない方がいいのかな」

と思った。

その夜もマダムローランで飲んだ。

ママは私のことを、

「十五年ぶりに姫路に舞い戻ったバカタレです」

と他の客に勝手に紹介した。

他の客を放っておいて昔話に花が咲いた。その日も店を閉めてから飲みに出た。昔と一緒だね、とうれしそうに話していた。ママは弱音を吐きたそうだったが、見栄を張ったままのママさんでいて欲しかったので、気づかないフリをした。

三時まで飲んでカッコよく別れた。年齢は六十近くなっていたが、中身は昔の柳川幸子のままだった。

翌日は予定なしの予備日だったのでゆっくり寝た。


昼前に新幹線で浜松まで戻った。永井さんと浜松で少し打合せしホテルに入った。

翌日フィリピンに帰る。

水上さんには電話で、

「製作の問題個所は見つかりませんでしたので、報告書がいるなら適当に書いておいて下さい」

と伝えた。

4

また大きなプロジェクトが始まった。

今度は東京ドーム二個分程の自社工場の計画だった。すぐに実行した。

工場の柱は外注だったが梁はうちの部署で製作と決まった。一本重さ二トン長さ一二メートル。梁高九〇〇ミリ。デカい。全部で六百本ほど加工した。

免振装置の製作はそのままだったので、稼働率はほぼ二〇〇%となった。

人も随分増え、九十人態勢になっていた。女性のウエルダーも何人か入っていた。

皆、限界に近いボリュームをこなしていた。

「ミスター多田、俺たちこれだけやっているんだぜ。何か良い事あるのかい?」

とリーダーが代表して言って来た。

事務所で検討した結果、アウティングがやりたいようだったので会社にお願いしたが、却下された。

「年一回は会社の公的なアウティングがあります。スチールだけ認める訳にはいきません」

ならば内緒のアウティングをやっちゃえ、ということで土曜日はお昼で作業を終わらせ、チャーターしたジプニー七台に分乗して近くのリゾートに繰り出した。

あらかじめバーベキューの材料を大量に買い込んでおいた。事務所のメンバーが先に行って料理の下ごしらえしておき、午後二時頃からみんな大騒ぎで食った、泳いだ、飲んだ、踊った、歌った。

アウティングは結構楽しかった。遊び疲れて寝るやつもいた。

夕方六時頃お開きにして、月曜日遅刻するなよ、と言って解散した。

月曜日、古橋課長とその部下の鈴木洋一から住宅一課の事務所に呼び出された。

「多田さん、アウティングをやったんだってね、勝手な事されたら困るんですよ。他の部署に示しがつかんでしょうが」

「会社には申し込みましたが却下されました。従業員が持ち寄りで親睦会をして何か問題でもありますか？　会社の関知する所など何もないはずですよ」

「土曜の午後、勝手にスチールを閉めただろう」

「土曜日の午後はシフトの切り替えの際に毎週閉めていますよ。要件は他にないなら私は失礼します」

その後、日本人のマネージャーとフィリピン人スタッフの仲がいい部署が、自前のアウティングをあちこちで始めるようになった。

「キツイ仕事をやってくれた後くらいいいじゃないか。少しの出費くらいでぐずぐず言うなよ。みな自腹切ってるんだぜ。お前らカラオケ屋にしか払わねえんだろう？」

と思った。

忙しすぎてよく無茶をした。

私は鋼材が大きすぎて置き場がなくなるとトレーラーを借りてきて六本程積んで現場に運んでいたが、作業も終盤にさしかかった頃、私と水上さんは鳥山さんと古橋課長に呼び出された。

「多田さんは無免許運転で鋼材を運んでいるらしいですね？」

これに水上さんが珍しく激怒した。

「遅れているのは誰の現場ですか？　遅れを取り戻そうと皆応援しているのに、あなたは一体何を見ているのですか？　プロジェクトのマネージャーでしょう？　そういう事を言うなら加工を全部止めて外部に依頼してください。いいですね？」

あんなに怒っている水上さんを見るのは初めてだった。

「社内製作にしていることで幾らの経費節減できているのか、あなた分かっていないですね。専務に報告しておきます。いいですね？」

水上さんにここまで言われて課長は俯いたままだった。

鳥山さんがまだなにかぶつぶつ言い訳をしていると水上さんは、

「それを専務の前で言いなさい」

カッコよかった。その夜は二人で飲みに行った。

「何であそこまで言ったのですか？」

「あのバカども、誰が現場のスピード上げているかも分かっていない。それと二人がねちねちやり過ぎてもし多田さんがキレたら、二人とも病院行きでしょう？　それは私が阻止しなくてはねえ」

危険物取扱主任は随分満足そうだった。残念ながら私はああいう輩とは喧嘩しない。でもありがたかった。


ほぼ出来上がりかけた頃、中国からリフターの取り付け職人が二人入ってきた。住宅三課にいた北京大学卒業のやつが通訳に付いた。いかにもエリートコースを走ってきました、という感じの線の細い兄ちゃんだった。しかし彼の中国語は職人には全く通じなかった。リフターの二人は福建省の出身だった。二人は何かを伝えたがっている様子だったが、その意図を汲み取れるものがいなかった。

余計なお世話と思ったが、私は近くのワーカーに段ボールの切れ端とラッカーペンを持って来させた。

私は中国語を全く知らないので、まず大きく「?」と書いた。

そうすると彼らは「水を何とか」と書いた。

私が水を飲むジェスチャーをすると彼らは頷いたのでミネラルウォーターを持ってこさせたら、それをがぶがぶ飲んだ。単に喉が乾いていたのだった。

もっと書いてみろとラッカーペンと段ボールを渡すと、今度は「火」とか「気体」のような文字。工具を全て持ってこさせたら必要な物を取り出した。もう一度段ボールを渡すと「多謝」と書いた。ガス溶断機が欲しかったみたいだった。

「多田がまた余計な事をしやがって」

古橋課長はこれにも不満を口にしていた。

翌日大村専務が事務所に来た。

「多田さん、あなたは中国語が出来るのですか?」

「いいえ、全く出来ません」

「しかし昨日現場で通訳したそうですね」

「そんな大層な事ではありません。職人に段ボールに漢字を書いてもらい、分かる漢字だけで大体の判断しただけですよ」

「なるほど」

大げさに驚かれた。

専務は北京大卒と言うから採用しているのに役に立たんやつだと憤慨していた。

その翌日も現場に行くと、飯はどこで食う? などいろいろと書いてきた。あとは北京大卒に任せた。

日本にB級グルメという言葉があるように、私のようなB級なやり方にも結構使い道はあるぞ、という実感だった。


驚いたのは専務だけではない。

ワーカーたちからも多田はデーモンだと恐れられた。

その頃一本二トンの鋼材を塗装をしていたのだが、反転させなければ裏側が塗れない。クレーンが付きっ切りで横に倒し、もう一度起こすのに随分時間を食っていた。

私が二トンのH鋼を手で押すと僅かに揺れた。長いから揺れの振動が波のように端まで行って帰ってくる。そのタイミングを上手く捉え、もう少し強く押すと振れ幅がもっと大きくなる。四、五回目に向こうに思い切り押すとH鋼は難なく倒れてくれる。それを続けて何本も押し倒していった。これによりクレーンの稼働率が倍以上に上がった。

それを見ていた他社のクレーンオペとか力自慢の溶接工が来て倒そうとするが、微動だにしなかった。当たり前だ。二トンの鋼材は人がまともに押したぐらいでは動きはしない。何度やってみせても誰も理解できないようだった。

クレーンオペレーターが凄く怖がって私の側から走り去った。彼がタガログ語で何かわめくと皆後ずさりして私から逃げていった。

次の日から私が住宅三課の現場に入ると誰も近寄らなくなった。スタッフに聞いてみると、

「多田は実は人間じゃない。デーモンだ。目撃者は何人もいる」

とカビテの一部で噂になっていたそうだ。

うちのスタッフは腹を抱えて笑っていた。いやはや不思議の国だ。

住宅三課の大きな工場も完成した。もう一度派手なアウティングをした。

私がお礼の意味を込めて寸胴一杯のホワイトシチューを作って振舞った。

皆大喜びだった。

5

結婚式が近づいていた。

案内状を送るリストを作成したり、結婚式の会場を探しに行ったり、多忙な日々を送っていた。

式場は、結局教会ではなく大きなホールを持ったケソンシティのレストランに決めた。

九月二十六日の結婚式当日、会場はＩＴＢのメンバーやシャーリンの沢山の親戚や彼女の会社のメンバーでごった返した。シャーリンの家族はみな早くから集まっていた。

ところが肝心のシャーリンが見当たらない。

私は不安に思いながら、誰が彼女のサポートをしているのか彼女の家族に聞いたが、まともな返事はない。シャーリンに電話をかけても出ない。

何かトラブルがあったと思ってシャーリンの姉に聞いても、オンザウェイと返事するだけ。こちらに向かっている途中ということだ。

私は心配になってクバオまで車で走った。シャーリンの家には誰もいなかった。

式場に戻ってもまだ来ていない。

そうそうたるメンバーを、その時点で予定より二時間待たせている。

一体シャーリンはどこにいるんだ？　結婚式を潰す気か？

私は不安でキレそうになった。私の顔はかなり危ない表情になっていたらしい。

何人かが、

「多田さん落ち着いて」

と声を掛けてくれたが、私の心境は最悪だった。

もう一度シャーリンの家まで車を走らせた。

帰る途中ようやく携帯に彼女が出た。

シャーリンは泣いていた。泣き喚いていた。

遅れている事を咎めたら絶対に来ないと思ったので詳しく理由は聞かず、とにかく式場に来るよう諭した。

「あなたの会社の社長も待っている。同僚もみんな待っている。とにかく式場に来てよ。早く来て」

来た。やっと来た。四時間遅れだ。これもフィリピンタイムか？　しかしそれにしても四時間は無いだろう。

見たらシャーリンの顔は涙で化粧がぐちゃぐちゃになっていた。

とにかく控室に入れ、化粧を直させた。

やっと結婚式が始まった。

式が潰れてしまうよりはマシだったが、ヤクザと喧嘩するよりプレッシャーは遥かに大きかった。アドレナリンが出尽くして倒れそうだった。

姉のオンザウエイと言う言葉、その日一日で三十回くらい聞いたと思う。姉を張り倒してやろうかと何度も思った。二十年以上経った今もこの件に関しては未だに許していない。

誓いの言葉もほとんど蚊の鳴くような小さな声でしか言えなかった。恥ずかしさの極地にいた。式が終わるまで針のむしろに座る思いだった。とにかく早く終わって欲しかった。

食事が出てくるタイミングも最悪だった。私は早くに食事を出してくれと頼んだが、シャーリンの同僚がストップをかけていた。主賓にはなんとか料理は並んだが、他のゲストの料理はでたらめだった。とにかくゲストには平謝り。

「何かあったんですか？」

と心配をして皆に聞かれた。穴があったら入りたい心境というのを生まれて初めて経験した。

悲惨な状況はこれだけではなかった。結局トータル六時間分のチャージ。後に続く他の結婚式は小さな部屋に変更してもらったらしかった。予定の二倍以上の請求だった。祝いの金があるから大丈夫だろうと思ったが足りない。私の財布の金を全部合わせて辛うじて足りた。

聞くと住宅一課のメンバーからは古橋課長が音頭を取って一人五百ペソを集めた。日本円で千円ほどの祝儀だった。住宅一課のメンバー全員分でも来賓一人の祝儀より少なかった。これには呆れ返った。祝い金は気持ちの問題だから多い少ないは言わない。しかしローカルの結婚式でも職場の同僚たちは最低一人千ペソは持ち寄っていた。金額ではなく、古橋課長にしてやられた、という嫌な思いだけが残った。

とにかく式が終わった。

役所に提出する結婚の書類に保証人と後見人のサイン、そして司祭のサイン。間違いなく揃っていた。最低ラインの仕事はできた。しかし本当に最低ラインだった。

ダメ押しの最低な話があった。

実はみんなの食事は早くに出ていた。シャーリンの同僚が結婚式の食事に関するドタバタの最中に自分の食事を先に出してくれとお願いしていたのだ。しかし何割かの料理はテーブルには出されず、同僚の車のトランクに山のように積み込まれていたのだ。見送りの時、同僚は自分の引き出物を積もうとして迂闊にもトランクを開けてしまった。ほぼ一杯の料理が詰まっているのを何人かが目撃した。

いやはや参った。本当に参った。

疲れ切っていたが彼女と二人で頭を下げっぱなしで、来賓を見送った。式は全て終わり、二人でブールバードマンションまで帰った。車の中で彼女はまた泣いていた。しかし泣きたいのは私の方だった。

式では何とかこの状況を脱出しなければ結婚が失敗に終わるぞという危機感ばかりが先行していた。

ブールバードマンションに戻ると飲み物を沢山飲んだ。疲れからかシャーリンはすぐに眠った。眠りながらもまだ泣いていた。

彼女は寝る前にコップに入れた氷水で指を冷やした。そういえば指輪の交換の時、薬指の爪が紫色になっていた。

翌日アメリカ大使館の向かいにある中華料理店エメラルドガーデンで昼飯を食いながら、

「昨日の話を聞かせてよ」

と尋ねてみた。

彼女は母親や姉に対してキレていた。

着付けも化粧も誰一人手伝わず、先に結婚式場にさっさと行ってしまったのだ。

車は姉が用意していると聞いていたが、見ると車はその辺に転がっているようなボロボロのマツダのボンゴだった。

おまけに運転手は姉が先に渡したチップで近所で酒を飲んでいて見当たらない。

ダメ押しは車に乗り込む時だった。酔っ払ったドライバーがドアをよく見ずに締めて彼女の指を挟んだのだった。

この瞬間、それまで我慢を重ねてきたシャーリンはキレた。完全にブチキレた。私は結婚式の準備のことで彼女の家族側に余り口出しするのには遠慮があった。知らない文化や慣習を大きく間違えれば問題が起きると思ったからだ。しかし今思えば口出ししなかった事が失敗だった。エリザベートを付けておけば問題なんか起きなかっただろう。小林君に車の手配や進行を頼んでおけば何の問題も起こさなかっただろう。

全て私の読みの甘さから起きた結果だった。

これらはみなが悪意を持ってしたことではなかった。

しかし中には許し難いやつもいた。姉のローリンだ。ローリンは妹が幸せになる事に大きな嫉妬を抱いていた。彼女は二度結婚に失敗していて、それ以来事あるごとにシャーリンの足を引っ張りまくっていたのだ。

もう一人、私の側のゲストの古橋課長。こいつは根っから性格が歪んでいる。関わりたくない奴だ。あとで山本次長から聞かれた、

「なぜ大村専務を結婚式に呼ばなかったのですか?」

「もちろん一番に招待しました。仲人もお願いしましたが、残念ながら断られました」

するとと次長は、

「一度や二度断られても諦めずにお願いをする事が大事だよ」

やはり私にはサラリーマンを務めあげるのは難しいようだ。


ある時シャーリンと預金通帳を見せ合った。私の預金額は二百万ペソ。彼女はドル建ての通帳だったが換算すると私より多かった。

その当時フィリピン人で預金通帳を持っているのは、全体の三％くらいしかいなかったと思う。大したものだと思った。

私は彼女と結婚するに際していくつかの覚悟を決めた。

一つは二度目の離婚には絶対に至らないようにすること。

二つ目は十六歳年上の私を選んでくれた感謝から、絶対嘘をつくのはやめようということ。

三つ目は彼女の連れ子のケリー、私が父親だと思ってもらえるよう育ててみせる。たとえ私たちに子どもが出来ても全く同じ目線で接すること。

シャーリンを他の誰と結婚するより思い切り幸せにしてやろう。幸せになってもらおうということ。

これらを夢ではなく目標とした。

ところが現実はそう簡単には行かないものだ。私は彼女が結婚後も家族を金銭的にサポートしている事を聞いた。それで私は彼女の母親に強く迫った。

「彼女は随分長く家族の面倒を見てきました。彼女は結婚をして家を出ました。金銭を期待するのはもう終わりにして下さい。もう十分なはずです。日本では家族の面倒を男が見るのが一般的です。あなたには息子さんが沢山いるでしょう？　なぜ彼らに言わないのですか？」

シャーリンの母親はよく分かりましたと返事をしてくれた。これでシャーリンは一つの問題から解放された。

私たちは、ブールバードマンションの家賃が高いのとシャーリンの兄弟が沢山住んでいるので何かと心強いという理由から、クバオに引っ越しする事になった。

宿敵の姉が住んでいる家の近くにアパートを借りた。姉のアパートの隣の部屋も空いていたが強く拒否し、一〇〇メートルほど離れた大きめのアパートを借りた。

私たちの部屋の隣はアパートのオーナーのグレンだ。グレンは自分で大きなサリサリストアを持っていた。彼はフィリピン人だがアメリカ国籍だった。独身だったからビザの維持に随分お金を使っている面白い奴だった。

私はクバオからカビテに通うことになった。その頃はエドサも今ほどは混んでいなかったので朝六時に家を出れば七時過ぎには会社に着いた。しかし出発が七時前だと会社に着くのは十時になってしまった。結構通勤に疲れた。

そんな生活を送りながらも順調に出荷も伸び、二百五十棟出荷の記念イベントもあった。加工のミスもほとんど出さなかった。

ところが順調な時に限って何か起きるのが私の運命らしい。大きな事件が持ちあがった。

その頃鋼材は韓国のインチョンスチールから輸入していた。直接の取引はなかったのでジャンスチールのオーナー李さんが繋いでくれていた。

私は上野時代、韓国との取引でバッタ屋さんがひどいい目にあわされたことを覚えていたので、水上さんに何度か進言した。

「水上さん、韓国に行ってきなよ。現品のインスペクションをしてきた方がいいですよ。結果、焼き肉を食って帰るだけになったとしても直接韓国に行く意味は大きいと思いますよ。三千万の取引を紙一枚ではリスク大きすぎますから」

しかし水上さんは、

「多田さん、私は完璧なインボイスを作っていますから大丈夫ですよ」

と取り合わなかった。

一カ月後材料が入荷したが、その数日後、エドガーが変なことを言ってきた。

今度のH鋼、ウエブがセンターにない。ひどいいものは五ミリも振っている。製品に出来ないと。

皆で手分けして調べると七割の鋼材が規格を大きく外れていた。

すぐに水上さんに報告した。

水上さんは、

「そんなはずはありません」

と返してきたが、私は、

「ところがそんなはずがあるんだよ。焼き肉食いに行っていたら防げたのにねえ」

と思った。

ジャンスチールを呼び付けても、そんなはずはないとの一点張り。すぐにインチョンスティールのQCを呼び付け全品検査させたところ、やっぱり七〇%ほどアウトだった。

水上さんに、

「どうする?」

と迫ったが、保険で対処できると寝ぼけた返事をしてきた。

あと一カ月分しか材料のストックがないのだ。出荷が何日か止まってしまう。そうなると日本サイドへの上棟スケジュールは全てアウトだ。何年住宅屋やってやがる。インチョンスティールのQCは保証とか再出荷とかの権限は全くなかったようだ。

翌日水上さんにインチョンへ飛ぶように改めて言ったが、状況をもう少し調べてから、とか保険屋に連絡していますから、とか呑気に構えていて話にならなかった。

もちろん、フィリピンのサプライヤーも調べたが長さの単位はほぼ全部インチサイズ。ミリメートルサイズのストックは持っていなかった。

「分かりました。私が行ってきます。インチョンスティールのQCのデータもありますし再出荷を依頼してきます」

「いや、それは困ります」

「何でですか？　まもなく生産がストップするんですよ。続けるのなら鋼材を日本から空輸する気ですか？」

と詰め寄ったが返事はなかった。

水上さんは自身のミスにするのか、多少荒っぽくやってもリカバリーするのか，判断する余裕を失っていた。

「韓国行きのチケットを用意して下さい」

「会社に何も報告していません。多田さんが突然韓国へ飛んだら説明がつきません」

私は、これがお前の言っていた保身かい？　と思った。

私はすぐエリザベートに航空券の購入を頼んだ。二日後のマニラ発インチョン行きのチケットが手に入った。しかし私はインチョンスティールがどこにあるかも知らなかった。

その日の午後、私は会社から黙ってバックれて、マカティにある住友商事のオフィスでGMの古川さんに質問した。

私がトラブルを説明すると古川さんは、

「保険なんか下りるのいつの話？　二年後じゃない？」

と笑った。

古川さんは韓国のインチョンにある住友商事のオフィスを使えるように手を回してくれた。むこうの役員との会議も用意してくれた。

彼が今回の件でえらく肩入れしてくれたのは、深いわけがあった。以前、古川さんが鋼材の輸入の話で住宅一課の事務所に来た時のことだった。

水上さんが、

「うちは商社が大嫌いです。マージンのピンハネだけでしょう。うちは全部直接買い付けできます。お引き取り下さい」

と古川さんをけんもほろろに追い返してしまったのだ。

後日古川さんは、

「その辺の国の官僚にだってあんな失礼千万な扱いは一度もされたことはありませんでした。大した自信ですね。世の中には商社経由じゃないと買えない商品は沢山ありますよ。インチョンスチールも実は向こうサイドの商社はうちですよ」

と話してくれた。

私はインチョンが韓国のどこにあるのかも知らず飛行機に乗ったのだが、空港に到着すると住友商事の小林さんが私の名前を書いたボードで迎えてくれた。

小林さんはインチョンの空港近くにホテルまで取ってくれていた。私は韓国語が分からないので、一人では食事の注文もまともに出来ずタクシーにも乗れなかったから、本当に助かった。

翌日の会議の予定を聞いた時、その会議に先日フィリピンに来たインチョンスチールのＱＣ三人も参加させる事を強くお願いしておいた。

翌日インチョンスチールに乗り込んだ。対決姿勢１００パーセントだ。

会議室に通されると役員の李さんが歓迎の挨拶をした。流暢で綺麗な英語だった。李さんは、

「今日の会議は全員に公平な英語でやりましょう」

と最初に宣言した。

私は、ＱＣの三人がサインして残した全体の七〇％が規格を外れている旨が記載され

た書類を出して、生産がストップすること、予定の大幅な遅延が発生すること、日本サイドに大きな損害が出ること、ひいては我が社の信用が大きく失墜すると詰め寄った。李専務がQCの三人にいろいろと質問したが、彼らは言い訳ばかりで埒があかない。しまいにはデータそのものの信憑性の話になった。

QCの一人が、

「我々はITB側が取ったデータにサインさせられただけだ」

と言った。

私は、

「韓国まで嘘をつきに来たわけでは無いです。だったら李専務に住宅一課に行ってもらって現物を再度チェックしてもらいましょうか?」

と一歩も引かない姿勢をみせつけた。

「この嘘つき。お前らインチョンスチールのプライドはないのかい?」

と激しく抗議した。すると三人一緒になって韓国語で激しく言い返してきた。私は言っている意味が全く解らない。頭にきて、

「じゃあどうやって白黒つけるんだ? お前ら三人前の鋼材のスットクヤードまで出ろ

よ。三対一なら文句ないだろう?」

拳を前に出して、

「お前らが勝ったら黙って帰ってやるよ。そのかわりもし俺が勝ったら全部保証してもらうからな、表に出ろ」

と言った。

たまりかねた住友商事の小林さんが割って入った。

「多田さんは会社の窮状を言っている。本当に生産が止まると大きなトラブルになる。それをリカバリーしたいと言っているのであって、暴力事件を起こしに来たわけではない」

と冷や汗をかきながら説明してくれた。

李さんが、

「多田さん、あなたの言っている事はよく分かりました。何とかしましょう。ところで多田さんはアメリカ人と日本人のハーフですか?」

「いいえ」

「それではフィリピン人と日本人のハーフですか」

「いいえ」

と答えると李さんは言葉に詰まった。

そこで私が、

「メイドインジャパン。ピュアＪＩＳだ」

と答えると李さんは大笑いして、

「面白い日本人ですね」

と訛のない日本語で言った。

「え、李さん日本語出来るんですね？」

感心していると、李さんはもういいからとＱＣを会議室から追い出した。

三人ともかなりビビッていた。

そこからは日本語の会議となった。

何でも李さんは営業で日本には何度も行っているとのことだった。すべて大小の造船所への営業だった。

「私は四百回以上日本に行って、何人もの日本人と商談しましたが、あなたのような面白い日本人は初めてです。いやあ面白い会議でした」

しかしこちらは何も解決していない。

そこで必要なサイズの再出荷を確認すると、すぐにデータを持ってきた。その中の二つのサイズはあいにくストックがないようだ。

「生産は？」

「残念ながら生産スケジュールはすぐには変えられません」

そりゃそうだ。大工が釘を打つ長さを変えるのとは訳が違う。困った。そこで韓国の中でインチョンスティールにストックがない二つのサイズの鋼材を持っている会社を調べてくれ、と頼んでみた。たとえライバル企業でも、と。

すると李さんは事務所に大号令をかけた。一時間もしないうちに浦項にかなりのストックがあるという情報を得た。データをもらった。

ところで、浦項ってどこよ？　と住友商事の小林さんに聞くと大笑いされた。

「多田さん、浦項はインチョンの真反対側です。行くには飛行機しかないですね」

「じゃあ、チケットの手配お願いします」

小林さんはすぐに住友商事のオフィスに電話して頼んでくれた。不良品の保証は今後三回の出荷の代金から分割で値引きする。不良材の処分は値引きの単価には計算に入れない。これらを記載した書類を、李専務のサイン入りで手に入れた。目の前でのサインだった。

会議がなんとか終わり、タクシーでホテルに戻った。小林さんもたいそうお疲れのようだった。

「多田さん無茶苦茶ですね。でも上手くいきましたね。専務自らのサインなんて初めて見ました。李専務ってこの会社のトップスリーですよ。いつもは会議にも普通顔出し程度なのにね」

不思議そうに言っていた。

あとで聞いたが、日本製のステンレスの板物はすべて住友商事経由で、インチョンスチールが韓国内の取り扱いになっているとのこと。結構強い関係だったようだ。

夕方五時過ぎ、小林さんの携帯に李専務から電話があった。

「良ければ今夜一緒に食事をどうですか」

私たちはすぐにシャワーを浴びてまたタクシーで繁華街に行った。

みるからに高級そうな店に入った。話は日本語だった。インチョンスチールの生い立ちやら、彼がそこでどれだけ売り上げを伸ばしたかなど、いろいろ聞いた。造船所の数も凄かった。そこにＱＣの課長も来ていたが、何の会話にも参加できず、箸も全く進まなかった。

私は焼き肉をガンガン食った。ＱＣは専務に酌をするだけが仕事のようだった。

李さんは、韓国には学閥もあるが、強いのは軍隊閥だと言っていた。

李さんの部下も多くは軍隊時代の部下のようだった。

私の事もいろいろ聞かれた。ＩＴＢの事も。フィリピン事情も。

良い二次会だった。

住友商事の小林さんが礼を言って支払いをしようとすると、李専務が今日は私が払うよ、とカードを出した。


翌日のフライトは早かった。午前五時起きで空港へ行った。朝飯も食っていなかったので空港でパンをかじった。午前九時過ぎに浦項に着き鋼材商社の倉庫に行った。倉庫に案内されると私の探しているミリサイズの鋼材が確かにあった。

サイズ、交差、念入りに調べた。

問題なさそうだったのでペンキを持ってきてもらうようお願いした。

「赤いペンキと刷毛を用意して下さい」

鋼材の小口に大きな字でＩＴＢとか住宅一課とか書きなぐった。

「これの船積みをお願いします。私がクオリティチェックをしたものです。必ずこのサインの入った鋼材を積み込みして下さい。サインがなければフィリピンで受け取り出来ません」

と念を押した。

事務所に入り鋼材の金額を聞いた。若干高めだが不満を言っていられない。すぐにＩＴＢの会計、寺田さんに電話した。

「二千八百万円、振り込みお願いします」

「ところで多田さん今どこにいるの？」

「訳ありで今韓国の浦項にいます。鋼材を買い付けしたいのです。振り込みできますか。相手会社の情報とかインボイスもメールですぐに送ります」

すぐに浦項の事務員さんにデータを送ってもらった。数分後私の携帯に寺田さんから連絡があった。

「分かった。要は住宅一課スチールの鋼材を買い付けしたいんだね？」

「はい。そうです」

「ところでこの件、水上さんは知っているの？」

「委細は帰ってから説明します。買い付けしないと大きなトラブルになります。お願いします」

インチョンに戻ると、なぜか住友商事フィリピンの古川さんがいた。心配になって追いかけて来たらしかった。

晩飯を食いながら経過を報告した。


翌朝、小林さんから入金を確認したとの電話があった。

何とか買い付けは出来た。生産も止めずに済みそうだった。

胸を張ってフィリピンに戻ったが、事態は良い方向に進んでいたわけではなかった。

数日後水上さんに帰任の辞令が出た。なんでもルーキーのセールスのポジションらしかった。

給料は下がらないものの、フィリピンで立ち上げから苦労をして今の大きなＩＢＴを作った社員に、ヒラのセールスはないだろう。

今回の一件は大きな騒ぎになったわけではないが、水上さんへ出された辞令は事実上の左遷降格だ。なんとも後味の悪い結末となった。

それでも奥さんの実家近くの福岡営業所勤務は認めてもらったようだった。

私は水上さんが日本へ帰る前に何度か話をした。

「私には家族がいます。子どももいます。無茶な事は出来ません」

「あんたのミスは消した。左遷される理由なんかない。男だったら辞表叩きつけてみろよ。あなたの知識と英語力ならどこだって仕事出来るぜ」

「私は一介の営業で頑張ります。もう少しこの会社に留まりたいのです」

水上さんの意思は固いようだった。

話題を変え、貯えはできたかと聞いたら、おおよそ二千万円貯める事ができたらしい。

大したもんだね。感心した。

しかしそれから一カ月くらい水上さんとは会話がなかった。

ある日、私の机の上にコンピューターが乗っていた。

大野さんから電話があって、

「多田さん、今日からメールを使って日本サイドとの受注、製造、出荷のスケジュール管理をして下さい。お願いしますね」

それまで私はコンピューターを起動させる方法すら知らなかった。

スチールに配属が決まった日、大野さんは、

「多田さんにはコンピューターは用意しません。あなたの仕事はフィリピンのワーカーに溶接、鋼材の加工など多田さんが日本で積み上げた経験を教えていただくことです。それがあなたの仕事です」

と言っていたのに、それを今になって。

コンピューターを前にした私はエリザベートに、

「このコンピューターの起動ボタンはどこにあるのか教えてくれないか?」

と尋ねた。これがスタートだった。

住宅一課のメールアドレスを教えてもらい、初めて日本からのメールを見た。

上棟予定日とか免振装置の施工日とか、決定、未決、三カ月先までの予定表が書いて

あった。変更も毎日あった。打合せの結果、決定から出荷まで一カ月の時間をもらっていたがその先のことは知らない。

発注決定日から免振装置着工まで六十日のサイクルで仕事をした。こちらの持ち時間は三十日。これをエリザベートに伝え毎日チェックしてもらい、優先順位を決めて加工指示を出した。時折日本語のメールも来ていたが、タイピングができない私は一本指打法で返信した。

危なかったのは決定後に上棟日が前倒しになる現場が出た時だった。他の作業を止めて挟み込むと現場は少し混乱した。場所の変更や片付けなど元々の作業を再開する手間が余計にかかるのだった。

時々土曜日の日本時間五時三十分にメールがきた。返事を返しても応答はない。ひどいやり方の変更もあった。出荷遅れになりそうな事も頻発しはじめた。危ない兆候だった。

スタッフに聞いてみると、この時間のメールは高木次長の得意技らしかった。まだ執拗に攻撃をされているようだった。

深夜の停電もよくあった。

「住宅一課にデンヨー社製の大きな発電機がある。それを五トンフォークリフトで持って取ってこい。セキュリティには私が話を付ける」

と電話で指示すると、エドガーが五トンフォークで住宅一課のプレカットから発電機を無断で拝借してきた。もちろん入り口でみせる入場証など持っていない。当然ゲートで止められる。

エドガーから、

「今ゲートです」

と連絡を受けると、私はすぐ直折り返し電話してセキュリティに、

「スティールの多田だ。現場は停電でエマージェンシーだと言っている。ゲートパスは用意出来ないが通せ」

と説明した。

このやり方で何とか無事運ばせた。

しかし翌日が大変だった。早速住宅一課の事務所から呼び出された。鈴木ＧＭだった。

「多田さん、何で勝手な事するのですか？」

文句たらたらだ。

私は頭に来たので、

「あの発電機は鈴木さん個人の物ですか？　私は何も私用で使った訳ではありません。それでもだめなのでしょうか」

「住宅一課の管理は私が責任を負っています。承諾なしに勝手な事は認めません」

「分かりました。それでは鈴木さんはＩＴＢ全体の責任よりあなたの権限の方が大事な訳ですね。私たちは深夜二時ごろ停電があり、メッキの出荷が遅れるので溶接を終わらせるために発電機を借りました。うちは二十四時間稼働しています。プレカットはワンシフト体制ですよね。事前に確認を取れとか言われても、そちらの事務所はすでに閉まっているのですよ。

それでも私の行動が間違っているとおっしゃるのなら辞表を出します。その代わり私は専務にこの件を判定してもらうようお願いします。あなたの権限が大事か出荷が大事か確認しますからね」

「勝手にしろ」

と鈴木ＧＭは捨て台詞を吐いた。高木次長の部下らしい言葉だ。嫌になる。専務に報告されるのがよほど怖いらしい。

私が事務所に戻るより早く、

「緊急時の対応は許可がなくても不問とする」

というメールが来ていた。保身のためのアリバイ作りが先のようだった。


突然、これまでに売った古い住宅の補強用の金具や土台と柱を繋ぐ部材、羽子板状の部材など枚数にして六千枚ほどの注文が入った。もちろん日本サイドからの注文だった。工期も一カ月ほどとのこと。十二月の慌ただしい最中だったがとにかく二十四時間フル操業した。

シャーリングマシンで幅を狭く切るとどうしてもねじれが出るので修正に時間がかかって間に合わない。そこで溶接を優先した。少し捻れたまま塗装、乾燥させ出荷した。

形があれば施工は出来る。タッチアップは後でも出来る。ねじれは二本のスパナがあれば簡単に修正出来るはずだ。クレームは覚悟の上だった。

無償の補強を行うと営業が謳っており、全社あげてのイベントのようになっていたため、なんとしてでも納品しなければならなかった。

予想通り一カ月後にはクレームの嵐だった。すぐに修正用の治具を二セット作って日本に飛び、浜松にある日大産業の敷地内で修正に取りかかった。

その時はインドネシアから来た研修生を三人貸してくれたが、二人は全く使えなかった。一日かかって私が四百枚、研修生は一人が二百枚。後の二人は合計で二百枚。一日八百枚が限界だった。

私は手首が腱鞘炎になったが、左手一本で一日四百枚分の作業を六日間休みなしでやった。

中にはこれくらい現場で直すからいいよ、とそのまま持って行く大工さんや取り付けチームもあった。しかし若手現場監督からはクレームの嵐だった。

「これは商品と呼べないでしょう。何やっているんですか?」

分かっていない連中が多かった。これは自社の無償修理アイテムだ。製造コストは安い方がいいに決まっている。なのに何も理解出来ていない。嘆かわしかった。

羽子板に開いている三十六個の釘穴はフィリピンのワーカーが連日徹夜して開けたものだ。その枚数六千枚だ。

「舐めた事言うんじゃない」

と思った。

インドネシアの研修生の一人は英語が話せた。この子は政府の高官の子どもだった。

彼とはよく話をした。

「こんな会社の住宅建設なんて覚えなくてもいい。日本のインフラ、道路、鉄道、新幹線、下水処理、そんな大きな物を見て帰ってくれ。次世代の君たちが国を作り上げていくのだよ」

とかなり煽った。

しかし私が言わずとも、彼はそのことに気がついていたようだった。

私は腱鞘炎を抱えてフィリピンに戻った。

そのころシャーリンは妊娠五カ月目だった。大きくなったお腹で鋼材のセールスに飛び回っていた。

フィリピンの女性はタフだ。その中でも私の妻のシャーリンは特にタフだった。相変わらずクバオから随分な時間をかけて通勤していた。

三月、私の部署に若い日本人が入って来た。名前は高橋と言った。

彼には事前に説明していた。

「変更改革をする時は相談をして下さい。私が立ち上げた部署なので、変更後の影響などを把握しておきたいですから」

そうお願いしていたにも関わらず、高橋は勝手にいろいろな変更の指示を出した。

「自分のカラーを押し出すのと現状変更とは全く別という事が分からないのかなあ」

それも余計な手間のかかる事ばかりで、ワーカーやオフィススタッフに要求ばかりする思い上ったガキだった。

そのうち高橋は立場を利用してオフィスの若い女性たちを頻繁に外に誘い出すようになっていた。支払いは高橋持ちだったが、無視された男のスタッフや既婚の女性からはアンフェアだという声が上がった。この国でアンフェアな態度は危ない。現場の溶接工も一発で反旗そひるがえしプロジェクトがスムーズに回らなくなってきた。

高橋という男はとにかく好き嫌いが激しかった。依怙贔屓している事に本人は自覚がない。まずかった。

私は大野さんに相談した。少し調査が入った。すると暫くして大村専務から質問を受けた。

「多田さんどういう事だね、何か問題でも？」

「大ありです。あんな自己中の塊ではスタッフのモチベーションが大きく下がります。良くないですね」

実は彼は住宅二課から放りだされた厄介物だった。私と同じでサラリーマンは無理な子だった。すぐに専務命令で移動となった。

次に上田さんという人が高橋の後任として入った。

現地採用だった上田さんは流暢なタガログ語を話せた。何年かカメラマンとしてスクワッターと呼ばれている現地の貧困層の人々の写真とかを報道関係者に提供した、とか言っていた。肝心の鉄骨とか建築とかは、まるで素人だった。よく分からんやつだ。この会社は一体何を考えているんだ？

ある日上田さんはローディングデッキでエリザベートに写真の撮り方を教えていた。当然、カメラを構えると、両手は塞がる。そうすると上田はエリザベートの後ろに回り身体を沿わせた。うなじに上田の口がある。自慢の髭が触れるくらいだ。そのうち脇に手を入れてもう少し上、とか言っている。

「こりゃあだめだ。入って数日でセクハラかい」

ろくなやつが来ないね、と思った。

ある日、エリザベートが真っ赤な顔をして事務所に帰ってきた。激怒していた。

「エリザベート、訴えるのかい？」

「許さない。今度私に手を出したら絶対塀の向こうに入れてやる」

私はこれは危ないと察して、他の女性スタッフにも注意を促した。


あっという間に契約更新の四月が来た。契約は残り一月を切っていた。

今年も自動延長だろう、四年目も頑張ろうと考えていた。

五月にはシャーリンの出産も控えている。

ところが契約更新日を二週間ほど過ぎたある日、大野さんから呼び出しがあった。

「契約を終了したい。後任に今のポジションを渡してほしい」

「大野さん、契約を更新しない場合は満了日の一カ月前に通達と契約書に書いてあります。通達がなければ自動更新とみなす、ともね。もう二週間過ぎていますよね。と言うことは来年の契約はしませんと言う意味ですか？」

「いや、来年ではなく今年の事です。専務が急に今年で契約を切れと言い出したのです。私にはどうにもなりません」

「フィリピンは契約社会ですよ。それは無理です」

と強く反発したものの、大野さんも専務には言い返せないようだった。

なんでも韓国で鋼材を買い付けした時のインボイスのファックスの紙の端に、住友商事の文字があったらしい。それが後日シンガポールのＩＴＢオフィスで発覚し、住友商事を使ったのではないかと問題になった。

実際使っていたのだが、その事が専務の逆鱗に触れたらしかった。

会社のトラブルを必死で防いだのにその点について誰のフォローもない。それどころかライバルの住友林業の系列である住友商事を使いやがった、という一点を問題視されたのだった。

結局こういう会社だったのだ。

もっとも免振装置のベースプレートに使用する六ミリ厚のステンレス板だって、これも住友金属から買い付けている。買い付けしているのは直轄の日大産業なのに。

あまりの矛盾に落胆したが、私は必要とされない所にしがみ付く気はさらさらない。

大野さんと話し、三カ月分の給料の上乗せしてもらう事で手を打った。

決まってから三日で退職した。オフィスのスタッフにも数人にしか話す時間がないくらいだった。退職当日に現場のワーカーへ立ち話のような挨拶をした。

「三年間楽しかった。私はこの会社を辞めます。皆さんは長く勤めて下さい。怪我をしないように」

それしか言葉を出せなかった。十分後、三年間働いたＩＴＢのスティールディビジョンを旋風のように去った。


家に戻ってシャーリンにどう話そうか。

シャーリンは臨月だった。少し予定日より遅れていた。動揺させるのが怖かったが嘘はつきたくない。

四カ月分の給料を見せ、

「ＩＴＢとの契約が終わってしまいました。明日から仕事を探します」

単刀直入に話したが大きなショックはない様子だった。この国では往々にしてある事らしかった。

手元には百七十万ペソ位あった。仕事を見つけるまでの当座の生活費は心配なかった。

よく考えたら、不当解雇の通達を受けたのは子どもの出産予定日だった。向こうは知らないだろうが、その時の私には随分な仕打ちに思えた。

やっと覚えたコンピューターで何社もの日本の人材派遣会社に申し込んだが、なかなかいい反応がない。

私は五十歳になっていた。資格もほとんどないに等しい。

年齢の壁を強く感じさせられたのだった。

ＩＴＢを退社して数日後子どもが生まれた。男の子だった。

母子共に健康。子どもの体重は四〇〇〇グラムを越えていた。円明と名付けた。

ところがトラブルが発生した。

病院に出産証明書を貰いに行くと、もうフィリピンの行政機関に提出済みですよと言われた。慌てて行政機関の窓口に行って返却を要請したが、出来ませんの一点張り。コピーでもいいから出して欲しいと頼むも、却下された。

私は途方に暮れた。日本大使館に提出する書類がない。無国籍にはならないが、フィリピン国籍になってしまう。書類が出来たのは丁度日本大使館への提出期限が切れた三カ月後だった。大使館にも何度か掛け合いお願いしたがだめだった。

出産から四、五カ月後、シャーリンも会社を辞めた。

「あんたはコミッションが多すぎる。売れない営業に少し回してあげたら？」

普段会社の経営には全くタッチしていなかった社長の奥さんにそう言われたシャーリンは当然キレた。

シャーリンは啖呵を切って退職した。

「私たちのチームの売り上げでビルまで建てたのに、まったくアンフェアな話」

とシャーリンは言った。

子どもはケリーと円明の二人になったばかりなのに二人して失職という事態になったが、

「何とかなるでしょ」

とシャーリンは軽く言ってくれる。だがこうした彼女の姿勢が救いだったのも確かだった。

一、二年の生活費はある。しかし仕事がない状態を続けるのは嫌だった。シャーリンが家にいたので職探しに行ってくると毎日家を出たが、当ては全くなかった。

何度かブールバードマンションに行き高橋さんに会ったが、仕事に結びつく話は何もなかった。それより高橋さんに、

「たまには息抜きにカジノ行こうよ」

と誘われた。暇だったのでつい行ってしまった。

午前十一時頃から始めた。一進一退で勝ちもしないが負けもしない。

三時頃から勝ち始めた。六時には勝ちは二十万ペソになっていた。このまま続けるとかなり勝てそうだったが、妻を心配させたくなかったので帰った。

シャーリンにはカジノに行っていたことは言えなかった。

翌日もそのまた翌日もカジノ通い。日課のようになっていた。

妻には、

「ＩＴＢ時代に日本人に貸していた金が返ってきた」

と嘘を言って二十万ペソを渡した。

それが半年続いた。

相変わらず仕事は決まらない。何通も履歴書を送ったが色よい返事は全くなし。

相変わらず気晴らしにパビリオンホテルのカジノに行ったある日、ブラックジャックのテーブルがなくなっていた。そのテーブルはドルでも円でもチップが張れるテーブルだった。ミニマムベットも少し高かった。

私は少なくとも百万ペソ近くは勝たせてもらった。

時折このテーブルでよく顔を合わせる日本人駐在員が、いつもキツい勝負をしていた。

ミニマムしか張らず、ディーラーが少しでも弱るとリミットまで掛け金を上げてよく大勝していた。

このテーブルを使っていたのは我々の他にもう一人、韓国人だった。彼は静かに淡々と打っていた。彼も強かった。

ピットボスは、私と駐在員と韓国人、この三人のせいでテーブルはなくされたように言っていた。

「張るなら一階のローレートのテーブルで遊んでくれ」

そう言われた。

時々電話したり夕方一緒に酒を飲んでいた安藤さんに、

「俺、プロのギャンブラーになろうと考えている」

と話すと安藤さんは、

「勝っている時は誰でもそう思うのだ。負けが込んできたらきついぞ。どうにもならなくなるぞ。辞めた方がいいよ」

と言った。

戦績だけ見れば観光客時代から圧勝だった。勝率も驚異的な数字だったが、この先数年単位で考えるとやはり怖かった。やらない事にした。

安藤さんから、面白い話を教えてあげると言われた。

「居酒屋けん太でさあ、大村専務が、多田の野郎、あの野郎だけはとか、仕事は出来るのになあとかいつも言っているよ」

居酒屋けん太は覚えている。専務が夜飲む時、私も何度も同行したことがあったからだ。

専務は一度切った人間の事は二度と口に出さない人だったらしい。ところが私の事は酒が入ると結構話題に上がっているらしかった。

驚きはしたが、うれしくも何ともなかった。ＩＴＢの事は既に過去の話だ。

6

悶々とした日々が続いたある日、妻がレストランを始めたいと言い出した。二人とも職をなくしていたので、強くは反対しなかった。マニラ東部にあるカインタという街だ。私学の学校前にある店だった。

「よくリサーチしたのか?」

と聞いたが生返事だった。正確なリサーチはしていないようだ。近くに三菱モーターの大きな工場もあったが、まず失敗するなと思いつつ、カジノで勝った金もあったのでOKを出した。

出費を抑えたかったのでカウンターは自分で作った。そのほかの内装もほとんど自分で仕上げた。

オープンして私が日本食を作ってみたが誰も見向きもしない。原価割れすれすれの値段だったが全く売れなかった。わずかにティラピアの丸揚げとかポークアドボくらいしか売れなかった。売れ残りは従業員の胃袋行きだった。煙草もバラ売りした。売り上げは良くて一日千ペソ。月トータルでは人件費も出なかった。

シャーリンも最初の一カ月でやる気をなくした。

彼女は待ちの商売は知らないようだった。それにそういう商売に向いていない。

毎日の送り迎えだけが私の仕事になっていた。三カ月目、完全にやる気がなくなったようなので閉める事を勧めた。少しの抗弁はあったが、数字は正直だった。嫌だったが予想通りになった。痛かったが良い授業料になった。

数日後シャーリンが、

「やっぱり鋼材売るわ」

と言ってきた。

昔のお客さんから連絡をくれという電話が何度かあったらしかった。手数料だけの仕事だったが、それなりに売っていた。

私たちは二〇〇三年九月、ＣＴサンズコマーシャルという会社を登記した。

それから一年間よくシャーリンの運転手をした。韓進、ＰＥＺＡ内にあるカナダの大きな会社、ローカルの電気工事会社、何社か取引があった。

利幅の非常に低いビジネスで現金決済の値引き程度だったが、約一年で三百万ペソくらいの利益を出した。

なんとか生活に困らないくらいの日々を過ごし始めていたが、そんな時、突然取引先の中国系フィリピン人の会社が不渡りを出した。何度も行って支払いを求めたが、言い訳だけで未収となった。

その会社に売った鋼材はすでに全額仕入れ先に支払い済みだったので、結局約一年の利益が全部消え失せた。ガソリン代と夫婦の人件費は持ち出しとなった。

私はシャーリンにもうやめようと言った。

「利益に対するリスクが大きすぎる。有り金はたいて買った鋼材だったら破産していたところだよ」

シャーリンもさすがに弱り切っていた。

厳しい状況の中まともに働いていていない自分が情けなかった。

手当たり次第に声をかけて仕事の情報を集めた。その中に大成建設が忙しいという情報があった。正式には募集などしていなかったが、早速履歴書とB級の職務経歴書を作り、事務所に行ってみた。

その頃大成建設はミンダナオ島のカガヤン・デ・オロで石炭火力発電所を着工していたところで人手が必要のようだった。

鈴木さんという総務の人が面接をしてくれた。鈴木さんは私の職務経歴を見て、監督の下で現場の追廻しや現地の人間の指導に使えそうだとの判断をしてくれた。

私はカガヤン・デ・オロに飛んだ。大きな現場だった。

ところが数日後、現場所長の中田さんからいきなり事前に聞かされていない要求があった。

「職務経歴書をすぐに出してください。あと、前の現場の終了日時まで書き込んでください」

「すみません。月日までは覚えていません。資料もここには持ってきていません」

というと、

「そんな事も覚えていないのか?」

といきなり怒鳴りつけられた。

「私はマニラで面接を受けてこの会社には既に雇われています。どうしてもダメなら仕方ありません。マニラに報告して下さい」

話を終わらせようとしたがダメだった。

野球場ほどもある石炭置き場の土間コン打ちの管理をするよう言われた。土間配筋が真っ直ぐに出来ないので、すぐにホテルに戻り竹のゲージを徹夜で作り上げた。これなら速いだろうと三〇〇ミリごとに切れ目を入れ、計らなくても鉄筋を並べられるようにした。一ブロック配筋が終わった日、事務所で怒鳴りつけられた。

図面は三〇〇ミリのピッチだが、現場では四〇〇ミリ以上の荒いピッチに変更されていたのだ。

面積が凄く広いので少しのサイズ違いで鉄筋の量もかなり変わる。しかし私が大きなミスをした訳ではなかった。現場が図面通りに施工していなかっただけの事だ。簡単に言うと手抜きだった。

「それなら先に言えよ」

と思った。

本体の連中は午後五時きっかりに現場を出てレストランに直行していた。カガヤン・デ・オロにはちょっとした歓楽街があった。ドライバーが彼らをそこに送り、引き返してくると午後七時頃になった。

現場には私ともう一人、追廻しに雇われた山川さんの二人が残っていた。帰ってくるドライバーを待たねばならないので、私たちは毎日その時間が定時になっていた。

状況は悪化しさらに悲惨になってきた。

午後四時過ぎ、巡回して来いと言われ二人で現場に出た。ところが五時丁度に一斉消灯。真っ暗だ。月明りがある日はまだ何とか歩ける。曇りや雨の日はお手上げ、と言うよりほとんど四つん這いに近い状態で進まなければならなかった。

足元がひどく悪かった。工事現場だ。舗装も整地もまだしていない。

「山川さん、これっていじめでしょう。おかしいと思いませんか？」

「こんなの優しい方ですよ。でも、私は現場の人間に殴られようが蹴られようが絶対辞めませんからね。契約は大成フィリピンとしていますから」

彼は事務所の街灯の下で、財布に入れた一枚の写真を取り出してうれしそうに見せてくれた。

「今年結婚した彼女です」

山川さんは少し恥ずかしそうに言った。

二十代前半に見えた。およそ四十歳の年齢差のようだった。

「私はこいつのためだったら何でもします。何でも我慢できます」

私は感心した。

「凄いねえ」

それ以上言う言葉は見つからなかった。この親父の邪魔はしないと決めた。

とっくに土間コンの現場から外されていた甲藤と言う一級建築士が、私の上司となった。

取水口の上に足場を掛けろと指示を受けた。長尺スパンの鋼材がいる。図面ではH鋼を二本流すように指示してあった。現場にもそれらしきH鋼があった。それを無理して人力で渡したらストップがかかった。

現場所長の中田さんから、

「断りもなく勝手に鋼材を使いやがって」

と言われた。

謝罪すると一〇トンブーム付きのトラックが来て鋼材を運んで行った。

甲藤さんに案内されてスクラップヤードに行った。そこには機材の搬入時に使った梱包材の山があり、薄い肉厚のH鋼があった。しかし二メートル前後だった。

「どうせ仮設だから、こんなんでいいよ。明日溶接して繋いで使って」

甲藤さんは軽く言ってくれた。

ところが翌日溶接機を借りようとするとどの下請けからも良い返事がない。貸す余裕がないようだ。

途方に暮れていると、また中田氏がやってきて、

「何さぼっているんだ、さっさと仕事片付けろ」

なんとか溶接をして足場が載せられるようにはなったが、外したH鋼が見当たらないので、一〇トンブームのオペレーターに、

「あのH鋼どこに降ろした？」

と聞いたら人差し指を口に当て、

「ジャンクショップ」

と小声で言った。そういうことか。

翌日事務所に行くと甲藤さんがいたので、

「甲藤さん、マニラまでの航空券一人分用意して下さい。明日でいいですから」

「お前、いきなり何を言い出すんだ？」

「甲藤さんいいのか？　この現場で半殺しの怪我人が二人ほど出ても。えー、どうなんだ？」

私は声を荒げて甲藤さんの目を睨みつけた。

彼は馬鹿ではない。私の口調から危険を察した甲藤さんはそれまでの高飛車な物言いからいきなり敬語になった。

「はい、分かりました。必ず明日のエアチケットを用意しますから。今日は早く上がって帰りの支度していただいていいですよ」

結局、大成カガヤン・デ・オロでは嫌な疲労感しか残らなかった。

夕方、中田さんと甲藤さん二人から呼ばれ、カラオケに連れて行かれた。

本社に次のいい仕事の手配お願いしておくからとか、決していじめをするつもりはなかったとか、鉄筋のピッチを変えたのは了解をもらっているから問題にしないでくれとか、勝手に全部ゲロしやがった。

「明日マニラに戻ります。十日余りお世話になりました。チケットは明日の朝部屋に届けて下さい。チケットを持ってきたドライバーを飛行場まで使っていいですね？」

ビールを一口飲んだだけで席を立って、ドライバーに寮まで送らせた。

翌朝早くにチケットを持ったドライバーが来た。そのまま飛行場まで走ってもらった。

せっかく見つけた仕事だったのに十日だけしか勤まらなかったという後悔は大きかった。

山川さんのように生きられないかなとも思ったが、イエスの答えはどこからも出ては来なかった。

翌日マニラの事務所に行くと、鈴木さんから聞き取りがあった。私のことは連絡がすでに入っていた。

「多田さん、何があったか話せますか？」

「全力で仕事したかったのですが、あえなくギブアップして帰ってきました。すみません」

社交辞令だけで帰ろうとしたが鈴木さんは、

「多田さん、ここに給料四カ月分の小切手を用意しております。なんで十日しかいられなかったかハッキリ教えて下さい」

私は鋼材の横流しと鉄筋の不正は大成のためにもなるので話した。事実だけだ。

それと山川さんの保護をお願いした。

「山川さんはたとえ殴られても蹴られても辞めたくないと言っている。大事にしてあげて下さい。私にはそんな根性ありませんでした」

十日分でいいですと言ったが四カ月の契約分を全額くれた。ありがたかった。

おまけに次はタルラックにも一つ現場があるのでそちらに行ってみませんかと打診を受けた。

二つ返事で、

「ハイ行かせて下さい」

救われた。

二日後タルラックに行った。

日系の大きな現場だった。監督は岩城さん。東大卒の切れ者だった。朝から各チームに英文で作成した作業指示書を渡し、翌朝進捗状況の確認をする。そして次の作業指示書を渡す。凄いな。流石東大出と感心した。

住まいは近所の安ホテルだったが不満はなかった。岩城とさんなら一緒に仕事ができそうだと思った。

彼は酒好きで毎日のように近所の居酒屋で飲んだ。

支払いは何故か私だったが、たいして気にはならなかった。

彼が以前に所属していた自衛隊時代の話を聞いた。彼は超エリートコースのようだった。俗に言うキャリア組。ところが富士の演習場で起こった、戦車が絡む大きな事故の詰め腹を切らされたと言っていた。

フィリピンに奥さんと家族もいた。

最初は養豚をやっていたが何でも兄の尻拭いで二千万ほど出費させられたそうだ。現金をかせぐため大きなプロジェクトに参加したり、大成では契約でプロジェクトマネージャーをやっていた。今のプロジェクトが終わるとロシアの大きなプロジェクトに行くとも言っていた。

報酬金額も私とは桁が違うらしかった。

八月だったか、一度岩城さんとマバラカットに特攻隊の慰霊のため線香とカップ酒を持って行った。太平洋戦争の歴史を詳しく教えてもらった。

現場は雨続きで悲惨な状況だった。

立ち往生した一〇トン車を引っ張りに入ったバックホーまで泥に埋まった。数日間現場作業は全く進まなかった。

するとローカルのビンタ建設の女社長が来て、岩城さんの机にいきなり蹴りを入れた。

「どうして大成は手を打ってくれないの？　ボルダーを沢山積めば車や重機は動かせるのに何でやらない？」

と詰め寄った。

ボルダーとは大きなグリ石の事だ。初めて知った。石をトラックに何杯も積み込むと重機が走れるようになった。

基礎のフーチングを何十カ所も掘ってコンクリートを打った。ローカルの監督は全く仕事が出来なかったので、私が陣頭指揮を取りオペレーターを休ませなかった。

人の上がり降りにハシゴを使うと凄く遅い。全てバックホーのバケットを使った。ランマーや他の機材の上げ下ろしも全てバックホーを使った。残土捨てはダンプ二台とバックホー一台のコンビでやらせた。

私はオペレーターの休み時間とワーカーの休み時間を別にした。オペレーターには残業を少し付けた。ダンプが付いている時は休まない。下が片付くと人も機材も全てバックホーのオペレーターに上げ降ろししてもらった。こうして雨が止んでいるうちに、一日七カ所のフーチングのコンクリートが打てた。

ローカルの監督は速いやつで二カ所、遅いやつは一カ所しか打てなかった。彼らは一向に改善しなかったが、それでも徐々に体制が整いつつあった。

好事魔多し。予期せず上手く行かない事が起きる。

その頃私はホンダのアコードに乗っていた。それが日系企業の工場の入り口で中から急に飛び出してきたジプニーと衝突。右フェンダーが大きく潰れた。

やってきたタルラックの警官は、

「危なかった。現場に来ていきなりスピードの出し過ぎだ。お前が悪い」

と言い張った。

そこは入り口だったので両サイドに大きなハンプスがある。最徐行しないと走れない場所だった。

私はその警官にアコードのキーをポンと渡し、

「お前何キロ出せるか走って見せろよ、二個のハンプあるぜ」

と言うと、警官はいきなりアコードのキーを地面に叩きつけて腰の拳銃を抜こうとした。

やばい、と思ったので、

「オーケーオーケー、事故証明も要らない、自分で直すから警察のジャッジも要らない」

と慌てて現場を離れた。かわいそうなアコードだった。

三カ月目に入る頃、梁工事を行うことになった。トレーラーが直径九〇ミリのパイプを二山ほど運んできた。何に使うか聞くと、足場用と言う。

ビンタ建設に、このパイプで足場を組めるか聞くと、

「お前素人か？　こんな物で足場なんか組めるか」

の返事。なんだ日本と同じだな、と思った。

岩城さんに聞いても、ローカルのプロジェクトマネージャーが注文したのかな、の返事。

三日もすると例によってジャンクショップの車がやってきて、瞬く間にパイプを積んでどこかに消えた。

ローカルのプロジェクトマネージャーに聞くと、えらい剣幕で、

「ミスター多田、お前は現場工事の指揮が担当だろう。資材の買い付けには首を突っ込むな」

と凄んできた。結構タチの悪いやつだ。

その日の午後、現場のエンジニアやオフィスのスタッフ全員から私についてのコンプレを記載したレターが岩城さんに届けられた。

その夜鈴木さんからマニラに至急帰ってきて下さい、と連絡があった。

そのまま車で走って家に着いたのは深夜だった。その晩はゆっくり寝た。

翌日大成建設の事務所に行くと、鈴木さんが私に謝罪した。

「多田さん、もうあの現場に入ってもらう事はできません」

どうしてかと聞くとその辺は荒っぽい土地柄らしかった。

「これ以上揉めると多田さんに危害が及びます。弊社のスタンスとして、それだけは出来ません」

「でも鈴木さん、私に何か落ち度ありますか？　一生懸命作業を進めていましたよ」

「それは十分わかっています。これまで私は二度現場視察に行っています。多田さんには失礼だったかもしれませんが、気づかれないように遠くから双眼鏡で見せてもらいました。あなたの仕事ぶりは十分理解しています。むしろ我社に本当に必要なのはあなたのような姿勢の監督かも知れませんね」

また三カ月分の小切手が切ってあった。

「鈴木さん、一つ問題があります。お客さんの会社のジプニーにひどくぶつけられました。示談に行くつもりでしたが。どうしたらいいですか」

「お客さんとは揉めたくないのでこちらで処理します。見積もりが出たら送って下さい。全額支払います。ところで変な噂を聞いたんですが、現場で何か気づかれた事ありませんか」

「大ありですよ。何でコンプレメールが来たと思います？」

私はパイプの件を冷静に話して事務所を出た。

終わった。

またもや勤まらなかった。

後日、三万ペソの小切手をもらいに行った。

車の板金修理は暇だったので自分でやった。パテも研磨も見よう見まねで上手くできた。ついでに全塗装をした。綺麗になった。良い車だ。

小切手をもらいに行ったとき鈴木さんがポツリと言った。

「日本の大成に正式に監査要求しました。私の立場では何も解明できませんでした」


さあ次の仕事を探さなくては。

長くは勤められなかったが、自分の得意技のようなものは見えた気がした。

この国で生き延びる事が出来るかどうか、正念場が近いように思えた。

私はシャーリンの取引先のＭＧＫという会社に行った。

社長はシャーリンの事を好意的に話していた。まるで孫に接するように見えたが、ビジネスには厳しかった。


その頃、ＩＴＢで私の右腕だったエリザベートから電話があった。

「ミスター多田の後任の森田とコミニュケーションが取れなくて苦しい。仕事も面白くなくなったので辞める。どこかに仕事あったら紹介して欲しい」

と言ってきた。

そのエリザベートから面白い話を聞いた。

まず、掃除で雇われていたトッド。六カ月で試用期間が終わり退職予定だったが、真面目なので無理やりＨＲに頼んで住宅一課のレギュラーとして迎え入れた子だ。

少し経つとトッドは「僕にも溶接を教えて下さい」と申し出てきた。

私は、

「勤務時間中は無理だが、昼休みとかタイムカードを打った後ならトレーニングしてもいいよ」

と返事した。何人かの溶接工にトッドの面倒を見てやれと指示をした。私も最初は少し手伝った。トッドは根が真面目だから、数カ月後には立派な溶接工になっていた。

トッドは、私が辞めた翌日に後任の森田氏が挨拶で訓示をしていた時、

「俺のボスはミスター多田だ、あなたではない」

と突然言ってその場で退職した。

ドライバーもその三日後、

「俺のボスは多田だよ」

と言って辞めていったと聞いた。

結構気骨のあるやつがいるんだ、と少しうれしかったが、慕ってくれる彼らの成長を見届けることもできず、僅か三年で契約を破棄された自分が情けなかった。

エリザベートのことは、知り合いだった前野技研の前野社長に紹介をした。

彼女はかつて私の右腕だった事、非常に有能だという事を伝えた。

「もし社長が思うレベルになければ、すぐでもクビにしてもらって構いません」

社長は半信半疑だったがともかく応募は受け付けてくれた。

三カ月経った頃、社長から連絡があった。

「多田さん、えらい人紹介してくれたなあ」

いい意味か悪い意味なのか戸惑っていると、

「凄い仕事ぶりだよ。これまで三、四人でやっていた仕事をエリザベートは一人で軽くこなしているよ。日本語はわからないけど日本側ともやり取り出来ているみたいだ。いやあ、いい子を紹介してくれたもんだ」

と喜ばれた。

エリザベートの行き先も決まって安心したが、私自身はまだ失職中でなかなか次が見つからなくて困っていることを伝えると、

「おー、丁度わしの弟が住友設備で今度大きなプロジェクトにマネージャーとして参加する。日本人要るか聞いてやるよ」

社長は弟さんが所属をしている住友設備に電話してくれた。すると日本人を必要としているとのことだったので、私はすぐにマカティの事務所に履歴書を持って走った。面接の結果、即決だった。現場はスービックだった。試用期間六カ月。その後問題なければ正社員で登用。夢のような話だった。

住友設備に入社した私は、前野さんの弟と一軒のアパートを借りた。週末だけは家族との時間を作りたいと考え、土曜日の午後マニラに戻り月曜日の朝スービックに入るという生活を送っていた。このローテーションが数カ月続いた。

現場の進捗は遅かったが、長い大きな現場だったのでそれほど気にはしていなかった。

平穏な日々ではあったが、時々発生する前野さんの癇癪には苦労させられっぱなしだった。特に時間には厳しく、朝の会議に一分でも遅れると拳でテーブルを強く叩いて怒鳴り付けた。

前野さんは大声で、

「このアホ猿が」

とエンジニアを激しく罵る。危ないオヤジ、という印象だった。

中古の発電機とか建設機械のオークション会場がスービックにはある。そこに買い付けに行った時も、会場のアメリカ系フィリピン人と大げんかになった。到底他人には言えないようなスラングを連発し激昂した。

「こらあかんわ」

久しぶりに脳みそが六〇ヘルツで稼働した。

翌日その男を訪ねトラブルになった原因を説明したが、彼は私の説明を聞かずに前野さんの言葉に噛みついた。お互い適当に謝罪し悪く思うなよ、と握手までこぎ着けたが、

「前野のやつがもう一度差別用語連発しやがったらスービックベイに浮かぶぞ」

と脅しを入れてきた。私はこいつならやるかもしれんな、と思った。

五カ月間、アパートでは朝飯の支度から掃除などおさんどん（小間使い）がやることを何でもした。私は体育会系の出身だから気にならなかったが、前野さんは少しでも不満なことがあるといつブチ切れるかわからない、危ないオヤジだった。

いろいろあったが仕事は楽しかった。イギリス人の土木コンサルとかなり突っ込んだ議論もできた。交渉にも勝てた。元請けの清水建設の上の人たちにも受けは良かった。ゴルフに良く誘われた。

ところがある日の朝のミーティング時、例によって前野さんがアホ猿を連発。それを聞いて、住友設備のエンジニアの一人がキレた。

この会社のフィリピン人エンジニアにはいい大学の出身者が多い。日本語がかなり理

解できる子もいたのだ。

突然エンジニアの一人がカッターナイフで前野さんに切りかかった。

「おいやめろ。エルマー」

私は大声で怒鳴ってカッターを持った手を掴んだ。事故だけは防げた。

彼は真っ青になって手は震えていた。元々喧嘩なんかした事のない、おとなしい男だった。住友設備に入る前は高校の数学の教師をしていたが、給料が良いので転職したそうだ。

「お前嫁さん子どももいるんだろう？　こんな事で刑務所に入ったら家族が泣くぞ」

私は大声で諭した。

気持ちが落ち着いたら、

「今日は取り敢えずアパートに戻れ」

と運転手を呼んで事務所から返した。

念のため、運転手に「アパートに着いてもしばらくそばにいてやってくれ」と頼んでおいた。

前野さんにも、

「前野さん言い過ぎですよ。皆日本語がわかるんですから」

と諭した。

ところが前野さんは反省するどころかさらに汚い言葉を吐き捨てたのだ。

「どいつもこいつも男はアホばっかり。女は皆パンツ脱いで商売しやがる」

この言葉には私も我慢ができなかった。

「前野さん、私の嫁さんもフィリピーナです。今のコメント撤回してくれませんか？」

「アヨロ以下、フィリピンの女は皆同じじゃい」

前野さんも刃物沙汰でかなり気が立っているようだった。

翌週、事務所で退職する事を告げた。

「多田さん待ってよ。正社員用意していますよ」

「無理です。私にはとても務まりません」

「なんと、多田さんでもだめかねえ」

実は、以前から前野さんと組んだ人は一カ月以上仕事出来た人が一人もいなかったらしい。

やれやれ、色んな人に出会うよ。

その後前野さんは左手の親指と人差し指の間を裂傷してかなり縫ったらしかった。治りが遅く好きなゴルフも四カ月出来なかったとゴルフ仲間から聞いた。私は、エルマーかどうかは分からないがあそこの誰かがやったなあ、と思った。私が辞めた直後の事だったらしい。

ずっと日本円で三十万程度もらっていたのと、シャーリンが倹約家だったので、お金の心配は余りなかった。

子どもも元気で、熱など全く出さなかった。ミルクをがぶ飲みして大きくなっていた。

日本とは違うこの土地で家族を守るぞと言う意識が随分強くなってきた。

7

早速インターネットやらマニラ電話帳やらで仕事探しだ。

ダルマ建設という建設屋があった。電話で面接を申し込むと、すぐにでも来てくださいとの事。

「ヤッター。脈ありそう！」

私はダルマ建設に飛んでいった。

ダルマ建設の事務所はロハス大通り沿いの大きなビルにあった。社長は溝口さんと言って、私と田舎が同じだった。

「もしかして親戚の方に日東運輸の役員さんはいませんか？」

と聞くと、

「それは私の叔父さんです」

との答え。かなりショックだった。ダルマ建設の社長は龍野時代に仕事も遊びも教えてもらった溝口さんの親戚だったのだ。しばらく田舎の話で盛り上がった。

その頃ダルマ建設は、ネグロス島のバコロドで空港の建設現場をやっていた。元請けゼネコンは竹中工務店だった。ダルマ建設はそこで従業員官舎を建てていた。その現場を綺麗に片付けて欲しいと言われ日当を交渉、すぐに飛ぶことになった。

行く前に嫁さんと食事に出た。マカティにある和食レストラン瀬里奈に行った。ここは昼の海鮮御前の定食は凄く美味しい。私はいつ来てもこれしか食べない。

板前の小関さんと話をしていると、横から菅原という人が、

「多田さんですね。以前ＩＴＢにお勤めされていた方ですね」

とソフトな口調で声をかけてきた。

彼は小関さんとも親しく話をしていた。住まいもマカティのシネマスクエアにあるマンションだった。いろいろ聞かれたが私は普通に答えた。

しかしこれが後に大騒動に発展することになる。

私はバコロドの現場に入った。

下請けは地元の大きなバス会社が持っている建設会社で、レベルは極めて低かった。当然仕事は大幅に遅れていた。

ダルマ建設からはジェフというプロジェクトマネージャが来ていた。フィリピン人にしては珍しく頑固で妥協をしない男だった。

ジェフと二人で建設会社の専務と話をしたが、彼らには私たちの言うことが理解できないようだった。しかしそれも当然だった。そもそも建設についての知識がないのだから。

「工期を守れ」

「お前たちがストップをかけているせいで遅れている」

「工事が雑だから検査が通らない」

「お前らの力がないから検査を通せないだけだ」

どうにもならなかった。

極めつけは、

「ミスター多田、笑顔で飛行機に乗って島を出たいか、それとも棺桶に入って運ばれたいかよく考えろ」

ときやがった。

我々は完了している工事以外には支払いをしていなかったので、痺れを切らせたジェフが、

「もうこの建設業者は切って他の業者を入れるか？」

と言い出した。

私たちは最後通告を親会社の社長にしてみた。親会社はどでかい会社だった。ビサヤ地方やミンダナオ島にバスルートを何本も持っていた。車のメカニックとして日本人まで雇っていた。若い社長だったが割と現状を理解してくれ、何とか継続することで話はついた。フォアマンの変更、工程厳守、決してサボらないようにすること、全て了解してくれた。

社長の大号令が出ると、現場は大きく変わった。

なんとか工期通りに片付いた。

私はマニラに戻った。妻と子どもの顔を見るのは久しぶりだった。皆元気でほっとし

た。

家族とゆっくりしようと思っていたら、ダルマ建設の溝口社長から指示が来た。

「明日からバタンガスの現場へ入ってください」

「社長、二、三日ゆっくりさせて下さいよ」

「PEZAの中のホテルを取ってあります。明日十時に行って下さい。お願いしますよ。私も行きますから。着替えも持って来ておいてください」

溝口さんの慌てぶりから察すると、一大事のようだ。

翌日私はアコードでリマのPEZAに行った。ダルマ建設の現場があった。

現場に入ると日本人が二人いた。黒田さんと一級建築士の資格を持った船木さんだ。

私が状況の説明を求めようとすると、打合せがありますから失礼します、と二人とも出ていってしまった。

待っていると溝口さんが来て私に尋ねた。

「二人は？」

「打合せがあると言って出て行きましたよ」

「参ったなあ」

「どうなっているのですか？」

と聞くと、溝口さんは工程表を広げて、

「二カ月も遅れが出ています。多田さん、二十四時間回して追い込んで下さい」

現場を見ると、仕事の進め方を知っている人間が誰もいなかった。

まず現場で不足の材料が出る。それを現場事務所の事務員がオフィスに流す。オフィスが注文を入れて材料が事務所に着く。それをドライバーが現場に配達する。必要としている材料が現場に届くのは、予定の一週間遅れだ。

私はめまいがした。全部改善しなければ。

まず事務所に戻って、社長から十万ペソ預かった。翌日の作業内容について打ち合わせをした。必要な資材と機材を書き出させ、朝一で買い出しに行き、九時には現場で使用した。そうやって毎日時間を切り詰めた。何人かのスーパーバイザーが面白がってついてきた。

施主サイドに了解を取る必要があるものは事前に聞き出して、全てについて了解を取った。

下請けに作業のやり方を教えた。手抜きではなく旧態依然のやり方を改め、効果的に作業を進めさせた。それまでの半分に時間短縮できた仕事もあった。

重機のオペレーターが仕事をしない日曜日は、私がバックホーを動かした。五〇メートルの排水管を一日で繋ぎこんだ。埋め戻しだけはオペレーターにやらせた。

現場がついてきた。いいぞ。


笑えないトラブルも数々あった。

深夜現場に行ってみると、ワーカーがランナウエイしていて誰もいなかった。構内を歩いているとTシャツを着た男が手にナイフを持って身構えていた。男はタガログ語で何か喚いていた。

私はここのプロジェクトマネージャーだと名乗り相手の素性を聞くと、自分はセキュリティガードだと言う。しかし彼はTシャツ一枚だ。

一・五メートル位の間合いで睨み合いとなった。汗が吹き出た。

私は、

「とにかく、ナイフを置け」

と呼びかけたが、男はナイフを構えたまま離そうとしない。困った野郎だ。

「昨日までのセキュリティガードに電話してマネージャーの名前を聞け。俺は多田だ」

「多田？　日本人か？」

「ああそうだ。分かったら、ナイフを床に置け。明るいところに出てみろ、俺もいくから」

外の街灯の下でやっと日本人とわかったようだ。私も彼の靴やズボンで確かにこいつはセキュリティガードだとわかった。

その間約十分。思いきり疲れた。

ワーカーは給料日明けで全員自宅に帰っていたのだ。


次に問題が起きたのは、工場裏のフェンス工事だった。

工場の境界に木が植えてあったので地元でチェンソーを持ったやつを呼んだところ、この国の法律では届け出て許可を得なければ樹木を伐採出来ないと言う。

私は、

「半分はこちらの敷地内だ、何とかしろ」

と頼んだが、出来ないの一点張りだった。

私たちが揉めているところへ、地元のバランガイキャプテンがやってきた。

私は、

「フェンスを作らなければお前の村との境界がわからない。問題だろう？」

と持ちかけた。そして、

「切った木は要らないから好きにしろ」

と言うと、バランガイキャプテンは、

「くれるのか？」

「ああ。全部持って帰れよ」

「だったら日が落ちたらすぐに切りにかかってくれ」

と言って、切った木を担ぐ人間をよこした。

バランガイキャプテンが絡めばこちらに責任が来ることはない。チェンソーをもって来たやつに、

「日が落ちたらすぐに切ってくれ。報酬は四千ペソだ」

と伝えると喜んで承諾した。ロープで建物側に倒れないようにして七本の木を次々に切り倒し、担げる重さにさらに切ってすぐに綺麗さっぱり持ち出した。跡形もなかっ

た。

翌朝、ユンボのオペレーターに根を掘り起こさせた。そこに小さな基礎を作って境界のフェンス工事は終わった。


もう一つ、これはデカかった。

水道管の近くをユンボのオペレーターが掘り返していたところ、その本管がバーストしたのだ。PEZA全体に上水を供給する高架タンクの水が一気に吹き上げた。高さ三〇メートルくらいの水柱だった。

多くの工場が水浸しになり、停電で操業が止まったところもあった。

水道管の事故が起きた現場は私の工場の受け持ちの範疇ではなかったので助かったが、翌日事務所から菓子折りを一ダース持ってきてもらって近隣の工場に謝罪をして回った。

さすがに現場の人間は怒っていたが、ほとんどの工場のオーナーや責任者はミスは誰にでもありますから、と寛大にみてくれた。

しかし損害賠償を請求すると大騒ぎした工場が一社だけあった。

「どうしてもとおっしゃるのなら仕方ないですね、警察に被害調査の依頼をしましょう。ですが調査の間は工場を止められますよ。なかなか解除してくれませんし、以前一カ月位止められて根を上げた会社もあったくらいです。警察は金を包むまで解除しませんよ。それでも構わないのでしらどうぞやってください」

結局賠償請求はしてこなかった。

水道管事故の最終的な損金はわずかで済んだ。

工事も最終仕上げに差し掛かった頃、支払いで揉めたこともあった。

相手先の代表はかなり高齢の日本人女性。大声でわめくばかりで事務的な話が全く出来ない。仕方がないので日本にある本社の工事担当者とその上司である課長にフィリピンに来るようにお願いした。二人はすぐ来てくれた。

清算が終わらないと引き渡し出来ない、つまり工場が操業できない。そういったことすらわかっていない代表だった。

事務手続きに幾つかの不備があったことを指摘され、値引きを求めてきたがそれほど無理な注文ではなかった。交渉は紳士的に解決した。助かった。私は最終合意のサインの入った書類を事務所に届けた。

珍しく溝口社長が、

「多田さん、二人を飲みに連れて行ってください。経費は認めますから」

と飲み代の面倒も見てくれるといったので、私は工事担当の田中さんたち二人に声をかけ、

「清算して頂けたので溝口も喜んでいます。経費も出してもらえたので、さあ飲みに行きましょう」

とマカティに繰り出した。

結構無理したなあ、が実感だったが、とにかく工期内に何とか間に合わせる事ができた。田中さんたちもあっさりケリが付きホッとしたのか酒がうまかったようだ。

暫く休暇をもらいゆっくりした。

ダルマ建設の事務所には時々顔を出していた。妻とはよくリトル東京の瀬里奈に食事に行った。以前瀬里奈で声をかけられた菅原氏とも再会し、よく話をするようになった。

ところが菅原氏の話は私を犯罪へ誘うものだった。

彼は、一ツ橋工務店が港に保管していた膨大な数の製品の日本向けのインボイスのコピーを手に入れていた。一ツ橋工務店を恐喝しようと言う話だった。

一ツ橋工務店は、フィリピンに生産拠点としてＩＴＢがある事を公表していなかった。そこで、内部事情に詳しい私を仲間に引き込もうとしていたのだった。

私は少しぐらいの事実の公表はいいが、恐喝行為には参加する気は全くなかった。

しかし菅原氏はすでに日本のテレビ局を呼んでいた。ブルゴスのホテルでインタビューがはじまった。部屋では大きなカメラが回っている。インタビュアーから質問攻めにあった。

結局三本のビデオを作った。一本はテレビ放映向け、もう一本は記録用。

そしてもう一本は私からお願いした。それは警察用だった。

この話、出方によっては私の命が危ない。そういう会社だということは中にいてよく知っていたからだ。

私は自殺する動機は全く無い。しかし近未来に殺害される可能性なら少しある。

詳細を克明にしゃべって、いつでも警察に届け出ることができるよう保険をかけたのだ。

しかし数日後テレビ朝日の担当者から謝罪の電話があった。

何でも会社の上層部から放送禁止の通達があったようだ。没になってしまった。

そこで菅原は今度は週刊現代に話を持ち込んだ。

私は一匹狼の記者にどうしても会いたいと言われ、急遽日本に飛んだ。

ここで大きな食い違いがあることが分かった。

記事を作らせ、スクープとして世に出る直前の段階になって、菅原たちのお出ましとなるのがＩＴＢ恐喝の筋書きのようだった。菅原は記事が掲載されること自体には興味はなかった。

しかし原稿が出てきても相手に承認を求めたり、確認したり、大変な作業があり時間もかかる。

実はこの記者も仲間だったかもしれない。

「実名出ますよ、もう少し考えたほうが、いいんじゃないですか?」

など不自然に時間稼ぎをしているように思えた。真面目なジャーナリストには到底見えなかった。ビデオまで作ってお蔵入りさせられたテレビ朝日の記者の方が、よほどしっかりしていた。

その後も菅原は私を何度もホテルに呼び出し、

「後は俺に任せろ」

と言った。

私は、

「恐喝には加担しない、やるなら勝手にしろ」

と関係を断った。

すると、一ツ橋工務店に記事の確認、承認の問い合わせがあったようだ。

その頃私は、竹中工務店のバコロドにある空港の現場にいた。そこにいきなりＩＴＢの市原から電話があった。

「多田さん、何やろうとしているの？　ＩＴＢに大きな被害が出るよ。そんな事をして無事で済むと思っているの？　ここはフィリピンだよ」

と脅してきた。

市原は私と同じ現地採用で、ＩＴＢが運営する大工養成学校の校長だった。多田と連絡を取るなら市原が適任だと、やらされたらしかった。

「いっちゃん、俺この会話録音しているからね」

私は恐喝の連中がスタンバイしている事は言わなかった。もし私が週刊誌への掲載を止めたらすぐに、菅原はＩＴＢに乗り込む用意をしていた。

私が掲載を取りやめたりはしないよと言うと、市原は条件を聞いてきた。

「お金の問題じゃないからね」

私は端からお金など頭になかった。

市原は翌日も朝から電話をかけてきた。

週刊誌の締め切りの三日前だった。

「多田さん、何が要求なんだ？」

「私は事実を言っただけだ。やましい事は何もない。もし止めてほしいなら大村専務と直談判させろよ。私はバコロドにいる」

市原は電話を切って協議したようだ。

一時間ほどするとまた電話が鳴った。

「飛行機のチケットの関係で今日は行けない。数日待てないか？」

「だめだ。今日の夕方原稿の最終返事を要求されている。出せと言うつもりだ。本気で止めてほしいのなら、専務ならヘリを飛ばしてでも来れるだろう。二週間も過ぎた契約を強引に破棄した本当の理由を言いに来いよ。来て話できたら出稿を止めてもいいぞ」

「幾らかで、手を打ってくれないか」

いろいろ言ってきたが、ややこしい恐喝事件に巻き込まれるなどまっぴらだった。スクープが週刊誌に出てしまえば恐喝はできなくなる。

私は金をいくら積まれても絶対乗らないと繰り返したが、その後も電話は続いた。

四時頃、話が全く進展しなかったので市原に、

「このあと原稿のゴーサインを日本に電話するね」

と電話を終えた。

記事の内容は、私が社内で何回か進言した情報公開の事と、鉄工製品の検査の事だった。

私の方も法律に触れていないか何度か検証をした。守秘義務については対価はなしだったので違法には当たらないと思った。

私は子どもに勝手に誓った「犯罪行為は絶対しない」という約束を辛うじて守れた気

がした。

週刊誌に載った。実名で載った。テレビは力ずくで止められたが、週刊誌には出た。これで菅原たちの目論見は消えた。ざまあ見ろだった。

ＩＴＢ側は事の詳細について何も知らない。記事の内容について日本ではそれほど話題にならなかったようだ。日本にいないので詳しい事は分からずじまいだった。

一矢報いた気がしたが勝負は大負けだった。

それ以降、週刊誌の記者とも連絡がつかなくなった。しかしＩＴＢの日本サイド、一ツ橋工務店は大騒ぎだったようだ。週刊誌に掲載された話題がこれ以上広まらないよう躍起になって対策を取ったようだ。

ラプソディは終わった。

8

バコロドの空港では、コンクリート打ちをしたターミナル一階の床が二度剝離した。二度目の剝離の後、ドミンゴという優秀なエンジニアがいたので、

「何で剝離すると思う?」

と聞いてみると彼も、疑っていた。

はがしたコンクリートを壊したりいろいろやってみた。

まず色がおかしい。赤っぽい。納入業者の砂のサンプルを調べたら、黒っぽい色をしていた。

「この砂を練りこんでこんな色になるかい?」

早速私たちは抜き打ちで地元の生コン工場へいった。

材料置き場には二種類の砂が置いてあった。一方は黒い砂。もう一方は土がかなり混じった赤い砂。

「これだ！」

と二人声を揃えて言った。強度の低い死んだ砂。おまけに土がかなり混ざっていて、収縮が大きいようだった。

ドミンゴがプラントの人間に、

「契約通りの砂を使ってくれ。土混じりのモルタルが二回も剥離している。問題にされたくなかったら次回は必ず黒い砂を使え」

と詰め寄った。プラントの人間はいろいろ言い訳をしているようだったが、私たちは出荷前に検査をするからと釘を刺した。おかげで何とか三度目は剥離しなかったが、このことを現場の誰も判っていなかったことに少々驚いた。

随分昔の話だが高校卒業直後、小野田でコンクリートについて思い切りしごかれながら勉強したのが今役に立った。

しかしそのことが、コンサルの長田さんの気分を大きく害したようだ。むこうは一級建築士。竹中工務店ともそれなりに長い付き合いがあったようだ。

長田さんの逆鱗に触れ、ドミンゴと私はトイレの仕上げに回されたが、そこでまたトラブルが発生した。

洗面台の天板は大理石だった。何でもその大理石は中国から輸入するそうで、長田さんは穴あけも磨きも加工図面で決めてくると勇んで中国に飛んだ。六日ほど出張したところが現場に入った大理石の板は加工も穴開けもされておらず、その辺の道端で売っているものだった。

ドミンゴと私は仕方なくベニヤ板を切って型紙を作った。しかし何パターンかあったのを職人が早とちりをして短く切り始めた。おかしいと思って止めた時には、すでに二枚ほどカットミスをしていた。

それを見た長田さんが激怒した。

「多田さんあなた何の仕事をしてきたの？　建築素人ですね。現場やった事あるの？」

激しくこき下ろされた。

仕方ないので、

「長田さんはほんの一カ月前、自分が中国に行って図面でサイズ、穴位置、小端の仕上げを指示して仕上げた品物を入れさせると豪語して中国に飛びましたよね？　一体どこの中国に飛んだのですか？　この大理石は近所で売っているやつですよ。輸入のインボイスは事務所にあるのかな？」

そう問い詰めると、やはり出元はフィリピンローカルだった。

それ以来長田さんにはほとんど口を利いてもらえなかった。

日立設備のマネージャーに野長瀬さんという人がいて、二〇二〇年以降も付き合いがあるが、彼にはよく愚痴を聞いてもらった。

野長瀬さんも長田さんと大喧嘩していた。

あるとき材料の大幅な変更の指示が出た。材料を変更するのは大きな出費だった。どうやら長田さんのミスのようだったが、彼は何とか追加なしでやれないかと言ってきた。

これに野長瀬さんが激怒、

「ふざけるのもいい加減にしろよ。百万とか二百万の話と違うぞ。追加費用を認めないなら現場引き上げて訴訟するぞ」

野長瀬さんはかなり歳だったが負けていなかった。カッコイイ。

彼は湘南ボーイだった。

その後、テロかと思われるような事故も起きた。

発電機と韓進土木のプラントが爆破されたのだ。それ以後、警備として軍が入ってきた。

仕事も終わりに近づき、私の契約は終了した。ダルマ建設での仕事が終わった。

その間妻が二度ほどバコロドにきた。

「ダディ、今どこにいるのよ？」

「勿論現場。シャーリンこそ今どこよ？」

聞くとバコロドの空港だと言う。

私は慌てて迎えに行った。

夜は私の借りている小さなアパートのシングルベッドで折り重なって寝た。

私の妻は行動力が凄い。日本の現場でもふらっと訪ねてきそうな勢いだ。

その現場が終了した翌日から、今度はリマのラスターラバー社の現場に入りトラブルをなんとかうまく片付けた。

ラスターラバーの現場が完工して、溝口さんは機嫌が良かった。

しかし次の大きな現場案件はなかった。

私は溝口さんに呼ばれた。

「多田さん営業に回って下さい。管理してもらう現場がありません」

了解して翌日から営業に出た。

三カ月間受注はなかったが、ＰＥＺＡの企業に何社か売り込んでいた。契約寸前だった。

しかしＩＴＢから溝口さんに横槍が入った。

「御社に多田と言う人間がいるそうですね、彼の辞表と引き換えに、四百万ペソの仕事を出しますよ」

これだった。

すぐに溝口さんは、

「多田さん、申し訳ないですが退職していただけませんか」

その頃は仕事が本当に止まっていた。仕方ないので辞表を出した。

やるせない話だった。また失業した。

既に五十二歳、仕事も見つけにくい年齢だ。

二日間猶予を貰い、営業をかけていたお客さんに退職する旨を伝え、お詫びを兼ねた挨拶をした。

退職の挨拶をした企業の中にユタカ技研という会社があった。担当者の小栗さんは技術系のGMだった。

「多田さん困るんだよねえ。私はローカルの会社には発注したくないんだ。日本と同等のクオリティーがどうしても欲しいんだ。今断られても困るよ。あんた、現場管理すると言っていたよな?」

「はい、私が工事監督するつもりでした。監督が本業ですから」

「分かった。多田さん個人に発注する。私の思う物が作れるか?」

「はい、作る自信はあります」

帰って妻にダルマ建設をクビになった事を伝えた。

ユタカ技研の話は決定ではなかったので話さなかった。

ただ心の中にあった覚悟を今伝えるべきだと思った。

「シャーリン、私に一度だけ勝負させてくれないか？」

「何を勝負するの？」

私は長年日本で建設土木の仕事に携わってきた。一番得意の分野だ。まだその頃はPEZAのルールもそんなに厳しくなかった。

「自分で建設会社を始めたいんだ。一回だけチャレンジさせてくれ。もしだめなら日本に帰って工事現場の旗振りでも片付け人夫でもなんでもやる。生活費の心配はさせないよ」

と言うと、

「やってみたら？」

彼女は拍子抜けするくらいあっさりと了解してくれた。

早速翌日ユタカ技研に行き打合せをした。見積もりもダルマ建設時代に出していたので仕様もよく理解していた。あっさり同額で認めてもらった。

受注法人の名義はシャーリンが代表をしているCTサンズコマーシャルを使った。

数日後ユタカ技研を訪ねると、注文書と小切手が用意されていた。天にも昇る気持ちだった。

一発目は上手くいった。現場は五〇〇トンプレスの基礎工事だった。四〇〇ミリ天端を下げ、その下に五〇〇ミリのベースコンクリートを打った。スランプは一〇センチにした。固いコンクリートを打った。鉄筋も二二ミリ。曲げが大変だった。

ある日会計の竹内さんが現場に来て言った。

「多田さん、こんな大掛かりにやるのですね。赤字になりませんか?」

「大丈夫です」

と返した。

工事の質や価格を評価してもらえたのだろうか、追加工事を沢山発注してもらうことになった。ありがたかった。

アイダの五〇〇トンプレス機は。立てたままだと入らない事が判明し、急遽工場のコンクリートの梁を切る事になった。工事完了後の梁の復旧から天井クレーンのビームレールの復旧もあった。頂ける仕事は何でもやった。

最後は三五〇トンプレスの移設までやった。元の工事費の五〇%増しの請求となった。うれしかった。その後も小さかったがいろいろと発注をしてもらった。

ある時ユタカ技研の小栗さんが、ソフトボールチームを作ると言い出した。チーム名はタガログ語の「ＯＫＬａｎｇ（大丈夫だよ！）」だ。私は小栗さんに誘われてチームに参加する事になった。背番号は五十五。年齢を背番号にした。こうした経緯も経て、ユタカ技研とは良い関係を作ることになった。

幸先の良い船出となったのも束の間、その後は中々仕事にありつけなかった。飲み会にはいつも顔を出したが、いまいち仕事にはつながらなかった。出費が多く大変だった。それでも後戻りはできない。もう前に行くしかないと腹をくくっていた。仕事を確保するのみだった。ロザリオカビテやＦＰＩＰなど、遠方にある工業団地のお客さんが多かったが、シャーリンと二人して毎日のように営業に走った。ある時、ＦＰＩＰにある企業から中古のクリーンルームの組み立て仕事を請けることになった。ユメックスという企業で、ソフトボールでは強豪チームに属している新井さんの会社だった。私の会社を知っている人が一人でもいてくれて心強かった。しかしこの工事は十日程で終わってしまった。

その頃はこうした短期、単発の受注が多くいろいろな案件が入っていた。

変わった案件では、マニラ港にＲＴＧコンテナを吊って運ぶ大きなクレーンの荷下ろしと組み立ての一部だ。全部で五台あった。一カ月ほどマニラ港に通った。

ホンダ系列のラグナメッツさんからも少しずつ仕事を請けることになった。

なんとか食いつないでいる、というのが正直なところだった。

ある日、シャーリンがＰＣＡＢというライセンスを取得するべきだと言った。今後政府の仕事やＰＥＺＡの仕事を受けるにはＰＣＡＢが必要になるらしかった。

それからシャーリンは暇な日にＰＣＡＢを発行するオフィスに何度も通った。コンサルも入れずに全ての書類作成を彼女一人でやり切り、難しいライセンスを取得した。彼女の執念や仕事ぶりにあらためて感心させられたのだった。

その後、このライセンスが大きな働きをすることになる。


相変わらず途切れ途切れにしか受注がなかった。

シャーリンと二人で、これまで同様よく営業に回った。アラバン、カビテ、色んな所のビレッジ、サブディビジョンを見て回った、タガイタイ、サンタローサ、くまなく見て回った。

各地を見て回りながら、こんなビレッジに住めたらいいねとか、大きな家を見てこんな家に住んでみたいねとか言いながら一緒によく走った。

私たちはサンタローサに注目していた。LTIのすぐそばだ。サウススーパーハイウエイも近い、ハイウエイ沿いにPEZAがかなりある。バタンガス、リマまでも簡単に行ける。西に走ればFPIP、ロザリオカビテもそう遠くない。チャンスがあればサンタローサに住もうと考えていたが、仕事は相変わらず少なかった。

リーマンショックの後だ。日系企業は経費を思い切り切り詰めていた。僅かなメンテナンス仕事はもらえていたのでなんとか耐え忍んだ。何度も妻と「緊縮財政」という言葉を使った。

資金が底をつきかけた二〇〇七年頃、ユメックスさんから大きなクリーンルームの発注をいただいた。初めての大きな金額だった。しかし完工までの資金繰りがかなり心配だった。

私はなけなしの金をはたいて日本に飛んだ。お袋に頭を下げ、年末か遅くとも年明けには必ず返済するという約束で二百万円を借りた。

大きな現場だった。最初になんとトレーラーに二台分のプラスターボードを運び込んだ。施主のユメックスさんが、年末お金大変でしょうと中間金を仮払いしてくれた。年明け、なんとか工期通り完成する事ができた。

ロザリオカビテのカプコさんからもいろいろと設備改善工事のほか多種多様な工事をいただいた。ありがたかった。

工事中、なんとＩＴＢ時代の部下でウエルダーだったエニーに会った。ＩＴＢをやめてから五年目の事だ。

「ミスター多田、私を雇って下さいよ。ここは四月にやめるのです」

五カ月の契約が終了するということだった。私はエニーの連絡先をメモをした。

私は以前のほとんどの仲間の連絡先をエニーに教えてもらった。カビテ在住者も多かった。

その直後だった。かねてから見積もりを何度も提出していたいすゞオートパーツさんから、鉄骨の難しい工事を請けた。沢山の腕の立つ溶接工が必要だった。私はエニーに電話し溶接工の手配を依頼した。

まず五人が来た。昔懐かしいＩＴＢのレギュラーメンバーだった。あらためて一緒に仕事ができる事に感激した。

彼らは私が辞めた後、皆研修生として日本に行っていた。一段と腕を上げていた。現場がスタートしてすぐに、エドガーもやって来た。

人間関係でいつも嫌な思いや苦労ばかりしていたから、こんなうれしい事はなかった。現場はスムーズに終わった。そのあと立て続けに沢山仕事をもらえた。

いすゞさんの工事が始まる前、サンタローサのアパートに引っ越しをした。現場まで三分の距離だった。毎日現場でワーカーと一緒に仕事をした。

当時のいすゞのディレクターの服部さんは、まるで私を試しているかのようだった。徐々に発注される案件の規模と難易度が上がっていった。

大きな集荷場の案件も発注いただいた。

特殊な工法を使い足場をほとんど使わずに仕上げた。工期も大幅に短縮できた。コンクリートのボリュームこそ大分余計に使ったが、人件費と足場代を大幅に節約できた。材料はフィリピンで手に入る物の中で最もクオリティーの高いものを選んだ。コンクリート強度も十分出ていた。

この工事の時二〇トンクレーンを買った。高価だったが、三カ所の現場で使えば償却は出来ると判断した。当然従業員も増えた。自社工場製作をする物も増えた。クレーンの駐車場も必要なため思い切ってPEZAにほど近い土地を買った。生み出した利益を次に繋がる投資に使う事は悪い事ではないと考えていた。

少し前は仕事が欲しい、金儲けがしたい、そればかり頭にあったが二年ほど仕事がなくて苦労をした時、儲ける事より良い仕事をお客さんに納めることが重要だと考えるようになっていた。仕様書になかろうが良いと思える事は行った。小さな追加なども気にせずやった。ワーカーも快くついてきてくれた。

丁度ストックヤードの工事をやっていた時、東日本大震災が起きた。震災のことを知ったのは打合せを終えた午後五時過ぎだった。原子力発電所の事故のニュースの時には、

「水が要るならポンプ車だね、ブーム付きのポンプ車なら遠隔操作できるし、水と軽油配管しておけば車が潰れるまで水の補給できるのにね」

と話をしていた。

最初自衛隊のヘリが飛んだが上手く行かず、次に消防車を入れようとしたりと混乱しているようだった。

ショックだった。政治家が決断しているのか霞が関の官僚が決断しているのか。

ポンプ車が入ったのは何週間か後のようだった。

日本という国を長く離れているが、心配というより何かしら怖さのようなものを感じた。

こんな事も思いつかないのか？　思いついても誰もやらないのか？

安全が第一。一人も怪我をさせない。ましてや死亡事故など絶対起こさないぞ、と実際に現場で働く我々はいつも考えてやっている。

それこそこの時は対策の協議が大事なのではなくベストな対策を即実行に移すことが重要な事は誰にでも分かったはずだ。

大村専務がそこにいたら一分で大号令を出していただろうな、と思った。

日本で未曾有の一大事が起きている中、私たちの仕事は順調に進んでいた。その頃には従業員も八十人になっていた。溶接工の二十人が以前一緒に働いた仲間だった。

コンパクトだが強い会社が出来上がりつつあった。

会社の事業ライセンスはゼネコンだった。工事金額も徐々に大きくなってきていた。

服部さんから、そんなこと出来るかな？　という大きな工事プランのコンペ参加への打診を受けた。三六〇〇平米余りの工場一棟っだ。設備工事も凄かった。約一年をプランニングに費やした。

加えて小さな工事もいろいろと請け負った。

さらに従業員は増えたので従業員宿舎も増築した。工場も整備した。車も増えた。

工事を頂いたお礼に、いすゞのアルチェラも買った。

じっくりといすゞの案件のプランニングに時間をかけた。プランニング後半の六カ月は他の大きな仕事のコンペには参加していなかった。コンペに勝てる確証は無かったが、案件が大きい分受注後の用意だけは必須だったのだ。

しかし中々決まらない。シャーリンも段々心配になってきていた。運転資金が底を付きかけたのだ。すぐにではないものの四、五カ月後には危なくなる。

家族と従業員を守るためにも躊躇はしていられなかった。

いよいよ最終段階だった。

何社かの競合入札だ。大手のゼネコンも参加していた。金額ではまず負けない。負けるとしたら本社役員の付き合いや繋がりによるものだった。

最終見積もりを開示となった。ゼネコンは私たちの六〇％増し。私たちが一番安かった。それを持って服部さんは本社会議に何度か飛んだ。

本当に長かった。

待った、待った。もちろん総工費四億円越えともなれば、そう簡単には決まるはずがない。本社がゼネコン支持だったことは変わらない。最終的には服部さんが辞表まで用意しての直談判が決め手となった。

「ローカルの多田にやらせてもしトラブルがあった場合には引責辞職をします」

とまで言ってくれたようだった。これが決め手となり、長い戦いは無事受注という形で決着が着いた。

いすゞから発注書が届いた。

シャーリンと大喜びをしたが、心の奥深くでは全然安心していなかった。契約書を山ほど作り、保険を用意し、着工金が入金されるまで不安な毎日が続いた。

一週間後に一億近い金が入金された。会社が生き延びられた事、自分の限界にチャレンジ出来た事に足が震えた。妻と抱き合って喜んだ。

この工事を受注出来た事がこの先フィリピンに残る決め手となった。挑戦をし続け、ようやく掴んだチャンスだった。

スタートの号砲が鳴った。

すぐに巨大プロジェクトのプログラムを詳細に作った。工法もいろいろと思い切った物を入れた。

工期は十カ月。基礎工事、大きなフーチング、地中梁、どれもこれまでのサイズより桁はずれに大きかった。柱も九〇〇ミリの太さだ。

まずメタルフォームを作らせた。そこに、天井クレーンのコベルを先にスリーブインをした。鉄筋の搬入は何台ものトレーラーを使った。

鋼材を買い付けする時、レミントンの女社長ルイーナから約五千万ペソの見積もりが来た。

パーシャルで入荷毎に支払う契約をしていたが、一括で全額先に入金してくれないかという話をシャリーンにしてきた。理由は、中国で鋼材が過剰生産されており、保管場所も確保できない状態が続いていたのだった。そこで、フィリピンの鋼材商社のチャイニーズのオーナーたちが、共同で船一杯の買い付けをやることになった。ただ、それには大きな現金がいる。そのタイミングでのルイーナからの依頼だった。

シャリーンは腹を括って、全額一括で入金した。

結果シャーリンは五百万ペソ以上の利益を手にした。

後で聞いた話だが、シャーリンが辞めた時支払うべきコミッションが二百万ペソほど未払いのままだったらしい。そのことをルイーナはずっと気にしていたらしかった。それを今回返す事が出来たと言っていた。

この出来事を機に、シャーリンとルイーナはよく連絡を取り合うようになった。

工事途中、天井クレーンの打ち合わせが難航した。

最初クレーンメーカーのキトーに問い合わせたが、納期までの期間が非常に長いため断ってＩＨＩ建機に問い合わせた。この件に関してＩＨＩ建機と二度ほどミーティングを持つことになった。場所はいすゞの藤沢工場内で行われた。

しかし大名商売。納期回答については不明だという。これには皆呆れ返った。

ＩＨＩ建機はこのタイミングで福島原子力発電所関連の案件を沢山抱えていたのは知っていた。多分何十億もの受注を持っていいのだろう。私たちからの発注くらいではあまりうれしくないような対応だった。

失礼極まりのない関西の営業から、結局、忙しくて受けかねますと宣告された。半ば喧嘩のような終わり方の会議だった。

「わざわざ自慢話をしにくるんじゃないよ」

これが私の本音だった。

しかたなくキトーと再交渉したが、こちらも恐竜と会話しているようだった。遅い。ひたすら遅い。時間だけが過ぎた。

商社としてユアサフィリピンの堀さんが間に入っていたが、彼も相当苛立っていた。仕様が出て来ない。見積もりも出て来ない。

そこで、堀さんと私はキトーの新宿本社に乗り込んで会議をしたが、全然話は進まなかった。

翌日はキトーの工場がある山梨に私だけで行く予定だったが、アテンドとしてキトーから出来の悪い営業、杉山がついてきた。

工場見学の際、設計室に立ち寄り設計室長を紹介された。中を見ると昔ながらの原図の保管棚。千枚以上はあるぞ。ラッキー。

室長に、

「スパン二〇メートル、ウインチキャパ二〇トン、八トンの親子製作図面をすぐ用意して下さい」

とお願いすると、

「只今立て込んでおります。二カ月は掛かります」

と涼しい顔をしてぬかしやがった。

私はいきなりモードチェンジだ。

「おい、おっさん、俺たちはビジネスでフィリピンから山梨くんだりまで来てるんだ。お前俺を二カ月待たせるのか？　お前が俺の二カ月分の滞在費を払うとでも言うのか？　そこにあるだろう。過去の図面で同じ物がないとは言わせないぞ。今から俺が探す」

私が強引に図面棚に行こうとしたら、営業の杉山が凍り付いて立っていた。

「待って下さい。勝手な事されたら困ります」

「いいか、俺はキトーのクレーンを買いたいからここまで来てるんだ。お前の給料がどうやって支払われているのか少しは考えてみろ」

「待ってください」

「何時間待つのだ？　えー？」

とまで言ってしまった。

その後三十分もしないうちに要求するスペックの図面が私の手元に来た。詳細を質問し頭に入れた。巻き上げ装置以外うちで全部作れると確信が持てた。

礼を言わなければいけないのだが、言う気になれなかった。

この会社、長くはないねと思った。


その図面を元に走行レールや大きなガーダー、サドルのセットを上架する電気工事と安全施設等の見積もりを作った。結構な金額になったが二台の注文をした。巻き上げ装置の納期は六カ月。工期一杯だった。ユアサの堀さんに納期の交渉に当たってもらった。

私が指示したことは、

「いすゞさんが要求する機械の搬入時までに終わらせろ」

だった。

うちは巻き上げ装置がくると同時に、上架できる生産スケジュールを作った。

キトーからガーダーの制作中にインスペクションがきた。これはいすゞさんからの依頼のようだった。

鉄骨作業は順調に進み溶接個所の数ミリについてもクレームは出なかった。してやったりだった。

途中からオイルの大きなピットとか機械用の大きな基礎フレームとかいろいろ追加が出たが、最終の納期は変わらなかった。

すでに生産出荷のスケジュールは出来ていた。

毎日夕方五時半以降に喫煙所で図面を広げ、いすゞの服部さんと一時間ほどミーティングをした。

いろいろ追加をこなしていたので若干遅れが出ていた。雨のせいで土間コン打ちにかなり遅れが出ていた。協議の結果、うちのワーカーはコンクリートとクレーンに専念。外壁はサブコンに出すと言われた。

予算的に少し苦しくなると思われたが、服部さんに、

「多田さん、遅れるよりは遥かにいいでしょう。この予算オーバーはうちで面倒見ます」

と言われた。なんとも有難い。凄い施主さんだった。

それから外壁の張り上げ部隊を投入。最終的に百八十人態勢となっていた。外壁の遅れを取り戻し全て片付けた。本当に出来上がったのだ。

もちろん電気工事と水の工事は服部さんが私たちのキャパオーバーを見越して、そちらは別工事になっていた。助かった。

十月、少しの手直しをして無事引き渡しができた。

躯体等の保証期間は六年だった。クレーンが乗った時、キトーのインスペクションが入った。

ほとんど何も問題なく終了した。

キトーの技術者が、

「時間あるから過荷重の検査をついでにやりましょうよ」

と言ってきた。

ワイヤーも掛けた事のないウインチとガーダーだった。

私は、

「まだ釣り上げる荷重が用意できていません」

と逃げるつもりだったが、エドガーが丁度うちのクレーンの自重は二五トンです、と言ってしまった。それで急遽トラッククレーンを釣り上げる事になった。吊り上げて、ウインチの電気的な負荷や梁やガーダーのたわみなど全部チェックした。とりあえず梁は折れなかった。梁のたわみは三ミリ、最大でも五ミリだった。ガーダーの方もたわみは七ミリほどだった。いずれもキトーの公差の二分の一の数字だった。吊ったまま何度か走行した。肝を冷やす、とはこの事だった。

キトーの検査官は随分荒っぽく走行を繰り返した。梁のたわみによる走行モーターの負荷を調べている。たわむと走行に大きな力が必用となるからだ。

生きた心地がしなかった。もし梁折れの事故があったら工場は半年使えなくなる。何かの間違いで梁が折れたら腹を切ろうと本気で思っていた。それは服部さんの期待を大きく裏切ることになる自分へのケジメだと決めていた。

幸い梁は折れなかった。

材齢が新しいにもかかわらずたわみは極小さかった。

検査を終えようやく無事に引き渡しができたことを実感した。

競合会社との競り合いによって勝ち取った仕事を従業員一丸となって成し遂げた結果

だった。

私たちを信じて任せてくれた服部さんには言葉にならない感謝の思いがあった。

長かった一年が終わろうとしていた。

その年のクリスマスパーティーの酒は本当にうまかった。

頑張ってくれたワーカーたちに感謝を言った。

二十八歳の時に作った年間売上記録の一億を、三十三年ぶりに更新出来た。それも少し上回ったのではなく三倍の売り上げとなった。

こんな事ってあるんだ。夢のようだった。

疲れもあったが、達成感、してやったりの満足感の方が遥かに大きい一年になった。

年末に日本に行き、お袋に報告した。今回のことは家族全員を巻き込んでの事だった。

この一年間はいすゞ工事に全力を尽くそうとゴルフの誘いも全部断り、好きだったソフトボールチームも退会した。持てる時間を全て現場に突っ込んだ。

ＩＴＢで一時期働いていた市原が退職していた。彼は旅行代理店でビザ関係の仕事をしていた。安い給料だったので丁度いい機会だとうちの会社に呼んだ。

私がいすゞ一本の間、ロザリオカビテのカプコさんの改造改善工事をほぼ一年に渡ってこなしてくれた。お客様の評価も非常に高かった。

しかし翌年の春、市原はまるでいすゞの現場だけのためにうちに来てくれたかのように辞めていった。

今でも、なんとかして一緒に働ける道があったのではと、惜しい気がしている。


二〇一四年は、お客さんには言えなかったが過放電のバッテーリー状態だった。仕事もしていたし指示も的確に行ったが集中力が上がって来ない。どうにもテンションが上がらない。約一年そういう状態が続いた。

シャーリンにも、昨年はあれだけの売上が出来たが今年はまた元の水準に戻るだろうと言っていた。しかし、予想外にも今年も二億越えをキープ出来た。

フィリピンに体一つで来てから十四年が経っていた。

一時は仕事もなくカジノの勝ちでなんとか凌いだこともあった。

なんとか見つけ出した仕事で惨めな思いもした。

結婚もし、子どもも三人になった。

金銭面でシャーリンには苦労をかけっぱなしだった。

決して順風満帆とは言えない数年を過ごしただけに、今自分が置かれている状況が信じられなかった。

家族にもお客様に感謝した。従業員にも感謝した。

かつて龍野から家族と別れ東京へ逃げた頃から幸せや安定などは望めないと覚悟していた。そんな私が今、家族と仕事、そして仲間とフィリピンで生きていく基盤を作れた。

それまでは自分一人が生き抜くことで精一杯だったが、今では彼らを幸せにするという新しい活力源ができた。


私は七十歳になっていた。年齢的にも若くはない。これからは無茶だってできなくなってくるし、やれることも減ってくるだろう。しかしその時やれることに挑戦し、彼らを幸せにすることだけは追求していくと、新たな決意が生まれた。

「そうだ、自分はここフィリピンで生きていくんだ」

私はあらためて心の中で強く誓った。

著者紹介

多田 昌則（ただ まさのり）

1953年　兵庫県龍野市揖保町西構520番地5月2日　誕生
1959年　龍野市立揖保小学校入学
1965年　龍野市立揖保小学校卒業
　　　　龍野市立揖保中学校入学
　　　　野球部所属
　　　　西播地区相撲大会個人戦準優勝
1968年　龍野市立揖保中学校卒業
　　　　兵庫県立龍野実業高校土木科入学
　　　　野球部2学年途中まで在籍
　　　　2学年途中より陸上部在籍、6大会やり投げ競技優勝
　　　　3学年の時、兵庫県のじぎく賞受賞人命救助
1971年　兵庫県立龍野実業高校土木科卒業
　　　　㈱姫路小野田レミコン入社（1974年退社）
1974年　中森商会入社（1975年退社）
1975年　㈱I建装入社（1976年退社）
1976年　マイガラス工房設立（内装全般・特殊鏡・装飾金物の工事会社（1983年閉鎖）
1981年　友人の負債肩代わりレストランで弁済、ステーキレストランマジカルムーンを6カ月営業、
　　　　買い手が付き販売
1982年　過労心労によりバセドウ病発病、1年間国立循環器病センターに入院、完治せず

1983年　バイク事故にて10カ月入院、全身11カ所骨折、左肺大損傷
中央ホンダ販売入社（同年末退社）
1984年　三和建築設計事務所入社（1985年退社）
1985年　㈱三成入社
奥野宝飾ビル設計現場監修全部1人でやり切るも完成時解任
1986年　RC建材入社（1987年退社）
1989年　日本橋の商社（詐欺グループ）入社するも1カ月で消滅退社
1991年　赤間建設東京都小笠原村母島季節工で行く（3カ月の契約、1カ月延長要請有り）
1992年　父島佐藤工務店勤務（1994年退社）
1994年〜1997年まで父島にて一人親方として自営
1997年　千葉県の住宅会社勤務
1998年　村井工務店南鳥島勤務
1999年　稲穂建設硫黄島勤務（2003年退社）
2000年　フィリピンHRDシンガポールに入社
2001年　フィリピン女性と結婚
2003年　CTsons Commercial　鋼材の販売会社設立
2004年　ノースバリーエンジニアリングに社名変更
2019年　フィリピンのサンタロサに自宅建築
2023年　North Valley Engineering Services　20周年を迎える
現在に至る

人間生きていれば、山もあるし谷もある。人間希望もあれば悩みもある。人生に行き詰まったら、ぜひ私にメールをください。こうして生きてきた私の経験から少しはアドバイスができるかと思います。

mtadanves2002@gmail.com　多田昌則

ラプソディ イン フィリピン　ある男の物語

2024年1月15日　第1刷発行
定価2700円＋税

著　者 ● 多田昌則

発行所 ● 有限会社 随 想 舎
〒320-0033　栃木県宇都宮市本町10−3 TSビル
TEL　028-616-6605　FAX　028-616-6607
振替　00360 − 0 − 36984
URL　http://www.zuisousha.co.jp/

発売所 ● 有限会社 柘植書房新社
〒113-0001　東京都文京区白山1-2-10-102
TEL　03-3818-9270　FAX　03-3818-9274
URL　https://tsugeshobo.com/

印　刷 ● モリモト印刷株式会社

装丁 ● 栄舞工房／編集協力 ● 藤野秋郎
定価はカバーに表示してあります／乱丁・落丁はお取りかえいたします
 ISBN978-4-8068-0772-8